Izabelle Jardin
Wunderjahre
Was wir wurden

Das Buch

Während Westdeutschland ein Wirtschaftswunder erlebt, ringt Constanzes Tochter Eva im tristen Osten des geteilten Nachkriegsberlins um ihren Platz im Leben. Intelligent und energisch, wie sie ist, fällt es ihr nicht leicht, sich kritiklos den Regeln des neuen Systems zu unterwerfen. Als sie am 17. Juni 1953 mitten in den Volksaufstand hineingerät, fasst sie den Entschluss: Ihre Zukunft wird im Westen liegen!

Dort lernt sie den achtzehn Jahre älteren Wilhelm kennen. Eva ist hingerissen von seinem Charme, seiner Großzügigkeit und seiner Lebenslust. Sie erlebt eine leidenschaftliche Liebe und entwickelt eine ungewöhnliche Freundschaft zu Wilhelms resoluter Mutter Agnes, die Eva dringend brauchen wird. Denn Wilhelm ist ein Mann mit Vergangenheit.

Die Autorin

Izabelle Jardin studierte Sozial- und Politikwissenschaften in Oldenburg und Braunschweig. Sie lebt mit ihrer Familie in einem verschlafenen norddeutschen Dorf, ist Mutter zweier Söhne und verheiratet mit dem »idealen Mann«. Die vielseitigen Romane der passionierten Autorin und Pferdezüchterin sind regelmäßig auf den deutschen Bestsellerlisten zu finden. Mit ihrem bei Tinte & Feder erschienen Roman »Funkenflug« und mit »Libellenjahre«, dem ersten Band ihrer Saga um die Familie von Warthenberg, stand sie wochenlang an der Spitze der Kindle Charts.

WAS WIR WURDEN

IZABELLE JARDIN

Wunderjahre
Was wir wurden

DIE WARTHENBERG-SAGA

Roman

Deutsche Erstveröffentlichung bei
Tinte & Feder, Amazon Media EU S.à r.l.
38, avenue John F. Kennedy, L-1855 Luxembourg
Oktober 2020
Copyright © der deutschsprachigen Ausgabe 2020
By Izabelle Jardin
All rights reserved.

Umschlaggestaltung: bürosüd° München, www.buerosued.de
Umschlagmotiv: © Richard Jenkins Photography
© Shay Levy/Alamy Stock Photo; © Mike Pellinni/Shutterstock;
© Subbotina Anna/Shutterstock; © Vector/Shutterstock
Lektorat: Rainer Schöttle
Korrektorat: Manuela Tiller/DRSVS
Gedruckt durch:
Amazon Distribution GmbH, Amazonstraße 1, 04347 Leipzig /
Canon Deutschland Business Services GmbH, Ferdinand-Jühlke-Straße 7,
99095 Erfurt /
CPI books GmbH, Birkstraße 10, 25917 Leck

ISBN 978-2-49670-155-5

www.tinte-feder.de

ERSTER TEIL

ERSTER TEIL

1

BERLIN, DEZEMBER 1949 – ABSCHIED

Es hatte zu nieseln begonnen. Eva blickte angestrengt durch die verschmierte Frontscheibe des alten Kraft-durch-Freude-Wagens in die spärlich erleuchtete Berliner Nacht hinaus. Vor ihrer Nase tanzte die halb aufgelöste Gummilippe des rechten Wischers hin und her, hin und her und schaffte doch keine klaren Sichtverhältnisse. Vorkriegsware. Mürbe geworden im ermüdenden Verlauf des letzten Jahrzehnts.

Mürbe und müde wie die Menschen, wie das ganze Land, dachte Eva. Krieg, Flucht, Verlust, Hungerjahre. All das hatte sie hautnah miterlebt. Sechzehn Jahre war sie jetzt alt und es schien ihr in diesem Augenblick, als wäre ihre Welt, seit sie richtig denken konnte, nie wirklich in Ordnung gewesen. Nur die ersten sechs Jahre ihres jungen Lebens hatte sie in Frieden aufwachsen dürfen. Erinnerungen voller Licht, Wärme, Liebe, Freude. Doch seit damals der Krieg begonnen hatte, war Angst ihr ständiger Begleiter gewesen. Selbst als die Waffen längst geschwiegen hatten, war die lähmende Ungewissheit nie gewichen: Was würde aus ihr, was aus ihrer Familie werden? Ungewissheit! Wie ein dunkler Tunnel, durch den sie lief, ohne einen Ausgang, ein

Ziel, ein Licht erkennen zu können, auf das es sich zuzueilen gelohnt hätte.

Bis zu jenem Tag, an dem sich das Schicksal endlich mit einem freundlichen Gesicht zu ihr heruntergebeugt hatte …

Eva schaute nach links. Und fing einen Blick auf, der so voll strahlender Zuneigung war, dass er das Halbdunkel im Wagen zu erhellen schien. Neben ihr saß Gordon Wade. Sein Bowlerhut stieß beinahe an den Dachhimmel, so groß war er. Und er hatte Ähnlichkeit mit Vater. Blond wie er, mit einem ebensolchen energischen Kinn, vornehmen Zügen, fast genau solchen Lachfalten um die blauen Augen. Zuversicht ging von ihm aus. Geborgen fühlte sie sich in seiner Nähe. So, wie sie es früher bei Vater stets empfunden hatte. Sehr aufrecht saß Gordon hinterm Steuer. Die Hände in den weichen, rehbraunen Autofahrerhandschuhen fest um das Lenkrad gelegt, chauffierte er den Wagen konzentriert über den löchrigen Ostberliner Asphalt. Längst waren noch nicht alle Schäden behoben, die Bomben und Granaten in die Fahrbahndecke gerissen hatten. Ein flüchtiger Seitenblick zu ihr herüber, ein kurzer Moment, in dem er nicht auf die Straße geschaut hatte, und schon hatte Gordon mit dem rechten Vorderrad ein tiefes Schlagloch erwischt. »Holla!«, schimpfte er leise. Dann lachte er. Eva fiel ein.

»Das letzte Mal, Daddy! Morgen verlassen wir dieses durchlöcherte Land. Ich freue mich so. Weihnachten in Wisley Park, ach, es wird wundervoll. Vielleicht bekommen wir sogar Schnee. Es soll ja richtig kalt werden. Aber Schnee oder nicht Schnee, ganz egal, alle erwarten uns. Ich liebe die ganze Familie und ich glaube, sie lieben mich auch. Jetzt holen wir Mama ab und dann nichts wie über den Ärmelkanal und ab nach Hause.«

Sie sah ihn zufrieden schmunzeln. Nicht nur Eva war heute am Ziel ihrer Träume. Er war es auch. Jahrelang hatte er geduldig um die Gunst ihrer Mutter Constanze gerungen. Mama, dachte Eva, hat so lange – betrachtete man es aus heutiger Sicht, fast zu lange – an der Hoffnung festgehalten, dass Vater doch noch eines Tages wieder auftauchen würde. So viele Jahre waren verstrichen, in denen sie beide gebangt, sich aneinandergeklammert, den Glauben an ein Wunder nie aufgegeben hatten. Evas Fädchen aus Zuversicht war früher gerissen als Mutters, eine Weile schon hatte sie dieses beharrliche Festhalten mit zunehmenden Magenschmerzen betrachtet. Es war einfach zu unwahrscheinlich geworden, ihn jemals lebend wiederzusehen. Seit ein paar Wochen wussten sie nun definitiv, dass Vater nicht zurückkehren würde. Man hatte ihn offiziell für tot erklärt. All den Schmerz, all die tiefe Trauer milderte jedoch eine wundervolle Aussicht: Jetzt konnten Mutter und Gordon heiraten. Ihr kleiner Bruder George würde seinen Namen tragen. Und sie, Eva, würde endlich, endlich auch eine Wade werden.

Wie hatten sie die Berliner Schulfreundinnen gerade alle beneidet! Mutter hatte kein Pardon gekannt und sie geradezu gezwungen, England noch einmal zu verlassen, mitzukommen auf das, was sie »unsere Abschiedstour vom alten Leben« nannte. Sie hatte gesagt: »Man muss das tun, Evchen. Auch wenn du glücklich bist, jetzt neue Perspektiven zu haben, darfst du nicht einfach alles am Wegesrand zurücklassen, unbeachtet und einsam, was eine lange Weile dein Leben ausgemacht hat. Es gibt viele Menschen, denen wir etwas zu verdanken haben, die uns vielleicht sogar vermissen werden. Wir müssen ihnen Lebewohl sagen, denn wir werden sie nicht vergessen und möchten doch auch nicht, dass sie uns vergessen.«

Innerlich hatte Eva ein wenig aufbegehrt, nur zum Schein die vernünftige große Tochter gemimt, um Mama nicht zu verärgern. Jetzt wusste sie, Mutter hatte recht gehabt! Gordon hatte sie herumgefahren, in dem von Mamas bester Freundin ausgeliehenen Wagen. Alle hatte sie besucht und jetzt fühlte sich Eva gut. Jedem Mädchen hatte sie ein kleines Geschenk mitgebracht. Hübsch verpackte Süßigkeiten, die man in Deutschland nicht so ohne Weiteres bekam und die selbst in England noch streng rationiert waren, weil zumindest die westlichen Siegermächte dem hungernden deutschen Volk etwas abzugeben beschlossen hatten. Gern taten die Briten das nicht, aber die Politik zwang sie dazu. Daddy hatte Beziehungen. Oh ja, er konnte alles besorgen. Toffees, Pfefferminzpastillen, Ingwerplätzchen, Schokolade. Ganz aus dem Häuschen waren die Mädchen gewesen.

Und beinahe noch mehr aus dem Häuschen, als Eva ihnen Fotos gezeigt hatte. Von Wisley Park, dem Familienanwesen der Wades in Surrey. Von dem wuchtigen, altehrwürdigen Herrenhaus, dem ausgedehnten Park mit den riesigen Bäumen und endlosen, blühenden Hecken aus Azaleen und Rhododendren, vom Rosengarten, von den herrschaftlichen Pferdeställen. Von ihrem eigenen Zimmer mit dem großen Kamin, den hohen Fenstern, gerahmt von freundlichen, hellen Vorhängen mit großblumigen Rosenmustern, die sich wiederfanden in den Portieren ihres Himmelbettes und im Bezug des gemütlichen Sofas mit den dicken Kissen, in die sie sich so gern zum Lesen kuschelte.

Bilder hatten sie bestaunt, auf denen Eva mit ihren beiden neuen Cousinen Susan und Camilla, den Töchtern von Gordons Bruder Robert, um die Wette strahlte. Mal in blütenweißen Tenniskleidern, eng umschlungen, die Gesichter dicht beieinander in die Kamera lächelnd, mal in Breeches, weichen Stiefeln und figurbetonenden schicken Westen auf blitzblank geputzten Ponys. »Aber doch sicher nicht dein eigenes Pferd«, hatte Evas Banknachbarin Anne ungläubig nachgehakt. »Doch,

doch, natürlich! Daddy hat es mir zum letzten Geburtstag geschenkt«, war Evas stolze Erwiderung gewesen.

Daddy! Sie liebte es, ihn so zu nennen, und er ließ es sich gern gefallen, nannte sie manchmal liebevoll »mein großes Mädchen«. Dieses Wörtchen »mein« tat ihr so gut, vermittelte ein Gefühl des Angenommenseins, des Geliebtwerdens. Sie war noch viel zu klein gewesen, als Vater damals diesen letzten Marschbefehl erhalten hatte, zum Fronteinsatz, von dem er nie zurückgekehrt war. Mutter war stark. Oh ja! Zwangsläufig stark *geworden* in den Wirren der letzten Jahre. Wie so viele Frauen, die plötzlich ohne männlichen Beistand allein für ihre Kinder verantwortlich gewesen waren. Aber die Väter, die Familien erst richtig komplett machten, fehlten vielen Kindern. Gordon hatte den Platz jenes schmerzlich vermissten Puzzleteils eingenommen, ohne dass Evas Bild unvollständig geblieben wäre.

Vorhin hatte sie sich gesonnt im unverhohlenen Staunen ihrer Freundinnen. Aber es war ihr auch ein Stich ins Herz gefahren. So rotbackig und wohlgenährt wie Eva und ihre beiden Cousinen wirkten junge Mädchen in Deutschland nämlich nie auf Fotografien. So unbeschwert fröhlich schon gar nicht.

Sie selbst hatte zweifellos das große Los gezogen. Aber ganz unbeschwert konnte sie ihre Freude am Ende doch nicht genießen, denn da war auch eine Mischung aus Mitleid und Traurigkeit, sie alle zurücklassen zu müssen. In dieser Stadt, die noch so weit davon entfernt war, wieder schön und liebenswert zu werden. Allzu bewusst war sie sich der Tatsache, dass nur Glück und Zufall es gewesen waren, die ihr, anders als den anderen Mädchen, eine so herrliche Zukunft in Aussicht gestellt hatten.

Wirklich! Es wäre dumm gewesen, wenn sie darauf bestanden hätte, im lieblichen englischen Surrey zu bleiben. Es hatte gutgetan, sie alle noch einmal zu sehen. Sie würden in Kontakt bleiben, hatten sie sich geschworen und sich zum Abschied innig umarmt. Briefe wollten sie sich schreiben. Viele. Jede Woche mindestens einen. Und Fotos austauschen.

Ostpreußen war Evas Heimatland gewesen. Nicht Berlin. Berlin, das sie aufgefangen hatte nach der Flucht, das furchtbar hässliche, verwundete, verbrannte Berlin, war die einzige Stadt, die Eva nur in Trümmern kannte. Diese Stadt wirkte wie ein zum stummen Entsetzensschrei aufgerissener riesiger Mund, in dem Reihen schwarz verfaulter Zähne schief und krumm lückenhaft beisammenstanden. Vielleicht war Berlin einmal schön gewesen. Sie wusste es nicht. Sie kannte es nur in erbarmungswürdigem Zustand.

Zur Welt gekommen war sie im wunderschönen Danzig. Auch Danzig lag heute in Trümmern. Aber das hatte sie nicht gesehen und ihre Bilder waren und blieben voller Zauber. Königsberg! So fabelhaft. Dort hatten die Großeltern gelebt. Königsberg war dem Erdboden gleichgemacht worden. Es gehörte jetzt zur Sowjetunion. Vaters Eltern waren in dem Feuersturm geblieben, der Ostpreußens Hauptstadt ausgelöscht hatte. Evas Erinnerungen aber waren makellos.

Und Gut Warthenberg. All ihre Sommer, all ihre Weihnachten, alle allerschönsten Erlebnisse hatten auf dem Stammsitz der mütterlichen Familie stattgefunden. Für Mama war es ihre »Wiege«, ihr Fixpunkt auf der Welt gewesen. Immer. Jetzt lag es in Polen, wer wusste schon, wer dort jetzt zu Hause sein mochte, und womöglich würden sie es nie wiedersehen. Ganz sicher aber nie mehr dort leben dürfen. Dieser Gedanke schickte Tränen in Evas Augen.

Wisley Park hatte etwas von Gut Warthenberg. Es würde *ihr* Fixpunkt im Leben werden! Das war tröstlich. Das war eine Idee, die ihr Herz vor Freude hüpfen ließ. Natürlich. So war es, so würde es von nun an immer sein. Vorwärts wollte sie jetzt schauen. Morgen würden sie reisen. Bald würde sie Eva Wade sein. Die Tochter von Constanze Rosanowski, geborene von Warthenberg, und Gordon Wade. Die sechzehn Jahre ihres bisherigen Lebens, alles was vorher gewesen war, würde nach und nach unter dem sanften Schleier des Vergessens verblassen. Die Zeit würde alle Wunden heilen, und morgen begann die neue, die glückliche Zeit.

Eine wohlige Welle der Euphorie lief über ihre Haut, stellte jedes feinste Härchen für einen Moment auf. Eva lächelte, atmete einmal tief durch, dann zog sie ihre Mundharmonika aus der Manteltasche. Seit Urgroßmutter Charlotte, die Herrin von Gut Warthenberg, es ihr zur letzten Weihnacht in Ostpreußen geschenkt hatte, begleitete sie das kleine Instrument. Wenn sie spielte, konnte sie jede Emotion ausdrücken. Viel besser, als sie es mit Worten gekonnt hätte. »Muss i denn, muss i denn zum Städtele hinaus …«, stimmte sie an und legte eine solche Fröhlichkeit in ihr Spiel, dass Gordon in seinem unnachahmlichen Englisch gefärbten Deutsch vergnügt mitsang.

Es konnte nieseln, konnte düster und kalt sein im Osten Berlins an diesem Dezemberabend. Eva war voller Wärme, voll Freude und Erwartung, als sie im Stadtteil Mitte zum letzten Mal vor dem von Bombenangriffen schwer gebeutelten Vorderhaus stand, wo im Hinterhof viele Jahre die winzige Bleibe von Constanze und Eva Rosanowski gewesen war. Dort, in der Enge der sieben Quadratmeter, hatten sie lange Zeit im harten Kampf ums Überleben verbracht. Bis Gordon Wade gekommen war, der Mutters Mann und Evas Dad sein wollte. Und dort wartete jetzt Mama mit den paar Habseligkeiten, die sie noch hatte zusammenpacken müssen. Dort würden sie ein letztes Mal auf Mutter Klawuttke treffen, Vermieterin, echte Berliner Schnauze mit dem Herzen am rechten Fleck und unerschütterliche Hüterin aller Kriegskinder des Blocks. Auf Wiedersehen sagen, Danke sagen. Noch ein letztes Mal drücken. Und dann gehen. Für immer!

* * *

Eva griff nach Gordons Hand. »Komm, Dad, wir schleichen uns an. Bestimmt erwartet Mama uns so früh noch gar nicht. Erst Mutter holen, dann zu Mutter Klawuttke.«

Sie zog ihn hinter sich her, ihre kühle kleine Hand in seiner großen warmen. Flinken, leisen Schrittes huschte sie voran über den Hof. Nur schnell machen jetzt. Durch den Türspalt fiel ein wenig Licht. Eva zog die Klinke etwas zu sich heran, damit sie nicht quietschte, wie sie immer gequietscht hatte. Dann drückte sie mit der Schulter gegen das braun gestrichene Holz. Geräuschlos schwang die Tür auf und gewährte im nächsten Moment den Blick auf ein Bild, das Evas Herz ins Stolpern geraten ließ.

Mit dem Rücken zu ihnen saß ein Mann in einem abgewetzten Salz-und-Pfeffer-Mantel auf der Bettkante. Mutters Arme waren fest um seine Schultern geschlungen, ihr dunkelblonder Kopf lag an seinem Hals.

Eva unterdrückte einen hysterischen Aufschrei. Wer war der Mann da? Was tat Mutter? Hier! Hier, hinter ihr stand Mutters Mann. Gordon Wade, der beste Dad der Welt. Was zur Hölle hatte sie mit dem Fremden dort zu schaffen?

Sie waren so leise gewesen. Das in sich versunkene Paar konnte sie nicht gehört haben. Aber sie hatten eisklamme Dezemberluft mitgebracht. Jetzt hatte der kalte Hauch Mutters Stirn erreicht. Sie hob den Kopf, schaute aus tränenfeuchten Augen zu Eva herüber, erfasste offensichtlich die Situation, räusperte sich, löste ihre Arme von dem Fremden, sagte leise etwas zu ihm, das Eva nicht verstand. Im nächsten Augenblick drehten sich beide um, erhoben sich gleichzeitig, standen unter dem bläulichen Licht der einzigen Glühbirne. Blass, verweint und doch … glücklich.

»Vater ist da, Evchen!«

2

BERLIN, DEZEMBER 1949 –
DER FREMDE

Eva stand wie vom Donner gerührt. In ihren Ohren rauschte das Blut, kalter Schweiß trat auf ihre Stirn. Starr war ihr Blick auf das merkwürdige Paar gerichtet. Das war nicht Vater! Wer auch immer dieser Mann war, Vater konnte es nicht sein. Vater war doch tot!

Außerdem hatte Vater immer leicht gebräunte, glatte Züge unter weichem, blondem, akkurat geschnittenem Haar gehabt. Keine Haut, die an das zerknitterte Wachspapier erinnerte, mit dem Mutter ihre Pausenstulle noch und noch einmal einzuwickeln pflegte, und ganz gewiss keine graue, von schlecht verheilten Narben übersäte Glatze. Dieser Mann da, ausgemergelt bis auf die Knochen, die Augen schwarz verschattet, das Kinn stoppelig, die Lippen aufgerissen, die Haltung gebeugt, das war nicht Vater. Seine schmutzigen, schrundigen Hände mit den viel zu langen, schwarz geränderten Nägeln ragten wie Hühnerklauen aus den zu kurzen Ärmeln … Vater hatte kräftige und doch unendlich sanfte, gepflegte Hände gehabt. Vaters Hände hatten sie geleitet, liebkost, gestreichelt. Niemals würde sie erlauben, dass diese Hände sie berührten. Eva schüttelte sich innerlich vor Abscheu.

All ihre inneren Signale standen auf Rückzug. Weg! Sie spürte, wie sie schwankte, drehte sich halb um, griff Halt suchend hinter sich, wo doch Gordon stand. Stehen musste. Doch sie fasste ins Leere. Wo war er, wo war ihr Dad? Er würde sie retten, würde sie fortbringen, würde diesem Fremden da einen saftigen Haken verpassen, ihm Mama aus dem Arm reißen und diesem grausigen Spuk ein Ende bereiten.

Nichts dergleichen geschah. Mama lächelte. »Komm doch, Evchen, begrüß Vater!«

Der Fremde machte einen Schritt auf Eva zu. Sie wich drei zurück, fühlte plötzlich, endlich!, Daddys Wärme, seine Hand in ihrem Rücken, hörte seine Stimme.

»Guten Abend, Frau Rosanowski. Ich bringe Eva zurück.«

Ich bringe Eva zurück? Frau Rosanowski? Hatte er das gesagt? Eva rieb sich die Ohren. Es rauschte weiter.

Gordon trat aus dem Schatten des dunklen Flurs unter den bläulichen Lichtkegel, ging an Eva vorbei, streckte dem Fremden die Hand hin. »Es freut mich außerordentlich, Sie kennenzulernen, Herr Rosanowski. Ich bin Major Gordon Wade. Wir sind gemeinsame Freunde von Gerda und Antoni. Wissen Sie, wir alle haben uns natürlich jahrelang Sorgen um Ihr Schicksal gemacht. Wie schön, dass Sie Ihre Familie nun endlich wiedergefunden haben!«

Eva sah ihre Mutter lächeln, hörte sie »Herzlichen Dank, Major« murmeln, vernahm ein freundliches »Nice to meet you, Major Wade!« des Fremden und hörte Gordon sagen: »Falls Sie bis zu meiner Heimreise morgen Nachmittag noch meiner Hilfe bedürfen, Frau Rosanowski, finden Sie mich bei Gerda und Antoni. Soll ich die beiden grüßen?«

»Oh …«, stammelte Mutter strahlend, »Oh, bitte, ja! Und erzählen Sie ihnen alles.«

»Gerne! Alsdann … ich empfehle mich jetzt und wünsche einen schönen Abend.«

Er entbot dem Fremden einen militärischen Gruß, der salutierte mit ernsthafter Miene zurück. Gordon Wade drehte sich zu Eva um, machte zwei Schritte auf sie zu. Dann blieb er kurz stehen, legte ihr eine Hand auf die Schulter, drückte sie fest und legte verstohlen den Zeigefinger auf seine Lippen. Sein Blick war eindringlich, fast unmerklich schüttelte er den Kopf.

Eva fixierte sekundenlang den Fleck, auf dem sich eben noch das heiß geliebte Gesicht Gordons abgezeichnet hatte. Sie traute ihren Augen nicht. Traute ihrem Herzen, ihren Gefühlen nicht. Leise verhallten Daddys Schritte hinter ihr im Hof.

»Evchen, mein großes Mädchen, komm, lass dich endlich in die Arme schließen«, sagte der Fremde. »Es ist so unendlich lange her, ich habe dich wahnsinnig vermisst.«

Er machte erneut einen Schritt auf Eva zu, wieder wich sie zurück. Jetzt streckte er seine Hände nach ihr aus. Bittend war sein Blick. Eva entdeckte ein neues Detail. Das Weiß in seinen Augen war gar nicht weiß, es war gelblich. So gelblich, wie der ganze Mann wirkte.

Wie diese bemitleidenswerten Jammergestalten sah er aus, die Mutter ihr ein paarmal kurz nach Kriegsende auf der Straße gezeigt hatte. Diese Männer und Frauen damals, das waren gerettete Insassen der befreiten Konzentrationslager gewesen. Was Mama über ihre durchgestandenen Schicksale angedeutet hatte, ließ Evas Herz sich vor Mitleid schmerzhaft zusammenziehen. Trotzdem hatte sie eine unüberwindbare Scheu empfunden, ihnen nahe zu kommen. Einen Bogen hatte sie um sie gemacht, immer vermieden, sie genauer ansehen zu müssen. Ihre Seele war nicht reif gewesen, sich mit dem auseinanderzusetzen, was zu diesem entsetzlichen Zustand geführt haben mochte. Was aus Menschen werden konnte! Lebende Tote. Nur flüchtig hatte sie überlegt, ob sie jemals wieder auf die Beine kommen würden. Im Laufe der Jahre waren sie in Berlins Straßenbild seltener geworden. Vielleicht waren sie alle gestorben. Vielleicht, hoffentlich, wieder genesen und fielen nicht mehr auf.

Und nun stand ein Mann vor ihr, der genau *so* aussah. Der auf sie zukam, sich anscheinend mehr als alles auf der Welt eine liebevolle Umarmung von ihr wünschte; von ihr, die er seine Tochter nannte.

Eva spürte, wie Tränen aus ihren Augen schossen. Sah, dass sie ihm sogar schon in Strömen über das Gesicht liefen, hörte seine Stimme im Rauschen, die beinahe bettelte. Und so sanft war wie damals, als er sie gehalten, getröstet, besänftigt hatte, wenn draußen ein Gewitter tobte, Donnerschläge ihren Kinderkörper zum Zittern brachten.

Doch!

Auch wenn er nicht mehr so aussah, wie sie ihn in Erinnerung hatte. Diese Stimme, das war Vaters Stimme. Eva schloss die Augen und streckte ihm ihre Arme entgegen. Einen Moment lang verschlug es ihr den Atem, als er sie an sich zog. Er stank erbärmlich. Dann ließ sie sich weich und widerstandslos umfangen, wiegen, drücken, und auf einmal schwiegen alle Sinne, schwieg ihr Verstand. Nur noch das Herz regierte. Beide Arme legte sie fest um seinen Nacken, barg den Kopf an seiner Brust.

Vater ist zurückgekommen.

Minutenlang standen sie so da. Bis sich Mutter zu ihnen gesellte, sie beide umfing, seufzte: »Endlich sind wir wieder beisammen. Jetzt kann uns nichts und niemand wieder trennen. Wir haben so viel nachzuholen. Lasst uns sofort damit beginnen.«

Sie mussten lachen, alle drei, als Vaters Magen sich plötzlich mit einem unüberhörbaren Knurren einmischte.

»Lauf, Evchen«, sagte Mutter und ihre Wangen waren so rot vor Freude, wie Eva es in den vergangenen Jahren nie gesehen hatte. »Besorg etwas zum Abendessen von Mutter Klawuttke. Sag ihr, ich zahl's ihr morgen. Sie hat immer etwas Gutes im Haus. Und erzähl ihr von unserem Glück!«

Sie lösten sich voneinander. Eva lief. Bekam gerade noch mit, wie Mutter sich bückte, um das Öfchen anzufeuern.

Mit jedem Laufschritt kehrten die Gedanken zurück. Wirr noch. Man musste den Mann erst mal baden. Man musste ihn füttern, er war so hundemager. Sollte er nicht zu einem Arzt gebracht werden? Die Charité. Mutter musste ihn dorthin bringen. Aufpäppeln. Heilen. Mutter hatte doch gekündigt in der Charité. Morgen wollten sie nach England reisen. Was denn nun? Woher sollten sie jetzt Geld nehmen? Wovon in Zukunft leben? Ach, meine Güte!

Eva klopfte ungestüm, stieß die Tür zu Mutter Klawuttkes Wohnung auf. Die Vermieterin schloss nie ab. War immer für alle da. So war es im Krieg gewesen, wenn die Sirenen gingen. Damit die Kinder sich bei ihr sammeln konnten, die sie im Gänsemarsch, die Kleinsten auf dem Arm, an der Hand, jedenfalls ganz dicht bei ihr, die Großen als sichernde Nachhut dahinter, immer noch rechtzeitig in den Bunker gebracht hatte. All die Kriegskinder, deren Mütter irgendwo in der zerstörten, brennenden Stadt versuchten, irgendetwas für den Lebensunterhalt zusammenzubekommen, während ihre Väter versuchten, dem Reich zum Sieg zu verhelfen. Haha! Dem Reich. Zum Sieg. Dass ich nicht lache.

Das bittere Lachen blieb ihr im Halse stecken, als sie jetzt in die Küche stürmte. Atemlos stand sie vor der Klawuttke. »Vater ist wieder da! Ich brauche etwas zum Essen für ihn. Hast du was für uns? Geld habe ich keins, aber Mutter sagt, sie zahlt es morgen.«

Sie saß da am Tisch unter dem milden Schein der Korbleuchte. Alterslos alt, rund und gemütlich, als wäre nie etwas gewesen, und zählte einen dicken Stapel englischer Pfundnoten.

»Komm, setz dir, Kind, wir müssen reden«, sagte sie und klopfte mit der flachen Hand auf den Küchenstuhl neben sich.

»Ich bin ganz durcheinander, Mutter Klawuttke«, sagte Eva.

»Det gloob ick dir. Nu wird doch alles bisschen anders, als ihr et jeplant habt. Gucke, hier …« Sie wedelte mit dem Batzen Geldscheine. »Der Major hat es als Startkapital hierjelassen für euch. Ihr könnt det Zimmer behalten, hab eh noch keenen neuen Mieter für de Butze. Und natürlich hab ick wat für euch da, damit ihr'n ersten Abend übersteht. Lass deene Mutter morgen rüberkommen. Ick bewahr det Geld für se uff.«

»Er stinkt! Kannst du den Kessel anfeuern?«

Sie nickte. Stand auf, ging hinaus, kam wenige Augenblicke später mit einem Stapel Männerkleider zurück und legte ihn vor Eva auf den Tisch. »Nackt werdet ihr'n nich lassen können. Det hier is erst mal besser als gar nüscht.«

Eva sah ihr dabei zu, wie sie ein Körbchen mit Lebensmitteln packte. Einen Laib Brot, ein Viertelpfund Butter, Käse, eine knüppelharte Wurst, drei Eier, eine Flasche Saft und zwei Berliner Bier. »Gibt schließlich wat zu feiern«, schmunzelte sie.

»Danke! Dann will ich mal«, sagte Eva und wollte aufstehen, aber Mutter Klawuttke griff sie am Arm und zog sie auf den Stuhl zurück. Ihre Miene war ernst.

»Evchen, Major Wade und icke … wir ham wat beschlossen und du musst's wissen.«

Evas Sinne waren wieder hellwach. Was kam jetzt?

»Hör zu! Deene Mutter und Major Wade … da war nie was, verstehste, Kind? Du hast auch keenen kleenen Bruder.«

»Was?«, rief sie aus, und ihr eigener Entsetzensschrei gellte in ihren Ohren.

»Pscht. Reg dir nich uff. Is besser so. Ick werd den Leuten erzählen, George is tot, se sollen nich nachfragen. Anders wird man se nich mundtot kriegen. Und du, meene Kleene, sieh zu, dass de dir nich verplapperst. Mutter hat jewartet. Jetzt isser wieder da. Punktum. Klar?«

»Überhaupt nichts ist klar!« Eva stampfte mit dem Fuß auf. »Das Leben ist weitergegangen, während Vater fort war. Man kann doch nicht alles, was inzwischen passiert ist, unter den Teppich kehren. Mama hat doch Dad geliebt. Und hat George zur Welt gebracht. Sie wollen heiraten. Weihnachten wollen sie in Wisley Park heiraten. Unsere Zukunft liegt in England. Nein, bei aller Liebe zu Vater, aber das geht doch so nicht.«

Mutter Klawuttke legte beruhigend eine Hand über Evas. Sie wollte ihre wegziehen, wollte sich nicht beruhigen lassen, aber die feste, warme Pranke hielt sie fest und ihre wasserblauen Augen fixierten Eva.

»Nu komm mal zur Vernunft, Eva! Du gloobst nich im Ernst, dass deene Mutter je uffjehört hat, den Vater zu lieben, oder? Major Wade is n feiner Kerl. Aber bloß zweete Besetzung in ihrem Herzen. Hat keenen Sinn, dem Vater jetzt det Herz schwer zu machen. Vajiss et einfach. Is allet nie passiert. Und nu halt die Klappe, reiß dir zusammen, red mit Muttern drüber, wenn ihr alleene seid. Ick verlass mir uff dich, Mädchen! Hand druff, dass de nüscht sagst!«

Eva wollte nicht. Aber die Klawuttke zwang sie, einzuschlagen, und wenn Eva einmal ein Versprechen gegeben hatte, hielt sie es. Immer. Egal, wie sehr ihr Inneres auch aufbegehrte.

3

BERLIN, DEZEMBER 1949 – LÜGEN

Inzwischen war es in dem winzigen Zimmerchen mollig warm geworden. Vater hatte den Mantel ausgezogen, von dem der widerliche Gestank ausging, Mutter hängte das zerlumpte Kleidungsstück gerade am Haken neben der Tür auf, als Eva in den Raum trat.

»Häng ihn besser gleich in den Flur, Mama, der stinkt ja wie die Pest. Schau, ich habe ein paar Kleider mitgebracht. Mutter Klawuttke macht Badewasser fertig.«

»Großartig! Und was hast du zum Essen ergattern können?«

Eva packte aus. Das Brot hatte eine groschengroße blaue Schimmelstelle am Kanten. Mutter schnitt sie großzügig aus.

Man würde es essen können. Und würde nicht schmecken, dass die Schimmelsporen sich längst in jede Krume hinein verteilt hatten. Eva schien dieser kleine, selbstverständliche Akt, der so typisch war für Hausfrauen, die die Hungerjahre irgendwie überstanden hatten, wie ein Synonym für Daddys Ausschluss aus ihrem gemeinsamen Leben. Man entfernte das Sichtbare. Das sichtbare Übel. Aber Major Gordon Wade war kein Übel und er würde nicht spurlos verschwinden. Er war überall. In

Evas ganzem Fühlen. In dem kleinen Bruder. Und wohl doch auch in Mutters jüngsten Erinnerungen?

Sie musste diesen Abend anständig überstehen. Es war gut, dass die Eltern eine Weile verschwanden, damit Vater sein Bad nehmen konnte. Eva deckte inzwischen den winzigen Tisch, schnitt Wurst und Käse, setzte einen Topf mit Wasser für die Eier auf den Ofen. Es gab nur zwei Stühle. Einer würde auf dem Bettrand sitzen müssen. Wehmütig gingen ihre Gedanken zurück nach Wisley Park. Dort waren sie von unzähligen dienstfertigen Geistern umgeben gewesen. Das Dinner war jeden Abend ein kleines Fest und eine Zusammenkunft der ganzen Familie gewesen. Man zog sich dafür um. All ihre hübschen Kleider, mal abgesehen von dem Wenigen, das bei Gerda daheim noch in ihrem Reisekoffer steckte, waren in England geblieben. Was hatte sie schon groß gebraucht für diese paar letzten Tage in Deutschland? Wie würde es jetzt weitergehen? Würde Mama morgen zu Gerda gehen und die Sache mit Gordon klären? Würde sie Vater, sobald er sich ein wenig stabilisiert hatte, die ganze Wahrheit sagen? War sein Auftauchen jetzt nur eine Verzögerung, wie es schon mehrere Verzögerungen gegeben hatte auf dem Weg zur Hochzeit mit Dad? George war noch so klein. Was sollte aus ihm werden? Er konnte doch nicht auf seine Mutter verzichten. Und nie, niemals würde Mama sich ihr Baby vom Herzen reißen. Es war quälend, jetzt nicht mit Mutter reden zu können. Eva war keine gute Schauspielerin. Sie würde höllisch achtgeben müssen, keine Andeutungen zu machen. Aber sie war fest entschlossen, diesem armen Mann, ihrem Vater, der da irrtümlich glaubte, einfach so seinen alten Platz in der Familie wieder einnehmen zu können, wenigstens heute einen schönen Abend zu bescheren, ehe er sich mit den unumstößlichen Wahrheiten auseinandersetzen musste. Es war doch

Quatsch, was Mutter Klawuttke gesagt hatte. Gordon Wade eine zweite Besetzung in Mutter Constanzes Leben? Was für ein Unfug!

* * *

Vater aß, als hätte er wochenlang nichts mehr bekommen, und wahrscheinlich entsprach das sogar den Tatsachen. Nach der Mahlzeit hielt er sich den Bauch und immer wieder zog ein schmerzhaftes Flackern über seine Züge. Mutter beobachtete ihn mit fachkundigem Gesichtsausdruck.

»Wir werden morgen sofort in der Charité vorstellig werden, Clemens«, sagte sie. »Du bist ganz gelb. Ich schätze, es ist die Galle. Weißt du, ob du Steine hast?«

Er schüttelte den Kopf. »Da, wo ich jetzt herkomme, hat sich niemand um unseren Gesundheitszustand geschert, Constanze. Wir hatten alle die Ruhr und es ist fast ein Wunder, dass ich es überlebt habe. Viele Kameraden hat die Krankheit das Leben gekostet. Ich schätze, es war nur mein fester Wille, euch wiederzusehen, der mich aufrechterhalten hat. Hast du Kontakte zur Charité? Es wäre schon gut, wenn sich das mal jemand ansehen könnte.«

Mutter berichtete, wie sie seit der Flucht aus Danzig jahrelang im Labor des Klinikums gearbeitet hatte, und Vaters Gesicht erhellte sich. »Dann hast du Arbeit!«

»Ja«, log Mutter.

»Gott sei Dank. Ich werde noch ein Weilchen brauchen, ehe ich wieder allein die Versorgung der Familie übernehmen kann. Aber glaub mir, Constanze, ich werde alles tun. Meine Frau soll nicht arbeiten müssen. Ich kann schließlich was, habe studiert, eine gute Ausbildung, und Städtebauer, also Leute wie mich, braucht man doch jetzt in Deutschland. Wir werden das

Land wieder aufbauen und ihm zu neuer Blüte verhelfen, du wirst sehen!«

Es lag so viel Zuversicht in seinen Worten. Seine Augen leuchteten. Herrgott, wie schrecklich, dass wir ihm schon so bald all seine Hoffnungen werden zerstören müssen, dachte Eva.

Mutter hatte seine beiden Hände ergriffen. »Ja, Clemens, das werden wir! Du wirst wieder ganz gesund. Wir werden uns schon rausarbeiten aus diesem Loch hier. Wenn wir nur zusammen sind, dann wird alles wieder gut. Und eines sage ich dir: Lieber säße ich mit dir unter einer Spreebrücke mit nichts als dem nackten Leben als herrlich und wohlversorgt ohne dich in irgendeinem noch so prächtigen Palast.« Jetzt umarmte sie ihn wieder und hielt ihn fest an sich gedrückt.

Eva war irritiert. Was gaukelte sie ihm vor? Oder sollte es etwa so sein, dass Mutter Klawuttke doch recht hatte?

In dieser Nacht kam sie kaum in den Schlaf. Mutter und Vater teilten sich das schmale Bett an der gegenüberliegenden Wand. Es schien sie überhaupt nicht zu stören. Sie konnten sowieso kaum voneinander lassen, berührten sich ständig, als müssten sie sich wieder und wieder der Gegenwart des anderen vergewissern. So etwas hatte Eva zwischen Gordon und Mama nie gesehen. Sie waren immer mit einem gewissen Abstand miteinander umgegangen. Sehr freundlich, sehr höflich, sehr rücksichtsvoll. Aber nie hatte Eva gesehen, dass sie sich wie Ertrinkende aneinandergeklammert hätten. Leise hörte sie sie flüstern. Manchmal lachten sie unterdrückt auf. Wahrscheinlich dachten sie, Eva schliefe, und wollten sie um keinen Preis wecken.

Ausgeschlossen fühlte sie sich. Allein gelassen mit ihren Überlegungen, Zweifeln, Ängsten, Sorgen um die Zukunft.

Irgendwann dämmerte sie dann doch ein und wusste nicht, wie lange sie geschlafen hatte, als ein Schmerzensschrei aus der Kehle ihres Vaters sie weckte. Mutter murmelte etwas von »Gallenkolik«. Eine Viertelstunde stöhnte er so, dass Eva schon fürchtete, er würde sterben. Dann wurde es langsam besser, Ruhe kehrte ein und der neue Morgen kam mit trübem Winterlicht.

* * *

Wenn Eva später an die folgenden Tage zurückdachte, waren ihre Erinnerungen immer geprägt von einer tiefen Bewunderung für die unglaublich disziplinierte Haltung ihrer Mutter Constanze. Eine Haltung, die sie allerdings auch von Eva verlangte.

In den frühen Morgenstunden hatte Constanze von Mutter Klawuttkes Fernsprecher aus einen Krankenwagen für Vater geordert und ihn in die Charité begleitet. Sein Zustand hatte sich extrem verschlechtert. Es galt, sofort zu handeln. Eva war daheim geblieben, hatte mühsam versucht, sich die Zeit zu vertreiben, das Geschirr vom Abendbrot gespült, die Betten gemacht, einen Eimer Kohlen besorgt, den Ofen gesäubert und frisch angefeuert. Ausgekühlt und klamm war die winzige Behausung nach den Wochen der Abwesenheit. Da hatte auch das einmalige Anfeuern am Vorabend nicht viel bewirken können. Eva war allein mit ihren Gedanken, dabei hätte sie gerade jetzt dringend jemanden zum Aussprechen benötigt. Mit wem konnte sie das tun? Nur Gerda fiel ihr ein. Sie würde die Richtige sein. Würde alle Seiten überlegt würdigen und Ratschläge geben können. Ja, beschloss Eva, sie wollte sich an Gerda wenden. Schließlich kannte die Hebamme sie seit dem Tag ihrer Geburt, hatte Lebenserfahrung und auch in den schlimmsten Zeiten nie ihren Optimismus verloren. Die beste Freundin ihrer Mutter war sie geworden; sie war es gewesen, die Charlotte die neugeborene Eva in die Arme gelegt hatte, und von da an war mit der Zeit ein Band inniger

Freundschaft zwischen den beiden Frauen entstanden. Auch Clemens hatte Gerda und ihren Mann Antoni immer sehr gemocht. Ja, dachte Eva, es war richtig, sich an Gerda zu wenden, und es gab ihr ein beruhigendes Gefühl, diesen Entschluss gefasst zu haben.

Als Mama zurückkam, war sie allerbester Laune. Sie hatte alle Hebel in Bewegung gesetzt, damit Vater nach eingehender Untersuchung sofort unters Messer kam. Einige Gallensteine waren für die ausgeprägte Gelbsucht verantwortlich, die umgehend entfernt werden mussten.

»Er ist jetzt in besten Händen, Evchen, und …«, sie klatschte vergnügt in die Hände, »und ich kann ihn jeden Tag sehen, denn Dr. Sauerbruch hat mir mit Begeisterung meinen alten Posten wieder angeboten. Ich hätte ihm sowieso entsetzlich gefehlt, hat er gesagt, so eine tolle Laborkraft kriegte er nie wieder. Ist das nicht wundervoll?«

Eva fand es mäßig wundervoll. »Und was ist mit unseren Englandplänen, Mama? Was ist mit Gordon, was mit George?«

Constanze schaute ihre Tochter mit großen Augen an. Es kam Eva beinahe so vor, als hätte Mutter keinen Gedanken an diese doch so naheliegenden Einwände verloren.

»Komm, setz dich einmal zu mir, meine Kleine«, sagte sie und zog Eva zu sich auf den Bettrand. »Du weißt doch, es gab und gibt in meinem Leben nur einen einzigen Mann. Dein Papa ist mein Ehemann. Ich habe ihm damals aus tiefstem, ehrlichem Herzen Liebe und Treue bis ans Grab geschworen. Nicht einen Millimeter werde ich jemals von diesem Schwur abrücken, denn ich liebe ihn heute noch genauso wie am Tag unserer Hochzeit. Natürlich muss ich mit Gordon reden. Das werde ich auch sofort tun, denn die Zeit drängt; heute Nachmittag wird er nach England zurückkreisen. Und wenn ich Frau Klawuttke heute früh in der ganzen Aufregung um Vater richtig verstanden habe, wusste Gordon sofort sehr genau, was jetzt das Richtige ist. Du hast es doch selbst erlebt. Für ihn gab es überhaupt keinen Zweifel daran, dass die einzig wahre Reaktion auf Vaters Heimkehr der sofortige Rückzug ist. Er ist ein wundervoller Mensch, weißt du?«

»Das weiß ich, Mama! Und deshalb verstehe ich nicht, dass du ihn offensichtlich jetzt einfach gehen lassen willst. Was ist mit George? Und … wenn ich darauf vielleicht noch hinweisen darf: Ich bin auch noch da. Ich will nach England.«

Mutter strich ihr behutsam übers Haar. »Wenn du erwachsen bist, Evchen, dann kannst du gehen, wohin du willst. Aber du bist sechzehn. Du bist meine und Clemens' Tochter. Wir sind eine Familie. Wir gehören zusammen. In guten und in schlechten Zeiten. Gib deinen Eltern die Chance, die Zeiten wieder gut werden zu lassen. Ich verspreche dir, wir werden alles dafür tun. Und was George angeht …«

Einen Augenblick lang stockte Constanze. Ein Schluchzen ließ ihre Schultern zucken, sie wandte sich halb ab. Eva sah, wie schwer es ihr fiel, die Tränen zurückzuhalten. Dann schien sie sich wieder zu fassen, holte einmal tief Luft und schaute sie wieder an.

»Ich weiß, wie sehr Gordon unseren Sohn liebt. Und ich bin bereit, ihn ihm zu lassen. Es wird ihm niemals an etwas fehlen, da bin ich sicher. Er wird bei der Familie Wade so sicher sein wie in Abrahams Schoß. Das ist mehr, als ich ihm bieten kann.«

Wieder wandte Mutter sich ab, wieder sah Eva, wie ein Zittern über ihren Leib lief. Eva griff nach Mutters Händen, hielt sie ganz fest und nickte aufmunternd, fortzufahren.

»Glaub mir, Evchen, es ist für eine Mutter ein großes Opfer. Beide Söhne! Beide verloren. Aber ich werde dieses Opfer bringen. Für Gordon. Für George. Und für deinen Vater«, presste sie unter Tränen hervor.

In Evas Kopf arbeitete es. Beide Söhne. Mein Gott, ja! Ob Vater überhaupt von Peter wusste? Diesem von den Eltern so heiß ersehnten kleinen Bruder. Noch ein Säugling, gestorben in diesem eiskalten Waggon auf der Flucht … Nein, bitte, nicht daran denken. Nicht jetzt! Es war schon alles schlimm genug. Sie musste die Erinnerung fortschieben. Tiefes Mitgefühl stritt in ihr mit verzweifeltem Widerstreben. Vielleicht hegte sie sogar noch den Wunsch, Mutter umzustimmen, suchte nach guten Argumenten, fand keine, die nicht ganz egoistisch gewesen wären, schüttelte hilflos den Kopf, fragte gequält: »Warum für Vater? Ich verstehe nicht. Was nützt es Vater, wenn du auf dein Baby verzichtest, und wie kann es sein, dass du in nur einer einzigen Nacht so schwere Entschlüsse fassen konntest?«

Plötzlich zog ein beinahe triumphierender Ausdruck über Constanzes Züge. Sie straffte die Schultern, ihre Stimme war jetzt glasklar und sie schaute Eva geradewegs in die Augen. »Aber Eva! Ich habe sie nicht in einer Nacht getroffen, ich habe sie in der Sekunde getroffen, als dein Vater die Tür öffnete. In diesem Moment war ich nur noch Constanze Rosanowski. Die Frau, die jahrelang auf die zweite Hälfte ihres Seins gewartet hat. Du weißt, es war das Schlimmste überhaupt für mich, deinen Vater für tot erklären zu lassen. Auch wenn alles dafürsprach … ich habe nie daran geglaubt, dass er wirklich nicht mehr lebt. Ich hatte das Gefühl, die Liebe meines Lebens verraten zu haben, ihn gar eigenhändig ermordet zu haben. Jetzt hat das Schicksal es endlich, endlich gut mit uns gemeint. Es hat uns wieder vereint. Was für ein Glück, dass unsere Spuren noch nicht allzu stark verwischt waren. Nicht auszudenken, wenn ich gestern die Suchanzeige an der Zettelwand abgerissen hätte!«

»Du hast sie gesehen und nicht abgenommen, obwohl Vater für tot erklärt war?! Hattest du eine Ahnung?«

»Nein. Keine Ahnung. Woher auch? Auf dem Weg zu meinem Abschiedsbesuch in der Klinik kam ich an der Zettelwand vorbei. Ich war schon im Begriff, die Hand auszustrecken und die Anzeige abzureißen. Aber ich konnte es einfach nicht. Irgendetwas hat mich zurückgehalten. Da siehst du, dass ich im Grunde die Hoffnung nie ganz aufgegeben hatte. Und dann ist dieses Wunder geschehen. Man darf sich solch einem Wunder nicht widersetzen. Gordon hat die Lage sofort richtig eingeschätzt. Ihm gebührt deine Bewunderung. Er ist ein vollendeter Gentleman … ach was, er ist ein fantastischer, unendlich feinfühliger Mensch! Ich muss zu ihm gehen, ihm für alles danken. Und ich muss ihm mein Opfer, unseren Sohn, übergeben.«

* * *

Eva vergaß den Inhalt dieses Gesprächs niemals. Jedes Wort prägte sich ein, stellte doch jedes auch die Weichen für ihre eigene Zukunft. Sie musste die Entscheidungen, welche ihre Mutter in diesen Tagen traf, mittragen. Und sie begriff schnell, dass Constanze Rosanowski beide Männer und auch den kleinen George mit ihrem Handeln geschützt hatte. Was auch immer Vater in den vergangenen Jahren geschehen war, sie wussten es damals beide noch nicht, aber sicher war jedenfalls, dass seine Position weiß Gott nicht die des glorreich heimgekehrten Helden war. Seine Gesundheit sollte, ebenso wie sein angeschlagenes Selbstbewusstsein, noch lange auf tönernen Füßen stehen. Die Schmach, in dem Bewusstsein leben zu müssen, dass er ausgerechnet den Sohn eines alliierten Siegers aufziehen sollte, hatte Mutter ihm erspart.

Frau Klawuttkes eisernem Regime war es zu verdanken, dass niemand je ein Wort über George oder den hilfreichen englischen Major verlor. Über ein totes Kind sprach man nicht.

Nicht mit der Mutter und auch nicht mit dem heimgekehrten Familienvater. Und wer der Frau Rosanowski wirklich über die schlimmsten Hungerjahre hinweggeholfen hatte … ja, herrje, jede Frau, die nur halbwegs Verstand und Überlebenswillen besaß, hätte in diesen Zeiten die Chance ergriffen. Das war nun wirklich nichts Besonderes und kaum des Tratsches wert. Offiziell blieb Gordon Wade ein Freund, der sich um Gerdas Familie und eben ganz nebenbei auch ein wenig um Clemens' verdient gemacht hatte.

***

Am Nachmittag nach dem ernsthaften Gespräch hatte Constanze Eva wieder allein gelassen. Eva hatte gebettelt und geweint. Sie wäre so gern mitgegangen, hätte Daddy Lebewohl sagen wollen. Aber Mutter war hart geblieben. Der Gang sei für sie allein schon schwer genug, hatte sie gesagt. Dass Eva dem Drama noch weitere Szenen hinzufügte, wolle sie unter allen Umständen vermeiden. Eva blieb zurück. Resigniert, unendlich traurig und wütend. Es wäre doch wirklich das Mindeste gewesen, sich richtig verabschieden zu dürfen. Vom neu gewonnenen Dad, vom geliebten Brüderchen. Wie konnte Mama so gemein sein? In diesen Stunden hasste sie sie beinahe. Es machte die Sache nicht besser, dass Eva den fertig gepackten Koffer unter dem Bett hervorzog. Da hatte Mama alle Sachen hineingetan, die sie nach England mitnehmen wollte. Der Deckel war verbeult, als hätte sie sich daraufgesetzt, und Evas Traurigkeit steigerte sich ins Unermessliche, als sie feststellen musste, dass ihr geliebtes Teeset aus Wedgewood-Porzellan zerbrochen war. So gerne hätte sie sich jetzt wenigstens mit einer kleinen englischen Teezeremonie getröstet und in zauberhaften Erinnerungen geschwelgt. Sie nahm das Blechdöschen mit den

Teeblättern heraus, suchte und fand das kleine Tee-Ei, setzte Wasser auf, brühte sich eine Tasse des aromatischen Getränks in einem Blechbecher, ließ es exakt lange genug ziehen, gab ein wenig Zucker und einige Tropfen Milch hinzu. Rührte. Und probierte. Himmel, nein! Es schmeckte wirklich nicht halb so gut wie aus dem feinen Porzellan. Eva stellte den Becher weg. Sammelte die Scherben aus einem Häufchen Wäsche im Koffer. Ob man es wieder kleben konnte? Nie. Nie wieder würde sie solches Teegeschirr bekommen. Alles war aus. Die Scherben in der Hand, den metallischen Geschmack des verunglückten Aufgusses auf der Zunge saß sie auf dem Bettrand und weinte, bis es draußen dunkel geworden war.

Herumhocken und grübeln war wirklich das Allerschlimmste. Einmal ertappte sie sich sogar bei dem Gedanken, dass Vater doch besser dort hätte bleiben sollen, wo der Pfeffer wuchs. Zusammengezuckt war sie über ihre eigene Herzlosigkeit. Mein Gott, wie schrecklich er aussah, wie krank, wie schwach er doch war. So schlecht war es ihm nicht mal damals gegangen, als er frisch verwundet aus der schrecklichen Schlacht um Stalingrad heimgekommen war. Da hatte er wenigstens noch ausgesehen, wie sie ihn in Erinnerung gehabt hatte. Und jetzt? Ein Schatten des Mannes, der er einst gewesen war. Und sie, seine eigene Tochter, wünschte sich, er wäre nie wieder aufgetaucht? Eva! Was tust du? Was für ein furchtbar schlechter Mensch ist aus dir geworden? Denkst nur noch an dich selbst. Pfui, schäm dich!

Sie schämte sich ausgiebig. Spürte, wie Röte ihre Wangen überzog, heulte über die eigene Schlechtigkeit, das ungerechte Schicksal, die miese, fiese Welt. Und auch ein bisschen über Vaters entsetzlich schlechten Zustand.

Als Mutter wenig später zurückkehrte, war auch sie in Tränen aufgelöst. Eva konnte gar nicht anders, als sie in die Arme zu schließen und zu trösten. Wer weiß, sagte sie sich in einem winzigen Moment halb kindlicher, halb sehr erwachsener Erkenntnis, vielleicht war es gut, jetzt die Rolle der Trösterin zu übernehmen, weil es vom eigenen Jammer ablenkte.

Eva kochte Hagebuttentee, schmierte eine Stulle für Mama, schnitt sie in winzige Häppchen, schob sie ihr zwischen die zitternden Lippen, hieß sie mit erhobenem Zeigefinger und gespielt strengem Blick kauen, schlucken; lobte sie für jeden Bissen. Constanze ließ sich füttern wie ein Kind. Eva musste ein paarmal sogar lachen über das eifrige Gesicht, das sie aufsetzte, und Mutter lachte ein bisschen mit, flüsterte »meine Große« und »wir Frauen«. Es war ein Abend der Nähe. Zwischen größtem Glück über Vaters Heimkehr bei Constanze und tiefstem Unglück über das Loslassenmüssen des wunderbaren Gordon, den Abschied vom kleinen George und Evas verpasste Zukunftschancen. Zwischen unendlichem Leid über Verlorenes und himmelhoher Freude über Wiedergewonnenes. Allein … Eva blieb das bohrende Gefühl, die eigentliche Verliererin zu sein.

* * *

Schon am folgenden Morgen ging alles wieder seinen gewohnten Gang. In aller Früh scheuchte Constanze Eva aus dem Bett, schob sie an die Waschschüssel mit kaltem Wasser, neben der englische Lavendelseife (englische! Oh, verdammt!) und ein Handtuch lagen. »Waschen! Und dann ab in die Schule!«

»Ich muss heute schon wieder …?« Eva schnappte nach Luft.

»Na, was hast du denn gedacht? Ich habe dich gestern natürlich sofort wieder angemeldet, als ich aus der Charité kam. Wir haben nichts zu versäumen. Ich gehe arbeiten, du gehst zur Schule. England und dein Schulaufenthalt dort waren ein Zwischenspiel. Jetzt wirst du es zumindest im englischen Sprachunterricht leichter haben als deine Klassenkameradinnen.«

»Und im Russischen werden sie mir meilenweit voraus sein«, stöhnte Eva. »Das ist denen doch hier viel wichtiger.«

»Da wirst du dann eben nacharbeiten. Du bist intelligent. Schließlich bist du ein Warthenberg-Sprössling«, lachte Mutter.

»Und wie erkläre ich meinen Schulfreundinnen, dass es nix ist mit England?«, warf Eva zähneklappernd vor Kälte ein.

»Indem du die Wahrheit sagst. Also ...«

»Nicht die ganze Wahrheit, sondern unsere familieneigene Lügengeschichte, nicht wahr?«

»Uh, meine Tochter kann sarkastisch sein. Donnerwetter! Aber besser so als tränenreich und triefnasig. Nun los, in die Kleider! Ich habe deinen Koffer mitgebracht, wie du siehst. Nimm ruhig den karierten Schulrock und den warmen Wollpullover, es ist kalt draußen.«

Evas Blick fiel auf die Eisblumen, die das nebelkalte Wetter auf die beiden schmalen Fensterchen gemalt hatte. Man konnte nicht nach draußen sehen. Minuten später verließen sie ihre karge Wohnung. Beide gingen gewohnte Wege neu. Nichts hatte sich verändert.

Und alles.

* * *

Eva musste höllisch aufpassen mit dem, was sie erzählte. Schließlich hatte sie sich vorgestern auf immer und ewig von ihren Freundinnen verabschiedet, und nun war sie plötzlich wieder da, saß an ihrem gewohnten Platz in der Bank und gab jeden Anlass zum Tuscheln. Hatte sie den Mädchen etwas vorgesponnen? Hatte sie eine unglaubliche Lügengeschichte aufgetischt? Wisley Park. Das herrschaftliche Anwesen. Ein eigenes Pony, ein Zimmer mit Blumengardinen, Kamin und Himmelbett. Pah! Aber woher dann diese Fotos? Die waren doch echt gewesen. So echt wie der karierte Faltenrock und der dunkelblaue Wollpullover mit dem gestickten Emblem auf der Brust, die zu ihrer englischen Schuluniform gehört hatten und die sie beide klammheimlich in ihren Koffer geschmuggelt hatte, weil sie ein Synonym ihrer neuen Zugehörigkeit darstellten. Na ja, und überhaupt ... Sie sah furchtbar blass und mitgenommen aus an diesem Dezembermorgen, die Eva Rosanowski, die doch eigentlich bald Wade heißen sollte und wirklich richtig englisch aussah. Irgendetwas Schreckliches musste passiert sein.

Die große Pause wusste Eva zu einem Vorstoß zu nutzen. Jetzt reinen Tisch machen und alle informieren, ehe sich Gerüchte festsetzten, denen man binnen Kurzem nicht mehr klärend beikam.

Bereits zu Beginn des Biologieunterrichts war es durch die ganze Schule. Eva Rosanowski hatte während der vergangenen zwei Tage die entsetzlichsten Tiefen und herrlichsten Höhen erlebt. Das Narrativ machte die Runde. Vom plötzlichen Kindstod des kleinen Bruders, von der Heimkehr des tot geglaubten Vaters, der just in der Charité um sein Leben rang. Zur Deutschstunde war auch die Lehrerschaft auf dem aktuellen Stand und bei Unterrichtsende hatte Eva alle Sympathien auf ihrer Seite. Es hätte eine Sache sein können, die Häme nach sich zog. Doch ihrer Geschicklichkeit war es zu verdanken, dass sie ungeschoren davonkam und zutiefst bemitleidet wieder in den Schoß der Klasse aufgenommen wurde.

Gut ging es ihr dennoch nicht, und nach Schulschluss machte sie sich umgehend auf den Weg zu Gerda. Es war eine Dreiviertelstunde zu laufen, sie wusste nicht, ob die Hebamme Zeit für sie haben würde, aber sie wollte es wenigstens versuchen. Mutter würde sicher nach dem Dienst noch lange bei

36

Vater bleiben und erst gegen Abend heimkommen. Es war schon merkwürdig. Vater war aufgetaucht, hatte eine Flut völlig unterschiedlicher Emotionen ausgelöst, war flugs wieder aus Evas Sichtbereich verschwunden und hatte doch alles auf den Kopf gestellt. Er war ihr einfach noch nicht wieder nah genug, dass die Waagschale ihrer Empfindungen wenigstens ausgewogen hätte sein können. Sie musste mit jemandem sprechen. Noch einen Tag ohne einen in gewisser Weise unbeteiligten, objektiven Gesprächspartner würde sie nicht ertragen können.

Die Sonne hatte sich durch den Nebel gekämpft und der blaue Dezembertag war strahlend schön geworden. Der Raureif der Nacht war nicht getaut. So verziert wirkte die Stadt beinahe ein bisschen märchenhaft. Man merkte, man war im Westteil der Stadt angekommen; das zu erkennen brauchte es keine Schilder, die darauf hinwiesen, welchen Sektor man gerade verließ. In den Auslagen der Geschäfte gab es hier eine erheblich vielfältigere Warenauswahl, die Kaufleute hatten viel prächtiger dekoriert. »Schaufensterwunder« nannten die Leute das. Woher war nur alles so schnell wieder gekommen, seit die Währungsreform durchgeführt worden war? Man konnte den Eindruck haben, alle Waren hätten irgendwo im Verborgenen existiert und nur auf diesen einen Tag gewartet, um plötzlich wie selbstverständlich wieder verfügbar zu sein. Irgendetwas musste das mit dieser »Marktwirtschaft« zu tun haben, von der alle sprachen, so ganz genau durchblickte Eva deren Mechanismen jedoch nicht. Manche Leute erzählten hinter vorgehaltener Hand, alle Händler hätten nur darauf gewartet, endlich harte D-Mark statt wertloser Reichsmark für ihre Waren zu bekommen, und bis zu diesem einen speziellen Tag gebunkert, was das Zeug hielt, um dann plötzlich alles so auf den Markt zu werfen, dass alle an ein Wunder glauben mussten. Na, egal, was auch immer dadran sein mochte: Eva genoss jetzt lieber die Blicke in die Ladenfenster. Hier, im Westteil der Stadt, hatte man das Gefühl, im puren Luxus schwelgen zu können. Geld hatte sie keines. Im Osten fiel das nicht weiter auf, denn nichts hätte Begehrlichkeiten geweckt, nirgends wäre ihr beim Anblick wundervoller, lange nicht genossener Lebensmittel das Wasser im Munde zusammengelaufen. Es gab das Nötigste. Und das sogar ziemlich billig. Vielleicht war es ganz gut, nicht arm wie eine Kirchenmaus hier wohnen und ständig auf all diese Herrlichkeiten blicken zu müssen.

Arm würden sie jetzt bald wieder sein. Mamas Gehalt hatte halbwegs genügt, um sie beide über Wasser zu halten. Jetzt war Vater da und es war nicht abzusehen, wann er wieder so gesund sein würde, dass er zum Lebensunterhalt der Familie beitragen oder ihn allein würde bestreiten können. Die kleine Barschaft, die Gordon dagelassen hatte, würde nicht ewig reichen, egal, wie vorsichtig Mama sie auch verwaltete und zusammenhielt. Die Zeiten des Schwelgens im Überfluss des Wade'schen Haushalts waren eben vorbei. Es war nicht das, was Eva am meisten anfocht. Sie hatte nie zur Oberflächlichkeit geneigt und war es lange genug gewohnt gewesen, von wenig, von sehr wenig zu leben und damit irgendwie zurechtzukommen. Nein, ihre Traurigkeit über die wegzusteckenden Verluste hatte viel tiefergehende Ursachen, hing nicht an Dingen, sondern an lieb gewonnenen Menschen.

Trotzdem machte es ihr Freude, den Blick über all die Herrlichkeiten schweifen zu lassen, den Duft nach Anis, Fenchel und Vanille einzuatmen, der aus dem Kupferkessel einer Bolchenbude durch die klare Luft zog, und sie stellte fest, zusammen mit dem glitzernden Eiszauber, der jeden Zaun, jeden Busch und Baum, jedes Verkehrsschild zierte, konnten richtig weihnachtliche Gefühle aufkommen. Ein bisschen wie früher auf dem Danziger Weihnachtsmarkt oder bei

Großmutter in Ostpreußen. Evas verzagtes Herz öffnete sich ein wenig, aber sie fasste den Entschluss, gleich morgen einen langen Brief an ihre Uroma Charlotte zu schreiben, um auch ihr das Herz auszuschütten. Sie würde so schnell wie möglich antworten, so viel war sicher, und sie würde, wie immer, klugen Rat wissen. Darauf tagelang warten konnte Eva nun aber wirklich nicht mehr.

Gerda empfing sie liebevoll, hatte aber nicht sofort Zeit für das Mädchen. In dem winzigen Wartezimmer, zu dem sie ihren Wohnungsflur umgestaltet hatte, saßen drei Hochschwangere in bequemen Korbstühlen.

»Du kannst in der Küche warten. Ich brauche noch mindestens anderthalb Stunden für meine Patientinnen. Dann bin ich gern für dich da. Wie wär's, erledige doch gleich deine Hausaufgaben! Du kannst dir Tee kochen und eine Stulle schmieren, wenn du möchtest.« Mit einem Zwinkern schob die Hebamme Eva durch die angrenzende Tür und schloss sie leise hinter ihr.

Drinnen saß Gerdas Tochter Sophie vor ihren Heften am Tisch. Sie sprang auf und umarmte Eva stürmisch. »Verzeih, Eva, aber ich bin ja eigentlich froh, dass ihr hierbleibt. Ich hätte dich sehr vermisst.«

Eva drückte die fünfzehnjährige Freundin. Sophie meinte es ernst. Das fühlte sie, und es tat gut, so fest gehalten zu werden. »Du hättest mir auch gefehlt, Sophie. Machen wir das Beste aus der Sache, nicht?«

Sie ließen einander los, Eva zog ihre Mappen aus dem Tornister, Sophie schob ihr ein Döschen mit englischen Pfefferminzpastillen zu. Noch von Gordon. Eva nahm zwei, ließ sie genüsslich im Mund zergehen.

»Er wird immer mal etwas schicken, hat er gesagt. Und er war sehr, sehr traurig.«

Manchmal konnte man sich darüber richtig freuen, wenn man hörte, dass jemand traurig war, dachte Eva und seufzte tief. Das liebe, kleine Gesicht ihres Brüderchens schien vor ihrem inneren Auge auf. »Und George?«

»Ach, George …«, schmunzelte Sophie. »Der ist doch noch viel zu klein, um etwas zu begreifen. Der strahlt den ganzen Tag seinen Daddy an. Mach dir keine Sorgen, er wird schon klarkommen. Ich glaube, dir geht es am miesesten, stimmt's?«

»Ich habe Vater kaum wiedererkannt. Und nur ein paar Worte mit ihm gewechselt. Da ging es ihm schon so schlecht, dass Mama ihn im Eiltempo in die Klinik gebracht hat.«

»Aber er wird es schaffen?«

»Ich glaube schon. Mutter ist ganz guten Mutes. Aber weißt du … er ist nicht stark … nicht so wie Dad. Nicht gesund. Vielleicht wird er nie wieder richtig … nicht so jedenfalls, wie er früher war.«

Sophie sagte etwas, das Eva ihr nie zugetraut hätte, weil sie es einfach sehr klug und ungeheuer erwachsen fand: »Wir sind alle nicht mehr so, wie wir vor dem Krieg waren. Aber wir kommen wieder auf die Füße und müssen jetzt vergessen und nur noch nach vorne schauen.«

Eva nickte anerkennend, murmelte: »Versuchen wir es …« Dann vertieften sich beide in ihre Aufgaben; nur hin und wieder langte die eine oder andere verstohlen in die Pastillenschachtel. Manchmal trafen sich dann ihre Blicke und ein flüchtiges Lächeln bekräftigte, dass sie einander verstanden.

* * *

Die Mädchen waren fertig, als Gerda zu ihnen kam, und hatten inzwischen schwarzen Tee gekocht. Mit Kandis und einer Löffelspitze von der Clotted Cream aus dem mitgebrachten

Glas, das möglichst noch ein Weilchen reichen sollte, weil man Nachschub hier nicht bekam. Köstlich!

Sophie räumte auf einen Wink Gerdas hin ihre Sachen zusammen und verließ die Küche. Eva hatte die alte Freundin ihrer Mutter endlich für sich allein.

»Dir geht es nicht gut, Eva«, eröffnete Gerda das Gespräch und schaute ihr prüfend ins Gesicht. »Ich kann mir vorstellen, wie schwer es für dich sein muss, all deine sicher geglaubten Felle davonschwimmen zu sehen.«

»Ach nein«, fiel ihr Eva ins Wort, »so darfst du das nicht sehen. Klar, ich hatte mir eigentlich nichts sehnlicher gewünscht, als all unsere Pläne wahr werden zu sehen. Aber ich weiß, dass Mama sich etwas ganz anderes sehnlich gewünscht hat. Du kannst mir glauben, ich gönne meinen Eltern ihr Glück von Herzen. Es kam nur alles so plötzlich … alle wirkten schrecklich vernünftig. Erwachsene eben … Na ja, ich glaube, dass sie gute Gründe gehabt haben müssen. Dad … wie konnte er nur so schnell umschalten, als er Vater erblickte? Ich dachte, er würde nicht so schnell klein beigeben, würde sofort die veränderte Lage aufklären und Ansprüche auf Mama erheben. Aber das hat er überhaupt nicht getan. Und dann dieses ganze Lügengebäude! Gordon nur ein Freund von euch. George tot. Das ist doch alles furchtbar, Gerda!«

Die letzten Worte hatte sie fast geschrien. Tränen liefen über ihre Wangen. Gerda reichte ihr ein Taschentuch, nahm sie in die Arme und wartete, wartete lange, bis sie fertig geschluchzt hatte, dann schob sie sie um halbe Armeslänge von sich fort, legte eine Hand unter ihr Kinn und befahl mit fester Stimme: »Schau mich an!« Langsam hob Eva die Lider, sah wie durch ein Milchglas, jammerte verzweifelt: »Erklär es mir. Es will mir nicht in den Kopf.«

Gerda nickte. »Schau, Gordon wusste nur zu genau, dass er nie Clemens' Platz in Constanzes Herz hätte einnehmen können. Eine Ehe trotz seines Wiederauftauchens wäre ein seelisches Desaster für beide geworden. Gordon ist ein wahrer Ehrenmann. Er würde niemals einem anderen Mann die Frau wegnehmen. Und es war ihm immer klar, dass er die Position an der Seite deiner Mutter nur zugestanden bekam, weil davon auszugehen war, dass dein Vater tot ist. Auch für ihn wäre es eine elende Quälerei geworden, immer die zweite Geige zu spielen. Nun ist er frei. Er leidet. Aber ich bin sicher, er wird die Frau finden, für die er der Einzige ist. Verdient hat er es weiß Gott.«

Eva sah zu Gerda auf. »Aber George! Keine Mutter, die ihr Kind wirklich liebt, gibt es einfach so weg. Von einem Tag auf den anderen. Liebt sie George gar nicht? Hat sie nur Vaters Kind, hat sie nur Peter geliebt?«

»Aber Eva! Um Himmels willen, nein! Constanze liebt all ihre Kinder gleich. Sie hat ein echtes Mutterherz. Doch wer wirklich liebt, muss auch loslassen können. Was denkst du denn, wie es für George sein würde, wenn dein Vater ihn aufzöge? Ich traue Clemens viel zu, er war immer ein feinfühliger Mensch. Aber da wäre stets das Wissen gewesen, dass George ein Kuckucksei ist. Du weißt, deine Eltern haben sich immer noch ein Söhnchen gewünscht. Sie haben keines zusammen und …«, Gerda hob drohend den Zeigefinger, »ich schwöre dir, ich drehe dich mit den Füßen zuerst durch den da, wenn du etwas sagst …« Sie wies auf den mattsilbernen Fleischwolf, der auf der Ecke der Arbeitsplatte festgeschraubt war, und grinste beinahe diabolisch.

»Gott, was für eine schaurige Idee, Gerda!«, sagte Eva und konnte selbst ein Kichern nicht unterdrücken. »Na gut, ich schwöre!« Sie hob zwei Finger. »Von Peter muss Mama ihm, glaube ich, selbst erzählen. Oder besser nicht. Ich ahne nicht, ob sie ihm zumuten will, von seinem Tod zu erfahren. Vielleicht

42

ist es am besten, wenn er gar nichts von ihm weiß. Dann muss er nicht traurig sein.«

»Eben!«

»Wie ist es gewesen, Gerda? Hast du es mitbekommen, wie Daddy reagiert hat, als Mama ihm George schenkte?«

Gerdas Ausdruck wurde weich und verträumt, ihre Stimme klang sanft, als sie berichtete: »Ich glaube, ich habe noch nie so viel Nähe zwischen Constanze und Gordon gesehen wie in dem Moment, als sie ihm den Kleinen in den Arm gelegt hat. Wenn du schon mich nicht haben kannst, will ich dir wenigstens unseren Sohn geben, Gordon, hat sie gesagt, und dieser große, aufrechte Mann schwamm in einem Meer aus Tränen der Rührung. Er hat keinen Augenblick gezögert. Ich glaube, er wusste, dass so alles richtig ist, aber er war vollkommen überwältigt. Erzähl ihm erst von mir, wenn er erwachsen ist, versprich es mir, hat deine Mama gesagt, und Gordon konnte nur nicken, kriegte kein Wort heraus. Constanze hat sie beide noch einmal geküsst, irgendwas geflüstert, mir nur kurz über den Arm gestreichelt, mich gar nicht angesehen und ist hinausgerauscht, als sei der Teufel hinter ihr her. Gordon ist gestern Nachmittag abgereist. Ich werde ihn vermissen.«

»Ich auch, Gerda. So sehr! Und ich bin wütend, dass Mama mir nicht die Möglichkeit gegeben hat, mich zu verabschieden.«

»Sei nicht wütend, Evchen. Für solche Abschiede bist du noch nicht stark genug. Es ist besser so und deine Mutter wusste das. Du hättest es nicht ausgehalten. Und Gordon hat dich sehr lieb. Ich glaube, selbst wenn du ihn niemals wiedersiehst, wird er von Ferne über dich wachen, denn du bist ihm wie eine Tochter, wie sein eigen Fleisch und Blut.«

Eva verstand nicht ganz, was Gerda ihr gerade sagen wollte. Viel später würde sie vielleicht begreifen. Jetzt waren da nur diese wichtigen Worte: Gordon hat dich sehr lieb. Sie waren

Balsam für Evas geschundene Seele. Ein Balsam, der ihr nie ausgehen sollte, wenn sie sie sich später manchmal ins Gedächtnis rief. In den Nächten, in denen sie schlecht in den Schlaf fand und jede Silbe mit der Erinnerung an sein liebevolles, väterliches Gesicht verband.

4

BERLIN, WEIHNACHTEN 1949 –
ALLES WIRD GUT

Constanze hatte es die ganze Adventszeit über vermieden, Vater und Tochter aufeinandertreffen zu lassen. Eva hatte etliche Male vorsichtig gefragt, ob sie nicht nach der Schule mal in der Charité vorbeikommen könne, um ihm einen Besuch abzustatten, und sich gewundert, warum Mama immer wieder unter fadenscheinigen Begründungen ablehnte und so ein Theater machte. Ob es ihm noch so schlecht ging, dass sie meinte, ihr seinen Anblick lieber noch nicht zumuten zu wollen? Es war Eva nicht entgangen, dass Mutter ihren Schrecken beim ersten Aufeinandertreffen sehr deutlich wahrgenommen hatte. Dabei hatte sie doch berichtet, dass sie sogar schon einige Male eine kleine Ausfahrt mit ihm im Rollstuhl unternommen hatte, damit er ein wenig an die Luft kam. Sehr merkwürdig! Eva beschlich das Gefühl, Mama wolle alles dafür tun, ihn ihr beim nächsten Mal möglichst nah am alten Vaterbild zu präsentieren, damit der Unterschied zu Gordon nicht allzu krass ausfiel. Eva riss sich zusammen, Unausgesprochenes hing zwischen ihnen in der Luft. Aber sie wusste genau, dass sie Mutter nichts vormachen konnte. Es bedurfte keiner Worte, damit Mutter in ihr lesen konnte wie in einem aufgeschlagenen Buch.

Jetzt stand Weihnachten vor der Tür und Vater sollte Heiligabend entlassen werden. Mama hatte inzwischen einen Riesencoup gelandet: Sie hatte Frau Klawuttke erfolgreich bekniet, ihr die Zweizimmerwohnung im Parterre des Vorderhauses zu überlassen. Der bisherige Mieter, ein alleinstehender Rechtsanwalt namens Schmidt, hatte unlängst eine Partnerin gefunden und war in Sachen Wohnung aufgestiegen. Was nicht schwer war, denn dem reichlich demolierten Vorderhaus fehlten noch immer sowohl ein Teil des Daches als auch der halbe dritte Stock und trotz der angebrachten Schutzplanen lief bei Starkregen das Wasser bis ins Treppenhaus hinunter. Von einer feudalen Bleibe konnte also nicht die Rede sein und wenn man es ehrlich betrachtete, musste man im Grunde zugeben, das Haus war abbruchreif.

Eva hatte sich gefragt, wie der alte, griesgrämige Knispel Schmidt, der ungefähr genauso mitgenommen wirkte wie das einst so stolze Bürgerhaus, zu einer derart hübschen jungen Frau gekommen war, und sich die Antwort nach kurzem Überdenken selbst gegeben. Allzu groß war die Auswahl für Frauen heutzutage wirklich nicht. Viele nahmen gern, was auf den ersten Blick noch halbwegs präsentabel war und wenigstens ein bisschen nach Zukunft roch. Ein Anwalt, egal wie alt, Hauptsache noch arbeitsfähig und halbwegs unversehrt (dem Schmidtchen fehlte lediglich der linke Arm, das konnte man hinnehmen), roch jedenfalls gewaltig nach Versorgung.

Kurz und gut, die »Damen Rosanowski« zogen um, wie Mama es vergnügt nannte. Tatkräftig wurden sie unterstützt von Gerda, Antoni sowie dreien seiner Freunde. Für Eva und Constanze im wahren Wortsinn ein Schritt nach vorn, verglich man die zwei recht großzügigen, hellen Räume und die noch fast komplett eingerichtete Küche mit ihrem Hinterhofkabuff. Das Klo befand sich auf halber Treppe nach oben. Immerhin musste man nicht mehr über den Hof, und der Abort wurde lediglich von vier Parteien benutzt. Ein enormer Luxus, zumal im Dezember.

Constanze hatte gezaubert. Wie sehr sie wirklich gezaubert hatte, sollte Eva zwar erst später mitbekommen, aber jetzt schon gab es allerhand zu bestaunen. Aus allen erdenklichen Quellen hatte Mutter gebrauchte Möbel organisiert, denn sie wollte sich nicht erlauben, allzu viel von der kleinen Barschaft zu verpulvern, die sie hütete wie den englischen Kronschatz. Die beiden vorhandenen einfachen Betten standen inzwischen zum Ehebett zusammengeschoben im kleineren Zimmer. Für den weitaus größeren Raum hatte sich ein Tisch mit drei Stühlen, ein recht ansehnliches Kommödchen mit sechs Schüben und ein Canapé gefunden. Es machte gar nichts, dass die Polsterung über einem der hübsch gedrechselten Beinchen angekohlt war. Mutter hatte einfach einen Überwurf darauf drapiert, der den Schaden perfekt verbarg.

Das Größte für Eva war ihr neu erschaffenes eigenes Reich in der Wohnzimmerecke zwischen Fenster und der der Tür gegenüberliegenden Wand. Es bestand aus zweierlei: zum einen aus einem schmalen Bücherregal, dem zwei Füße fehlten (Mutter und Tochter waren diese kleine Schwäche pragmatisch angegangen, hatten einfach die noch vorhandenen beiden Stützen abgesägt und waren höchst zufrieden mit dem bombenfest stehenden Ergebnis), zum Zweiten aus einem sehr komfortablen Jugendbett inklusive Staukasten, das ein netter Oberarzt der Charité hergeschenkt hatte. Im rechten Winkel zum Bord hatte es seinen Platz gefunden. Es war ein wenig zu kurz für Eva, aber ein Weilchen würde es noch gehen, wenn sie sich etwas schräg hinlegte. Um Evas Eindruck von Privatsphäre zu untermauern, hatte Gerda einen dünnen Vorhangstoff mit Schlaufen versehen und auf eine diagonal angebrachte Stange gefädelt. Tagsüber in Richtung Fenster zurückgezogen, wirkte er wie eine Gardine und fand sein Gegenstück auf der anderen Fensterseite. In der Nacht und wenn Eva ihre Ruhe vor der Welt haben wollte, konnte sie ihn einfach zuziehen und hatte ein richtiges eigenes Zimmer. All ihre kleinen Schätze, samt zerbrochenem Teegeschirr, wohlverwahrt in einer Blechdose, Schulsachen und Bücher fanden endlich ihren Platz. Unter dem Bett war genug Raum für einen flachen Pappkarton mit ihren Kleidern.

Schmidtchen hatte den ollen Kleiderschrank im Schlaf-zimmer stehen lassen. Das mächtige, düstere Ding war so wurmstichig und altersschwach, dass er vermutlich befürchtet hatte, es könnte beim Transportversuch seinen Geist aufgeben. Ein Segen für die beiden, denn es ging mordsmäßig viel hinein. Der Clou der neuen Wohnung war allerdings der nagelneue Korbschaukelstuhl, den Mama ganz speziell für Vater besorgt und bezahlt hatte. Vis-à-vis dem Canapé aufgestellt, über der Rückenlehne eine karierte Wolldecke, ein Sitzkissen mit demselben Muster, versprach er pure Gemütlichkeit für den Genesenden und war ihr Weihnachtsgeschenk an Vater.

Geheizt wurde mit einem richtigen Ofen, der glück-licherweise am unversehrten Schornstein des Hauses hing und prima zog. So kuschelige Wärme hatten die beiden während der letzten Jahre nur in England erlebt. Das Bolleröfchen im Hinterhof hatte die Raumtemperatur winters kaum mal über vierzehn Grad anheben können und es nie geschafft, die feuch-ten Wände, geschweige die zum Trocknen aufgehängte Wäsche richtig trocken zu kriegen.

Gemütlichkeit! Das war offensichtlich sowieso das wich-tigste Stichwort für Mama in diesen Vorweihnachtstagen. Sie

wollte alles so gestalten wie früher. Papa musste sich sofort wohl-
fühlen, wenn er hereinkam. Am frühen Morgen des Heiligen
Abends besorgten sie ein Bäumchen, hängten die selbst gebastelten Strohsterne und die auf schmale Schmuckbänder gefä-
delten rotbackigen Äpfel hinein und befestigten blecherne
Kerzenhalter. Geheimnisvolle Päckchen lagen unter dem Baum,
als Eva mittags mit den letzten Besorgungen heimkam. Aus der
Küche drang schon der Duft von Rehrücken und Rotkraut,
mischte sich mit dem köstlichen Geruch nach Tannengrün und
frischen Vanillekipferln, die Eva noch in der Früh gebacken
hatte. Tja, wohl dem, der gute Kontakte in die Westsektoren
hatte.

»Komm zu mir«, rief Mutter aus der Küche, »und Nase
raus jetzt aus dem Weihnachtszimmer! Essen werden wir in der
Küche.«

Ja! Genauso war es früher gewesen. Jetzt fehlte nur noch
Vater, den Mama um drei Uhr würde abholen dürfen. Auf dem
Küchentisch lag Post für sie an ihrem Platz. Eva hätte den Brief
eigentlich nicht umdrehen müssen, um den Absender zu erken-
nen. Das war Urgroßmutter Charlottes Handschrift und unter
Evas Namen stand »persönlich«. Unterstrichen!

»Oh, wie schön, sie hat mir geantwortet.«

Mutter drehte sich um, warf ihr einen fragenden Blick zu.

»Ja, ja, ich hatte ihr geschrieben. Sie hat sich ganz schön
Zeit gelassen mit der Antwort. Hast du auch Post von ihr
bekommen?«

Constanze schüttelte den Kopf. »Keinen Brief. Aber vielleicht ist etwas in ihrem Päckchen. Da schauen wir natürlich
erst rein, wenn wir heute Abend alle unterm Baum zusammen-
sitzen. Lies mal vor, Evchen, was schreibt sie denn?«

»Später …«, sagte Eva. Nein, erst wollte sie alleine lesen.
Nachher, wenn Mutter sich auf den Weg zur Klinik machte,

um Papa abzuholen. Mama musste nicht wissen, was Charlotte ihr womöglich auf ihre jammervollen Zeilen geantwortet hatte.

»Hast du Geheimnisse mit Großmutter?« Es klang misstrauisch.

»Ach was! Aber jetzt muss ich doch erst mal die Kartoffeln für den Kloßteig pellen … den Tisch sollten wir auch schon decken. Sind die Nüsschen trocken geworden?«, versuchte Eva abzulenken und deutete auf das Einweckglas, in dem auf dünne Holzstäbchen gesteckte Walnüsse standen, die Eva vor zwei Tagen mit goldener Farbe bepinselt hatte, um sie mit ein wenig Tannengrün nachher als Dekoration auf dem Esstisch zu verteilen. Mutter ließ sich ablenken, betastete vorsichtig die bemalten Nüsse, nickte. »Die kannst du abnehmen. Sind trocken.«

»Dann musst du aber jetzt langsam los. Ich mache den Rest hier. Schau auf die Uhr, es ist schon gleich zwei und umziehen solltest du dich vielleicht auch noch, oder wolltest du in Kittel und Schlappen los?«

Mama lachte, nahm die Schürze ab und verschwand im Schlafzimmer, um kurz darauf – von der Köchin zur attraktiven Dame verwandelt – zurückzukehren. Sie gab Eva einen Kuss. Sie strahlte. Und duftete. Und hinterließ einen deutlich spürbaren blassroten, fettigen Lippenstiftfleck auf Evas Wange. Eva rubbelte ihn weg und lächelte. Ganz aufgeregt war Mama. Als würde sie zum ersten Rendezvous gehen.

»Pass auf das Rehlein auf! Um vier ist es fertig … setz das Wasser für die Klöße passend auf und bereite die Möhrchen für Papa vor, ja? Er verträgt noch keinen Kohl. Dein Kleid liegt auf dem Bett im Schlafzimmer. Kämm dir die Haare!«

Noch im Hinausstürzen auf ihren hohen, dünnen Absätzen schaltete sie das Radio an. O du Fröhliche. Die beiden letzten Strophen. Die Tür fiel zu, Eva summte mit, wischte den Tisch ab, breitete das Tischtuch aus, deckte ein, verzierte liebevoll mit

50

den vorbereiteten Sachen, stellte vor jeden Teller einen kleinen Kerzenhalter und den großen Leuchter ans Kopfende. Hübsch sah alles aus. Fast wie früher. Dann ritzte sie Urgroßmama Charlottes Brief auf.

* * *

Gut Blieschtorf, den 18. Dezember 1949

Mein liebes Evchen,

zunächst muss ich Dich um Verzeihung bitten dafür, dass meine Antwort auf Deinen wichtigen Brief so lange auf sich hat warten lassen. Hier auf dem Gut war in den vergangenen Wochen der Teufel los, aber dazu später und an etwas anderer Stelle mehr.

Deine Mutter wird Post im Weihnachtspäckchen finden, das Euch hoffentlich pünktlich zum Fest erreicht, aber Dir, mein Schatz, will ich ganz persönlich schreiben, denn ich verstehe sehr gut, wie es in Dir aussehen muss, und ich danke Dir sehr für Dein Vertrauen. Es war ganz richtig, dass Du mir Dein Herz ausgeschüttet hast, und ich will jetzt versuchen, es Dir ein wenig leichter zu machen.

Constanze hatte mich ja gleich aus dem Klinikum angerufen, nachdem Dein Papa dort eingeliefert worden ist. Im ersten Moment konnte ich mich natürlich ganz vorbehaltlos mit ihr freuen, dass Dein Vater am Leben ist und Euch doch noch wiedergefunden hat. Wer hätte das gedacht? Das Leben hält manchmal wirklich wundervolle Überraschungen bereit. Als wenige Tage später Deine Zeilen hier ankamen, wurde mir jedoch klar, wie verzwickt die Sache nun in Wirklichkeit geworden ist.

Um Deine Mama verstehen zu können, musst Du etwas wissen. Dein Vater ist ihre große Liebe. Ihre ganz große und einzige Liebe. Das ist er immer schon gewesen und sie hat es nicht leicht gehabt, ihren Vater davon zu überzeugen, dass er der Richtige und einzig Wahre für sie ist. Ich habe es damals schon erkannt, als sie ihn mir Weihnachten 1931 auf Gut Warthenberg vorgestellt hat. Ich habe ihn sofort adoptiert und bei Deinen Großeltern mit sehr harter Hand durchgreifen müssen, um Deinen Eltern zu ihrem gemeinsamen Glück zu verhelfen. Frag mal Deine Mama, wie das gewesen ist. Bestimmt erzählt sie Dir gern davon. Clemens ist ein so feiner, wunderbarer Kerl. Wie hat er sich abmühen müssen, Deinem Opa Achtung abzuringen! Dabei war ihm das sehr, sehr wichtig. Lange hat mein lieber Herr Sohn ihn ungerechtfertigterweise schmoren lassen und erst viele Jahre später, kurz nachdem der Krieg ausgebrochen war und als Dein Vater wirklich unzweifelhaft heldenhaft gehandelt hatte, ist ihm das endlich gelungen. Danach ließ dann aber selbst Dein gnasseliger Opa nichts mehr auf Clemens Rosanowski kommen.

Gordon Wade, den ich ja nur ein einziges Mal zu sehen die Freude hatte, ist zweifellos ein vollendeter Kavalier alter britischer Schule.

Würde Dein Vater nicht existieren, wäre er der Mann gewesen, den ich mir für meine Tochter gewünscht hätte, und ganz sicher auch der beste Vater für Dich, mein liebes Urenkelchen. Du hast Dich über das Handeln Deiner Mutter beklagt. Konntest oder kannst immer noch nicht begreifen, warum sie Gordon Deinen Bruder George mitgegeben hat? Das Opfer, das Constanze als liebende Mutter gebracht hat, ist riesengroß. Sie hat ein Stück ihrer Selbst gegeben und ich muss nicht lange nachdenken, um zu wissen und zu fühlen, wie schwer dieser Schritt für sie war. Aber ich sage Dir, mein Schätzchen, ich selbst hätte es nicht anders gemacht. Es war nur fair, diesen großartigen Mann nicht mit leeren Händen gehen zu lassen. Verurteil sie nicht, Deine Mama. Irgendwann wirst Du erwachsen genug sein, um ihr nachfühlen zu können, was sie Tag für Tag nun durchmachen wird.

Aber jetzt zurück zum Eigentlichen. Heiligabend, das hat Deine Mutter mir am Telefon angedeutet, wird er wohl schon bei Euch sein, Dein Papa, und ich hoffe, es geht ihm wieder einigermaßen gut.

Als er das letzte Mal ins Feld einberufen wurde, bist Du noch viel zu klein gewesen, um seinen Wert als Mensch richtig einschätzen zu können. Jetzt musst Du ihn ganz neu kennenlernen und ich kann Dir nur raten, betrachte diesen wunderbaren Mann mit den Augen einer liebenden Tochter. Öffne Dein Herz ganz weit für ihn und lass ihn herein. Ihr drei, Ihr seid jetzt die Kernfamilie, die aus dem alten

Warthenberg-Blut übrig geblieben ist. Noch immer habe ich keine Nachricht von Justus und doch stets das Gefühl, dass er am Leben ist. Ich hoffe und bete, dass mir noch dasselbe Glück widerfährt, das Ihr nun habt.

Vielleicht feiern wir ja das kommende Weihnachtsfest gemeinsam!? Ich habe eine kleine ... nein, eine große Überraschung. Lest mal meinen Brief im Päckchen. Obwohl ich gerade traurig bin, erneut eine wunderbare Freundin verloren zu haben, hat sich auch ein Blatt in meinem Lebensbuch ein weiteres Mal zum Guten gewendet. Vielleicht eine zweite wunderschöne Weihnachtsfreude für Euch heute Abend.

Nun, mein Liebes, sei gespannt! Ich bin in Gedanken bei Euch. Bis hoffentlich sehr bald. Fröhliche Weihnachten!

Deine Uroma Charlotte

PS: Versteck meinen Brief ganz gut, bitte! Und wenn Du nachher unterm Baum ein paar Geschenke findest, halt schön den Schnabel, denn es ist etwas für Dich dabei, das mit viel Liebe und nicht von mir hier in Schleswig-Holstein ausgesucht worden ist! Du bist ein kluges Mädchen, nicht wahr?

* * *

Eva ließ die Bögen sinken. Ja, Uroma Charlotte hatte Worte gefunden, die sie verstand. Wie mochte sie sein, diese ganz große Liebe? War das dann so, dass man sie über alles andere stellte? Anscheinend. Ob sie selbst eines Tages eine solche große Liebe erleben würde? Hatte jeder Mensch dieses Glück? Glück schien ja Charlotte gehabt zu haben. Was es bloß sein mochte, das da im Wohnzimmer im Päckchen schlummerte? Eva war gespannt wie ein Flitzebogen.

»Ja, ich will es versuchen, Urgroßmutter! Ich will Vater mein Herz öffnen, ich verspreche es dir«, flüsterte sie und hob zwei Finger über dem Brief zum Schwur.

Charlottes Bild schien vor ihr auf. Sie nickte ihr verschwörerisch zu. Wie damals auf dem Gut, wenn sie ihr geholfen und irgendetwas gut gemacht hatte. Jetzt fiel ihr Blick auf die Küchenuhr. O Gott! Der Kloßteig, das Kochwasser! Nun aber hurtig.

Eine Viertelstunde später begann das Wasser im großen Topf zu sieden, sie begoss noch einmal den Rehrücken im Rohr, der einen herrlichen Duft verströmte und schon eine hellbraune Kruste hatte, dann ließ sie vorsichtig Kloß um Kloß ins Salzwasser gleiten und flitzte zuerst ins verbotene Weihnachtszimmer, den Blick pflichtschuldig vom Baum abgewandt, und versteckte den Brief zuunterst im Karton unter ihrem Bett. Dann sauste sie ins Schlafzimmer, um ihr Festtagskleid anzuziehen.

Gerade noch rechtzeitig! Schon hörte sie die Schlüssel an der Eingangstür klimpern. Das Radio spielte »Vom Himmel hoch …«. Oh ja, sie kamen! Und Eva war aufgeregt.

Wie hatte er sich verändert!

Er trug den schönen dunkelblauen Wollmantel, darunter ein schneeweißes Hemd und eine korrekt gebundene Krawatte, einen neuen Anzug und den Hut, den Mama für ihn erstanden hatte. Hier hatte Mutter offensichtlich alle Sparsamkeit vergessen und tief in die Tasche gegriffen. Glatt rasiert war er, überhaupt nicht mehr gelb im Gesicht, und als er die Kopfbedeckung abnahm, sah Eva, dass das blonde Haar schon zum Igel gewachsen war. Viel gerader hielt er sich, wirkte größer, schien schon eine ganze Menge seiner Spannkraft wiedergewonnen zu haben. Als er in die Küche trat, Eva zulächelte, den Kopf ein ganz klein wenig schief gelegt, was sie immer so gemocht hatte, weil es ihm einen fröhlichen, verschmitzten Ausdruck gab, da strahlten seine blauen Augen vor Lebensfreude.

»Mein Evchen! Meine wunderschöne große Tochter«, sagte er, ging etwas in die Knie und streckte ihr beide Arme entgegen.

Es gab kein Zögern, Eva war mit zwei großen Schritten bei ihm, schmiegte sich in seine Arme, schnupperte, befand ihn wunderbar wohlriechend. Aha, hatte Mama doch das Rasierwasser aufgetrieben, das er früher immer benutzt hatte. Ja, dieser Mann, der roch nach Papa, der fühlte sich an wie Papa, der war Papa! Also hauchte sie ganz überwältigt: »Papa! Wie schön, dass du endlich wieder richtig da bist«, und meinte es in diesem Augenblick aus vollem Herzen.

Was für eine wundervolle Familienharmonie an diesem Abend! Auch Vater durfte erst nach dem großartig gelungenen Abendessen ins Wohnzimmer. Mama hatte die Kerzen am Baum angezündet, im Ofen bollerte ein lustiges Feuerchen, Eva spielte virtuos drei Weihnachtslieder auf ihrer Mundharmonika, machte wirklich keinen einzigen Fehler und ließ sich ausgiebig von Vater für ihr Können loben. Dann erst gab es die große Bescherung.

Vater schmunzelte über den Schaukelstuhl. »Er ist toll, Constanze«, sagte er. »Das wird mein Lieblingsplatz zum Lesen werden. Aber denk nicht, dass ich die Absicht habe, von nun an schaukelnd meine Tage zu verbringen. Es geht mir gut. Passt auf, meine Damen, bald werde ich euch wieder allein versorgen können. Dieses Berlin dürfte auf einen Städtebauer gewartet haben. Da steht ja kaum noch ein Stein auf dem anderen. Zeit für Pläne und gute Köpfe. Ich glaube, sie werden einen Mann wie mich hier brauchen.«

»Wenn es die Planwirtschaft erlaubt …«, erwiderte Mutter mit einem etwas zweifelnden Unterton. »Wenn die Russen die DDR wenigstens nicht weiter so ausplünderten wie bisher. Sie haben ja den Großteil der Produktionsanlagen abgebaut und einfach in die Sowjetunion transportiert. Stell dir vor, dabei waren sie so dusselig, nicht mal die ganzen Maschinenteile zu markieren, um da drüben alles wieder aufbauen zu können. Jetzt verrosten ganze Fabriken und massenweise Maschinen auf kilometerlangen Eisenbahnzügen. Die Hälfte der Schienen haben sie auch gleich noch mitgenommen. Unsere Infrastruktur ist im Eimer. In der ganzen DDR gibt es kein richtig schweres Gerät mehr, um, wie drüben im Westen, die Trümmer wegzuräumen. Hier erledigen das Zigtausende von Frauen. Es ist wirklich deprimierend.«

»Ich habe es gelesen, Constanze«, sagte Vater. »Aber warte nur, das wird schon! Können die Sowjets doch auch nicht wollen, dass das Land einfach so liegen bleibt, wie der Krieg es hinterlassen hat. Mich wundert es nicht, dass sie an Reparationen erst mal alles nehmen, was sie kriegen können. Keine Nation hat mehr Tote in diesem verdammten Krieg gelassen als die Sowjetunion. Das Land ist bitterarm, Constanze. Die Leute hungern noch viel mehr, als ihr das wahrscheinlich hier in den ersten Nachkriegsjahren musstet. Aber ich finde, das soll heute nicht unser Thema sein. Jetzt ist erst mal Weihnachten, wir drei haben uns wieder. Das lasst uns genießen. Ich habe in den vergangenen Jahren gelernt, gute Augenblicke zu leben, als käme danach kein Morgen mehr. Pläne … allzu oft zum Scheitern verurteilt, ehe der Kopf sie überhaupt zu Ende gesponnen hatte. Zukunftsmusik, die sich oft genug als Katzengejammer entpuppte. Vieles ist geschehen, das ich am liebsten für immer vergessen möchte. Im Hier und Jetzt möchte ich heute leben mit euch. Morgen ist ein neuer Tag. Den werden wir neu angehen, neu denken. Heute möchte ich nur fühlen und mit euch glücklich sein.«

Eva verstand ihn. Was mochte er durchgemacht haben, so jämmerlich wie er dagestanden hatte, als er ankam? An ihr sollte es bestimmt nicht scheitern. Und Mama schien sich ebenso leicht und gerne auf Vaters Wunsch einzulassen. Er hatte es (weiß der Teufel, wie nur) fertiggebracht, beiden ein kleines Geschenk zu organisieren. Ob Mutter ihm wohl unter die Arme gegriffen hatte, damit er an diesem besonderen Heiligabend nicht mit leeren Händen dastand?

Für Mama gab es ein winziges Fläschchen »Soir de Paris«, gebettet auf dunkelblauen Samt. Mama war völlig aus dem Häuschen, benetzte mit dem kleinen Glasstopfen die zarte Haut hinter ihrem rechten Ohrläppchen, schloss die Augen, wirkte völlig entrückt und hauchte selig: »Oh Clemens!«

Es war jenes Parfum, das sie manchmal in Danzig zu besonderen Anlässen getragen hatte. Wenn sie ins Theater gegangen oder zu einem Empfang eingeladen gewesen waren. Eva konnte sich an den schweren Abendduft noch genau erinnern. Wenn sie aufbrachen, Mama in einer eleganten Robe, den Pelz über der Schulter, Papa im Smoking oder Frack, ein so elegantes, wunderschönes Paar, und sie noch einmal zum Gutenachtkuss an ihr Bett gekommen waren, dann hatte es danach gerochen. Eine Kinderfrau hatte sie gehütet, das kleine Nachtlicht an ihrem Bettchen hatte gebrannt, bis sie heimkehrten. Manchmal war sie schlaftrunken erwacht, hatte sich sanft in die Arme nehmen und sorgfältig zudecken lassen. Hin und wieder hatte sich ein sachter Geruch nach Alkohol in den Duft gemischt, aber das Parfum war immer noch an Mamas Hals zu riechen gewesen. Blumig, holzig, schwer, warm und sehr luxuriös. Kindheitsduft aus einer anderen Zeit. All das kam in Eva wieder hoch, als sie jetzt die Mischung aus Vaters Rasierwasser und Mutters »Soir de Paris« erschnupperte, und es fühlte sich wunderschön an.

Eva bekam ein kleines Schächtelchen von Vater überreicht und konnte ihre Neugier kaum zügeln. Trotzdem wickelte sie es langsam und andächtig aus, fühlte die Blicke der Eltern auf ihrer gesenkten Stirn. Ein kleiner, feiner Silberring, ein kreisrund gefasster, kirschroter Bernstein. »Bernstein«, rief Mutter, »wenn Papa ein weibliches Wesen wirklich liebt, bekommt es einen Bernstein von ihm, Evchen!«

Eva nickte lächelnd »Ich weiß!« und schaute auf die Libelle, Vaters Hochzeitsgeschenk für Mama, die Gott weiß wie viele tausend Kilometer durch brütende Sommerhitze, Sturm und Eiskälte mit ihm durch den Krieg, weit im Osten, gereist war und heute Abend wieder an Mutters Kragen funkelte. Eva kannte die Bedeutung dieses Schmuckstückes und der kleine Bernstein, *ihr* Bernstein, rührte mehr an ihr Herz, als es das prächtigste Diamantcollier vermocht hätte. Sie steckte ihn an den linken Ringfinger, er passte wie angegossen und schimmerte als jahrmillionenalter Liebesbeweis im Licht des Tannenbaums. »Er ist so schön! Danke, Papa!«, flüsterte sie ergriffen und erntete Blicke voller Zärtlichkeit. Von ihm. Und von Mama.

Zeit, ihre eigenen Geschenke zu überreichen. Sie hatte etwas Besonderes für Vater, forderte ihn auf, in seinem Schaukelstuhl Platz zu nehmen, und hielt ihm das Päckchen hin. Dieses Präsent war insofern etwas ganz Besonderes für Eva, als sie es selbst von Daddy bekommen hatte. Es war eine englische Originalausgabe des Schriftstellers George Orwell mit dem Titel »1984«. Im Sommer des Jahres war der Zukunftsroman erschienen und hatte für viele Diskussionen bei den abendlichen Herrenrunden im Hause Wade gesorgt. Eva hatte sich ein Exemplar erbeten, zu lesen begonnen und festgestellt, dass es ihr wahnsinnig schwerfiel, direkte Bezüge zur herrschenden Weltordnung herzustellen. Einen derartigen totalitären Überwachungsstaat konnte sich doch kein normaler Mensch ausmalen. Das konnte nur einem völlig verrückten Schriftstellerhirn entsprungen sein. Vorstellbar war so etwas nun wirklich nicht. Oder doch? Eva fehlte dafür jedenfalls vorläufig sowohl genügende politische Bildung als auch das Vorstellungsvermögen. Gut, sie hätte sich auch nicht vorstellen können, was die sowjetische Armee im Januar 1945 entdeckt hatte. Die Befreiung der Konzentrationslager, die systematische Verfolgung und Vernichtung von Millionen Menschen, die sich plötzlich als unumstößliche Wahrheit entpuppt hatte, gehörte zu den unglaublichsten Dingen, die die Geschichte je hervorgebracht hatte. Das letzte Licht über dem Reich, in dem Eva aufgewachsen war, war mit jenem Tag verloschen, an dem sie davon Kenntnis bekommen hatte. Aber das, was sie vom Inhalt dieses Buches »1984« wusste, ging nun wahrhaftig über die Grenzen ihrer Fantasie hinaus. So etwas würde es niemals geben. Das war Spinnerei! Allerdings galt es manchen als ganz wichtige Spinnerei. Nur nicht Eva. Das war nun wahrhaftig ein Buch für Erwachsene. Für sehr erwachsene Erwachsene!

Aber sie hatte es von Dad bekommen. Egal, was drinstand: Allein deshalb war es ein ganz besonderer Schatz, den sie sich vom Herzen gerissen hatte. Für jeden hätte sie das ganz bestimmt nicht getan. Vater konnte und sollte nichts wissen über den ideellen Wert seines Geschenks. Aber er zeigte sich überaus beeindruckt von Evas Wahl und bedankte sich überschwänglich. »Es wird das erste Buch sein, das ich in meinem Schaukelstuhl lesen werde, mein Schatz. Ich bin überwältigt!«, sagte er, stand auf, nahm sie in den Arm und drückte sie sehr fest.

Mama zwinkerte ihr zu und durfte sich im nächsten Moment über die Topflappen freuen, die Eva im Handarbeitsunterricht gehäkelt hatte. Es waren nicht einfach nur gewöhnliche Topflappen. Oh nein! Auf rotem Grund prangten übereinander zwei weiße Tatzenkreuze und darüber eine Krone. Das Danziger Wappen. Eva hatte mit der Maschenzahl ganz schön tüfteln müssen, ihre Arbeit mehrmals wieder aufgeribbelt, bis sie zufrieden war, und für ihre zähen Bemühungen am Ende eine Eins mit Sternchen einfahren dürfen. Mutter war so gerührt, dass Eva eine Träne in ihren Augenwinkeln entdeckte. »Viel zu schön, um damit heiße Topfhenkel zu greifen«, murmelte sie, strich wieder und wieder mit dem Zeigefinger die gehäkelte Krone entlang. »Ich werde sie zur Zierde über den Herd hängen.« Vater räusperte sich, den Blick wehmütig auf das Wappen geheftet, sagte leise: »Nec temere, nec timide ... weder furchtsam noch unbesonnen ...«, seufzte und setzte nach: »Was wohl aus unserem schönen Danzig geworden ist? Und was aus uns Danzigern? Man hat uns das Fürchten ganz schön gelehrt und wenn der Magen wochenlang leer ist, ist's auch mit der Besonnenheit schnell vorbei. Was denkt ihr? Sind wir noch richtige Danziger oder nur noch das, was man uns als Etikett angehängt hat, nämlich ›Vertriebene‹?«

Dass ein Paar Topflappen solch eine Reaktion auslösen würden, hätte Eva sich nie vorstellen können. Jetzt waren sie beide nachdenklich und ein wenig traurig. Das hatte sie nicht gewollt, also stand sie auf, legte die flache Hand aufs Herz und sagte mit Inbrunst: »Wir bleiben, was wir waren, auch wenn wir auf den ersten Blick anders erscheinen mögen. Wir brauchen bloß ein bisschen Zeit zum Luftholen. Dann sollen alle mal sehen, wozu wir in der Lage sind!«

Papa hielt den rechten Daumen in die Höhe. »Das ist meine Tochter! Evchen, du hast so recht. Wir lassen uns nicht runterziehen, werden es machen wie der Phönix und eines Tages die Flügel wieder spreizen, aus der Asche auferstehen und höher fliegen als je zuvor.«

Mama machte »oh, oh, oh«, aber sie lächelte schon wieder, nahm Evas Hand, legte ihre darüber, griff nach Vaters, dass er es ihr gleichtat, und deklamierte feierlich: »Weder furchtsam noch unbesonnen. Wir drei gegen den Rest der Welt!«

Sechs Hände jetzt. Fest übereinander. Unverbrüchlich. Und geschworen wie aus einer Kehle.

Nein, nein! Gelungener hätte die Bescherung wirklich nicht ausfallen können. Alle waren zufrieden und glücklich mit den Gaben ihrer Liebsten, die allesamt von so vielen Überlegungen und so großer Zärtlichkeit sprachen. Und, was viel schwerer wog, viel wichtiger war, eine neue Einigkeit, in der sich alle, auch Eva nun, mit voller Überzeugung und aus tiefstem Herzen aufgehoben fühlten.

Jetzt fehlte nur noch das Auspacken des großen, schweren Paketes, das aus Schleswig-Holstein angekommen war. Sie schauten sich an. Wer sollte es öffnen? Die Wahl fiel auf Mutter. Mit der Schere zerschnitt sie die braune Kordel, wickelte das Packpapier ab. In einem festen Pappkarton fand sich gleich obenauf ein Brief im Umschlag, den Mama herausnahm und vorläufig auf den Tisch legte. Gleich darunter kam ein Füllhorn voller Herrlichkeiten zum Vorschein. Eine Flasche offenbar selbst gebrannten ostpreußischen Bärenfangs, mehrere verschiedene, in Wachspapier gewickelte luftgetrocknete Mettwürste und ein Katenschinken, Dosen mit hausgemachter Leber- und Rotwurst, kleine Gläschen Himbeer- und Kirschmarmelade, eine Schachtel getrocknete Pflaumen, ein Stoffbeutel voller Walnüsse, eine große Büchse Kekse, für Mama ein sehr hübsches Seidenhalstuch, für Vater ein Rasierset mitsamt duftender Seife, für Evchen ein Paar mit Lammfell gefütterte Wildlederhandschuhe. Und ganz unten ein schmales Schächtelchen, eingepackt in rotes Geschenkpapier, umwickelt mit einer dünnen goldenen Kordel. »Für Eva« stand auf der winzigen Karte, die daruntergeschoben war.

Es war anderes Papier. Es war andere Schrift. Eva erkannte sie sofort. Mutter dürfte sie auch erkannt haben. Aber beide sagten nichts und wussten einfach: Dieses Geschenk, was auch immer es sein mochte, hatte einen längeren Weg zurückgelegt als nur den aus Holstein nach Berlin.

Evas Wangen glühten, als Constanze es ihr reichte. »Extra für mich von Uroma?!«, hauchte sie und spürte, wie ihre Wangen – ob der bewussten Lüge – sicherlich dunkelrot wurden.

Ihre Finger zitterten, als sie es auswickelte. Sie schnappte nach Luft vor Begeisterung. Drinnen lag eine schmale Uhr mit feinem, silbernem Gliederarmband. »Seht nur!«, rief sie aus. »Und das, wo sie doch so bitterarm ist! Womit habe ich das verdient? Ist sie nicht wunder... wunderschön? Mama, bitte, mach sie mir um.«

Eva konnte sich nicht sattsehen an Gordon Wades Weihnachtsgeschenk. Er hatte sie nicht vergessen. Daddy hatte an sie gedacht!

»Und jetzt Charlottes Brief, ja?«, schlug Vater vor. »Ich bin gespannt zu hören, wie es ihr inzwischen ergangen ist.«

Mutter nickte, setzte sich aufs Canapé, überflog zunächst ganz für sich die Zeilen und quietschte plötzlich vor Vergnügen laut auf.

»Es ist nicht zu fassen«, rief sie aus. »Es scheint ja wirklich Menschen zu geben, die fallen immer wieder auf die Füße. Irgendeine höhere Macht muss Charlotte über alles lieben. Aber sie hat es ja verdient ... Wer hätte es schon mehr verdient?«

»Jetzt lies schon vor«, drängelte Eva. »Was ist passiert?«

Mutter las noch und noch mal, murmelte Satzfetzen vor sich hin, die keinen rechten Sinn ergeben wollten. Währenddessen blitzten in Evas Kopf die Erinnerungen an den einen Besuch auf dem Holsteiner Gut im Juli vergangenen Jahres auf. Dad hatte sie gefahren, ohne sie vorher über das Ziel zu informieren. Was war es doch für eine Überraschung gewesen! Major Wade hatte alle Hebel in Bewegung gesetzt, die versprengten Teile der Familie von Warthenberg ausfindig zu machen, und er war erfolgreich gewesen. Eva dachte an die anderthalbstöckige Kate in dem verwilderten Gärtchen, an den windschiefen Giebel, das eingesunkene Dach, die Wildblumen in den Fenstern, die blau blühenden Zichorien, aus denen Urgroßmutter Ersatzkaffee machte ... Zu zwölft hatte die holsteinische Gutsherrin die ostpreußischen Flüchtlinge auf wenigen Quadratmetern zusammengepfercht. Und die waren glücklich gewesen, überhaupt eine Bleibe gefunden zu haben. Uroma Charlotte, die einstmals stolze Herrin des Tausend-Hektar-Gutes Warthenberg, hatte so deplaziert dort gewirkt. Aber sie hatte, abgesehen von einem Großteil der Warthenberg'schen Gutsfrauen, sowohl ihren Enkel Armin, Mutters Bruder, als auch Evas Cousin Arndt-Friedrich, Onkel Justus' Sohn, retten und auf die sichere Holsteinische Seenplatte nahe Mölln mitnehmen können.

Endlich begann Mutter vorzulesen und riss Eva aus ihren melancholischen Gedanken. »Also, hört zu. Charlotte fasst die Ereignisse der vergangenen Monate im Zeitraffer zusammen, damit wir uns ein Bild machen können, wie alles so kam, wie es jetzt ist. Sie schreibt: ›Wir haben uns bewährt, Kinder! Wir können etwas, sind seit Generationen mit allen Facetten der Landwirtschaft vertraut. Jeder von uns ist ehrlich und anständig und kann arbeiten für zwei. Ich verstehe im Nachhinein, dass die Gutsherrin anfangs skeptisch war, denn das steht uns ja nicht auf der Stirn geschrieben, und wer hatte schon Spaß daran, plötzlich einen Haufen wildfremder Habenichtse einquartiert zu bekommen, die man versorgen muss? Ihr wisst ja, ich habe meine Leute im Griff, sie gehorchten mir hier in Holstein genauso, wie sie es daheim in Ostpreußen getan haben. Wir waren eine wunderbare Einheit, wie immer, und das scheint unserer guten Frau von Brede im Laufe der Zeit nicht entgangen zu sein. Nach und nach vertraute sie uns mehr, übertrug sowohl Armin als auch mir immer anspruchsvollere Aufgaben, fragte uns beide manchmal nach unserer Meinung, suchte hin und wieder Rat bei schwierigen Entscheidungen. Wir haben ihr beweisen müssen, dass wir etwas taugen. Ja, lacht nicht, Kinder! Von ganz unten mussten wir uns wieder zu Ansehen heraufarbeiten. Während dieser ganzen Zeit hockten wir immer noch in dem kleinen Melkerhäuschen. Die Zustände waren eigentlich unzumutbar, aber wir haben nie geklagt. Im Frühjahr passierte etwas. Frau von Brede erlitt einen schweren Schlaganfall. Von einem Tag auf den anderen war die starke, selbstbewusste Frau halbseitig gelähmt, konnte sich kaum noch richtig artikulieren und war auf ständige Hilfe angewiesen. In dieser elenden Lebensphase wurde ich ihr zur Freundin. Ich bezog ein Zimmer im Gutshaus neben ihr, half, pflegte und war wohl die Einzige, die aus ihrem konfus anmutenden Gebrabbel klare Worte lesen konnte. Wie weit es mit der Loyalität ihres Verwalters her war, erwies sich binnen Kurzem. Ich will das gar nicht genau ausführen, sage nur, ich kam dem Schweinehund schnell drauf, wie er sich ganz nebenher seine eigenen Taschen gefüllt und das Gut mit einigen Fehlentscheidungen beinahe ruiniert hätte. Ein ausgiebiger Blick in die Bücher genügte mir dafür. Tja, und Hansen war schneller entlassen, als man einer Gans den Hals hätte umdrehen können. Ihr ahnt vielleicht, was daraufhin geschah. Meine gute Elsbeth von Brede setzte mich als Verwalterin ein. Eine Aufgabe, die mir, wie ihr wisst, in die Wiege gelegt ist. Nichts leichter, als ein Gut auf derart fruchtbaren Kornböden zu führen! Die Ergebnisse dieses Erntejahres konnten sich sehen lassen, ihr Lieben.‹«

»Das glaube ich sofort«, lachte Clemens und geriet ins Schwelgen. »Wie gern erinnere ich mich an die Erntetage auf Gut Warthenberg! Weißt du noch, Constanze, wie dort unser ›Sohn‹ entstand?«

Eva schaute von einem zum anderen. Es lag ein Knistern zwischen den Eltern in der Luft. Mutter zeigte auf sie und zwinkerte Vater zu. »Ja, Clemens, da sitzt unser Söhnchen. Schau nur, wie hübsch und groß es schon ist.«

»Ein Prachtkerlchen«, prustete Vater, und Eva war ein bisschen beleidigt. Aha, eigentlich hätte sie ein Junge werden sollen. Die Jungen, die Mutter zur Welt gebracht hatte, waren fort. Einer tot, einer verschenkt. Weg. In England. So! Aber sie war da.

Es war kein Platz fürs Eingeschnapptsein an diesem Weihnachtsabend.

»Ich bin so froh, Eva zu haben, Clemens«, sagte Mama. »Du kannst dir nicht vorstellen, was für eine wundervolle Freundin sie mir in den allerschlimmsten Jahren gewesen ist. Eigentlich ein Kind, ein Mädchen … aber wenn es drauf ankommt, eine richtige, erwachsene, vernünftige Frau. Eva ist das Kostbarste, das wir haben.«

Vater sah zu ihr herüber, fing ihren Blick und in seinen Augen lagen Stolz und Freude. »Sie ist schon immer das Kostbarste gewesen, das uns verband, Constanze. Fleisch und Blut gewordener Ausdruck unserer Liebe. Sie vereint all unsere Vorzüge und ganz augenscheinlich hat sie unsere Fehler nicht geerbt.«

»Mein Gott, hört auf, sonst werde ich noch ganz eingebildet«, alberte Eva. Nein! Kein Anlass, sich herabgesetzt zu fühlen. »Aber jetzt lies doch weiter, Mama! Ich bin ganz gespannt. Da sind doch noch zwei weitere Seiten.«

Constanze nickte, murmelte: »Na, ist doch wahr, das musste wirklich mal ganz deutlich gesagt werden«, suchte dann nach der richtigen Stelle im Brief und fuhr fort: »»Die Ergebnisse konnten sich sehen lassen, Ihr Lieben. Ich hatte einen Wunsch frei und erbat für Armin und Arndt-Friedrich ebenso eine Bleibe im Gutshaus. Ihr müsst wissen, Elsbeth hat keine Verwandten mehr. Wir beiden alten Weiber bewohnten das riesige Haus allein. Schön, es ist kein Schloss, wie Warthenberg, aber hat durchaus in früheren Generationen einer zwölfköpfigen Familie reichlich Raum geboten. Meinem Wunsch wurde gern entsprochen, die Männer entkamen endlich der quälenden Enge und wir vier wuchsen über die folgenden Monate zu etwas zusammen, das einer Familie schon recht ähnlich war.‹«

»Sie schreibt das in der Vergangenheitsform, Constanze«, warf Vater an dieser Stelle alarmiert ein und Mutter setzte jene Miene auf, die Eva immer zum Vergleich mit einer Sphinx veranlasste. Undurchdringlich, geheimnisvoll, unerträgliche Neugier und Spannung schürend.

»Oh, oh«, machte Eva nur.

Und Mama sagte. »Jetzt kommt's, hört zu! Charlotte schreibt weiter … wartet, ach, hier: ›Ich muss Euch sagen, es ist wirklich traurig, dass wir nur diesen einen gemeinsamen Sommer und diesen einen Herbst hatten. Sosehr wir uns gegenseitig nicht ausstehen konnten, als wir damals mit Sack und Pack in Blieschtorf ankamen, so sehr waren wir Vertraute geworden, hatten einander wirklich lieb gewonnen. Als die ersten Herbststürme übers Land fegten, erlitt meine liebe Elsbeth den zweiten Schlag, und von dem erholte sie sich nicht mehr. Sie starb in meinen Armen am 30. November.‹«

»Du liebe Güte!« Eva war entsetzt. »Und jetzt? Muss Urgroßmutter fort? Nein, das kann ja nicht sein, denn ihr Brief und ihr Paket, die kamen doch beide vom Gut. Ob sie Verwalterin bleiben darf? Können die drei bleiben? Steht da was, Mama?«

»Allerdings«, grinste Constanze. »Elsbeth hatte, wie Charlotte ja erwähnte, keine Erben, keine Familie mehr. Hört zu, was sie schreibt: ›Ihr wisst, Kinderchen, nur noch ein knappes Jahr und wir feiern meinen neunzigsten Geburtstag. So alt wird doch keine Kuh! Die meisten Menschen liegen in diesem Alter längst ein paar Fuß unter der Erde und schauen dem Gras von unten beim Wachsen zu. Ich habe, ehrlich gesagt, nicht den Eindruck, dass der liebe Herrgott mir so schnell eine derart ruhige Tätigkeit zugedenkt. Und ich habe auch noch gar keine Lust dazu, denn es gibt reichlich zu tun, um der nächsten Generation eine halbwegs sichere Basis bieten zu können, nachdem ja nun all unsere Güter im Osten futsch sind. Meine Elsbeth war vom selben Schrot und Korn, wie ich es bin. Immerhin war sie fünf Jahre älter, als sie jetzt … Ach, es ist wirklich eine Schande, sie war noch fast genauso rüstig wie ich. Na, jedenfalls gab es zwei Dinge, denen sie zutiefst misstraute. Zum Ersten: den Staat. Zum Zweiten: die Kirche. Es gab für sie nur eines, auf das sie voll und ganz gesetzt hat: die Kraft der Frauen! Tja, und deshalb traf sie eine Entscheidung für ihr Gut, die dem einen oder anderen vielleicht merkwürdig vorkommen mag, die aber aus ihrer Sicht absolut folgerichtig ist. Zaudere nicht, Charlotte, greif zu und mach das Beste draus, versprich es mir, hat sie in ihren letzten Lebensminuten gesagt. Ich musste es ihr in die Hand versprechen, noch ehe ich überhaupt wusste, was ich ihr denn da genau überhaupt versprach. Die Lösung des Rätsels ließ nicht lange auf sich warten, ihr Lieben. Setzt euch hin!‹«

Mama schaute auf und kicherte, Vater und Eva platzten beinahe vor Neugier.

»Ihr sitzt. Prima, sonst hätte es euch nämlich gleich umgehauen. Gut Blieschtorf gehört jetzt Charlotte von Warthenberg.«

»Donnerwetter«, rief Papa aus und Eva frohlockte. »Das ist also die Überraschung, von der sie in dem Brief an mich

schrieb. Juchhu! Dann gibt es jetzt wieder Ferien auf dem Land,
wie früher?«

Liebevoll und voller Zuversicht war Mamas Blick, als sie
zu ihr herüberschaute. »Ja, Schatz! Und wenn wir Berlin nicht
mehr ausstehen können, dürfen wir kommen. Sobald, sooft,
solange wir möchten.«

In dieser Nacht schlief Eva so gut wie lange nicht mehr.
Eingekuschelt in ihrem gemütlichen Bett hinterm
Vorhanggespinst, in der Nase den Duft von Fichtennadeln und
ausgeblasenen Christbaumkerzen, im Herzen ein Gefühl von
Vollständigkeit, Geborgenheit, Glück und Vorfreude auf das
Leben.

5

GUT BLIESCHTORF, JAHRESWECHSEL 1949/50 – GRAS IST GUT

Am frühen Morgen des ersten Weihnachtstages ging Mutter zu Frau Klawuttke telefonieren. Derweil deckten Eva und Clemens den Frühstückstisch. Ganz dünn hatte Eva die Scheibchen von der herrlich duftenden, würzigen Mettwurst geschnitten. Man konnte schließlich nie wissen, wann man wieder einmal zu solchen Köstlichkeiten kommen würde.

Sie war es gewohnt, sparsam mit Lebensmitteln umzugehen. Man sah es ihr an. Selbst die fetten Monate in England hatten nicht bewirken können, dass sie viel zunahm. Nur gesünder sah sie seither aus. Sie aß immer mäßig, hatte seit den kargen Kriegsjahren stets im Hinterkopf, dass ja nie das Essen ausgehen durfte, und ihre schlaksige, beinahe jungenhafte Figur hatte noch immer keine richtig weiblichen Rundungen angenommen. Auch die Pubertät ließ noch auf sich warten. Mama fragte öfter, ob sich schon »etwas tat«. Aber es tat sich nichts. Eva kriegte nicht mal Pickel auf der glatten, seidenweichen Haut, so wie es bei vielen Schulfreundinnen zu deren Leidwesen war. Sie wuchs noch immer, hatte den Meter siebzig erreicht und würde wohl

70

sicher noch um die fünf Zentimeter zulegen, wie der Kinderarzt in der Charité Mama prophezeit hatte, als sie Eva vor der Abreise nach England einmal zur Untersuchung wegen Bauchgrimmens dort vorgestellt hatte. Nur ihr Gesicht war bereits das einer jungen Frau. Vielleicht, überlegte sie, war das so, weil sie schon so viel gesehen hatte. Das mochte den Ausdruck erwachsener gemacht haben. Ihre blauen Augen aber konnten sie im Spiegel derart anstrahlen, dass sie sich selbst zugeben musste, wirklich hübsch zu sein. Eva bildete sich nichts darauf ein, registrierte die Tatsache lediglich zufrieden. Schließlich hatte sie ausgesprochen gut aussehende Eltern, deren Erbe sich nicht verleugnen ließ. Ihr blondes, welliges Haar hatte sie lang wachsen lassen. Es war immer praktischer so gewesen, denn man konnte es zu einem dicken Pferdeschwanz zusammennehmen, flechten oder hochstecken und musste kein Geld für den Friseur ausgeben. Mama hatte es da mit ihrer Wasserwelle schwerer.

Vater pfiff ein Liedchen und schnitt helles Brot. Keines mit Schimmelflecken. Durch die Küche zog der Duft von frisch gebrühtem Kaffee. Oh ja, Mama hatte dafür gesorgt, dass zu Weihnachten wirklich alles da war. Gestern noch hatte Eva Angst gehabt, sie wäre zum Fest zu leichtsinnig mit dem Geld umgegangen. Jetzt hatte sie keine Angst mehr. Da war ja nun Urgroßmutter Charlotte. Eigentümerin eines riesengroßen Holsteiner Gutes. Sie würde schon aufpassen, dass kein Familienmitglied verhungerte. Ob sie dorthin ziehen würden? Wenn nicht mehr in der kleinen Kate gehaust werden musste, sondern in dem prächtigen Haus ... doch, dann wäre es eigentlich eine wundervolle Aussicht, aus Berlin wegzugehen.

Mutter fegte herein, war allerbester Laune, brachte ein paar Schneeflocken auf dem Mantelkragen mit.

»Es schneit?!«, rief Eva und stürzte ans Fenster. Tatsächlich. In dicken Flocken rieselte es draußen. »Oh, ist das schön!«

»Wir sollen kommen! Wenn möglich gleich morgen. Und über Neujahr bleiben. Ist das nicht herrlich, Kinder?«

Vater griff nach den Händen seiner beiden Frauen, zog sie an sich und legte seine Arme um sie. »Ich freue mich«, sagte er strahlend, doch im nächsten Augenblick verdunkelten sich seine Züge. »Ach, Constanze … aber wir können doch gar nicht fahren! Wo sollen wir über Weihnachten Papiere herbekommen?«

Eva fuhr ein eiskalter Schreck über den Rücken. Natürlich, er hatte recht! Ohne Interzonenpässe und Papa von Amts wegen für tot erklärt! »Och nee!«, entfuhr es ihr und sie spürte schon Tränen der Enttäuschung aufsteigen. Warum endeten ihre wundervollen Träume immer so schnell? Warum war das Leben so gemein zu ihr? Seifenblasen, alles nur wunderschöne, schillernde Seifenblasen. Pieks, puff, kaputt. Schon wieder …

»Pscht«, machte Mama, löste sich von den beiden, legte den Zeigefinger an die Lippen, setzte schon wieder dieses Sphinxgesicht auf und schlich in Zeitlupe auf Zehenspitzen, den Kopf eingezogen, sich wie sichernd umblickend, hinüber zur Kommode, wie ein Dieb. Rechts, links flog ihr Kopf herum, sie machte eine spiralförmige Bewegung mit dem Finger in die Höhe, zog langsam, ganz langsam das Schubfach auf, nahm etwas heraus und sagte mit spitzbübischem Gesicht: »Tadaaa! Glaubt ihr etwa, ich wäre wochenlang faul gewesen?«

»Du bist ein Filou, Constanze!«, sagte Vater anerkennend und zog sie in die Arme.

»Ach, ich dachte, wenn ich schon mal beim Amt bin und meinen toten Ehemann wiederbeleben lasse, beantrage ich die Dinger doch gleich mit, was?«, lachte Mama. »Man kann ja heutzutage nie wissen, wofür man sie braucht, und ich hatte wahrscheinlich eine richtig gute Eingebung, als ich der Dame vorlog, ich wolle meine Großmutter besuchen fahren. Wohlgemerkt, ohne auch nur die leiseste Ahnung zu haben, was da in Holstein inzwischen vorgefallen ist.«

Mutter konnte so großartig sein! Manchmal ließ sie all ihren Charme spielen und bekam Dinge, die sonst kaum jemand haben konnte. Sie wickelte Männer und Frauen einfach so um den kleinen Finger. Eva kannte das gut und wusste sehr wohl einzuschätzen, wie oft Mama ihnen beiden während der härtesten Zeit den Hintern gerettet hatte.

Jetzt würden sie also fahren. Juchhu! Nur einen vorsichtigen Einwand hatte Mutter noch: »Sag, Clemens, wird dir das nicht noch zu viel sein? Denkst du, du bist schon kräftig genug für eine Bahnreise?«

Scharf sog er die Luft ein. »Na hör mal! Du hast keine Vorstellung davon, was für Strapazen ich wegzustecken gewohnt bin, Constanze. Ein friedlicher Verwandtenbesuch im kaum dreihundert Kilometer entfernten Holstein wird mich kaum umbringen.«

Eva streichelte ihm über den Rücken. Mama hatte recht mit ihren Sorgen. Ganz genau spürte sie jede Rippe, jeden Wirbel unter ihren Fingerspitzen. Aber sie erfühlte auch die Muskeln, die sich darüber spannten, und die schienen ihr wie Federstahl. Er musste doch nur sitzen und sich in der Eisenbahn durch die herrlich schneebedeckte Landschaft schaukeln lassen. Ach nein, Mama sollte nicht immer so besorgt sein. Eva hatte solche Lust auf diese unverhoffte Landpartie. Und Sehnsucht! Hatten sie es nicht alle zusammen verdient, einfach mal ein paar herrliche Tage mit der Familie zu erleben? Doch, das hatten sie!

* * *

Die Eisenbahnfahrt zog sich. Schon in aller Herrgottsfrüh waren sie aufgebrochen und trotzdem sollte der Interzonenzug erst am Nachmittag fahrplanmäßig sein Ziel erreichen. Eva saß direkt am Fenster und konnte sich nicht sattsehen an den wechselnden Landschaftsbildern. Offensichtlich schneite es im ganzen Norden. Mal war es nur leichter Griesel, anderswo dicke Flocken. Eine leichte, weiche Decke verbarg gnädig so manchen hässlichen Kriegsschaden in den Dörfern, alles wirkte rein, und wenn ab und zu die Sonne einmal zwischen den Wolken hervorlugte, glitzerte die Welt weihnachtlich. Über weite Strecken hatten sie ein Abteil ganz für sich allein. Mittags packte Mutter belegte Stullen aus, schenkte aus der alten Thermoskanne lauwarmen Tee ein, reichte Äpfel zum Nachtisch. Es war nicht sehr warm im Zug. Aber geradezu gemütlich, verglich Eva die Sache heute mit ihrer letzten langen, winterlichen Bahnfahrt im Güterwaggon auf der Flucht aus Danzig. Nein, nein! Daran wollte sie jetzt nicht und eigentlich nie wieder zurückdenken. Sie schob die Bilder fort und verzichtete sogar darauf, ihre Mundharmonika aus der Tasche zu holen. Zu sehr hätte es sie an die Situation damals erinnert, als sie für den sterbenden jungen Soldaten im abgedunkelten Zug gespielt hatte. Nie hatte sie mit irgendjemandem darüber gesprochen. Auch nicht mit Mama. Die Dinge passierten im Krieg. Man hatte sie erlebt. Manches gemeinsam, Schulter an Schulter. Gemeinsam hatte man Entsetzen, manchmal Hilflosigkeit, oft Angst und unermesslich tiefe Trauer gefühlt. Aber gesprochen hatte man nicht darüber. Obwohl so oft ganz dicht beieinander, war jeder immer in seinem Innersten mit dem Verdauen der Geschehnisse allein geblieben. Warum eigentlich? Hätte es nicht leichter sein können, wenn sie sich ausgetauscht hätten? Oder hätte es all das Erlebte nur wieder in den Vordergrund geschoben, wohin es nicht mehr gehörte, wenn es doch, Gott sei Dank, vorbei war? Eva war geübt im Verbergen, Vergessen, Wegschieben. So tat sie es auch jetzt. Sie schüttelte sich einmal, schüttelte all das ab, schaute zu Vater hinüber. Hinter ihrem Buchgeschenk biss er in seinen Apfel, sie sah seine Kiefer kräftig malmen, ganz konzentriert und zufrieden sah er aus, nur ein bisschen blass noch immer. Es musste ein wirklich spannendes Buch sein, er schaute kaum mal hoch. Dad hatte also recht gehabt. Ach, Dad ... Auch dieser Gedanke musste weichen. Sie hatte ihre Familie wieder, sie drei gegen den Rest der Welt. Jawohl! Sie fuhren zu Urgroßmutter, zu Onkel Armin, zu ihrem Cousin Arndt-Friedrich. Was wohl mit Onkel Justus war? Ob er jemals heimkehren würde? Sie wusste, er war mit Vater in derselben Einheit gewesen. Wo hatten sie einander eigentlich verloren? Vater war anderthalb Jahre schon verschollen gewesen, als Justus sie damals mit Mama und ... (pssst, wenn ich dran denke, spreche ich womöglich noch den Namen aus, mahnte sie sich), na, als er sie in den Zug nach Berlin gesetzt hatte.

»Papa, wann hast du eigentlich Onkel Just zum letzten Mal gesehen?«, unterbrach sie seine Lektüre. Vater zuckte zusammen. Mutter sah sie mit schreckgeweiteten Augen an. »Nicht, Eva!«, sagte sie in scharfem Ton.

Nicht? Warum nicht? Warum durfte sie nicht fragen? Was wusste Mama? Hatte sie ein Tabuthema angeschnitten, eine Wunde aufgerissen, die im Heilen begriffen, aber noch empfindlich war? Vater schüttelte den Kopf, machte ein Gesicht, als hätte sie ihn mit einer ätzenden Flüssigkeit beschüttet. »Später vielleicht, Evchen. Lass mich noch. Ich habe so viel zu verdauen, so viel zu vergessen. Verstehst du mich?«

Seine Stimme klang bittend, sanft, verletzlich. Eva hatte ihn ganz bestimmt nicht verletzen wollen. »Es tut mir leid, Papa«, sagte sie und fühlte sich furchtbar unbehaglich. Ihr Wissensdrang war groß. Sie wollte herausfinden, wo er gewesen war all die vielen Jahre, wollte ergründen, warum er jetzt so war, wie er war. Justus war vielleicht nur ein Aufhänger gewesen. Viel wichtiger waren ihr seine Erfahrungen und Erlebnisse. Es fehlte ihr so viel, um ihn richtig kennen zu können, diesen Mann, der zwar ihr Vater war, mit dem sie aber im Augenblick nicht viel mehr verband als das Blut und ein paar schwache Erinnerungen aus ihrer Kinderzeit. Aber wahrscheinlich war auch er ein Weltmeister im Wegschieben, Vergessen, Verbergen. Warum sollte es bei ihm anders sein als bei Mama und ihr selbst? Die Reaktion beider Eltern errichtete eine Wand, auf die sie jetzt hilflos starrte. Mutter schien mehr zu wissen, aber auch einschätzen zu können, was sie Vater zumuten durfte. Eva musste eine Grenze überschritten haben. Sie fühlte Angst. Wie stark war Vater wirklich? Sie wünschte sich nichts sehnlicher als einen verlässlichen, gesunden Vater. Einen Fels in der Brandung, einen, zu dem sie aufsehen konnte, der sie schützte und stützte. Aber da musste etwas sein, das er fürchtete. Sogar fürchtete zu erzählen. Und wenn Mutter davon wusste, dann konnte ihr schneidend scharfes Veto nur bedeuten, dass sie um sein Erstarken bangte, peinliche Nachfragen von ihm fernhalten wollte, seinen frisch erwachten Stolz und Lebensmut, dieses wahrscheinlich sehr zarte Pflänzchen, schützen wollte.

Eva kam das Wort »Gesichtsverlust« in den Sinn. Was auch immer er in den vielen Jahren getan hatte, wie er sich auch hatte durchschlagen müssen, für wen auch immer er gekämpft hatte, so, wie er in Berlin angekommen war, konnte er kein Sieger sein. Stellte sich Mutter vor ihn, um ihm die Möglichkeit zu geben, sein Gesicht zu wahren? Tat man das für einen Menschen, den man abgöttisch liebte? Wahrscheinlich war das so. Aber warum vor ihr? Sie war doch seine Tochter. Was mochte bloß geschehen sein?

Vielleicht war es etwas, das ihm genauso unangenehm war wie ihr die Sache mit den fehlenden Zehen? Immer verbarg sie den Anblick ihres linken Fußes vor fremden Augen, verbarg ihn sogar vor ihren eigenen. Schaute nicht hin, wenn sie sich die Strümpfe auszog, um zu baden, schlief sogar immer mit einem Paar dünner Söckchen. Sie hatte sich so gut daran gewöhnt, mit ihren orthopädischen Einlagen beinahe ganz normal gehen zu können, dass es ihr im täglichen Leben gar nicht mehr auffiel, was da fehlte. Aus den Augen, aus dem Sinn, sobald der Fuß in

Strumpf und Schuh steckte. Niemand hätte es für nötig befunden, großartig nachzufragen, wenn sie einfach nur erklärt hätte, die Zehen seien ihr auf der eisigen Zugfahrt von Danzig nach Berlin im Güterwaggon abgefroren. Aber *sie selbst*, sie kannte die Hintergründe. Sie *wusste*, die fehlenden Glieder hätten nicht sein müssen, wenn nicht Mutter ... Vor niemandem verbarg sie diesen Fuß sorgfältiger als vor ihr. Weil sie nicht wollte, dass der Anblick sie erinnerte. An diesen Augenblick, der ihr das Herz auseinandergerissen und sie in einen Zustand versetzt hatte, in dem sie nicht mehr Herrin ihrer Vernunft, gar ihrer Sinne gewesen war, und einen folgenschweren Fehler beging, der Eva für den Rest ihres Lebens kennzeichnete. Nein, Eva wollte ihr das Erinnern und den doppelten Schmerz ersparen. Vielleicht tat Mama im Moment dasselbe für Vater. Wahrscheinlich musste Eva viel, viel vorsichtiger sein, unsichtbare Linien unbedingt aufspüren, meiden und bestimmt nie überschreiten. Sie starrte hinaus in die weite, weiße Winterlandschaft. Klamme Stille herrschte im Abteil. Vaters Kopf steckte hinter dem graugrünlichen Schutzumschlag. »Nineteen eighty four ... a novel«. Mutter schaute genauso angestrengt nach draußen wie Eva und vermied es sichtlich, Blickkontakt aufzunehmen. Hatte Eva jetzt etwas kaputtgemacht? Eiskalt kroch ihr das Unwohlsein den Nacken herauf. Sie musste dieses Schweigen brechen, sich entschuldigen. Sofort! Tief atmete sie durch, streckte den Rücken, machte sich groß und entschlossen, lächelte sehr bewusst.

»Verzeih, Vater! Ich wusste nicht ... und ich will nichts verderben. Es ist so schön, mit euch zu Uroma Charlotte zu fahren. Ich bin glücklich. Und verspreche, nie wieder zu fragen, bis ihr mir erzählen wollt. Und wenn ihr nie wollt, ist es auch in Ordnung, denn wir sollen ja jetzt alle voranschauen und nicht mehr zurück, nicht? Seid mir bitte nicht böse!«

Wie gut es tat zu sehen, dass sich die Mienen der beiden wieder entspannten. Jetzt lächelten sie auch. »Ist schon gut,

Evchen«, kam fast gleichzeitig aus beider Münder. »Ein paar
Kekse?«, fragte Mutter und reichte die Dose herum. Sie kauten.
Kauen war gut. Kauen entspannte.

* * *

Am späten Nachmittag erreichten sie Lübeck. Mit einem ver-
nichtenden Luftangriff auf die zauberhafte alte Hansestadt hatten sich die Briten bereits am 29. März 1942 für die deutsche
Bombardierung Coventrys »bedankt«. Die Folgen aus jener
mondhellen, frostklaren Nacht, als englische Bomber dem
glitzernden Band der Trave ins Herz Lübecks gefolgt und mit
Hunderten Tonnen Bomben ein Racheinferno entfacht hatten,
waren noch immer unübersehbar.

»Sie werden noch lange brauchen, die Lübecker«, sagte
Clemens beim Blick aus dem Zugfenster, »bis sie alle Spuren
des Krieges beseitigt haben.«

»Wie überall in Deutschland, Clemens«, bestätigte Mutter,
während Eva die Achseln zuckte und schwieg. Für sie war der
Anblick von Trümmern nichts Besonderes. Unzerstörte deutsche
Städte lagen weder in der DDR noch in der Bundesrepublik.
Die lagen in der Kinderzeit und manchmal schon hatte Eva den
Gedanken gehabt, dass »Kinderzeit« für sie gleichbedeutend mit
»Heimat« und in Wirklichkeit das Land war, aus dem sie kam.

Gutes, Schönes, vorbehaltlos positiv Erinnernswertes
stammte eben zu großen Stücken aus der Kinderzeit. Manchmal
waren trotz ihres jungen Alters die Gedanken an diese Jahre das
Einzige gewesen, das ihr geholfen hatte, ihren Optimismus nicht
ganz zu verlieren. Es gab Orte und vor allem Menschen, die nur
in jener Zeit für sie existiert hatten, deren Bild die Kriegsjahre
keine Veränderungen hinzugefügt hatten. Veränderungen
durch den Krieg waren nie gute Veränderungen. Man musste
sich nur Vater ansehen, der war der lebende Beweis. Manchmal

wünschte sie sich, Menschen genau *so* wiederzusehen, wie sie damals gewesen waren. Ohne diesen zweifelnden Zug um die Mundwinkel, ohne dieses geradezu ängstliche Flackern in den Augen, ohne innere oder äußere Verletzungen, die bei allen irgendwann sichtbar wurden. Einfach Unversehrte. Ob es die geben konnte?

Der Zug rollte langsam in den Bahnhof. Mama hatte gesagt, sie würden in Lübeck mit dem Auto abgeholt werden, damit ihnen das Umsteigen erspart blieb. Suchend blickte Eva den Bahnsteig entlang. Gar niemand von der Familie zu sehen. Nur der Schaffner mit seiner Kelle. Ansonsten Menschenleere. Ja, wer verreiste auch schon am zweiten Weihnachtstag? Das saßen die Leute daheim in der warmen Stube mit ihren Lieben zusammen. Eva schaute rechts, schaute links. Da kreischte Mutter plötzlich auf, zeigte nach rechts. Mama kreischte gewöhnlich nicht. Eva auch nicht. Aber jetzt kreischten beide.

»Das gibt es doch gar nicht! Schau, Clemens, guck, Eva!«

»Ich habe ihn gesehen, Mama!«

Mutter schnappte nur ihre Handtasche, stürzte an Vater vorbei, wirbelte den Gang entlang, kam beinahe zu Fall, als sie die Tür aufgerissen und hinausgesprungen war. Eva war ihr auf den Fersen und im nächsten Augenblick hingen sie beide an Onkel Justus' Hals.

Wie er lachte! Und mal abgesehen davon, dass er heute keinen grauen Uniform-, sondern einen dunkelblauen Wintermantel trug, war er derselbe Onkel Justus, der sie vor beinahe fünf Jahren nachts in Danzig in den Zug nach Berlin gesetzt hatte. Ob er solch ein »Unversehrter« war, nach dem Eva sich so sehnte? Auf den ersten Blick jedenfalls wirkte er so.

»Herzlich willkommen in Holstein, meine Damen«, rief er vergnügt aus. »Offenbar sind wir drei dafür bestimmt, uns auf Bahnsteigen zu umarmen. Gut seht ihr aus. Herrje, Evchen, was bist du in die Höhe geschossen!«

Er nahm sie auf den Arm und drehte sich mit ihr, bis Eva schwindelig wurde. So hatte er es früher immer gemacht. Dann drückte er ihr einen Kuss auf die Stirn und setzte sie sanft ab, um erneut seine Schwester an die breite Brust zu ziehen. Eva entdeckte Freudentränen in den Winkeln seiner leuchtend blauen Augen, sah, wie er, Mama jetzt im rechten Arm, mit der Linken nach Evas Hand greifend, offensichtlich Vater entdeckt hatte. Ein Schmunzeln ging über Justus' Züge. »Na, alter Freund?! Schwein gehabt, was? Ich freu mich von Herzen, dich lebendig wiederzusehen. Du glaubst gar nicht, wie sehr!«

Vater stellte den Koffer ab, Justus ließ die Damen los, breitete beide Arme aus, zog Vater an sich, klopfte ihm kräftig auf den Rücken, wie es alte Freunde eben tun. »Bisschen schedderich siehst du ja noch aus. Aber das wird schon wieder, Clemens. Paar Tage bei uns, sollst mal sehen, wie du gedeihst! Glaub mir, ich spreche aus ganz aktueller Erfahrung. Bin ja auch noch nicht lange zurück. Kommt, Leute, Charlotte kann es kaum abwarten, euch zu empfangen.«

Es ging mit einem schicken, schwarzen Mercedes-Benz noch ein ganzes Weilchen über Land. »Der gehörte zur Erbmasse«, erklärte Justus Vater, der auf dem Beifahrersitz Platz genommen hatte. »Die alte Dame hatte gar keinen Führerschein, ließ sich allerdings zu besonderen Anlässen von ihrem damaligen Verwalter standesgemäß kutschieren. Stand immer in der Garage, das gute Stück, und hat kaum dreitausend Kilometer auf dem Tachometer.«

»Nobel, nobel, mein Lieber! Wann bist du zurückgekommen? Charlotte hat gar nichts erzählt, oder wusstest du schon was, Constanze?«

Mutter verneinte, Justus lachte. »Du kennst sie doch. Charlotte hat von jeher eine diebische Freude dran, schöne Überraschungen zu bereiten. Kurz vor Weihnachten war ich hier, Clemens. Ich gehörte zu jenen, von denen sich die

Sowjets gar nicht trennen wollten. Alles, was jetzt noch das Vergnügen hat, russische Gastfreundschaft zu genießen, wird aller Wahrscheinlichkeit nach als verurteilter Kriegsverbrecher in Sibirien landen und unter fünfundzwanzig Jahren Lagerhaft kaum davonkommen. Das pfeifen die Spatzen von den Dächern. Von Moskau bis Ugun. Ich hatte Glück. Oder sagen wir ... Freunde, denn zu und zu gerne hätten sie mir auch noch was am Zeuge flicken wollen.«

»Freunde hattest du, Just?«, ließ sich Mama hören. »Du willst sagen, du hattest immer noch Zugang zu den kostspieligen Cognacvorräten der Nazis? Du bist doch immer schon der große Organisierer gewesen, nicht?«

Onkel Justus drehte sich halb nach hinten. Eva konnte im Rückspiegel das schelmische Blitzen in seinen Augen sehen. »Da sind wir wahrscheinlich vom selben Schrot und Korn, Schwesterchen. Es ist ja wohl auch nicht die Norm, von einem Tag auf den anderen Reisepapiere für eine ganze Familie besorgen zu können, oder?«

»Sagen wir mal so, Just: Ich war vorausschauend«, grinste Mutter und Eva musste über das einvernehmliche Zwinkern lächeln, das die beiden im Spiegel austauschten.

Eva hörte das zufriedene Glucksen aus Mamas Kehle, sah, wie Justus jetzt den Kopf Papa zuwandte. »Ich erzähle dir die ganze Sache mal in einer ruhigen Stunde, wenn du willst ... aber ist ja eigentlich jetzt auch wurscht. Hauptsache, der Rest der Familie ist wohlbehalten wieder zusammen, nicht? Das muss doch gefeiert werden. Und feiern, das werden wir jetzt. Bis die Schwarte kracht. Gelitten haben wir lange genug und immerhin dürfen wir uns sagen: Hurra, wir leben noch!«

Clemens nickte. Eva fand, er nickte heftig. Zu heftig vielleicht. Ob wenigstens die Männer tatsächlich jemals reden würden? Mama legte ihr die Hand aufs Knie und lachte sie an. In ihrem Blick war keine Spur mehr von Nachdenklichkeit. Nur

unbändige Lebensfreude, oder anders: nichts als jede Menge
»Hurra, wir leben noch!«.

* * *

Hätte Eva die Augen nur ein bisschen zusammengekniffen, hätte
sie Urgroßmutter Charlotte im Portal zu Schloss Warthenberg
stehen sehen. Die schneefrei gefegte Gutshaustreppe bot der
Gestalt der Matriarchin einen beinahe genauso würdigen
Rahmen. Trotz ihrer bald neunzig Lebensjahre stand sie ganz
aufrecht da. Lebendige Festung der Familie von Warthenberg,
Mittelpunkt, Wunderklebstoff zwischen Generationen, Zeiten
und den Welten von einst und jetzt. In einem schlichten, eleganten grauen Kostüm, die schmale Taille betont gegürtet,
der Rocksaum damenhaft auf Wadenlänge, über dem hochge-
schlossenen schneeweißen Blusenkragen, gerahmt von penibel
frisiertem Silberhaar, das liebste, fröhlichste Gesicht aus Evas
Kindertagen. Ihr Herz schlug Purzelbäume. Ging alle Zeit, ging
alles Grauenvolle einfach so an ihr vorbei? Sie sah aus, wie sie
immer ausgesehen hatte, eigentlich, genau besehen, sogar ausgesehen hatte, als sie drüben in der windschiefen Melkerkate
hatte hausen müssen. Charlotte streckte den Ankömmlingen
die Arme entgegen. Auch, wie sie es immer getan hatte. Eva
überkam das Gefühl, nach Hause zu kommen. Sie ließ sich drücken und hätte die sehnige Gestalt selbst fast *er*drückt.

Hinein ins großzügige Vestibül, wo gewaltige Geweihe
die hohen, holzvertäfelten Wände zierten, Fuchs, Hirsch –
und sogar ein etwas angestaubt wirkender Wolf – aus ihren
Glasaugen gleichmütig auf die Gäste herunterblickten und ein
deckenhoher, wunderschön geschmückter Christbaum glänzte.

Schnell das Gepäck abgestellt, die Mäntel ausgezogen
und hinüber in den warm beheizten Salon, wo Armin und
Arndt-Friedrich sie erwarteten. Mit Begrüßungsschlückchen,

selbstverständlich. Weihnachtspunsch. Und für Eva gab es heißen, selbst gemachten Fliederbeersaft mit Honig.

Charlotte schnitt Christstollen. Pudrig puffte der Staubzucker, wenn sie die Scheibchen auf den Tellern umkippen ließ. Silberne Gabeln dazu – weiterreichen, Kinder, weiterreichen –, bis alle was hatten, in tiefen Sesseln, auf dem breiten Sofa Platz genommen, sich wohlfühlten.

Eva saß neben ihrem Cousin Arndt-Friedrich, linste hin und wieder verstohlen zu ihm hinüber, um einen genaueren Eindruck vom ihm zu gewinnen. Wie ähnlich er seinem Vater war! Etwa neunzehn musste er jetzt sein und war schon ein Baum von einem Kerl. Wie gut, dass Charlotte ihn im letzten Moment davor bewahrt hatte, zum Kanonenfutter der letzten Kriegswochen werden zu müssen. Bisher hatte Eva noch nie groß Augen auf Jungs oder junge Männer geworfen. Aber Arndt war wirklich beeindruckend. Gut schaute er aus. Kurz geschnittenes blondes Haar, die typischen, manchmal ein bisschen arrogant wirkenden, jedenfalls vornehmen Warthenberg-Züge, Hände, die kräftig zupacken konnten und dennoch zweifellos sehr feinfühlig den schwarzen und weißen Tasten eines Klaviers oder den Saiten einer Violine zauberhafte Melodien entlocken würden. Irgendein Instrument hatten sie alle spielen können, überlegte Eva, und dachte an ihre Mundharmonika draußen in der Manteltasche. In einer ruhigen Minute würde sie Urgroßmama vorspielen. Aber nicht jetzt, nicht gleich, denn sie wäre nervös gewesen, hier, vor allen, und insbesondere so dicht bei Arndt.

Jetzt sprach er sie an. »Hast du Lust, nachher mit mir in die Ställe zu gehen? Es ist zwar Weihnachten, aber die Tiere müssen trotzdem gefüttert werden. Ihr habt doch da keine in Berlin, oder? Muss ja grauenhaft sein für dich.«

Eva lachte. »Nein, da sieht man weder Ochs noch Schwein und sogar kaum noch Pferdewagen im Straßenverkehr. Ich glaube sowieso, die Zeit der Pferde ist vorbei. Motoren werden ihnen den Garaus machen, fürchte ich. Vielleicht sterben sie sogar eines Tages aus, weil sie keiner mehr braucht.«

»Das glaube ich nun nicht«, widersprach Arndt vehement. »Hast schon recht, was die Städte betrifft, und in der Landwirtschaft setzen wir ja nun auch eher auf Traktoren. Aber es gibt immer noch überall Ecken und manche Flurstücke, an die kommst du mit keinem Trecker ran, und da sind Pferde gefragt. Außerdem gehören sie einfach zu jedem Gutsbetrieb. Urgroßmutter hat immerhin zwei Trakehnerstuten retten können. Oder umgekehrt … denn wahrscheinlich haben nicht wir die Pferde, sondern die Pferde uns gerettet. Wären die Rösser nicht gewesen, hätten wir Ostpreußen nur zu Fuß verlassen können und wären wahrscheinlich alle umgekommen. Gab ja nichts mehr zum Tanken für die Fahrzeuge, wurde schließlich alles im Krieg gebraucht. Wirst sehen, wir haben schicke Reitpferde im Stall. Die alte Frau von Brede hat viel auf ihre kleine Holsteinerzucht gehalten. Mit einem unserer Arbeitspferde gehe ich sogar ab und zu auf Turniere. Springt wie Deibel, der Moritz, ich zeig's dir gerne mal, wenn es dich interessiert.«

Plötzlich schalteten sich die anderen ein und ein halbes Stündchen verplauderten sie in Fachsimpelei über Pferdezucht und Reiterei. Eva hörte nur zu. Ihr wäre es wichtig gewesen, einen Rosengarten vorzufinden. So einen wie ihren einstigen Lieblingsplatz auf Gut Warthenberg. Aber *wie* sie sprachen, das gefiel ihr. Es klang so normal, so heimelig, so, als hätte nie für Jahre die Welt in Flammen gestanden, als wäre stets alles beim Alten geblieben. Das beruhigte ungemein. Und Arndt-Friedrich, den wollte sie gern einmal reiten sehen. Der gefiel ihr nämlich auch.

* * *

Arndt stand auf, als es draußen dunkel zu werden begann. »Ich gehe mich umziehen, will dann jemand mitkommen?«, fragte er in die Runde und sein Blick blieb explizit auf Eva hängen. Sie nickte.

»Gern!«

»Dann sollten wir uns doch alle anschließen, was?«, schlug Vater vor. »Wir haben den ganzen Tag im Zug nur gesessen. Ein bisschen frische Luft und Bewegung wird guttun.«

Mama hatte Charlotte untergehakt, stützte sie ein wenig, denn der Weg hinüber zu den Ställen war mordsmäßig glatt. Eva hielt sich neben den beiden, hörte ihnen beim Plaudern zu.

»Wie fühlst du dich hier, plötzlich wieder Herrin über ein großes Anwesen?«, fragte Mutter.

»Ach, weißt du, es ist mir schon ans Herz gewachsen. Immerhin ist Blieschtorf bereits seit vier Jahren unsere neue Heimat. Aber es ist etwas ganz anderes als Gut Warthenberg. Es ist mir allzu bewusst, dass wir hier ander' Leuts Habe ererbt haben, ohne viel dafür getan zu haben. Die Jagdtrophäen in der Halle, die haben Generationen einer fremden Familie geschossen, jeden Stein haben andere übereinandergesetzt, jeden Grassamen haben Fremde in die Erde gelegt, jeden Baum andere gepflanzt, jede Zaunlatte haben Menschen angenagelt, von denen wir nichts wissen, die nicht unsere Vorfahren gewesen sind, die wir nicht einmal gekannt haben. Wir sind lediglich Nutznießer der Arbeit von Generationen vor uns, deren Blut nicht in unseren Adern fließt. Manchmal, Constanze, beschämt mich das zutiefst.«

Mutter seufzte, sagte eine Weile nichts, bis sie antwortete: »Du bist ein entsetzlich anständiger Mensch! Meinst du, diejenigen, die sich inzwischen auf Gut Warthenberg breitgemacht haben mögen, sofern es nicht dem Erdboden gleichgemacht worden ist, machen sich auch derartige Gedanken?«

»Vielleicht tun sie das, vielleicht auch nicht. Ich kann nur davon sprechen, was ich fühle. Lediglich Elsbeths Wut auf Staat und Kirche und die paar Monate, die wir die Gelegenheit hatten, ihr zu beweisen, dass wir ihrer Freundschaft würdig sind, haben uns zu Großgrundbesitzern gemacht. Elsbeth hat, genau wie ich es gewohnt bin, in Generationen gedacht. Vielleicht hätte sie mir allein das Gut nicht vererbt. Man darf mal nicht vergessen, dass ich wahrhaftig nicht mehr ganz taufrisch bin. Sie wollte langfristige Sicherheit und gute Hände für das Erbe. Hätte ich mit Arndt-Friedrich nicht gleich den richtigen Nachfolger mitgebracht ... wer weiß, womöglich säße ich dann jetzt auf der Straße. Er war ihr ans Herz gewachsen, du weißt ja, er hat den typischen Warthenberg-Charme, dem man sich so leicht nicht entziehen kann ... aber dennoch, Elsbeth war nicht der Typ, dessen Herz man ohne Umstände im Sturm eroberte. Es passte, Constanze. Vor allem passte es ihr. Und sie konnte in Frieden gehen. Dennoch weiß ich, es ist ein königlicher Lohn für so wenig.«

»Vielleicht ist es auch nur ausgleichende Gerechtigkeit«, warf Mutter ein. »Aber sag mal, was hat sie denn gehabt gegen Staat und Kirche? Weißt du Genaueres?«

Charlotte lachte bitter auf. »Mir fällt eine Menge ein, das man gegen den kürzlich zusammengebrochenen Staat haben konnte, Constanze. Dir nicht?«

»Ja, ja, natürlich! Aber der existiert doch nicht mehr ...«

»Das neue Konstrukt wird sich beweisen müssen, Kind. Elsbeth hat immer behauptet, die ›Drecksäcke hätten sich nur Masken aufgezogen‹ und im Grunde hätte sich nichts an der Ämterbesetzung geändert. Alles Schmu, die Sache mit der Entnazifizierung, hat sie gesagt, und wenn ich mir das hier, in unserem direkten Umfeld, genauer besehe, hat sie recht gehabt.«

»Schade, dass ich sie nie kennengelernt habe, deine Gönnerin«, erwiderte Mama nachdenklich. »Aber ... weißt du, wenn man es praktisch betrachtet … woher hätten denn auf einmal auch die neuen Menschen ohne jegliche nationalsozialistische Vergangenheit kommen sollen? Aus den Reihen der Deutschen ganz bestimmt nicht.«

»Siehst du!«, sagte Charlotte schlicht.

Mama nickte. »Und was ist mit der Kirche?«

»Nicht mit Gott hatte Elsbeth Händel, es ging ihr eher um seine Vertreter auf Erden. Die waren ihr ein rotes Tuch …«, brachte Urgroßmutter gerade noch unter, da hatten sie schon die Stallungen erreicht. Auf beiden Seiten entlang der blitzsauber gefegten Stallgasse standen sicherlich achtzig prächtige Schwarzbunte im frischen, gelben Stroh, streckten ihre gewaltigen Schädel mit den sanften, dunklen Augen zwischen den runden Gitterstäben durch und warteten muhend auf die Abendfütterung nach dem Melken. Es herrschte geschäftiges Treiben, eine ganze Reihe Frauen schüttete Kraftfutter in die Tontröge, andere schoben mit der Gabel gritzegrünes, duftendes Heu heran.

»Das ist doch Männerarbeit«, sagte Constanze verwundert und Charlotte machte eine wegwerfende Handbewegung. »Die Männer wollten nach Elsbeths Tod nicht bleiben, Kind. Sie sind allesamt auf andere Höfe gegangen. Wir sind eben Fremde. Für uns arbeitet man nicht. Aber die Frauen, die du hier siehst, sind schon auf dem Treck bei mir gewesen. Sieh mal genau hin, manche wirst du noch wiedererkennen. Jedenfalls ersetzt jede leicht einen unwilligen Holsteiner Kerl, das kannst du glauben. Ich habe Arndt, und Justus wird bald wieder kräftig genug sein, um ihm beizustehen. Damit sind wir bestens besetzt, ich kann nicht klagen.«

Eva ließ die beiden weitergehen, blieb stehen, schloss für einen kurzen Moment die Augen, sog lächelnd den Duft von warmen Tieren und gutem Heu ein. Es war hier ein bisschen wie in der Kinderzeit auf Gut Warthenberg. Die Atmosphäre in Ställen, egal, wo sie standen, unterschied sich wahrscheinlich nie wirklich. In Eva hatte der Anblick zufrieden fressender Tiere immer ein Gefühl von Geborgenheit erzeugt. Das stellte sich auch jetzt ein, aber früher … meine Güte … da war etwas ganz Bestimmtes anders gewesen. Mal abgesehen von Arndt arbeiteten nur Frauen. Sie beobachtete sie, schaute in die Gesichter unter den straff nach hinten gebundenen Kopftüchern. In manchem Blick flackerte Erkennen auf. Hallo Evchen, du bist aber groß geworden! Oh, hallo Trina … Babette, Marie … schön, euch wiederzusehen! Konzentriert, aber fröhlich wirkten alle. Keine machte einen überforderten Eindruck. Es schien fast so, als hätte dieser Krieg die halbe Menschheit in einen großen Topf geworfen, einmal kräftig durchgerührt und hernach ausgekippt, auf dass sich plötzlich kaum noch jemand, ob Weiblein oder Männlein, auf dem alten Platz wiederfand.

Und Urgroßmutter? Natürlich hatte Charlotte auch in Ostpreußen schon das weitaus größere Familiengut geführt, seitdem Urgroßvater Friedrich aus dem Ersten Weltkrieg nicht mehr heimgekommen war. Eva kannte es gar nicht anders. Aber da war sie vergleichsweise jung gewesen, hatte einen riesigen Stab von Männern beschäftigt, von denen jeder genau wusste, was er zu tun hatte. Die Frauen erledigten damals die leichteren Aufgaben, mussten auf Warthenberg nie solche Knochenarbeit verrichten. Charlotte hatte sich im Grunde nie wirklich die Hände schmutzig gemacht. Dachte man an das, was sie erzählt hatte, war das in den vergangenen vier Jahren aber durchaus anders gewesen. Verdammt zäh musste sie sein, zumal in ihrem Alter. Tapfer, befand Eva für sich, waren sie alle. Obwohl … vielleicht waren sie gar nicht so unglücklich darüber, selbst für sich sorgen zu können. Wirklich unzufrieden wirkte ja auch Mama nicht, dabei war sie als diplomierte Biologin für die Arbeit im Labor eigentlich weit überqualifiziert, hatte immer davon geträumt, eines Tages in die Forschung gehen zu dürfen. In der ausweglosen Situation damals, direkt nach ihrer Ankunft im zerstörten Berlin, war es ihr egal gewesen, womit sie Geld verdiente. Damals nahm sowieso jeder, was sich anbot. Völlig selbstverständlich hatte sie sofort zugegriffen und die Rolle der Versorgerin übernommen, die normalerweise Papa auszufüllen hatte. Eva konnte sich gar nicht vorstellen, dass sie jetzt, nachdem er zurückgekommen war, wieder den ganzen Tag mehr oder weniger untätig zu Hause herumsitzen und die Hausfrau mimen wollte. Lediglich als hübsches Anhängsel von Vater, nur mit Kochen und Aufräumen beschäftigt? Nein! Das würde sich Mama bestimmt nicht mehr wünschen. Aber wie würde er das finden, wenn sie weiterhin ihre Anstellung behielt? Ob es wohl Streit gäbe?

Jemand stupste Eva in die Seite, scheuchte sie aus ihren Gedanken. »Tolle Herde, nicht?«

Es war Arndt.

»Zufrieden sehen sie aus. Und alle so schön rund«, antwortete Eva. Er nickte. Arndt-Friedrich machte einen anderen Eindruck als Urgroßmutter. Er schien sich ganz als legitimer Gutsherr zu fühlen, wirkte stolz und ausgesprochen selbstbewusst. Ihm war es offensichtlich völlig egal, wer diese Herde gezüchtet hatte, er hatte sie einfach für sich in Besitz genommen.

»Komm mit, ich gehe jetzt zu den Pferden.« Er nahm sie beim Ellenbogen und schob sie hinaus aus dem warmen, matt beleuchteten Stall in die dunkle Winternacht.

Es waren nur ein paar Schritte über den Hof hinüber zu dem hübschen Fachwerkgebäude, das den Pferdestall barg. Auch hier empfing sie ein warmes Stalllicht, erwartungsvolles Wiehern scholl ihnen entgegen, aber hier waren sie allein.

»Das ist ausschließlich mein Reich«, erklärte Arndt und machte eine alles umfassende Handbewegung, »hier lasse ich mir von niemandem reinpfuschen. Die Melkerinnen und das ganze Stallpersonal taugen fürs Rindvieh, für die Schweine, Schafe, fürs Federvieh, aber sie sind mir zu unsensibel, um mit den Pferden richtig umzugehen. Die haben alle nicht genug Gefühl für meine Lieblinge.«

Eva sah ihm zu, wie er mit einem Rollwagen die Stallgasse entlangging, jede Krippe mit goldglänzendem Hafer füllte, überall eine dicke, offenbar frisch gewaschene Futterrübe dazulegte, für jedes Tier einen Namen, ein paar gute Worte hatte. Schnell lag gefräßiges Malmen in der Luft, Arndt verschwand in einer angrenzenden Kammer, schleppte schwere Ballen Heu heran, verteilte dicke Spalten zur Nacht, füllte Wassereimer frisch auf. Dann schwang er den Reisigbesen und einsfix lag kein Krümelchen mehr auf dem Boden.

»Ich zeige dir Moritz«, erklärte er und öffnete eine Boxtür. Ein großer Brauner stand genüsslich kauend an seiner Krippe. Er war das einzige Pferd, das eine helle Jutedecke trug. Nur sein gewaltiger, spiegelblank geputzter Hals schaute heraus. Liebevoll tätschelte Arndt das Pferd. Es unterbrach seine Mahlzeit, um sich zutraulich und erstaunlich vorsichtig die Stirn an seiner Schulter zu reiben und ein Zuckerstückchen aus Arndts Hand zu nehmen.

»Morgen zeigen wir meiner Cousine mal, was wir können, nicht wahr, Moritz, mein Dicker?«

Moritz warf einen freundlichen Blick auf Eva, schnaubte kurz zustimmend. Dann wandte er sich wieder seinem Futter zu.

Sie hörten die Eingangstür aufgehen. »Kommt ihr? Wir müssen in die Kirche«, rief Charlotte herein.

»Schade«, murmelte Arndt. »Ich finde ja immer, bei den Tieren ist man Gott am nächsten, denn sie sind seine anständigsten Geschöpfe. Aber Charlotte besteht drauf, dass die Familie sich geschlossen bei der Messe sehen lässt.«

»Wenn Charlotte das anordnet, sollten wir uns auf keinen Fall widersetzen«, befand Eva lächelnd.

»Nein, das sollten wir nicht. Sie führt ein strenges Regiment. Komm!«

Ein Tätscheln, ein »Gute Nacht« an sein Pferd, dann wandte Arndt sich zu ihr, nahm sie spontan bei der Hand und sie liefen zum Haus zurück.

* * *

Evas Wangen glühten noch, als die Familie sich gemessenen Schrittes in schöner Vollzähligkeit auf den Weg, die Allee zum Dorf hinüber, in Bewegung setzte. Vor ihnen liefen die Gutsleute. Keine Allee wie zu Hause auf Gut Warthenberg. Bewahre, nein! Eigentlich kaum mehr als eine etwas längere Auffahrt von vielleicht hundertfünfzig Metern. Aber immerhin dicht gesäumt von knorrigen, alten Eichen, die ebenso wie die mächtigen Bäume in Ostpreußen über den Köpfen zusammengewachsen waren. Eva erinnerte sich noch genau an das tiefgrüne Licht, an die blitzenden goldenen Sonnenflecken, an das Gefühl, das sie immer überkommen hatte, wenn sie als kleines Mädchen mit den Eltern dorthin in die Sommerferien gefahren war. Nach Hause kommen! Glück hatte ihr Kinderherz geflutet und eine Leichtigkeit hatte sie überkommen, die sie niemals mehr irgendwo wiedergefunden hatte.

Jetzt und hier knirschte der Schnee unter ihren Sohlen, kahl und gespenstisch weiß beschneit streckten die Bäume ihre Äste in den wolkenverhangenen Abendhimmel. Mama hatte Evas Hände in die warmen Lammfellhandschuhe gesteckt, die sie zu Weihnachten von Urgroßmutter bekommen hatte. Wie ein Baby behandelt sie mich, hatte Eva gedacht und Arndts etwas spöttischen Blick aufgefangen. Eben noch, als sie lachend im flotten Gleichschritt vom Stall herübergerannt waren, hatte seine warme, große Hand sie gehalten und zwei-, dreimal vor dem Ausrutschen auf vereisten Pfützen bewahrt. Jetzt ging er vorn bei den Männern, während sie zwischen Mutter und Charlotte einherschlich. Nun war sie wieder das kleine Mädchen. Dabei hatte sie sich eben beinahe wie eine Frau gefühlt. Arndt ist doch mein Cousin, sagte sich Eva tadelnd. Obwohl … wer würde es verbieten, wenn sie sich in ihren Cousin verliebte? Und ganz offenbar hatte er doch auch Interesse an ihr, oder täuschte sie sich? Es war ein Gefühl im Bauch, das Eva noch nicht kannte. Aufregend, ein bisschen kribbelnd. Schön eigentlich. Sie lächelte ins Dunkel.

Offensichtlich war Evas Familie nicht die einzige, die sich vollzählig zum Kirchgang aufgemacht hatte. In dichten Pulks schoben sich die Menschen dem Licht zu, das durch die weit geöffneten Türen schimmerte. Kinder, Alte, manche an Gehhilfen, manche noch sehr aufrecht, andere im Rollstuhl, geschoben vom Ehemann, Sohn oder Enkel, junge Frauen, Mädchen, Mütter, alle aber eindeutig einander zuordenbar. Überall leise ausgetauschte, freundliche Grüße über Familiengrenzen hinweg. Nur die Warthenbergs grüßte niemand. Eva fiel dieser Umstand auf. Flüsternd fragte sie Charlotte: »Mögen sie euch nicht hier im Dorf? Keiner grüßt.«

»Nein, Kind«, gab Charlotte leise zurück. »Wir sind nur die Flüchtlinge. Zu Unrecht zu Besitz gekommen. Es wird noch dauern, bis sie uns akzeptieren.«

Eva fuhr ein scharfer Stich ins Herz, unwillkürlich zog sie den Kopf ein wenig tiefer zwischen die Schultern; wie eine Schildkröte, die sich vor dem Feind in ihrem Panzer verbergen will. Ihre Ahnin hatte das beobachtet und stieß sie leicht mit dem Ellenbogen an. »Kopf hoch, Brust raus, Evchen! Wir sind Warthenbergs. Es gibt keinen Anlass, sich zu verstecken.«

Sie hatten den Eingang erreicht. Der Pfarrer begrüßte Charlotte auffallend distanziert, reichte keine Hand. »Frohe Weihnachten, Frau von Warthenberg. Na, die ganze Familie mobilisiert? Schauen Sie, gleich hier an der Tür sind noch einige Plätze frei.«

»Frohe Weihnachten, Pfarrer Olderog«, antwortete Charlotte in denkbar liebenswürdigstem Tonfall. Sie ließ sich nichts anmerken. Gar nichts. Hatten die Warthenbergs daheim auch noch so weit vorn in der Dorfkirche ihr Familiengestühl gehabt, hier würden die Bänke der von Bredes fortan leer bleiben. Nachfolger, Erben hin oder her. Mehr stand ihnen nicht zu als die Plätze in der hintersten Reihe.

Konzentriert folgten sie der Predigt, mit gesenkten Häuptern beteten sie, aus vollen Kehlen sangen sie. Keiner von ihnen brauchte ein Gesangbuch. Sie waren firm, textsicher, hatten schöne Stimmen. Es ist egal, wo wir sitzen, dachte Eva. Egal, ob die anderen Dorfbewohner uns begrüßen oder keines Blickes würdigen. Gott wird ein wohlgefälliges Auge auf uns haben, denn wir haben keiner Seele etwas getan.

Der Pfarrer schien da anderer Auffassung. Unter großem Festgeläut zog die Gemeinde am Ende des Gottesdienstes wieder an ihm vorbei, nahm beste Wünsche und herzlich ausgebrachten Segen mit heim. Höflich hatte Evas Familie bis zum Ende gewartet, alle an sich vorbeiziehen lassen, ehe sie sich dem Auszug anschlossen.

»Wie steht es denn mit einer Unterstützung für unser Kirchendach, Frau von Warthenberg?«, insistierte der Gottesmann, als Charlotte ihn erreicht hatte und ihren kleinen Obolus in das Kollekten-Körbchen auf dem Pult neben ihm gelegt hatte.

»Die sollen Sie bekommen, Pfarrer Olderog«, sagte Charlotte, »sobald ich die Misswirtschaft Ihres Herrn Schwager auf dem Gut ausgewetzt habe.«

Urgroßmutters Stimme klang unterkühlt. Nun zog der Pastor den Kopf zwischen die Schultern. Offensichtlich ein Hieb, der gesessen hatte.

»Gesegnete Weihnachten«, murmelte er und Charlotte bedachte ihn mit einem herablassenden Kopfnicken.

Stumm entfernte sich die ganze Familie. Erst als sie außer Hörweite waren, platzte es aus Eva genauso heraus wie aus Constanze.

»Was ist denn hier los?«, fragten Mutter und Tochter wie aus einem Mund.

Charlotte tat etwas, das Eva überhaupt nicht von ihr kannte. Sie kicherte so, dass man es beinahe gehässig hätte nennen können. »Elsbeth hätte gerade ihren Spaß gehabt. Dieser Geier! Ärgert sich schwarz, dass nicht die Kirche das Gut geerbt hat, sondern wir Parasiten aus dem Osten. Wisst ihr, Olderog ist noch nicht so lange der Hirte dieser Gemeinde. Er kam Ende '42 und ersetzte den Pastor, der die Gläubigen bis dahin über zwanzig Jahre lang betreut hatte. Der arme Kerl … er war Dreivierteljude, aber bereits als junger Mann konvertiert. Peter Urbanek hieß er eigentlich und war dem Vernehmen nach ein Pfarrer, von dem jede Gemeinde nur träumen konnte. Geliebt haben sie ihn. Plötzlich aber bekam er, wie alle jüdischstämmigen Männer, einen Namen dazu geschenkt, hieß fortan Peter Israel Urbanek und wurde bei Nacht und Nebel aus dem Dorf vertrieben. Da hat ihn dann keiner mehr geliebt von den gottesfürchtigen, ehrenwerten Holsteinern hier. Keiner fühlte sich zuständig. Nur Elsbeth hat ihn ein Weilchen verstecken können. Leider wurde die Sache bald schon zu heiß. Eines Morgens war er verschwunden, hatte nur einen Dankesbrief hinterlassen. In den folgenden Monaten fand er wohl Unterschlupf mal beim einen, dann beim anderen Glaubensbruder. Bis sie ihn am Ende doch erwischt haben. Verraten von einem Kirchenmann! Es geht die Kunde, man habe ihn ins Warschauer Getto gesteckt und er sei beim Aufstand ums Leben gekommen. Na ja, und Olderog brachte damals den Mann seiner verstorbenen Schwester mit. Einen gewissen Hansen. Ihr erinnert euch, was ich über den geschrieben habe?«

Eva und Constanze nickten. »Der Vogel, der so viel veruntreut hat, ja?«, fragte Mama grimmig.

»Eben dieser!«

»Und dann erdreistet sich der Pfarrer, dich jetzt nach Geld fürs Kirchendach zu fragen?!«, empörte sich Mutter.

»Habt ihr ja gerade erlebt. Aber lasst man, Kinder, den werde ich mir schon auf ganz kleiner Flamme gar brutzeln.«

Eva lachte in die kalte Winternacht. So war Charlotte. Wie wundervoll, dass sie da war. Keinerlei Zweifel, dass Uroma eher über kurz als lang ihren Platz im ehrwürdigen Familiengestühl der Dorfkirche einnehmen würde, wo sich das Warthenberg-Wappen wunderbar neben dem Brede'schen machen würde.

* * *

Nach dem opulenten Abendessen zogen sich die Erwachsenen mit Alkohol und Zigaretten zum gemütlichen Plausch an den Kamin zurück. Eva war todmüde. Urgroßmutter entging das nicht. »Komm, Evchen, ich zeige dir dein Bett«, sagte sie, stand auf und nahm sie bei der Hand.

Im oberen Stockwerk bekam Eva ein eigenes Schlafkämmerchen. Ein frisch bezogenes Federbett, herrlich dicke Kopfkissen, ein Nachttischchen mit kleiner Lampe, die warmes Licht verströmte. Auf die Kommode hatte irgendjemand ihre mitgebrachten Kleider gelegt, zuoberst das Nachthemd. Durchs Fenster fiel jetzt helles Mondlicht. Charlotte zog die plüschigen dunkelroten Vorhänge zu.

»Schnell umziehen und husch ins Bett, Kind!«, befahl sie lächelnd. »Möchtest du die Gelegenheit nutzen und noch ein bisschen mit mir schnacken, Evchen? ›Schnacken‹ tun die Leute hier, ich versuche mich dran zu gewöhnen. Aber wir können auch einfach schabbern, wie es sich für richtige Ostpreußen gehört.«

»Ich ziehe es vor zu schabbern, liebe gnädige Frau von Warthenberg«, antwortete Eva in äußerst distinguiertem Tonfall, musste furchtbar lachen und schlüpfte unter die Bettdecke. »Und ja, ich habe doch noch so viele Fragen. Das hast du gewusst, nicht wahr? Deshalb bringst du mich ins Bett.«

»Natürlich, Kind!«

»Sieh mal, meine Uhr!« Eva streckte das Handgelenk aus dem Nachthemdärmel. »Die war in der Schachtel von Gordon. Ich hab so getan, als hätte ich sie von dir bekommen, damit Papa nicht misstrauisch wird.«

»Gut gemacht, mein Mädchen«, sagte Charlotte, nahm ihren Arm und zog ihn etwas näher ans Licht. »Wunderschön«, sagte sie anerkennend. »Sie passt zu einer ganz jungen Frau, wie du eine bist. Er hat einen sehr sicheren Geschmack.«

»Hat er dir geschrieben, wie es George geht?«

»Aber ja! Deinem kleinen Bruder fehlt es an nichts, er ist gesund und puppenlustig. Die Damen des Hauses verwöhnen ihn wie einen kleinen Prinzen. Wir müssen uns bestimmt keine Sorgen um ihn machen. Es war ein kluger Entschluss deiner Mutter, ihn Gordon mitzugeben.«

Eva senkte den Kopf. »Er fehlt mir, er ist so süß. Meinst du, ich kann ihn wiedersehen? Dad fehlt mir auch. Papa ist irgendwie …« Sie stockte, denn das, was sie dachte, war im Grunde ungeheuerlich.

»Was ist Papa irgendwie, Eva?«

»Ich mag es nicht aussprechen …«

»Wir können nicht über etwas reden, das du nicht aussprichst. Hab keine Angst. Sag es ruhig, dann können wir es teilen und gemeinsam beurteilen. So haben es deine Mama und ich früher auch immer gehalten, wenn sie Sorgen hatte.«

Eva holte tief Luft, rang mit sich. Doch dann kamen die Worte doch über ihre Lippen: »Papa ist … also … wenn ich ihn mit Dad vergleiche, ist er eigentlich …«

»Nun sag schon!«

»Puh. Na ja, dann ist er eigentlich gar kein richtiger Mann.« Sie verzog das Gesicht zu einer Grimasse aus Schmerz und Zweifel.

»Wie meinst du das?«

»Mama stellt sich ständig vor ihn. Ich finde, er wirkt schwach. Ich bin gar nicht sicher, ob er nicht einfach umkippen würde, wenn Mama ihn nicht stützte.«

Über Charlottes Züge flog Verstehen. Sie nickte. »So ist das oft mit Männern, die aus dem Krieg kommen, Evchen. Bedenke bitte, was sie gesehen und erlebt haben müssen.«

»Wir haben doch auch so viel gesehen und erlebt und sind stark geblieben!«, entfuhr es Eva. Den Vorwurf, den sie eigentlich höflich hatte verbergen wollen, konnte sie nicht aus ihren Worten tilgen.

»Es gibt einen ganz gravierenden Unterschied, mein Schatz. Wir Frauen, wir haben noch nie, solange die Welt existiert, Kriege angefacht. Das tun immer nur die Männer. Und sie wissen, dass sie verantwortlich sind. Nicht nur für die Siege. Sondern auch für die Niederlagen, für die Toten, das Elend, den Hunger, die Armut. Das ist es, was einen anständigen Mann von den Füßen holt. Das ist der Grund, warum dein Vater dir schwach vorkommt und die Stütze deiner Mutter braucht. Er kann nicht aufrecht stehen, denn die Schuld drückt ihn nieder. Und das ganz große Drama an der Sache ist, dass ihm bewusst ist, er kann nicht mehr alleine stehen. Nicht alleine stehen zu können, Evchen, das ist unmännlich. Das akzeptieren Männer bestenfalls im Kumpanenkreis, wenn sie sich mal richtig haben volllaufen lassen. Er aber braucht die Stütze einer Frau, einer eigentlich ganz schwachen Frau, um nicht umzukippen, und zugleich ist natürlich diese Stütze eine neue Schmach. Männer, die aus dem Krieg kommen, zumal unsere geschlagenen deutschen Männer, werden Jahre, vielleicht Jahrzehnte brauchen, um wieder richtig zu sich zu kommen. Bis auf die, die gewissenlose Arschlöcher sind. Und von der Sorte, mein Liebling, ist dein Vater nicht!«

Eva sah Charlotte mit großen Augen an. »So ist das also!? Ich glaube, ich verstehe. Und … wird das denn wieder? Ich meine …«

Liebevoll strich Charlotte Eva über die Wange. »Lass ihm Zeit, Evchen. Deine Mutter ist eine sehr starke Frau und sie liebt ihn. Die bedingungslose Liebe einer solchen Frau ist wie eine Infusion mit Lebenselixier. Sie wird alles tun, um ihm den Rücken freizuhalten. Und es stets so einrichten, dass er davon nicht allzu viel mitbekommt, um ihn nicht zu kränken.«

»Er mag auch gar nichts davon erzählen, was er erlebt hat, wo er war die ganze Zeit.«

»Nein, das tun die meisten nicht. Stell dir vor, du wärest gerade der Hölle entkommen. Und wüsstest ganz genau, dass du deinen Anteil am Entfachen des Höllenfeuers geleistet hast. Würdest du gern darüber reden wollen? Zumal vor deiner kleinen Tochter, die doch erwartet, dass du sie beschützen kannst, dass du stark bist und nicht schwach, edel und eben kein Arschloch? Es ist dir doch schon nach den paar Tagen aufgefallen, in welchem Zustand er ist, es ist dir durchaus nicht entgangen, denn du bist sensibel und klug. Und ihm wird nicht entgangen sein, dass du es bemerkt hast. Wie soll er da …?«

»Aber Gordon war so nicht«, versuchte es Eva noch einmal schwach.

»Na hör mal! Gordon war doch in einer ganz anderen Situation. Er gehört keiner Nation an, die ganz Europa in einen Vernichtungskrieg gestürzt hat. Er hat nur sein Land verteidigt und gehörte zu denen, die den Wahnsinn beendet haben.«

»Mit Millionen Tonnen Bomben auf deutsche Städte!«, sagte Eva trotzig. »Die Engländer sind auch Mörder.«

»Aber doch keine Agitatoren, Eva. Natürlich konnte Gordon leicht so sein, wie er war beziehungsweise ist. Begreifst du nicht die Unterschiede?«

»Doch … ich glaube, doch«, erwiderte sie langsam. In ihrem Kopf schwirrten die Worte, die so logisch erschienen und doch noch nicht ganz ihren Sinn entfaltet hatten.

»Denk darüber nach. Ich bin immer für dich da, meine Kleine.«

Eva begriff. Sie würde ein wenig Zeit brauchen, um alles gerade Gehörte zu verdauen. Nur eines lag ihr noch schwer auf der Seele: »Meinst du, ich darf sie bald wiedersehen, George, Gordon, meine Cousinen, eben alle?«

Charlotte schüttelte entschieden den Kopf. »Was jetzt hilft, ist Zeit und Ruhe. Du darfst nicht an diesem Kapitel rühren, sonst beschwörst du eine Katastrophe herauf. Nimm dich zusammen. Was du jetzt tun musst, ist vorwärtsschauen. Die Vergangenheit muss zur Ruhe kommen. Es muss Gras wachsen über das Ganze. Man darf es nur nicht so tief vergraben, dass es ganz in Vergessenheit gerät, denn aus Geschichte muss man lernen, muss wachsam sein, damit sich entsetzliche Dinge nie wiederholen.«

»Gut.«

Urgroßmutter sah sie mit zweifelnder Miene an, schüttelte nachdenklich den Kopf. »Ich weiß, es ist noch lange nicht alles gut, Kind. Schlaf erst mal drüber. Wir reden, sobald du möchtest, ja?«

»Danke!«

Sacht küsste Charlotte ihrer Urenkelin die Stirn. »Und morgen spielst du mir etwas auf deiner Mundharmonika vor, ja? Ich möchte unbedingt hören, wie du vorangekommen bist.«

Eva nickte, schaute ihr in die blauen Augen, die immer noch so wach und kein bisschen alt waren. Dann schlang sie ihre Arme fest um Charlottes Schultern. »Ich muss es immer wieder sagen: Ich bin so froh, dass es dich gibt!«

Zärtlich erwiderte Charlotte Evas Umarmung. Als sie sich voneinander gelöst hatten, knipste sie das Lämpchen aus. »Schlaf schön, Evchen! Träum etwas Schönes. Was man in der ersten Nacht im fremden Bett träumt, ist wahr.«

»Gute Nacht!«, murmelte Eva, kuschelte sich tief in die warmen Federn, schloss die Augen, lauschte noch einen Moment dem Geräusch sich entfernender Schritte, dem leisen Knarzen der Balken, dem Atmen des uralten Hauses.

Hier müsste man bleiben dürfen!

Im Einschlafen mischten sich Bilder. Charlottes klare, kluge blaue Augen, Mama in einem roten Rock, Gordon zu Pferd vor Wisley Parks prächtiger Fassade, das kleine Bündel George im Arm. George lacht, streckt ihm sein Babyfäustchen entgegen, während Arndt-Friedrich seinen Braunen am Zügel hält und ihn liebevoll klopft. Vater! Vater in blauer Badehose am Strand von Heubude, seine braun gebrannte Haut, die breiten Schultern, dieses wundervolle Leuchten in seinen Augen, als sie den Ball fängt, den er ihr zuwirft, die Sonne über der Ostsee, die Wärme, das Glück, Mama im weißen Badeanzug, fröhlich, ausgelassen springt sie nach dem Ball, den Eva ungeschickt weiterspielt, er rollt durch den feinen, weißen Sand, bleibt liegen auf einer Muschel, die Mutter für sie aufhebt, ihr bringt, Eva legt sie auf das weiße Badetuch, nimmt Mutters hingestreckte Hand, Vater ergreift die andere, gemeinsam laufen sie ins flache Wasser, dass es dreifach spritzt, jauchzen, juchzen, lassen sich fallen. Das Wasser ist ganz warm … Vater taucht unter, taucht auf mit verbundener Schulter, halb zubandagiertem Gesicht, weiß wie die Wand, erhebt sich, schwach, müde, gebückt schleppt er sich den Strand entlang, Mutter schreit, Eva weint, sie laufen ihm nach, hinauf in den Uferwald, Kiefern, Zapfen am Boden unter nackten Sohlen, Papa läuft schnell, viel zu schnell, um ihm folgen zu können, in den Wald hinein, dessen Boden weicher, kälter, matschiger, gleich sogar sumpfig wird. Sie sehen ihn laufen und er wird immer kleiner. Doch gar nicht so weit weg! Zwischen den Bäumen plötzlich Farne, Totholz, Brackwasser, Stümpfe, die aus dem Spiegel ragen, dann auf einmal ohrenbetäubender Lärm. Flugzeuge über den Köpfen, ganz niedrig, ganz nah. Sie kann sehen, wie die Schächte sich öffnen, ahnen, wo die Bomben einschlagen werden. Das schwarzbraune Wasser spritzt hoch, Bäume fangen Feuer, sind nun leuchtende Fackeln. Papa wird immer kleiner, hat keine Beine mehr. Ach. Jetzt sieht sie es. Er watet durch tiefes Moor, kommt kaum voran, fällt, schlägt lang hin in den Modder, erhebt sich mühsam wieder, der weiße Verband voll dunkelbraunem Dreck. Mit einem Mal ist alles wieder still. Rufen: Vater! Clemens! Sie will hinterher, doch Mutter hält sie an der Schulter. Nicht! Sie können ihm nicht folgen. Er kriecht jetzt, kriecht von ihnen fort durch den Morast, dreht sich nicht um. Die lodernden Bäume färben das Wasser rot. Hier und da bricht ein Ast, fällt krachend ins Wasser, zischt ein letztes Mal, versinkt. Sie sehen ihn nicht mehr, er ist fort. Versunken? Geflohen? Warum vor ihnen, was ist falsch an ihnen, dass er sie fliehen muss? Eva spürt den Boden unter ihren Füßen. Zwischen fünf rechten Zehen quillt der Matsch, zwischen drei linken Zehen quillt der Matsch …

… und über dem roten Sumpf schwirren bunte Libellen.

* * *

Gleich am nächsten Morgen führte Eva mit Charlotte ein langes Gespräch in trauter Zweisamkeit. Sie erzählte von ihrem Traum, der sie aufgeweckt und lange nicht wieder hatte einschlafen lassen. Urgroßmutter schien über Evas genaue Schilderungen der Szene ausgesprochen erstaunt. Sie zog die Augenbrauen hoch, schwieg ein Weilchen und dachte nach; dann sagte sie: »Ich weiß von Justus, der mir … aber bitte, das ist jetzt wirklich vertraulich, darüber darfst du mit niemandem reden … erzählt hat, dass Clemens während der Schlacht um das litauische Vilnius im Juli '44 fahnenflüchtig wurde und zur polnischen Heimatarmee überlief. Die sogenannte ›Armia Krajowa‹, also jene Armee, die sich aus ehemaligen polnischen Soldaten und Freiwilligen zusammensetzte und von der Exilregierung in London aus befehligt wurde, kämpfte ja jahrelang mehr oder weniger im Untergrund gegen die deutsche Besatzungsmacht. Verborgen hielten sich die Männer häufig in den schwer zugänglichen Sumpfgebieten im Osten Polens. Es ist schon erstaunlich, dass du eine Szene geträumt hast, die sich offensichtlich in genau solch einer Umgebung abgespielt hat. Ich deute da vielleicht jetzt zu viel hinein, Eva, aber mir scheint fast, die Beziehung, die du zu deinem Vater hast, ist ganz besonders tief. Oder hast du jemals solche Sumpfgebiete gesehen?«

Eva überlegte. »Vielleicht etwas aus den Wochenschauen im Kino?«

»Hm. Das könnte natürlich sein.«

Eigentlich *fühlte* Eva, dass es keine Wochenschauberichte gewesen waren, die in ihrem Kopf solche Szenarien ausgelöst hatten. Wahrscheinlich hatte Charlotte recht. Aber was war später gewesen?

»Weißt du mehr? Papa ist ja offenbar nicht erwischt worden, sonst wäre er nicht am Leben. Wie die Wehrmacht und die SS mit Deserteuren umgingen, habe ich in den letzten Berliner Kriegstagen ja mehr als einmal gesehen. Aufgeknüpft haben sie

selbst halbe Kinder noch, als sich Hitler längst feige davonge-
macht hatte. Einen Jungen haben sie an der Laterne aufgebau-
melt, der kaum vierzehn gewesen sein kann.«

»Ich weiß von solchen Vorkommnissen, Evchen. In
Ostpreußen reichte es im Januar '45 bereits, ›defätistische‹
Fluchtpläne zu hegen, um als Volksverräter aufgeknüpft zu
werden, dabei war es mehr als vernünftig, endlich die Beine
in die Hand zu nehmen. Hier habe ich derartiges damals Gott
sei Dank nicht mehr erleben müssen, aber vielleicht waren wir
in Holstein weit genug entfernt vom Berliner Brutkasten des
Bösen.«

Urgroßmutter hatte ihr über den Kopf gestrichen und
gesagt: »Es ist entsetzlich, was deine jungen Augen schon alles
sehen mussten. Mir scheint, jeder von uns hat ein gewaltiges
Päckchen mit Erinnerungen zu tragen. Jeder sein eigenes. Weißt
du, es ist sicherlich gut, dass wir jetzt alle so intensiv damit
beschäftigt sind, unsere Existenzen neu zu gestalten. So geraten
wir nicht allzu sehr ins Grübeln und keiner hat recht Zeit, über
all das Gewesene wahnsinnig zu werden. Möglicherweise ist
dieses Ringen um Neuordnung gerade deshalb gut. Wir müssen
einfach zusehen, dass wir irgendwie in unserem Leben zurechtkommen. Ungeschehen können wir sowieso nichts mehr
machen, auch wenn wir noch so gerne wollten.«

Sie blickte Eva nicht an, hatte den Kopf gesenkt, und Eva
spürte, dass es keinen Sinn hätte, wenn sie versuchte, noch
mehr herauszubekommen.

»Gras drüber wachsen lassen, Urgroßmutter?«, fragte sie
und wunderte sich selbst, wie viel Bestimmtheit und welch iro-
nischer Unterton in ihren Worten lag, obwohl sie doch eigentlich eine Frage formuliert hatte.

Charlotte sah sie ernst an. »Ja, Eva! Gras drüber wachsen
lassen. Gras wächst überall und erstaunlich schnell. Selbst wenn
ein Weltbrand darübergefegt ist. Gras ist gut, Kind.«

Alles in allem waren es himmlische Tage. Eva genoss jeden Augenblick. Ob sie nun Arndt zuschaute, wie er in halsbrecherischem Tempo den braunen Moritz über die Hindernisse pilotierte – wobei sie intuitiv vor jedem Absprung leicht in die Knie ging, Schwung holte, den Rücken rund machte, den Atem anhielt, die Flugphase beinahe am eigenen Leib spürte, das Aufkommen abfederte, erleichtert ausatmete, die Leistungen von Reiter und Pferd, die gegen die tief stehende Wintersonne einem Zentauren glichen, beklatschte –, oder einfach nur gemütlich jede Mahlzeit mit der Familie gemeinsam einnahm: Da war Wärme, da war Liebe, war Vertrautheit, war derselbe Humor, dieselbe Sprache, die den geliebten alten Klang hatte. Eva selbst und sogar Mutter hatten sich schon fast ans Berlinerische angepasst. Auffallen wollte nämlich keiner gern. Anpassen war das Gebot der Stunde. Hier aber, in diesem Kreis, durfte man ostpreußisch klingen, durfte »danzigern«. Evas Seele erholte sich. Sie fühlte sich wie neugeboren.

Viel zu schnell verging die Zeit. Schon stand der Silvesterabend bevor. Neujahr würden sie zurückkreisen, denn Mama musste am zweiten Januar wieder ihren Dienst in der Charité antreten. Ein paarmal war Eva der Gedanke gekommen vorzuschlagen, dass sie doch einfach hierbleiben könnten. Wahrscheinlich hätte Charlotte überhaupt nichts dagegen gehabt, aber die paar Fetzen eines Gesprächs zwischen Justus und Vater, die sie aufgeschnappt hatte, bewiesen ihr, dass es keinen Sinn gehabt hätte, diese Idee vorzubringen. Im Brustton der Überzeugung hatte Vater dem Onkel seine Überlegungen dargelegt. Es schien ihm sehr zu gefallen, welches politische Konzept die DDR verfolgte. In überzeugtem Tonfall sprach er vom Kommunismus als »überzeugendem, menschenfreundlichem Gegenentwurf zum demokratisch getarnten westdeutschen Kapitalismus«, attestierte dessen führenden Köpfen, mit Ausnahme Konrad

Adenauers, doch sowieso »allesamt alte Nazischergen« zu sein, und apostrophierte sein ausdrückliches Einverständnis mit der »Übergangsform Sozialismus« hin zu einer »gerechten Welt im Kommunismus«.

Eva ärgerte sich, Onkel Justus' leise vorgetragene Erwiderung nicht verstanden zu haben, schloss aber ohne Weiteres, dass Papa kein großes Interesse daran hegte, womöglich Bürger der Bundesrepublik zu werden. Offenbar lehnte er all das ab, was Eva als eigentlich wirklich erstrebenswert empfand, denn in ihrem Denken verknüpfte sich das von Vater beinahe angewidert ausgespuckte Wort »Kapitalismus« vor allen Dingen mit solchen Dingen wie den herrlichen Schaufenstern in Westberlin. Alles in allem focht das ganze politische Geplänkel Eva allerdings im Moment nicht wirklich an. War es nicht vollkommen egal, wo man wohnte, solange man ein halbwegs dichtes Dach über dem Kopf und etwas zu essen hatte, es überdies völlig problemlos möglich war, so wunderbare Weihnachtsferien mit der Familie verbringen zu können, und als Krönung auch noch zum ersten Mal verliebt war?

In der Silvesternacht feierten sie ausgelassen, tanzten nach den alten Schellackplatten aus Elsbeth von Bredes Bestand an wilden Zwanziger-Hits, und um Mitternacht bekam Eva nicht nur ihr erstes Glas Sekt zum Anstoßen, sondern auch ihren ersten Kuss. Ein neues Jahrzehnt brach an. Alles drehte sich so ungeheuer angenehm, alles war lustig, alles würde sich fügen. Da konnte es doch nur eine wunder…, wunderbare Ära werden!

6

BERLIN 1950/51 – ZERPLATZTE TRÄUME

Der Abschied war schwergefallen. Eva hatte sich aus Arndts Umarmung lange nicht losreißen wollen. Sie würden sich schreiben, versicherten sie einander, und Eva schwor, spätestens in den Sommerferien zurückzukehren. Alle drei waren großartig erholt, selbst Vaters eingefallene Wangen hatten sich ein wenig gerundet und eine gesündere Farbe angenommen. Voll neuer Kraft und frischem Lebensmut sprach er auf dem Heimweg im Interzonenzug von seinen Plänen, die er gleich am kommenden Tag anzugehen gedachte.

Berlin erwartete sie grau und trüb, denn am Neujahrstag hatte Tauwetter eingesetzt. Die Wohnung war ausgekühlt; ein deutlich spürbarer Gegensatz zu der kuschelig warmen Gemütlichkeit der vergangenen Tage. Zu allem Übel hatte Frau Klawuttke auch noch die Strom- und Wasserrechnung für den halben Dezember unter der Tür durchgeschoben. An sich ein kleiner Betrag, aber der ließ schon Böses vermuten, rechnete man den Verbrauch auf die kommenden Monate hoch, wie Mutter es sofort tat.

»Keine Sorge«, sagte Vater, »ich werde morgen beim Bauamt vorstellig werden. Sie wären ja verrückt, wenn sie einen

Städtebauer mit derart viel Erfahrung, wie ich sie habe, nicht nehmen würden.«

Mama sah ihn mit einem Ausdruck zwischen Zärtlichkeit, Stolz und Zweifel an, den Eva schlecht deuten konnte. Auch das, was sie antwortete, klang in ihren Ohren schon vorweg wie Trost ... oder wie Abwiegeln: »Clemens, Lieber, mach dir nicht zu viele Hoffnungen. Du hast nichts vorzuweisen. All deine Unterlagen sind in Danzig verbrannt. Ich konnte nichts mitnehmen auf die Flucht.«

»Na, man wird mir schon glauben«, sagte Vater fest. Und Mama seufzte, wie sie in letzter Zeit oft seufzte.

Wie recht sie mit diesem Seufzer gehabt hatte, erwies sich schnell. Vater war in den folgenden Wochen täglich unterwegs auf der Suche nach einer Anstellung. Morgens ging er frisch rasiert, bestens gekleidet, guter Laune und forschen Schrittes los, um am Abend traurig und im wahrsten Wortsinne zerknittert heimzukehren. Sein Optimismus schwand von Tag zu Tag und bald hatte sich für ihn herauskristallisiert, dass man im Sozialismus Männer der Tat brauchte und keine verkopften Akademiker mit noch so fantastischen Ideen. Führende Posten in den Ämtern, die Papas vorheriger Position in Danzig entsprochen hätten, waren längst vergeben. Er war schlicht zu spät heimgekehrt. Obwohl Constanze ihn bald drängte, sich arbeitslos zu melden, damit wenigstens ein kleiner Betrag ins magere Familienbudget einflösse, wehrte Vater sich eine Weile mit Händen und Füßen. Er wollte selbst verdienen, niemandem, schon gar nicht der Allgemeinheit auf der Tasche liegen. Es war sein Stolz, der Constanzes kleine englische Geldvorräte binnen Kurzem auf null reduzierte.

Eines Tages im Februar, als Eva gegen Abend heimkam, hörte sie schon im Flur, dass es eine Art Krisensitzung in der Küche gab.

»Ich habe damals auch genommen, was sich mir bot, Clemens! Obwohl meine Qualifikation für Höheres ausgereicht hätte«, sagte Mama, und dafür, dass sie im Umgang mit Papa immer um Vorsicht bemüht war, um seinem schwachen Selbstbewusstsein nur keinen Schaden zuzufügen, klang ihre Stimme ausgesprochen streng. Eva atmete ganz flach und leise, setzte lautlos ihren Ranzen ab und blieb stehen, wo sie stand.

»Du warst ja auch Berufsanfängerin, Constanze«, hielt Vater dagegen. »Außerdem war da noch Krieg, was hattest du schon für eine Wahl?«

»Ich habe mit meiner Anstellung immerhin Eva und mich halbwegs über Wasser halten können. Mein Gehalt reicht aber nicht für drei. Ich bitte dich, Clemens, melde dich arbeitslos, sonst können wir unseren Lebensunterhalt nicht mehr bestreiten. Oder …«

Eine Pause entstand. Die Stille war so still, dass Evas Ohren sich wie betäubt anfühlten. Sie merkte, wie ihre Knie zitterten. Was würde jetzt kommen? Gedanken überschlugen sich in ihrem Kopf. Warf Mama Vater womöglich raus? Nein! Das würde sie nie tun.

»Oder was?«, fragte Vater scharf.

Wieder eine Pause. Ein Stuhl wurde geschoben, misstöniges Quietschen auf altem Linoleum, dann leises Tuscheln. Mutters Stimme ganz sanft. Eva verstand kein Wort mehr. Bestimmt tröstete sie ihn jetzt wieder, hatte ihn umarmt, flüsterte ihm irgendetwas Besänftigendes ins Ohr. Eva begann sich zu entspannen, wollte schon den ersten Schritt auf die Küchentür zu machen.

Da knallte es. Jemand hatte mit der flachen Hand auf den Tisch geschlagen. Vater.

»Gut! Dann gehe ich eben auf den Bau!«

Vater ging auf den Bau. Ab sofort sah ihn Eva morgens nicht mehr. Gegen vier Uhr in der Früh verließ er fortan das Haus und kehrte abends nicht vor sieben zurück.

Eva schrieb Arndt von den Entwicklungen und er antwortete in seiner pragmatischen Art, es sei letztlich völlig egal, womit ein Familienvater sein Geld verdiene, Hauptsache, er könne seine Lieben ernähren. Ihm jedenfalls wäre keine Arbeit zu schwer oder zu schmutzig. Hätte er eine eigene Familie, und davon würde er schon lange träumen, dann würde er alles daransetzen, sie auch versorgen zu können. Hinter das Wörtchen »träumen« hatte er ein kleines Herzchen gemalt, was Eva dazu bewog, den Briefbogen entzückt an die Brust zu drücken und nun ihrerseits ins Träumen zu verfallen. Arndt-Friedrichs Frau! Ja, das konnte sie sich wunderbar vorstellen. An seiner Seite auf dem Gut. Mein Gott, wäre das herrlich.

Weiterhin schrieb er, im März wolle er mit seinem Moritz an einem Turnier im Nachbarort teilnehmen. Er hoffe auf ein gutes Ergebnis, denn »als Pferdezüchter darf man eben nicht nur ans eigene Vergnügen auf dem Pferderücken denken, sondern hat die Pflicht, gute Leistungen zu erbringen, um das erfolgreiche Zuchtprodukt eines Tages auch gewinnbringend verkaufen zu können«.

Ach je, schreckte Eva zusammen, so sah er das? Sie hatte angenommen, der Moritz sei sein Liebling, von dem er sich nie trennen würde. Aber gut, im Grunde hatte er ja recht. Es würde andere Pferde geben, an die er sein Herz, zumindest für ein Weilchen, hängen konnte. Hauptsache, er hängte sein Herz nicht auch an andere Mädchen. Was für ein schrecklicher Gedanke! Bald musste sie hinfahren, damit er nicht auf dumme Ideen kam … Er war doch einer, nach dem sich die Mädchen umdrehten. Und die paar Küsschen? Was bedeuteten die schon für einen jungen, attraktiven Mann?

Immer wieder sprach Eva in den folgenden Wochen Mutter an, fragte, bat, bettelte, dass sie doch bald wieder aufs Holsteiner Gut fahren müssten. Doch Constanze schüttelte immer nur bedauernd den Kopf, verwies auf das winzige Notizbüchlein, das sie ihr Haushaltsbuch nannte, und als Eva danach greifen wollte, um wenigstens den Beweis für die Finanzschwäche der Familie einmal schwarz auf weiß zu betrachten, klopfte Mama ihr auf die Finger und sagte: »Nichts da! Du kannst mir schon glauben. Das hier ist das schlechte Gewissen der Rosanowskis und hat nichts mit dem wohlbestallten Zweig der Sippe zu tun.«

Im späten März schrieb Arndt, all seine Mühen hätten sich ausgezahlt, der Moritz sei am Turnier über einen Meter achtzig gesprungen, was nicht nur einen spendablen Käufer auf den Plan gerufen, sondern auch noch die Aufmerksamkeit eines berühmten Springreiters erregt habe. Er nannte den Namen, »Fritz«, der Eva nichts sagte, denn das war einfach nicht ihr Metier. Dass dieser Mann allerdings vor lauter Begeisterung das Deutsche Olympiade-Komitee für Reiterei aufgefordert habe, dieses Pferd zu kaufen und ihm zur Verfügung zu stellen, das beeindruckte Eva dann doch.

* * *

Es sollte bei Briefen zwischen den beiden bleiben. Das Jahr ging dahin, Eva feierte ihren siebzehnten Geburtstag im Kreis ihrer Schulfreundinnen, wurde mit allerbesten Noten in die Abiturklasse versetzt, träumte vom Studium, träumte von Arndt, wehrte alle Annäherungsversuche anderer Jungen ab, denn sie fühlte sich quasi verlobt. Die Hoffnung, zu Weihnachten wieder einen Interzonenpass für einen Besuch der ganzen Familie in Blieschtorf zu bekommen, zerschlug sich. Dabei hatte sogar Mama zugestimmt. Das Problem lag dieses Mal ganz woanders. Immer knausriger waren die Behörden beim Ausstellen von

Reisepapieren geworden, denn Hunderttausende hatten es bis dato bereits vorgezogen, ihre Zukunft im Westen zu planen. Nach und nach begriff die Staatsführung, dass ihnen die Leute wegliefen.

Clemens und Constanze hegten solche Absichten nicht. Im Traume wäre es ihnen nicht eingefallen, die DDR zu verlassen. Sie hatten sich arrangiert. Mit dem geringen Einkommen, dem niedrigen sozialen Status, der winzigen Wohnung, den Umständen. Und mit dem System. Vater war inzwischen immerhin zum Brigadeführer aufgestiegen. Eine recht ehrenwerte Position im sozialistischen Denken, wie er häufig betonte. Eva hingegen stolperte über diese Bezeichnung, erinnerte sie sie doch allzu sehr an Vergangenes. Auch zu Adolfs Zeiten hatte es Brigadeführer gegeben. Wie konnte Vater auf diesen Titel stolz sein? Ausgerechnet Vater, von dem Mama doch erzählt hatte, dass er sich in Danzig damals geweigert hatte, dem »SS-Sturmbann Eimann«, gegründet vom SS-Brigadeführer Johannes Schäfer, einem menschenverachtenden Scharfmacher der schlimmsten Sorte, beizutreten, um stattdessen lieber in der Wehrmacht gegen das Land seiner eigenen Väter zu kämpfen?

Überhaupt zuckte Eva öfters innerlich zusammen, wenn ihr Ähnlichkeiten zwischen NS-Regime und DDR-System auffielen. Hatte nicht Hitler genauso die gesamte Jugend von vornherein staatlicher Lenkung unterstellt, wie es jetzt die Staatsführung der DDR tat? Warum waren die Strukturen in der FDJ so verdammt ähnlich wie früher in der Hitler-Jugend? Wer hatte da recht? Vater, der sich bei Justus beklagt hatte, dass die Bundesrepublik »alte Nazischergen« auf hohen Positionen reinstalliert hatte? Oder Urgroßmutter Charlotte mit ihrer Frage, woher denn auf einmal die neuen Menschen ohne jegliche nationalsozialistische Vergangenheit kommen sollten? Sie hatte selbst geantwortet: »Aus den Reihen der Deutschen ganz bestimmt nicht.« Eva kam für sich selbst zu dem Schluss, dass beide eigentlich recht haben mussten. Und ihr schwante, dass beide neuen Staaten, egal, welches Schild man ihnen auf-klebte, egal, unter wessen neuen ideologischen Einfluss sie um Wiederauferstehung rangen, eines nicht ändern konnten: die deutschen Menschen. Die waren, wie sie waren. Folgten mehr oder minder notgedrungen. Wie sie immer schon mehr oder minder notgedrungen gefolgt waren. Ob sie jemals aufstehen würden?

Eva erkor ganz für sich die Parole »Kopf einschalten« zum ureigenen Leitfaden. Sie fühlte sich nicht als Revolutionärin, dafür war sie, wie sie ganz genau wusste, viel zu schüchtern. Aber sie verweigerte sich still, wenn sie das Gefühl hatte, etwas passte nicht. Ganz allgemein nicht oder nicht zu ihr. Stärkster Ausdruck ihrer Ablehnung war vorläufig die Weigerung, sich der Jugendorganisation FDJ anzuschließen. Nein, Pflicht war das nicht. Aber immer wieder sah sie sich gedrängt. Hin und wieder tat es ihr sogar leid, beispielsweise, als sie die Entscheidung zu treffen gehabt hatte, an einem Sommerlager während der Ferien teilzunehmen. Fast die ganze Klasse fuhr mit. Evas Sommer würde einsam werden, das wusste sie. Aber sie nahm es hin, blieb bei ihrem passiven Widerstand.

Constanze und Clemens drängten sie nicht. Wenigstens dieses bisschen eigene Entscheidungsfreiheit ließen sie ihr. Eva hatte den Eindruck, sie waren einfach viel zu sehr mit sich selbst beschäftigt. Jeder für sich. Eigentlich trotz der Enge, die die kleine Wohnung vorgab, eher neben- als miteinander. Eva sprach ihnen inzwischen zunehmend den Kampfgeist ab, den sie doch beide früher so ausgeprägt besessen hatten. Papa klagte immer mal wieder über Probleme mit seiner Galle. Er konnte dies, dann wieder jenes Lebensmittel nicht recht vertragen. Eva kam er abgekämpft, müde und, was am schlimmsten war, irgendwie immer abgestumpfter vor. Sie glaubte ihm seine zur Schau getragene Zufriedenheit nicht und hatte den Eindruck, er wusste im Grunde, dass sie ihn durchschaute. Sie schlichen umeinander wie Katz und Maus. Rechte Offenheit, so empfand es Eva, gab es zwischen ihnen jedoch nicht, keiner von beiden wagte es, ein klärendes Vater-Tochter-Gespräch anzufangen, sich einander anzuvertrauen. Der vorherrschende Tenor im Hause Rosanowski hieß: Es hätte schlimmer kommen können, wir sollten uns bescheiden!

Was war nur aus ihnen geworden?

Für Eva jedenfalls war das hier alles nichts. Ihr Kopf arbeitete an Plänen, die nicht in der DDR spielten, in ihr wuchs der unwiderstehliche Drang nach Freiheit, nach ureigenen Entscheidungs- und Entwicklungsmöglichkeiten. Im Frühjahr 1951 bestand sie die Abiturprüfungen mit einem Schnitt von eins Komma zwei. Triumphierend dachte sie, nun stünde ihr die ganze Welt offen.

Allerdings hatte sie ihre Rechnung ohne die Grundsätze des Arbeiter- und Bauernstaates gemacht. Arbeiterkinder in die Universitäten, Akademikerkinder in die Produktion. In Eva schäumte die Wut, als sie, zweifellos auch dank eines Mitschülers, der Evas positive Einstellung zur evangelischen Kirchenjugend an die »richtigen« Stellen weitergetragen hatte, die Ablehnung für ihr Studienplatzgesuch erhielt. Constanze und Clemens versuchten, sie zu beschwichtigen, aber sie ließ sich nicht beschwichtigen. Nein! Sie hatte sich nicht die Nächte mit Lernen um die Ohren geschlagen, um jetzt einen Handwerksberuf zu erlernen, Mutters Vorschlag zu folgen, in der Charité eine Krankenschwesternausbildung zu beginnen (»Ich kann das für dich arrangieren, Evchen, es wäre doch wunderbar!«), oder gar irgendwo in einem bäuerlichen Großbetrieb in die Lehre zu gehen. Dabei hatte Eva noch Glück gehabt. Die Folgen des Verpetzens hätten durchaus auch noch mitten in der

Abiturphase zu einem Ausschluss von den Prüfungen führen können. Sie dankte Gott, dass ihr das nicht passiert war.

* * *

Während dieser ganzen harten Phase stützte sie stets der Gedanke an Arndt-Friedrich. Da war einer, drüben im schönen Schleswig-Holstein, der ihr wie ein Licht in dunkler Nacht erschien. Sie musste nur darauf zulaufen, und das würde sie, sobald er endlich um ihre Hand anhielte. Absolut sicher war sie, dass es nur noch eine Frage der Zeit sein konnte, bis er sie erlösen würde.

Kurz nach Evas achtzehntem Geburtstag traf wieder mal ein Brief von Arndt ein, in dem er berichtete, der Moritz habe das Hamburger Derby unter seinem neuen Reiter gewonnen. Schwärmen tat er, berichtete sogar genauestens von jedem einzelnen der furchtbar gefährlichen Hindernisse, die der »Dicke« so fantastisch unter dem »Fritz« gemeistert hatte. Stolz wie Oskar war er. Aber wieder kein Antrag.

Im Juni dann kam ein Schreiben von Charlotte, das eine Warnung enthielt, die Eva in ein tiefes Loch stürzen ließ. Sanft und liebevoll bereitete Charlotte sie darauf vor, dass wieder einmal all ihre Träume zerplatzen würden. Arndt-Friedrich hatte sich mit einer gewissen Erika vom Nachbargut verlobt, die Hochzeit stand kurz bevor! Eva war vollkommen vor den Kopf gestoßen. Das konnte doch nicht sein. Er hatte sie geküsst, hatte so oft geschrieben. In seinen Briefen stand es doch, dass er sie liebte!

Fieberhaft durchsuchte sie das ganze Paket, das im Laufe der Monate immer dicker geworden war. Sauber gebündelt, mit einem roten Bändchen umwunden, lag es sorgfältig aufbewahrt in der Pappschachtel unterm Bett. Es musste tausend Stellen geben. Eva las und las ... suchte, den Blick tränenblind.

114

Und fand: Nichts!

An keiner einzigen Stelle hatte er ihr seine Liebe gestanden. Einzig das kleine gemalte Herzchen … und dieses unbeschreiblich wunderbare Gefühl mussten es gewesen sein, woran sie sich jetzt jahrelang geklammert hatte. Nirgends hatte er etwas von einer gemeinsamen Zukunft anklingen lassen.

So war das also. Alles nur eingebildet!

Es dauerte ein paar Tage, bis Eva sich erholt hatte. Alle Phasen der Enttäuschung, vom stundenlangen Weinen – mitsamt dem ernsthaften Gedanken, sich die Pulsadern aufzuschneiden – über die unbändige Wut auf ihn, auf sich, auf ihre eigene dumme Einbildung bis hin zu der Erkenntnis, Arndt könne sie mal … – aber wirklich, sie bräuchte keinen Mann, um durchs Leben zu kommen –, durchlitt und durchlebte sie. Vor Mutter und Vater verbarg sie sorgfältig, was sie umtrieb. Das allein kostete schon unendlich viel Kraft. Niemandem wollte sie ihr Elend anvertrauen, denn der Fehlschluss, dem sie offensichtlich aufgesessen war, erschien ihr entsetzlich peinlich. Ganz alleine kämpfte sie sich durch diese Phase, die ihr schlimmer vorkam als die schlimmsten Kriegstage.

Sie nahm sich nicht das Leben. Am Ende richtete sie sich am eigenen Zopf auf. Da stand sie nun. Aufrecht, geläutert, voller Energie, die sich aus Erkenntnis, gepaart mit unbändiger Wut, speiste, und hatte für sich den Entschluss gefasst, ihr Leben von jetzt an selbstständig in die Hand zu nehmen. Irgendwann war es nicht mehr nur um die verlorene Liebe gegangen, sondern um alles. Buchstäblich um alles! Der einzig richtige Weg konnte nur sein, sich zu lösen, fortzugehen, ganz neu anzufangen. Kurz: Sie musste in den Westen!

Aber wie sollte sie das anstellen? Ihr erster Gedanke war, wie immer in schwierigen Situationen, Charlotte einen langen Brief zu schreiben. Sie schilderte die ganze Sache ausführlich, ließ dabei die Eltern nicht ungeschoren davonkommen, indem sie sich über deren »hoffnungslose Müdigkeit« beklagte, bat um Rat, um Unterstützung. »Ich will frei sein, Urgroßmutter, will lernen, will studieren, will etwas aus mir machen. Das kann ich hier nicht, hier bin ich eingesperrt, gefesselt. Hilf mir!«, schrieb sie und unterstrich die letzten Worte dreifach.

Urgroßmutter hatte Mama und Papa zum Glück verholfen … sie würde auch ihr helfen, dachte Eva, als sie den Brief mit nachdrücklichem Schubs in den Briefkastenschlitz schob.

Es vergingen drei quälende Wochen, in denen sie jedoch keinen Augenblick die Hoffnung verlor, Charlotte würde es schon richten. Drei Wochen, in denen Mutter ständig zu einer Entscheidung drängte und fast täglich nachfragte, ob Eva denn nun die Anmeldung für die Schwesternschule, die sie ihr besorgt hatte, endlich unterzeichnet habe. Verächtlich betrachtete Eva das Formular, wenn sie es auf dem Küchentisch erblickte, wo es unübersehbar, mitsamt bereitgelegtem Stift, auf ihre Unterschrift wartete. Mamas Blick dazu, der bei jedem gemeinsamen Frühstück, mal aufmunternd, mal beinahe beleidigt, dann wieder bittend, vom Papier zu Eva und zurück zu den zusammengehefteten Seiten ging, woraufhin Eva entweder nur die Augen gen Himmel drehte oder abrupt aufsprang, ohne endlich … endlich ihre Unterschrift zu setzen. Oh nein. Sie würde nicht ihre Einwilligung für so etwas geben, würde sich nicht verpflichten. Es wartete schließlich eine wunderbare Karriere auf sie. Bald … bald sollten alle staunen, was sich Charlotte zweifellos für sie hatte einfallen lassen.

Umso größer war ihre Enttäuschung, als die Antwort eintraf, welche jedoch keinerlei Aussicht auf Hilfestellung enthielt. Charlotte hatte vernünftige Argumente angeführt, die Eva absolut unvernünftig erschienen, und hatte gemeinerweise einen riesigen Berg Fragen aufgeworfen. Wie sie sich eine Übersiedlung allein, in ihrem Alter, denn vorstellte, wovon sie leben, wo sie wohnen wollte, wie sie den Eltern eine Erlaubnis für ihr Vorhaben abzuringen gedenke, ob sie denn überhaupt eine Studienplatzzusage habe und wo sie sich angemeldet hätte. Lauter Fragen, auf die Eva keine Antworten hatte. Und am Ende der Rat, sich doch zunächst ruhig auf eine vernünftige Berufsausbildung einzulassen (»Was man hat, das hat man, Kind, das kann nie schaden!«) und Studienpläne auf die Zeit nach Erlangung der Volljährigkeit zu verschieben.

All das hatte Charlotte verständnisvoll, freundlich und mit erkennbar großer Empathie formuliert. Aber für Eva war es nichts anderes als in nette Worte gefasster Verrat.

ZWEITER TEIL

7

JUNI 1954 – AUF ZU NEUEN UFERN

Anlässlich Mutter Klawuttkes Siebzigstem hatte sich die gesamte Hausgemeinschaft nebst vielen weiteren Gästen bei Erdbeerbowle, Würstchen und Kartoffelsalat im Hinterhof unter der alten Linde zusammengesetzt, um zu feiern. Der Abend war schön und lau, der Baum ließ seine Blüten duften, sogar ein paar Mücken hatten sich hier, mitten in der Stadt, zum Feiern eingefunden.

Alle waren sie da. Auch Eva, die gleich zu Beginn ihrer Schwesternausbildung die Enge der elterlichen Wohnung gegen die Enge im Schwesternheim der Charité getauscht hatte. Allzu häufig kam sie nicht mehr hierher, manchmal sonntags zum Kaffee, natürlich zu Feiertagen. Nicht nur die derzeitigen Mieter, auch die Kriegskinder, die in Mutter Klawuttkes Schutz so manche Stunde gemeinsam im Bunker verbracht hatten, waren heute versammelt. Eva schaute hinüber zu dem kleinen Klaus, der gerade genüsslich in eine Bockwurst biss. Ein oft gesehenes Bild schien vor ihrem inneren Auge auf und sie musste grinsen. Damals gerade drei Jahre alt, hatte er, wenn es draußen krachte, weil die Alliierten mal wieder einen Bombenhagel auf die Stadt niedergehen ließen, immer die Augen zusammengekniffen, die

Händchen auf die Ohren gepresst, seinen Teddy an die Brust gedrückt und die Milchzähne ins Bärenohr geschlagen. Eva war an dem seltsamen Benehmen des Jungen nicht ganz unschuldig gewesen, denn »Kräftig zubeißen, Kläuschen, wenn du doll zubeißt, tut es den Piloten oben so weh, dass ihnen die Tränen in die Augen treten und sie unseren Bunker nicht sehen« hatte sie ihm geraten, um ihn abzulenken, und er hatte ihr diesen Blödsinn geglaubt. Na ja, damals hatten die Deutschen sowieso jeden Blödsinn geglaubt, auch wenn er schon auf den ersten Blick noch so bescheuert gewesen war. Trotzdem hatte der Kleine sich immer vor Angst in die Hosen gemacht. Nach jedem Luftangriff brauchte er frische Büxen. Aber immerhin hatte Evas Taktik der ganzen Bunkerbesetzung seine gellenden Schreie erspart. Jetzt war er zwölf und ein kräftiger Bengel geworden. Ein Bengel mit vergnügtem Gesicht, blauem Pionierhalstuch und großer Klappe, der seine Zähne nicht mehr ins Bärenohr, sondern in die saftige Wurst schlug.

Ella mit dem einen Bein hatte sich eingefunden. Sie war drei Jahre älter als Eva und hatte es einmal nicht rechtzeitig geschafft. Alle waren unter der flackernden Notbeleuchtung aufgesprungen, als sie Ellas verzweifeltes Bollern und Schreien durch die Stahltür vernahmen, die Klawuttke hatte den Bunkerwart angefaucht, er solle aufmachen, doch der hatte sich strikt geweigert. Zu zwei Frauen und drei Mädchen hatten sie ihn übermannt, getan, was strengstens verboten war, und geöffnet. Draußen tobte das glutrote Inferno, eine unvorstellbare Hitze pfiff durch den geöffneten Spalt. Ella war vor der Tür zusammengebrochen, sie hatten die Bewusstlose gemeinsam hereingezogen. Noch immer schüttelte sich Eva innerlich vor Entsetzen, wenn sie daran zurückdachte, wie Ellas Bein vom Knie an abwärts in Fetzen gehangen hatte. Inzwischen war sie sogar verheiratet. Unterm fast knöchellangen Rock sah man ihre Umschnallprothese gar nicht. Fröhlich war sie. Und ich stelle mich an wegen der drei verlorenen Zehen, dachte Eva und zwinkerte zu Ella hinüber.

»Spielst du mir ein Ständchen auf deiner Mundharmonika?«, riss das Geburtstagskind Eva aus ihren Betrachtungen, und sie nickte. »Natürlich! Was darf es denn sein?«

»Kein schöner Land, wenn du kannst, Evchen. Ich mag es so gerne.«

Eva spielte und sie sangen:

> Kein schöner Land in dieser Zeit,
> als hier das unsre weit und breit,
> wo wir uns finden
> wohl unter Linden
> zur Abendzeit.

> Da haben wir so manche Stund'
> gesessen wohl in froher Rund'
> und taten singen,
> die Lieder klingen
> im Eichengrund.

> Dass wir uns hier in diesem Tal
> noch treffen so viel hundertmal,
> Gott mag es schenken,
> Gott mag es lenken,
> er hat die Gnad.

> Nun, Brüder, eine gute Nacht,
> der Herr im hohen Himmel wacht!
> In seiner Güten
> uns zu behüten,
> ist er bedacht.

Ihr Brüder wisst, was uns vereint,
eine andre Sonne hell uns scheint,
in ihr wir leben,
zu ihr wir streben
als die Gemeind'.

Das Lied war verklungen, einen Moment waren alle still. Jeder in Gedanken. Oder vielleicht nur gefangen genommen von der Süße der Melodie.

Constanze flüsterte ihr zu: »Evchen, gehst du sie jetzt holen?«

Eva nickte lächelnd, stand auf, um herüberzubringen, was die gemeinschaftliche Geburtstagsüberraschung für Mutter Klawuttke sein sollte. Dieses Lied hatte sie, wie immer, zum Nachdenken angeregt. Sie mochte es gern spielen und dachte, während sie in die elterliche Küche im Vorderhaus hinüberlief, über den Text nach. Ihr Brüder wisst, was uns vereint. Was würde nötig sein, um dieses Land wieder zu vereinen? Welches Wunder sollte wohl geschehen, dass ganz Deutschland nicht unter »andrer«, sondern unter derselben Sonne wieder zusammengefügt würde? Die Trennung war seit dem letzten Jahr immer manifester geworden.

Ganz genau hatte Eva noch die Bilder des 17. Juni vor Augen. Zusammen mit den anderen Schwesternschülerinnen hatte sie sich zur Demonstration auf dem Potsdamer Platz eingefunden. Zehntausende waren hierhergekommen, während es in der ganzen DDR dem Vernehmen nach sogar mehr als eine Million waren, die ihrem Unmut Luft machten. Die Menschen hatten die Nase voll von Lebensmittel-Mangelversorgung, von Stromabschaltung bei Einbruch der Dunkelheit, von Normenerhöhung in der Produktion, die kein Mensch mehr leisten konnte. Selbst Moskau hatte bereits zur Mäßigung aufgerufen, vom Vorantreiben des »verschärften Sozialismus«

abgeraten. Unwillig schraubte die Regierung ihre Ziele etwas zurück, sparte allerdings die Baubranche dabei aus. Schon am 16. Juni waren in Berlin Tausende Bauarbeiter vor die Regierungsgebäude gezogen, um sich Gehör zu verschaffen. Als ihnen dies nicht gelungen war, riefen sie für den Folgetag zum Generalstreik auf. Sie wollten nichts anderes, als ihre Staatsführung friedlich mahnen, an die Menschen zu denken. In rasender Eile machte die Kunde landesweit die Runde, alles sah *die* Gelegenheit gekommen, schloss sich an, versammelte sich. Wie sollte man auch leistungsfähig, gar zufrieden sein, wenn jedem Einzelnen, verglichen mit Vorkriegszeiten, gerade mal die Hälfte der Fettration zugestanden wurde, wenn Obst und Gemüse nicht zu bekommen waren, geschweige denn der kleine Luxus einer Tafel Schokolade erschwinglich war? In Westberlin gab es hundert Gramm der Süßigkeit für nur fünfzig Pfennig, während man im Osten der Stadt acht Mark zu berappen hatte.

Alle Macht dem Volke, hatten sie gedacht, sich stark, selbstbewusst und gemeinsam vollkommen im Recht gefühlt, freie Wahlen gefordert, auf über Nacht gemalten Plakaten die offensichtlich unfähige Regierung zum Rücktritt aufgefordert. »Kollegen, reiht euch ein, wir wollen freie Menschen sein«, skandierten sie wieder und wieder, wie mit einer einzigen Stimme. Die Nachricht, ein junger Arbeiter sei aufs Brandenburger Tor geklettert und habe die rote Fahne heruntergerissen, verbreitete sich wie ein Lauffeuer. Ließ die Menschen jubeln.

Dann bekamen sie zu spüren, wer in der DDR wirklich die Macht in Händen hielt. Eva sah sie noch heute kommen. Spürte wieder das lähmende Entsetzen, die weichen Knie, bis endlich alle anfingen zu laufen. Hand in Hand mit den anderen Mädchen, bloß keine loslassen. Weg, nichts wie weg!

Die sowjetischen Panzer rollten ratternd hinter ihnen her. Evas Freundin Agathe stürzte, die anderen Mädchen ließen sie los, rannten weiter, während rücksichtslose Füße die zarte blonde Schwesternschülerin niedertrampelten. Schüsse waren zu hören. Rücksichtslos feuerten die Sowjets in die Menge. Eva wurde vom Strom weitergerissen, versuchte sich herauszulösen, um der Freundin zu Hilfe zu kommen. Ein Laternenpfahl wurde für einen Augenblick ihr Ankerpunkt. Sie suchte … und fand letztlich eine Lücke, durch die sie zu der am Boden Liegenden zurückkehren konnte. Agathe lag da wie eine weggeworfene Puppe. Eva kniete sich neben sie, wurde angerempelt, getreten, geschubst, brüllte die Leute an, aufzupassen. Keiner nahm Notiz von ihr, keiner nahm Rücksicht.

Die Freundin blutete stark aus einer großen Platzwunde an der Stirn, ihre Nase war seltsam verschoben und bereits stark geschwollen, sie hatte die Augen geschlossen, war ohne Bewusstsein. Aber sie lebte. Eva sprach sie an, tätschelte ihr leicht die Wange, versuchte zu ihr durchzudringen. Die Lider zuckten, die Lippen zitterten, doch es kam keine eindeutige Reaktion. Der Ernst der Lage stand außer Zweifel. Agathe war leicht, keinen Zentner wog sie. Dennoch wusste Eva, allein würde sie sie nicht hochheben können. Sie schaute auf. Drei sowjetische Panzer hielten direkt auf sie zu. Vielleicht noch achtzig Meter. Es war wieder Krieg. Krieg mitten im Frieden. Der Lärm war infernalisch, Todesangst, Sekundenbruchteile in übermächtigem Fluchtinstinkt. Ihr wurde übel, vor den Augen blinkende Sterne. Fünfzig Meter. Oh nein! Keine Zeit für eigene Schwäche, mahnte sie sich, schluckte angewidert runter, was sich schon den Weg nach oben durch die Speiseröhre bahnen wollte. Wozu hatte sie diesen Beruf erlernt, wenn sie jetzt zögerte? Sie wusste, sie musste Hilfe organisieren, sprang auf, fixierte die kopflos Flüchtenden. Einen Blick einfangen! Einer würde genügen, um sie hier rauszuschaffen. Alle mit Scheuklappen, als sei sie gar nicht da. Vierzig Meter. Eva wusste sich nicht anders zu helfen, griff einen jungen Mann am Arm. Besonders kräftig wirkte er nicht, war aber immerhin groß. Er wollte sich losreißen, sie schrie ihn an: »Bleib stehen. Du hilfst mir jetzt!«

Verblüffte blaue Augen.

»Los, fass an!«

Er zögerte, öffnete schon den Mund zum Widerspruch.

Zwanzig Meter.

»Halt die Klappe, vertrödel keine Zeit. Fass an, Mann!«

Ein Ruck ging durch seinen Körper, ein Nicken, dann schwang er sich das kraftlose Persönchen wie einen Mehlsack über die Schulter und lief so schnell mit seiner Last, dass Eva kaum folgen konnte. Hinein in die Alte Potsdamer Straße. Das Rasseln der Panzerketten, die Gewehrsalven wurden leiser, der Menschenstrom zerstreute sich. Einen Moment blieb er stehen. Schwankte. Das blonde Haar klebte ihm an der Stirn. »Wohin mit ihr?«, keuchte er.

»Hier entlang, da vorn ist der Eingang zur Charité.«

Eva rannte jetzt vor, nur Augenblicke später lag Agathe auf einer Trage, bekam schon die Sauerstoffmaske übergestülpt. Eva ging nebenher, hatte ihn schon vergessen.

»Wer bist du?«, hörte sie ihn rufen.

Sie drehte sich um. »Eva Rosanowski. Ich arbeite hier. Und du?«

»Jan! Ich komme wieder. Viel Glück für die Kleine!«

»Danke!«

Dann schwangen die Kliniktüren hinter ihnen zu. Evas letzter Blick zurück durchs Glas: eine völlig erschöpfte Gestalt. Gebeugt, die Handflächen auf die Knie gestützt, rang er wahrscheinlich immer noch nach Luft.

Dreizehntausend Inhaftierte DDR-weit, fünfzig Tote. Aber *eine* gerettete Agathe, die sich binnen zweier Wochen erholte und nun Evas beste Freundin war. Und eine zweite Liebe! Dieses Mal eine, die sich Eva nicht einbildete. Jan, der Student der

Mathematik und Physik auf Lehramt und ihr ganz persönlicher Held, wurde Evas Freund. Zart und vorsichtig näherten sie sich einander, kosteten die Vorfreude aus auf das, was sie beide bald sehnlich erwarteten. Liefen Hand in Hand, genossen den Sommer, waren sich jeden Moment der Tatsache bewusst, dass sie auf direktestem Weg auf die Erfüllung ihrer Tagträume zusteuerten, nichts den Lauf der gemeinsam eingeschlagenen Bahn würde aufhalten können. Ganze drei Wochen, und sie fanden beide, es sei eine Ewigkeit gewesen, warteten sie. Warteten auf den perfekten Augenblick.

Auf zwei geliehenen Fahrrädern radelten sie eines heißen Spätnachmittags an den Wannsee hinaus, suchten und fanden ein einsames Plätzchen, tauchten atemlos ins glitzernde Nass, tauchten untereinander durch, umeinander, schwammen still nebeneinander, ließen sich auf dem Rücken treiben, nur die Fingerspitze des anderen berührend, dann wieder in enger Umarmung bis zum Untergehen … einander Luft spenden, auftauchen, lachen, zurück ans Ufer, sich gegenseitig trocken rubbeln, matt und träge in die Sonne blinzeln, Evas Kopf auf seinem nackten Bauch. Sie ihn, er sie … füttern mit reifen, süßen Kirschen, trinken von seinem selbst gemachten Johannisbeerwein. Tränkten sich gegenseitig, betranken sich einer am anderen. Bis die Sinne schwanden. Bis die Sinnlichkeit erwachte. Sich reckte. Sich streckte. Tribut forderte. Bis die Zeit reif war.

Ein Blick in glutrotblauen Abendhimmel, grüne Zweige, dann die Augen schließen … ein kurzer Schrei, eine neue Dimension … Erstaunen! Der Atem im Gleichtakt … kein Atmen … ausatmen … vollkommene Stille.

Ein paar herrliche Monate lang hätte Evas Welt nicht schöner sein können. Bis Jan im Januar 1954 den Entschluss fasste zu tun, was inzwischen eine erkleckliche Anzahl DDR-Bürger getan hatte: Man nannte es »Abstimmung mit den Füßen«. Der Staat hatte am 17. Juni 1953 sein wahres Gesicht gezeigt. Die Menschen hatten begriffen, was sie fürderhin zu erwarten hatten. Zwei Millionen nahmen die Beine in die Hand und verließen das Land. Jan hatte Eva bekniet, mit ihm zu kommen. Sogar bei den Eltern, die ihn gern gemocht hatten, war er vorstellig geworden und hatte versucht, sie zu überzeugen, Eva mitgehen zu lassen. Aber Clemens und Constanze waren hart geblieben.

»Wenn du volljährig bist, kannst du tun und lassen, was du willst«, hatte Vater gesagt und Mama hatte mit gequältem Gesicht neben ihm auf dem Sofa gesessen und ihm nicht widersprochen. Warum tat sie das? Mutter wusste doch um ihre Träume! Ganz sicher fühlte sie sich an ihre eigene Jugendzeit erinnert, als auch bei ihr nicht alles glatt und widerspruchslos gelaufen war, weil ihre Eltern ganz andere Pläne mit ihr gehabt hatten als sie selbst. Jahrelang war sie jetzt so stark und selbstbewusst gewesen. Kaum war Vater zurückgekehrt, hatte sie ihm völlig selbstverständlich das Zepter innerhalb der Familie zurückübergeben, wagte offensichtlich überhaupt nicht mehr, eine eigene Meinung zu vertreten, stand Eva gar nicht bei. Scheußlich war das!

»Vater hat Angst, dich zu verlieren«, sagte Mutter später, als sie allein in der Küche saßen, und Eva antwortete: »So wie er sich benimmt, fehlt nicht viel daran, Mama. Er erreicht das genaue Gegenteil von dem, was er will.«

Constanze widersprach nicht. Sie nickte nur. Und seufzte: »Ich weiß, Evchen, aber was soll ich machen?«

Jan war gegangen. Eva war zurückgeblieben. Mit dem Versprechen, ihm im Sommer zu folgen, sobald sie ihre Ausbildung zur Krankenschwester beendet haben würde.

Jetzt war ihre Ausbildung abgeschlossen, sie war volljährig. Die Charité hatte sie als Kinderkrankenschwester eingestellt.

Und sie saß noch immer im Kreise ihrer Lieben, spielte »Kein schöner Land« und träumte von einem anderen, einem schöneren Land.

Hinter ihr fiel die Wohnungstür ins Schloss. Das Geräusch weckte Eva aus ihren Gedanken. Sie bog in die Toreinfahrt ein, hörte die Feiernden lachen. Ganz vorsichtig balancierte sie den Buttercreme-Turmbau mit den sieben brennenden Kerzen vor sich her. Alle eingeladenen Frauen hatten ein paar Zutaten mitgebracht, in Constanzes Küche gemeinsam den ganzen Tag lang gebacken, gerührt und verziert. Ein toller Kuchen! Mit »Ah« und »Oh« wurde sie begrüßt, Mutter Klawuttke hatte ein verräterisches Glitzern in den Augen, als sie die Kerzen auspustete. »Eigentlich viel zu schön zum Essen … Ick liebe euch alle«, sagte sie und ihre Stimme klang ein bisschen belegt, bevor sie die Köstlichkeit dann doch entschlossen anschnitt. Für jeden ein Stückchen. Johannisbeermarmelade dazwischen. Wie lecker … und nicht so furchtbar süß!

Genießerische Stille, wunderbarer Augenblick unter Freunden.

Aus dem weit offenen Wohnzimmerfenster der Jubilarin scholl das Klingeln des Telefons.

»Oh, schon wieder ein Gratulant«, rief Clemens fröhlich. Niemand hätte an etwas anderes gedacht. Frau Klawuttke lief, auf dem breiten Gesicht ein hochdruckrotes Lächeln. Ihr gewaltiges Hinterteil versetzte den wadenlangen Faltenrock in wilde Schwingungen, das muntere Klackern ihrer unvermeidlichen Klapperlatschen (so praktisch, wenn die Füße abends zu schwellen begannen) hallte auf den alten Steinen der Einfahrt.

Momente später rief sie nach Mama. »Für dich, Constanze. Komm schnell.«

Noch nicht einmal jetzt ahnte Eva, was der Anruf bedeuten sollte. Es geschah ab und zu, dass Charlotte oder Justus sich auf

dem – noch immer einzigen – Apparat des Blocks meldeten.
Nur ... Mutter Klawuttkes plötzlich so ernster Gesichtsausdruck
wollte gar nicht in die Feierstimmung passen.

* * *

Dieses Mal bekamen sie ihre Reisedokumente ohne Umstände.
Wieder war es Justus, der sie abholte und nach Blieschtorf
chauffierte. Sie sprachen kaum. Eine Ära war zu Ende gegangen. Charlotte war am Abend ganz normal zu Bett gegangen
und am Morgen nicht mehr aufgewacht. Noch lag sie aufge-
bahrt im Vestibül des Gutshauses. Friedlich war ihr Ausdruck.
Ein zufriedenes Lächeln glaubten einige Familienmitglieder
sogar zu erkennen. Ihre Hände waren um Rosen gefaltet, die
ein goldenes Kreuz an einer feinen Kette zusammenhielt. Rosen
ohne Dornen. Das war ihr im Leben nie widerfahren.

Die Familie stand eng beisammen, als der Sarg, herange-
tragen von sechs Honoratioren des Dorfes mit sehr ernsthaften
Mienen, im Schatten der uralten Eiche auf dem Blieschtorfer
Friedhof vor der Grube abgesetzt wurde. Es war ein heißer Tag,
die Vögel sangen aus vollen Kehlen, Schwalben schwangen sich
kreischend in die Luft, in der Ferne hörte man ein Pferd wiehern, Hunde bellen, die Luft roch nach frischem Heu, nach
blühenden Levkojen, nach Lebensfreude, nach Glück.

Der Pfarrer – mit einem fast fertigen neuen Kirchendach
der lieben Verstorbenen in besonderer Weise zugeneigt – salba-
derte, als sei nie etwas gewesen.

Justus hielt eine Rede, die dem gesamten anwesenden Dorf
die Tränen in die Augen trieb. Die Jägerschaft blies die Hörner,
der Frauenchor sang.

Dann ließen sie Charlottes Leib in die dunkle, kühle Erde
hinabgleiten. Gemessenen Schrittes kam einer um den anderen.
Die Männer warfen Erde nach, die Frauen Blumen, ein Moment

mit gefalteten Händen, dann ein Abwenden, geflüsterte Worte, Händeschütteln, manche Umarmung der engsten Angehörigen.

Eva war nicht ans Grab getreten. Vater hatte sie angestoßen, doch sie hatte nicht reagiert. Nun waren sie alle durch und jetzt wollte auch sie ihren letzten Gruß beitragen.

Das Sträußchen aus rosa Teerosen und himmelblauen Vergissmeinnicht warf sie. Dann blieb sie da stehen, zog ihre Mundharmonika aus der Tasche und spielte »Ade nun zur guten Nacht«.

Sie war nicht da. Sie war allein mit Urgroßmutter Charlotte. Allein mit ihr in ihren Kindertagen. Im Rosengarten. Im Pferdestall. Im Wintergarten. Im Salon. Auf der Brücke überm Wasserfall. Am Bach. Im Wald. Auf den Weizenfeldern und Wiesen. An den Forellenteichen. Auf Warthenberg. Zu Hause!

Zu Eva drang kaum durch, dass ihr Spiel alle Dämme hinter ihr brechen ließ. Lange stand sie noch. Als sie sich endlich umwandte, ins Hier und Jetzt zurückkehrte, hatte sich die Menge leise zerstreut. Mutter nahm sie in die Arme. Und endlich konnte sie schluchzen.

* * *

Sie blieben einige Tage.

Alle sagten, das Haus sei jetzt leer. Eva fand das nicht. Charlotte war überall. Charlotte hatte jeden Raum gefüllt. Jedes Herz gefüllt. Wie konnten sie sagen, das Haus sei leer? Sie lag nicht unter den vielen Blumenkränzen, die bei der Hitze langsam vor sich hinwelkten. Sie war hier. So sicher wie das Amen in der Kirche. Eva hielt Zwiesprache mit ihr, ohne ein Wort zu sagen. Sie waren sich einig. Egal, wohin Eva jetzt gehen würde, sie würden zusammenbleiben. Immer! In diesem letzten Moment am Grab, da hatte sie ein ganz selbstverständliches

Nicken Charlottes gesehen. Ein Gedanke hatte genügt, ihre Zustimmung zu erlangen. Ja, es wurde Zeit.

Die Testamentseröffnung im gediegenen, mit dunklen Hölzern getäfelten Besprechungszimmer des Notars in der Kreisstadt erbrachte keine besonderen Überraschungen. Justus erbte das Gut, Constanze den geretteten Schmuck. Für eine lange Reihe ihrer Leute hatte Charlotte Kleinigkeiten vorbereitet. Sie musste gewusst haben, dass ihr nicht mehr viel Zeit blieb. Typisch für sie, alle Dinge in Ordnung zu bringen.

Eva bekam ein Paket überreicht. Sorgsam verschnürt und mit einem handgeschriebenen Hinweis versehen, es allein zu öffnen. Wieder auf dem Gut angekommen, zog sie sich in den Rosengarten hinterm Haus zurück. Mit zitternden Händen knüpfte sie den Faden auf, klappte das Papier zurück. Zuoberst lag ein Kuvert, das ihren Namen trug. Darunter eine Schachtel, die Eva zuerst öffnete. Gold- und silberglänzend das neueste, viel größere Mundharmonikamodell der Firma Hohner. Eva setzte es an die Lippen und versuchte leise die erste Melodie. Der Zimtduft der weiß blühenden alten Rose, die ihre Zweige um den Bogen über Eva gespannt hatte, animierte sie zu »Ännchen von Tharau«. Ein Ständchen für die gleichnamige Blumenschönheit. Sie war eine der wenigen Rosen hier auf dem Gut gewesen, ehe Charlotte es übernommen und von da an jedes Jahr mehr ihrer Lieblinge gepflanzt hatte. Offenbar fühlte sich das Rotkehlchen ganz oben auf dem höchsten Zweig zum Mittun animiert und sang dem Abend entgegen.

»Nein, nein, nein, mein Freund, du verpasst immer den Einsatz! Du musst noch etwas üben, ehe wir zusammen harmonieren«, empfahl Eva dem Vogel lächelnd. Der hielt inne, schaute mit etwas beleidigt wirkendem Blick und schief gelegtem Kopf zu ihr herunter und trollte sich mit einem »Pöh!« um den Schnabel hinüber zu der mächtigen Trauerweide.

Ein großartiges Instrument, befand Eva, klopfte die Mundharmonika leicht aus und legte sie in die mit rotem Samt ausgeschlagene Schachtel zurück. Manchmal hatte sie schon sehnsüchtig geliebäugelt, was die Musikalienhandlung ganz in der Nähe von Gerdas Wohnung im Schaufenster so an neueren Modellen liegen hatte. Aber niemals hätte sie sich selbst eines gekauft, denn abgesehen von ihrer finanziellen Knappheit war die erste Mundharmonika schließlich Charlottes Geschenk und somit quasi heilig gewesen. Jetzt hatte sie ihr im letzten Lebensmoment zu einem weiteren Schritt auf der persönlichen (Ton-)Leiter verholfen.

Die beiden weiteren Bestandteile ihrer Erbschaft waren ausgesprochen handfest. Es handelte sich zum einen um Charlottes messerscharf geschliffene Rosenschere, zum anderen um ein gut kiloschweres Buch mit dem Titel »Der Garten«, aufgelegt im Jahr 1885 bei Gräfe und Unzer, Königsberg/i. Pr. Wie gut Charlotte sie gekannt hatte! Erinnerungen stiegen mitsamt neuen Tränen herauf, all die wundervollen Kindersommer an ihrer Hand, als Urgroßmutter sie in die Gärtnerkünste eingewiesen hatte. Wie man im März unter Glas vorgezogene Levkojen pikierte, wie im April die Erde für junge Tomatenpflanzen vorzubereiten war, wie die Schnüre für die Bohnen geknüpft wurden, wann der beste Zeitpunkt für die Ernte der Zuckererbsen war, wie viel Kompost dem Mangold guttat, wie tief unten der alte Lavendel gekappt werden musste oder wann der rechte Moment für den Rosenrückschnitt gekommen war. Was sie wusste, und sie wusste unendlich viel, hatte sie Eva beigebracht und sich stets begeistert über die früh getroffene Berufswahl der Urenkelin gefreut. »Botanikerin werde ich«, hatte Evchen jedem, der es wissen oder vielleicht auch nicht so genau wissen wollte, im Brustton der Überzeugung mitzuteilen gewusst.

Die Rosen … immer waren sie Charlottes Lieblinge gewesen, und sie hatte ihre geradezu zärtliche Leidenschaft für die Königinnen der Blumen weitergegeben. Immer wenn die Forsythien ihren strahlend gelben Flor angezogen hatten, nahm Charlotte sie bei der Hand. Rosen schneiden. Schon das Schärfen der Klinge war stets ein sorgsam vollzogenes Ritual gewesen. Eva hatte aufmerksam zugeschaut, später, als sie größer geworden war, selbst mit dem feuchten Wetzstein üben dürfen, Urgroßmutters kritischen Gesichtsausdruck beobachtet, wenn sie das Ergebnis ihrer Bemühungen mit dem Daumen prüfte. Seit ihrem sechsten Lebensjahr hatte sie jedes Mal ein Lob und ein zufriedenes Lächeln geerntet. Nie war es eine andere Schere gewesen. Immer diese, die sie jetzt in Händen hielt.

Charlotte hatte sie bei der Hand genommen und sie waren in den märchenhaft schön angelegten Rosengarten gegangen, wo das Leben zu erwachen begonnen hatte. Kleine, feste Gartenhandschuhe an den Händen, hatte Eva helfen dürfen und wusste noch heute genau, wie sie anfangs noch, als ganz kleines Mädchen, immer entsetzt gequietscht hatte, weil Charlotte ihr beim Rückschnitt allzu beherzt vorkam. »Schau doch, sie treiben so viele schöne Blättchen an den Spitzen, die kannst du doch nicht alle abschneiden.«

»Das muss ich sogar, Evchen, sonst treiben sie sich tot. Wir wollen doch keine langen, kahlen Peitschen, die nur am Ende Knospen bringen, nicht wahr? Wir möchten, dass sie gesund und voll bleiben, nachher über und über bedeckt sind mit großen bunten Blüten! Schau, da …«, und Charlotte hatte ihr gezeigt, wie viele Augen bleiben mussten, wo und wie der scharfe Schnitt genau angesetzt werden sollte. Eva übte. Das Herz blutete ihr manchmal richtig, wenn sie am Ende die riesigen Haufen mit gekappten Trieben liegen sah. Aber sie lernte schnell: Urgroßmutter hatte recht gehabt. Den Lohn der gemeinsamen Mühen bewunderte von Mai bis zu den ersten Frösten jeder, der Gut Warthenberg besuchte.

»Evchen tritt in deine Fußstapfen«, hatte Mama manchmal stolz zu Urgroßmutter gesagt, wenn drei Frauengenerationen der Warthenbergs an schwülen Sommernachmittagen eine eiskalte Limonade unter dem duftenden Dach der Kletterrosen genossen, Eva wieder mal mit fachkundigem Blick und naseweisem Gesichtsausdruck die Gesundheit der Rosen beurteilte, deren Namen und Züchter sie fehlerfrei benennen konnte, Charlotte hier oder da über aufkommende Blattkrankheiten in Kenntnis setzte und auch gleich mit ihrem Wissen um das jetzt unbedingt notwendige Hausmittelchen protzte.

Anerkennung hatte in Urgroßmutters Antworten gelegen. Ernst hatte sie sie genommen. Und Mama hatte sie verblüffen können. All das waren für Eva leicht wiederbeschwörbare, angenehme Empfindungen, die nach Rosen, Lavendel, Levkojen und Sommer dufteten und sich eingebrannt hatten.

Die Schere in der Hand, das Buch auf dem Schoß, blätterte Eva, las, bis die Abendsonne das letzte Licht über den vergehenden Tag geworfen hatte. Hunderte Abbildungen, ein Füllhorn praktischer Ratschläge und Anweisungen. Ein richtiges Standardwerk. Sollte sie etwas vergessen haben, das sie gelernt hatte: Hier würde sie es jederzeit nachschlagen können.

Nun fehlte nur noch der Brief. Mit Absicht hatte sie ihn sich bis zum Schluss aufgespart. Wollte noch ein wenig schwelgen im Schönen, im Angenehmen, wollte noch ein bisschen bleiben im Land ihrer unbeschwerten Kindheit, wo schlimmstenfalls ein Rosenrostbefall oder eine Salatschneckenplage üble Befürchtungen hatten aufkeimen lassen. Spürte jetzt fast ein bisschen Angst, dass Charlottes Zeilen ihr am Ende den Mut rauben würden, ihre getroffenen Entscheidungen in die Tat umzusetzen.

Aber letztlich musste es doch sein. Sie packte ihre Schätze zusammen, ging zum Haus hinüber, stieg die Stufen zum ersten Stock hinauf, schloss die Tür ihres Zimmerchens leise hinter sich, brach das rote Warthenberg-Siegel auf der Rückseite des Umschlags und begann zu lesen.

Mein liebes Evchen,

nun ist es also so weit. Du wirst allein irgendwo sitzen und meine letzten Gaben an Dich in Händen halten. Ich glaube, ich habe gut gewählt. Ich kenne Dich, kenne Deine Leidenschaften, kenne Deine Wünsche und Träume.

Das Band, das uns im Leben verbunden hat, wird nicht reißen, auch wenn ich nicht mehr da bin. Es schmerzt mich zu wissen, dass ich Deinen Weg nicht mehr aktiv begleiten, Dich nie wieder in den Armen werde halten können. Aber ich weiß auch, wir werden dennoch stets nah beieinanderbleiben.

Ich will Dir das Herz und Deine Zukunft ein wenig leichter machen. Gordon hat einen kleinen Ausbildungsfonds für Dich angelegt und ich habe, sobald ich es konnte, immer ein wenig dazugegeben. Wende Dich vertrauensvoll an Justus. Setz Dein Startkapital klug ein! Ach, was rede ich? Du bist klug.

Wein nicht um mich. Genieß Dein Leben!

Oder wein vielleicht doch hin und wieder ein bisschen. Denk an mich, denk an die wundervollen Momente, die wir miteinander hatten. Vermiss mich ruhig, vermiss jeden, der Dir etwas bedeutet hat. Wir haben einmal geglaubt, wir hätten alles verloren. Das ist nicht wahr. Unsere Vergangenheit, die tragen wir mit uns. Und das ist gut so. Sie hat uns geformt, hat uns zu dem gemacht, was wir sind, hat uns gelehrt, nichts hinzunehmen und daran zugrunde zu gehen, sondern aufzustehen, weiterzugehen, weiterzustreben, weiterzuleben.

Ja, Evchen, Du hast meinen Segen! Geh, wohin Du die ganze Zeit schon gehen wolltest. Fürchte Dich nicht. Du bist jung und stark. Du wirst Erfolg haben und eines Tages sehr, sehr glücklich werden. Ich spüre das.

Deine Dich liebende
Charlotte

8

BRAUNSCHWEIG 1954 – ANKUNFT

Es war ein Drama gewesen. Hätte Onkel Justus Eva nicht beigestanden, hätte sie am Ende wahrscheinlich alle Pläne an den Nagel gehängt und wäre mit den Eltern nach Berlin, nach Berlin-Ost, zurückgegangen.

Aber sie hatte einen Verbündeten in ihm gehabt. Er nagelte Mutter und Vater, die empört im Aufbruch begriffen gewesen waren, sozusagen am Tisch fest, schickte Eva aus dem Wohnzimmer, blinzelte ihr aufmunternd zu und flüsterte: »Lass mich machen, Evchen!«

Bangen Herzens zog sie sich nach draußen zurück, um einen kleinen Spaziergang an den hausnahen Pferdeweiden entlang zu machen. Es war ein scheußlich schwüler Abend. Die Gnitzenmännchen tanzten ihren trunkenen Reigen, die Weibchen ärgerten die armen Fohlen und Mutterstuten. Unruhig schlugen sie mit den Schweifen, hin und wieder schnappte eine unwirsch nach einem Quälgeist, der sich auf Kruppe oder Flanke niedergelassen hatte, um sich am Blut gütlich zu tun und widerlich juckende Quaddeln zu hinterlassen. Einige Fohlen standen ruhend, ein Hinterbeinchen eingeknickt, im Schutz ihrer Mütter und ließen sich die Insekten wegwedeln. Manche lagen im Gras, die kurzen Schwänzchen gingen unablässig, ab und zu wälzte sich eines genervt. Eva blieb stehen, legte die Unterarme auf den Koppelzaun, beobachtete sie versonnen. Überm Wald zogen düstere Wolken auf. Ob es noch was geben würde? Drei Tage schon hielt das Wetter an, jeden Tag stiegen die Temperaturen noch etwas höher. Mensch und Tier waren gereizt, hofften auf Abkühlung.

»Guten Abend, Eva.«

Sie fuhr herum. Arndt hatte sich zu ihr gesellt.

»Willst du sie nicht aus dieser Dämse holen und in den kühlen Stall bringen?«, fragte sie ihn.

»Deshalb bin ich rübergekommen«, bestätigte er. »Ich schätze, es kann höchstens noch eine Stunde dauern, bis es losgeht, und ich fürchte, es wird heftig werden. Manchmal ganz schön anstrengend, ein Auge auf beide Betriebe zu halten. Justus hat es nicht so mit dem genauen Blick auf die Pferde.« Er schaute an ihr herunter, schien zufrieden über ihre langen Hosen und festen Schnürschuhe. »Hilfst du mir?«

»Na klar. Los!«

Nur eine Viertelstunde später standen sie nach getaner Arbeit im Stall zusammen. Draußen grummelte es schon und kräftige Böen trieben den Staub auf dem Hof in dichten Wirbeln vor sich her. Eva hatte einen kleinen Stich im Herzen gespürt, als Arndt neben ihr aufgetaucht war. Die Briefe zwischen den beiden waren zwar nach seiner Hochzeit mit der rotblonden, sommersprossigen Erika, die, wie Eva unumwunden zugeben musste, wirklich nett war, weniger geworden. Aber sie hatten nie ganz den Kontakt aufgegeben. Allerdings auch nie über Evas Fehleinschätzung gesprochen. Arndt verhielt sich jetzt vollkommen korrekt und natürlich. Eva hatte tatsächlich keinen Grund anzunehmen, dass er ein falsches Spiel mit ihr gespielt hatte. Wäre ihr Jan nicht begegnet, hätte die erste direkte Begegnung heute unangenehm ausfallen können. Aber Jan war ihr begegnet und so konnte auch sie völlig unbefangen mit Arndt umgehen und ihn sogar in ihre Pläne einweihen. In kurzen Worten erklärte sie ihm, was gerade drüben im Haus beredet wurde.

»Ich drücke dir die Daumen, dass Vater deinen Eltern ein Einverständnis abringt«, sagte er und sein Gesichtsausdruck wirkte leider überhaupt nicht zuversichtlich.

»Du glaubst nicht dran, oder?«

Er schüttelte den Kopf. »Deine Mutter wird es einsehen. Aber dein Vater? Niemals!«

»Hast du mitbekommen, was Papa widerfahren ist, all die Jahre, die wir ihn für tot gehalten haben? Hat Onkel Justus etwas erzählt?«

»Das kannst du vergessen, Eva. Ich weiß nicht mal, was mein eigener Vater im Dienst der Wehrmacht alles getrieben hat. Die wollen nicht reden. Die wollen nur vergessen. Ganz schön blöd eigentlich, findest du nicht auch?«

Eva nickte heftig. »Mir fehlen einfach sechs ganze Jahre aus Papas Leben. Ich war noch viel zu klein, als er wegging, um ein richtiges Bild von dem Vater zu haben, der er damals war. Zurückgekommen ist ein Mann, bei dem ich mich wirklich manchmal frage, was Mama überhaupt an ihm findet. Verkniffen ist er, ich sehe ihn kaum mal lachen, er hat immer so einen tragischen Ausdruck. Jedenfalls nicht gerade ein Zeitgenosse, der pure Lebensfreude ausstrahlt und Mut macht.«

»Bei meinem geht's halbwegs. Der ist aber auch aus Warthenberg-Holz. Die neigen nicht dazu, die Rolle des traurigen Verlierers zu geben. Seit Generationen sind wir eine Offiziersfamilie. Die Männer kämpfen, wenn man sie ruft. Ganz selbstverständlich. Sie dienen ihrem Vaterland. Ganz egal, wer dieses Vaterland gerade führt und wie sinnvoll ihnen ein Krieg erscheinen mag. Es gibt keine ›gerechten Kriege‹. Sie sind alle klug genug gewesen, um das zu wissen. Hätten sie sich allerdings zwischendrin oder hinterher Gedanken über richtig oder falsch gemacht, wären sie alle wahnsinnig geworden. Oder tot. Ich weiß, Vaters heimlicher Held ist Stauffenberg. Bloß … genützt hat sein Heldentum weder ihm noch seiner Familie noch dem Land. Vater hat ab und zu angedeutet, dass es ihn wurmt, sich nicht dem militärischen Widerstand angeschlossen zu haben. Aber groß erzählen tut er auch nichts. Ich habe zum Beispiel keinerlei Vorstellung davon, was er in der russischen Kriegsgefangenschaft erlebt hat. Nett kann es nicht gewesen sein. Auf jeden Fall haben offensichtlich alle Männer heutzutage einen ungeheuren Drang, ihre Familie zusammenzuhalten. Mir ist das im Grunde ganz recht, denn ich sitze hier prächtig und kann mir jederzeit Vaters Unterstützung sicher sein. Wir haben sowieso ein Mordsschwein gehabt, ausgerechnet hierher zu geraten. Ohne Charlotte wäre allerdings auch hier nichts aus uns geworden. Sie war schon ein Filou und wird entsetzlich fehlen. Aber das wissen wir ja alle. Tja, Eva … zurück zu dir …« Arndt sog hörbar die Luft zwischen den Zähnen ein. »Du machst es richtig, finde ich. Bloß … dein Vater wird dich nie loslassen wollen. Du wirst, schätze ich mal, gegen seinen Willen handeln müssen. Und wenn ich Tante Constanze richtig einschätze, wird sie sich Clemens' Auffassung allein schon aus Solidarität zu ihm anschließen. Zu sagen hat sie nichts. Sie wird nicht aufbegehren. Wenn ich dir einen Rat geben darf …?«

»Du darfst!«

»Wir sind auch Teil deiner Familie. Zu uns kannst du jederzeit kommen. Vielleicht gibt dir das ein bisschen Sicherheit. Aber lass dich nicht beeinflussen. Du musst dein eigenes Leben leben und nicht das deiner Eltern. Die müssen auch mal allein klarkommen und loslassen. Sollten sie jedenfalls, wenn sie dich wirklich lieben. Ich bin ja nur ein Bauernjunge, aber immer noch ein Warthenberg und meiner kleinen Cousine ausgesprochen wohlgesinnt.«

Eva schmunzelte. Arndt-Friedrich und ein Bauernjunge! Dafür waren seine Ausführungen weiß Gott reichlich differenziert. Was er da sagte, klang sehr reflektiert, zudem beruhigend und ausgesprochen ermunternd. Andererseits tat es weh. Natürlich liebten Mama und Papa sie! Daran konnte doch kein Zweifel bestehen. Nur ... loszulassen, weil sie sie liebten ... das würden sie vermutlich nicht übers Herz bringen.

»Hast du außer uns jemanden hier im Westen?«, fragte Arndt und schaute sie von der Seite an.

»Ich habe Jan. Er beendet gerade sein Mathe- und Physikstudium an der Braunschweiger Hochschule. Er will Lehrer werden. Ich könnte dort auch studieren.«

Er drehte sich zu ihr, nahm ihre beiden Hände in seine und schaute ihr fest in die Augen. »Ich fahre dich und helfe dir ein bisschen, wenn du möchtest. Bestimmt brauchst du Möbel für eine Bude. Da wird sich hier das eine oder andere finden für den Anfang. Ein paar Tage kann ich hier ganz gewiss fehlen und Erika wird sicher nichts dagegen haben. Sie hat gesagt, sie mag dich sehr.«

»Danke, Arndt! Dein Angebot ist großartig. Jan wird dir gefallen. Mal schauen, vielleicht kann ich bei ihm wohnen, dann bräuchte ich nicht viel. Ich hatte nur bisher keine Gelegenheit, ihm mitzuteilen, dass ich endlich komme. Die Dinge haben sich überschlagen. Er hat kein Telefon, und selbst wenn er eins hätte, von Mutter Klawuttke aus hätte ich ihn bestimmt nicht angerufen, denn da haben die Wände Ohren, und im Klinikum muss man schon sehr gute Gründe haben, um an einen Apparat zu dürfen. Ich werde ihn also überraschen müssen. Falls er mich wider Erwarten nicht dahaben will, hast du mich an der Backe und musst mich wenigstens trösten.«

»Kriege ich hin«, erklärte Arndt mit einem breiten Grinsen.

Draußen zuckten die ersten Blitze, krachten die Donnerschläge. Der Himmel öffnete seine Schleusen und tränkte das fruchtbare Land. Im Wohnzimmer des Gutshauses, das deutete Justus später an, gab es zum selben Zeitpunkt ebenfalls Krach – in Form von heftigen Wortgefechten zwischen den Männern. Justus hatte, genau wie Arndt es vorhergesehen hatte, keine Einigung mit Vater erzielen können.

* * *

Eva setzte ihren Willen trotzdem durch. Die Trennung von den Eltern im Unfrieden war allerdings entsetzlich. Es brach ihr fast das Herz, sie am übernächsten Morgen mit hängenden Köpfen und missmutigen Mienen vor dem fertig gepackten Auto stehen zu sehen. Auf der Ladefläche des kleinen Lieferwagens lagen, sorgfältig mit einer Plane abgedeckt, einige eilig zusammengesuchte Möbelstücke, etwas Hausrat und Wäsche in Kisten. So gern wäre sie mit ihrem Segen gezogen, hoffte noch im letzten Moment auf ein Umschwenken, doch da half kein nochmaliges Bitten und Erklären: Clemens verstieg sich zu Constanzes offensichtlichem Entsetzen sogar zu der Aussage, er habe keine Tochter mehr, wenn sie jetzt ginge.

Mutter nahm sie in die Arme, flüsterte: »Hör nicht hin, Evchen, er meint es nicht so. Er wird sich schon wieder beruhigen. Muss nur ein wenig Gras drüber wachsen.«

Gras drüber wachsen!

Wo musste noch überall Gras drüber wachsen? Warum war er nie dazu in der Lage, sich auseinanderzusetzen, Dinge abzuarbeiten? Evas Empfindungen schwebten zwischen abgrundtiefer Traurigkeit und einer Stinkwut.

Sie drückte Mutter noch einmal fest, gab ihr einen Kuss, löste sich von ihr und fauchte Clemens an: »Wenn du zur Vernunft gekommen bist, melde dich, Vater!«

Dann verabschiedete sie sich von Justus. »Alles wie besprochen, Evchen«, gab er ihr herzlich mit auf den Weg und wünschte ihr viel Glück!

Arndt schob sie auf den Beifahrersitz. Mutter winkte und warf Kusshände. Onkel Justus winkte. Vater winkte nicht. Er stand da, die Hände in den Hosentaschen, den Blick abgewandt. Eva weinte. Arndt gab Gas, dass der Matsch aus den Pfützen aufspritzte.

»Die kommen schon wieder zu sich, Evchen. Du bist schließlich nicht aus der Welt.«

Er zeigte aufs Handschuhfach, ließ sich von Eva eine Zigarette anzünden. Sie hustete. »Nimm auch eine. Beruhigt die Nerven«, empfahl er lachend und Eva rauchte sehr vorsichtig ihre erste Zigarette. Komisch. Manches tat sie zum ersten Mal mit ihm. Er war nicht Geliebter. Er war einfach nur noch Cousin. Nein. War er nicht. Er war einfach ein wunderbarer Freund!

Sie war froh, diesen wunderbaren Freund an ihrer Seite zu haben, als sie in die Stadt einfuhren. Jan hatte geschrieben, dass Bombenangriffe im Oktober 1944 die ehemals pittoreske Fachwerk-Altstadt buchstäblich eingeäschert hatten. Mitten in der Einflugschneise nach Berlin hatten tags amerikanische, nachts britische Bomber auf die ehemalige Hansestadt Braunschweig zuvor schon fast täglich immer mal ein wenig Ballast abgeworfen, um ihr Vernichtungswerk schließlich am 15. Oktober 1944 zu krönen. Die Braunschweiger waren aus der Stadt geflohen, so sie konnten, und als sie zurückkehrten, war es nicht einmal mehr möglich gewesen, auch nur die Straßen wiederzufinden, in denen sie gelebt hatten. Die Zerstörung war fast vollständig gelungen. Nur wenige Gebäude, wie der nationalsozialistische Prunkbau der Hochschule, wo einst Hitler systemkonforme Lehrkräfte ausbilden ließ, sowie der Dom und die Burg Heinrichs des Löwen hatten wie durch ein Wunder mit nur wenigen Verletzungen standgehalten. Der bronzene Löwe jedoch, überdimensionales Machtsymbol des Welfenherzogs und Wahrzeichen Braunschweigs, verhieß Unvergänglichkeit und blickte so unbenommen und arrogant von seinem Sockel aus über die Stadt, wie er es bereits seit dem zwölften Jahrhundert zu tun pflegte.

Eva war auf einiges gefasst gewesen, schließlich kannte sie das zerstörte Berlin. Was sie aber in Braunschweig erwarten würde, hatte sie sich nicht ausgemalt. Nach den hübschen, friedlichen Bildern der just durchquerten Lüneburger Heide im hellen Sonnenschein war die Einfahrt in diese Stadt ein Schlag.

»Einfallstraßen durch Industriegebiete sind ja meistens hässlich«, sagte Arndt, »aber das hier ist wirklich deprimierend. Bist du sicher, dass du hierherwillst, Eva? Und wo muss ich überhaupt genau hin?«

Eva nestelte in ihrer Handtasche nach einem Briefumschlag. »Warte, ich habe die Adresse hier. Jan hat mir von der Hochkantschule geschrieben, die man angeblich sofort links liegen sehen kann, sobald man die Hamburger Straße in Richtung Stadtzentrum ganz hinuntergefahren ist. Da vorn war ein Straßenschild. Wir müssen richtig sein. Fahr doch dann einfach mal rechts ran und wir fragen jemanden.«

Die »Hochkantschule« entpuppte sich als Kant-Hochschule, wobei erstens das backsteinerne Hochformat der Naziprotzburg ganz offenbar zum Verballhornen des Namens im Volksmund geführt hatte und sich zweitens der alte Philosoph und Gelehrte vermutlich im Grab umgedreht hätte angesichts des Bauwerks, an das man seinen Namen geheftet hatte. Nur ein kurzes Stück weiter fanden die beiden Jans Adresse. Eine Adresse, die Evas Mut sinken ließ, denn das Wappen einer studentischen Verbindung prangte im Eingang des schmalen, zweistöckigen Gründerzeitgebäudes. Den Krieg hatte das Häuschen anscheinend, genau wie das

Hochschulgebäude, schadlos überstanden. Es sei denn, es hatte früher ein Dach gehabt. Das nämlich hatte es jetzt, ebenso wie die Nachbargebäude zwischen den abgezäunten Schuttgrundstücken, nicht mehr. Eva wusste, dass Verbindungen keine Frauen aufnahmen. Hätte sie das geahnt ... Wo würde sie die kommende Nacht verbringen? Wo sollte sie bleiben? Würde Jan sich überhaupt freuen, sie zu sehen? Was, wenn nicht? Noch war Arndt an ihrer Seite, noch war sie gut aufgehoben und heilfroh darüber.

Arndt-Friedrich parkte den Wagen im Schatten eines Baumes. »Willst du erst mal allein hingehen und nach ihm fragen, oder soll ich mitkommen?«

Eva zögerte einen Augenblick, dann fasste sie sich ein Herz, öffnete die Tür, warf ihm einen unsicheren Blick zu.

»Du machst das schon, Eva!«

Sie kam sich heute schon vor wie Mama. Ständig war ihr nach Seufzen. Auf ihr Klingeln wurde aufgemacht, ein junger Mann, glatt rasiert, sehr zackig, sehr freundlich, hörte sie an, bat das »Fräulein« um etwas Geduld, er würde den Kameraden holen. Den Kameraden. Herrgott noch mal! Hier auch wieder dieser alte Sprachduktus.

Es dauerte kaum zwei Minuten, bis Jan kam. Tränen hatte er in den Augen. Freudentränen. Er zog die Tür hinter sich zu, nahm sie in die Arme. »Dass du da bist, wirklich da bist! Ach, Eva! Ich freue mich so, dass du mich besuchen kommst.«

»Ich komme dich nicht besuchen, Jan. Ich bin gekommen, um zu bleiben. Bei dir zu bleiben und in dieser kaputten Stadt zu studieren, zu leben«, sagte sie an seinem Ohr.

Ein Ruck ging durch seinen Körper. Er schob sie um Armeslänge von sich weg, stammelte: »Aber ... aber Evchen ... das geht doch nicht.«

»Warum sollte das nicht gehen?«

»Ich kann dich hier nicht unterbringen.«

»Das denke ich mir. Leider wusste ich vorher nicht, dass du in einem Verbindungshaus wohnst, und bin aufs Geratewohl gestartet. Schau …« Sie deutete auf den Laster, an dessen Motorhaube Arndt lehnte und rauchte, jetzt herüberwinkte. »Schau, Arndt hat mich hergebracht. Es ging alles ganz überstürzt. Ich hatte keine Möglichkeit, dich vorher zu informieren. Wir haben Urgroßmutter Charlotte vor ein paar Tagen in Blieschtorf begraben müssen. Dafür durften wir ausreisen, kriegten ganz schnell Reisepapiere. Na ja … und dann habe ich die Gelegenheit genutzt. Ich dachte, du freust dich!?«

»Ich freue mich doch!«, erwiderte er und sein gequälter Gesichtsausdruck stand diametral zu seinen Worten. »Ich weiß nur nicht, wohin mit dir. Du siehst doch, wie die Stadt noch aussieht. Wohnraum ist absolute Mangelware.« Er nahm ihre Hände, faltete seine darüber, ging ein wenig in die Knie, um ihr in die Augen sehen zu können, blickte sie eindringlich an. »Du musst hier warten, bitte, ja? Ich gehe hinein und versuche unter den anwesenden Burschen einen mit Beziehungen auszumachen. Nicht weglaufen, ja?«

Eva schüttelte schmunzelnd den Kopf. »Ich wüsste nicht, wohin ich laufen sollte.«

Schon auf dem Treppchen drehte er sich noch einmal um, wiederholte »nicht weglaufen!«, und Eva warf ihm einen Luftkuss zu. Endlich lächelte er.

Ihre erste Braunschweiger Nacht verbrachte Eva in dem winzigen Kellerverschlag der Freundin eines Kameraden von Jan. Wo früher Kartoffeln und Kohlen gelagert worden waren, lebten jetzt Menschen gleich Hühnern auf engstem Raum. Susanne war ein freundliches, dralles Mädchen und witzigerweise auch Krankenschwester. Die beiden fanden sofort Gefallen aneinander und hatten reichlich Gesprächsstoff. Für Evas kleine Habe wäre hier kein Platz gewesen, also wurde sie kurzerhand im Keller der Burschenschaft zwischengelagert. Der Inhalt ihres Picknickkorbes mit allerhand Holsteiner Spezialitäten fand an diesem Abend reißenden Absatz unter rund einem Dutzend Studenten, die sich mit den Mädchen auf zirka sechs Quadratmetern, zusammengequetscht zwischen den Latten des Holzverschlages, versammelt hatten. Einer hatte sogar Rotwein mitgebracht. Die Flasche ging in Ermangelung von Gläsern von Mund zu Mund, die ganze Sache geriet feuchtfröhlich, bis die Mieter des Nachbarabteilchens Nachtruhe anmahnten. Eva war betrunken und erschöpft genug, um in dieser Nacht tief und traumlos zu schlafen. Vor Augen Arndts besorgtes Gesicht bei seiner Abfahrt. Beseelt von der Hoffnung auf eine Bleibe, vielleicht morgen, vielleicht übermorgen … in der sie endlich ihre Sehnsucht nach Jan, nach Zweisamkeit, nach Liebe und Zärtlichkeit würde stillen können.

Eva durfte bleiben, Susanne erwies sich als äußerst großzügig, teilte von nun an ihr schmales Bett mit der unverhofften Einquartierung aus Ostberlin. Eine Oase der Stille aber, eine eigene Bleibe, sollte sich so schnell nicht für Geld und gute Worte in der Stadt finden lassen.

9

BRAUNSCHWEIG 1954 –
SELBSTSTÄNDIG

Zum ersten Mal in ihrem Leben stand Eva wirklich auf eigenen Beinen. Jede Entscheidung, die sie von nun an traf, war ihre ureigene. Dabei half ihr die von Justus relativ großzügig bemessene finanzielle Grundlage natürlich enorm. Es verging kein Tag, an dem Eva nicht tiefe Dankbarkeit Gordon gegenüber empfand. So gerne hätte sie ihm wenigstens geschrieben, aber sie hielt sich am Ende an Onkel Justus' und Charlottes eindringliche Bitte, keine alten Wunden bei ihm aufzureißen. Ob Justus ihm Bericht erstattete? Sie wusste es nicht, konnte es sich jedoch durchaus vorstellen.

Ihr Rapport an Justus jedenfalls erfolgte von nun an wöchentlich. Dass sie jetzt einen Ausweis der Bundesrepublik Deutschland besäße, dass es ihr trotz gewisser Widrigkeiten gelungen war, einen Studienplatz für das Lehramt mit den Hauptfächern Biologie und Deutsch zu bekommen. Der Quereinstieg zum Wintersemester, das am 2. November beginnen sollte, war ihr nur ob der Tatsache gestattet worden, dass sie bereits eine abgeschlossene Berufsausbildung als

Krankenschwester vorweisen konnte. Lange hatte sie auf eine Entscheidung warten müssen und sehr gebangt, ob es klappen würde.

Umso glücklicher der Tag, als sie endlich die Zusage erhalten hatte. Obwohl sie wusste, dass sie bis Semesterbeginn noch einige Nachholklausuren würde ablegen müssen, um auf Stand zu sein, und es ihr ein bisschen vor dem vielen Lernstoff grauste, war sie stolz. Justus teilte ihre Freude, seine ermunternden, stets aber recht knapp gehaltenen Zeilen kamen regelmäßig.

Natürlich schrieb sie auch an Mama. Wieder einmal. Wollte ihre Freude teilen. Hatte schon die ganze Zeit ihre Fortschritte schreibend teilen wollen. Zeilen, die sehr persönlich gewesen waren, immer auch in der Hoffnung, Verzeihung zu erheischen, immer mit liebevollen Grüßen beendet, Vater niemals ausgelassen, jedes Mal dringlicher um Antwort bittend. Schon eine Woche nach Evas Ankunft hier sollte Mutter eigentlich den ersten Brief von Eva erhalten haben. Aber sie hatte nicht geantwortet. Antwortete auch in den nächsten Wochen nicht. Justus, den sie anrief und besorgt fragte, teilte immerhin mit, dass er einmal, ganz kurz nach dem Eklat in Blieschtorf, als er sich zu schlichten vorgenommen hatte, zumindest Frau Klawuttke erreicht habe und die Auskunft bekam, dass es den beiden gut ginge.

Für ein, zwei Wochen genügten Eva seine Informationen. Dann wurde sie immer unruhiger und sprach mit Jan über ihre Sorgen.

»Was soll ich bloß machen, Jan? Ich kann mir zwar vorstellen, dass Papa eine Weile nicht mit mir redet, aber Mama? Nein, das passt gar nicht zu ihren letzten Worten beim Abschied. Ob ich mal versuche, bei Gerda etwas zu erfahren? Eigentlich möchte ich gar niemanden in die Sache mit hineinziehen, schon gar nicht Papa in ein schlechtes Licht rücken, denn Gerda würde wahrscheinlich ziemlich empört über sein stures Verhalten sein.

Aber Gerda hat immer einen guten Einfluss auf Mutter gehabt, schließlich sind sie die besten Freundinnen. Ich muss wenigstens wissen, wie es ihnen geht ...«

Jan hatte von seinem Buch hochgeschaut, sah sie sehr ernst über den Rand der runden Lesebrille hinweg an und nickte. »Gerdas Telefonnummer hast du? Wir könnten im Verbindungshaus bitten, von dort aus anrufen zu dürfen. Da hat man seine Ruhe.«

Eva war elektrisiert. »Gleich? Oh ja, bitte gleich! Es ist halb acht. Da müsste Gerda eigentlich daheim sein.«

Er stand auf, nahm sie in die Arme. »Solche Ideen muss man gleich umsetzen, Eva, sonst quälen sie einen nur. Komm!«

Jan erklärte die besondere Bitte und sie wurde gewährt. Er saß neben Eva in der kleinen Bibliothek des Hauses, wo der Apparat stand, und lächelte ihr aufmunternd zu, während sie mit zittrigen Fingern Gerdas Nummer wählte. Antoni nahm ab, freute sich hörbar, gab schnell an Gerda weiter.

»Evchen, mein Schatz, wie schön, von dir zu hören! Geht es dir gut?«

»Ja, Gerda, alles ist fein, ich bin glücklich. Bei euch auch? Du, ich spreche vom Apparat der Studentenverbindung und will es nicht so teuer machen. Bitte sag mir, ob du in den letzten Wochen, nach meinem Fortgang, etwas von Mama und Papa gehört hast. Ich schreibe mir die Finger wund und bekomme keine Antwort.«

Einen Moment war es still am anderen Ende der Leitung. Dann räusperte sich Gerda. »Eva, ich verstehe nicht ganz ... du telefonierst von wo? Aus einer Studentenverbindung? Nicht aus dem Schwesternheim? Ja, wo bist du denn? In Berlin?«

Ihr wurde heiß und kalt. Es stand außer Frage: Gerda wusste von nichts.

»Ich bin doch von Blieschtorf aus nach der Beerdigung gleich zu Jan nach Braunschweig gefahren. Ich habe hier einen Studienplatz für das Lehramt bekommen und bin jetzt Bundesdeutsche. Papa war überhaupt nicht einverstanden, aber Mama hatte im Grunde nichts dagegen. Hat sie denn gar nichts erzählt?«

Wieder Schweigen am anderen Ende. Dann endlich: »Evchen, ich habe die beiden wochenlang nicht gesehen. Hab mich schon gewundert, dachte aber, sie wollen vielleicht in der Trauerphase ihre Ruhe haben. Immerhin ist nicht irgendjemand gestorben, sondern Charlotte. Da kann das doch jeder verstehen. Pass auf … gleich morgen werde ich vorbeifahren. Kannst du mich übermorgen wieder anrufen? Und bitte, gib mir deine Adresse! Warte … da ist ein Zettel, leg los.«

Eva gab alles Notwendige durch. »Übermorgen gegen halb acht, ja?«

»In Ordnung, Kind. Alles Liebe für dich! Ich kümmere mich. Gut, dass du dich gemeldet hast. Jetzt bin ich auch unruhig. Aber lass mich mal machen. Bis dann.«

Gerda hatte aufgelegt, Jan schaute auf die Uhr und legte einen kleinen Betrag in das Telefongeldkästchen neben dem Apparat. Eva saß immer noch da, starrte vor sich hin, murmelte wieder und wieder: »Da stimmt was nicht, Jan, da stimmt was ganz gewaltig nicht.«

»Das glaube ich auch«, stimmte er zu. »Lass uns versuchen, bis übermorgen Abend gelassen zu bleiben. Gerda wird schon was rausfinden.«

Eva konnte nicht gelassen bleiben.

Hatte sie sich in den vergangenen Wochen als schlimmstes denkbares Szenario noch vorgestellt, die Eltern könnten ihren Weggang zum Anlass genommen haben, sie endgültig zu verstoßen, drehten sich jetzt ganz andere Gedanken in ihrem Kopf. Mitleidig waren Jans Blicke, wenn er versuchte, sie liebevoll zu trösten und ihr Mut zu machen. Er selbst hatte genügend Erfahrung mit Verlusten und konnte sie bestens verstehen.

Seine Eltern hatte er in den letzten Berliner Kriegstagen verloren, kein einziger Angehöriger hatte den Krieg überlebt. Lange war er allein gewesen, bis Eva sein Ankerpunkt im Leben geworden war.

Jetzt warf er die unbestimmte Überlegung ein, es könne ja sein, dass die Staatssicherheit der DDR womöglich Briefe abfange. Schließlich hatten Clemens und Constanze eine Tochter, die ihre Reisedokumente zur Landesflucht missbraucht hatte. Eva schreckte zusammen. Sie sah, wie Jan sich auf die Zunge biss.

»Es muss dir nicht leidtun, Jan. Du hast recht, das ist denkbar.«

Sie wussten beide, dass das Unterschlagen von Briefsendungen noch die angenehmste Erklärung für die Funkstille in Berlin war, denn sie hatten Kenntnis von einer Sache, die wirklich kaum zu glauben war und jetzt besondere Bedeutung zu erlangen schien. Es bestand nämlich der Verdacht, dass der lange Arm der Stasi bis mitten in die Bundesrepublik hineinreichte und Menschen zurückgeholt wurden, die aus Gründen politischer Überzeugung oder einfach nur, weil sie glaubten, im Westen bessere Chancen zu haben, gegangen waren.

Eine solche Geschichte war den beiden sehr nah gekommen. Der Studienkollege eines Verbindungsbruders von Jan war vor zwei Wochen verschwunden. Innerhalb der Studentenschaft ein viel diskutierter Vorfall, der zu allerhand Diskussionen und Mutmaßungen geführt hatte. Es machte die Runde, der Zeitungsbote habe im Morgengrauen ein Fahrzeug vor dem Haus stehen sehen, das er in der Gegend noch nie beobachtet hatte. Zwei völlig gleich gekleidete Männer – angeblich in hellen Mänteln, die Hüte tief in die Stirn gezogen, was ja per se schon alles bedeuten konnte, jedenfalls nichts Gutes – waren ausgestiegen und auf das Haus zugegangen. Der Bote erzählte später, dass er sich ein bisschen gewundert habe, jedoch zu sehr in Eile gewesen sei, um sich weiter zu kümmern. Bereuen tat er dies wohl, denn plötzlich stand er im hellen Licht der Ermittlungen und schien sich darin zu sonnen. Kurz und gut: Der Student jedenfalls war weg gewesen. Spurlos!

Jan und Eva hatten keinen wirklich triftigen Grund gefunden, an der Geschichte zu zweifeln. Doch, es war denkbar! Zu gut erinnerten sich beide an die Vorkommnisse des 17. Juni. Ein Staatssystem, das in sich nicht koscher, nicht stimmig, nicht wirklich souverän war, das, schwachbrüstig und von anderer, höherer Stelle gelenkt, um die Akzeptanz bei den Bürgern fürchten musste, das griff zu solchen Mitteln. Der Sozialismus der DDR hatte eben nicht derart nette Geschenkideen für seine Menschen wie einst der Nationalismus: Brot und Spiele konnten einer Bevölkerung ein Weilchen Sand in die Augen streuen. Fehlte jedoch dem Grundkonzept beides, war es nur eine Frage der Zeit, wann Menschen sich ungerecht behandelt fühlten und aufbegehrten oder wegliefen. Immer schon war den Menschen der volle Magen und die Bequemlichkeit jeder Ideologie vorangegangen. Fütterte und bespaßte man sie genügend, konnte man mit dem relativ kritiklosen Folgen der Meute rechnen. Dafür hatte jedoch der Sozialismus noch reichlich nachzubessern.

In den folgenden Wochen hatte sich Eva etliche Male dabei ertappt, wie sie sich hin und wieder auf der Straße sichernd umblickte, unbekannte Fahrzeuge sehr bewusst registrierte. Manchmal sogar Nummernschilder notierte. Am Abend achtete sie darauf, den Schlüssel der Wohnungstür nicht ein-, sondern zweimal im Schloss herumzudrehen, und stand sogar hin und wieder noch mal aus dem Bett auf, um sich zu versichern, dass sie es auch bestimmt nicht vergessen hatte. Manchmal kam sie sich schon blöd vor in ihrem Verfolgungswahn, aber sie brachte es einfach nicht fertig, ganz loszulassen.

Vor diesem Hintergrund schaute sie jetzt auf die an sich schlichte Tatsache, dass Mutter ihr nicht antwortete. Das Telefonat mit Gerda hatte den alarmierten Zustand weiß Gott nicht beschwichtigt. Ob ihr eigener egoistischer Freiheitsdrang womöglich dazu geführt hatte, dass die Eltern jetzt unter Beobachtung standen? Hoffentlich mussten sie nicht ihretwegen unter Repressionen leiden! Mein Gott! Den Gedanken konnte Eva nur von sich schieben. Er war unerträglich, und nicht einmal Jan wusste einen Rat, wie sie besser damit umgehen könnte. Achtundvierzig Stunden. Dann würde sie mehr wissen.

Pünktlich auf die Sekunde saß sie zwei Tage später wieder am Fernsprechapparat. Der Schweiß brach ihr aus, Jan musste wählen, hielt sein Ohr ganz dicht an die Außenseite der Muschel, den Arm fest um Evas Schultern geschlungen, während das Freizeichen erklang.

Gerda schien genauso gewartet zu haben, denn nach zweimaligem Tuten nahm sie schon ab. Eva hörte sie tief einatmen, dennoch klang ihre Stimme beinahe tonlos.

»Evchen, sie sind fort.«

Ein Schrei kam aus Evas Kehle. »Was heißt das, Gerda, wo sind sie? Was hast du herausfinden können?«

»Nichts, Eva. Es ist schrecklich. Am Briefkasten, am Klingelschild … ein fremder Name. Andere Gardinen an den Fenstern. Ich habe Frau Klawuttke gefragt. Sie war komisch. Hat mir nur erzählen können, dass Clemens und Constanze eine Woche nach ihrer Rückkehr verschwunden sind und Fremde ihre Wohnung ausgeräumt und die noch geschuldeten Kosten bezahlt hätten. Eine neue Adresse hat sie nicht.«

»Und in der Charité?«

»Ist Constanze nicht wieder aufgetaucht. Ich kenne eine Kinderschwester dort. Die habe ich gefragt.«

Eva brach in dem kleinen Sessel neben dem Telefontischchen zusammen. Jan musste das Gespräch beenden. Wieder und wieder stammelte sie vor sich hin: »Und ich bin schuld!«

Jan und Eva rückten eng zusammen. So eng sie konnten. Hielten sich aneinander. Und aneinander fest. »Symbiotisch« nannte der Freundeskreis die Art ihrer Beziehung. Währenddessen beauftragte Justus, den Eva informierte, sobald sie den ersten Schock überwunden hatte, einen Rechtsanwalt, sich auf die Suche nach seiner Schwester zu begeben. »Er wird alle Mittel ausschöpfen, Evchen. Wir werden sie finden. Bleib ruhig. Wir haben ja nun keine nationalsozialistischen Zeiten mehr, sondern geordnete Verhältnisse. Da verschwinden Menschen nicht mehr einfach so.«

Eva *wollte* ihm glauben. Um weiterleben, leistungsfähig und lebensfroh bleiben zu können, musste sie ihm glauben und vertrauen. Ihm, diesem Anwalt und den geordneten Zeiten.

* * *

Jan war es, der ihr mehr als alles und alle anderen half, nicht vor lauter Sorge und Selbstvorwürfen verrückt zu werden. »Du erdest mich, Jan«, sagte sie, und »wenn ich dich nicht hätte!«

»Ich weiß«, erwiderte er zärtlich und mit erkennbar gesteigertem Selbstbewusstsein. Er tat viel, oh nein, er tat alles dafür, sie von etwas, das sie nicht beeinflussen konnte, abzulenken und ihr die schönen Seiten des Lebens zu zeigen. Es gelang ihm vortrefflich.

Wenn sie ungestört sein wollten, und sie wollten oft ungestört sein, nutzten sie die vielen Parks der Stadt. Meist waren sie zu Fuß unterwegs, manchmal auch, wenn es weiter hinausging, mit Jans einzigem väterlichen Erbstück, einem

Helios-Motorrad, das zwar bereits vierunddreißig Jahre alt, aber dank guter Pflege noch prima in Schuss war.

Der Sommer meinte es gut mit ihnen. Wo nicht viele Dächer waren, unter die sie als junges Liebespaar kriechen konnten, boten doch die alten Bäume im Bürger-, Museums- oder Theaterpark, die lauschigen Hecken am Kennel-Bad und die weitläufigen Teichanlagen rund um das wunderhübsche Zisterzienserkloster Riddagshausen genug Rückzugsorte, um draußen miteinander allein zu sein. Häufig verbrachten sie Zeit im frisch wiedereröffneten Botanischen Garten, wo Eva dank der Vermittlung des Lehrstuhls für Biologie jede Woche einige Praktikantenstunden absolvierte. Nach und nach bekam Eva eine Idee davon, wie schön die Stadt einmal gewesen sein musste. Überall waren die Räum- und Abbrucharbeiten noch in vollem Gange. Traurig besichtigten die beiden das im Stil der florentinischen Renaissance erbaute, nun völlig zerstörte Theater, die Trümmer des herzoglichen Schlosses, des Landgerichts, des Neustadtrathauses, der vielen Kirchen ohne Türme, dafür mit verbrannten Dachstühlen und eingestürzten Schiffen. Sie besuchten die Ruinen der herrlichen Bülow'schen Villa, die einstmals schneeweiß und majestätisch über der stillen Oker gethront hatte, jenem Fluss, der träge durch die Stadt mäandrierte.

Einmal liehen sie sich ein Ruderboot, um an einem heißen Augusttag die einst so prächtigen Bürgervillen vom Fluss aus anzuschauen. »Eine Idylle muss das hier mal gewesen sein. Man ahnt noch, wie schön die Gartenanlagen bis runter ans Ufer gewesen sind. Es ist so schade! Kaputt. Fast alles kaputt«, sagte Eva bedauernd. Sie lag graziös ausgestreckt auf der Ruderbank, eine Hand im kühlen Wasser, und blinzelte gegen die Sonne unter ihrem Strohhütchen hervor, fühlte sich seit langer Zeit einmal wieder fast ganz entspannt, während Jan die Ruder gleichmäßig ins grünliche Nass senkte. Er nickte. Natürlich,

Jan teilte ihre Betroffenheit, wie immer, denn er hatte genau wie sie ein Gespür für so etwas. Aber gleichzeitig wurde sie jetzt gewahr, dass er seinen Blick mit einem eindeutigen Ausdruck von Wohlgefallen über ihre Formen gleiten ließ. Einen verwaisten Anlegesteg steuerte er an. Und sie liebten sich träge auf sanft schaukelnden Planken unter grüngoldenem Licht.

Häufig spürte Eva auf ihren Erkundungsausflügen durch die Stadt eine geradezu schmerzhafte Wehmut und begann eine gewisse Liebe zu all dieser unsinnig zertretenen Schönheit zu empfinden. Freuen taten sich die beiden über alles, was nach Aufbau, nach Erneuerung, nach Bewahrung aussah, und davon gab es – Gott sei Dank – auch allerhand zu sehen. Am Steinweg, der einstigen Pracht- und Einkaufsstraße zwischen Burg und Theater, öffneten die ersten Geschäfte wieder. Auf dem Bohlweg, der, wie Eva gelernt hatte, tatsächlich im Frühmittelalter auf Holzbohlen und -pflöcken über den Sumpfgebieten der Oker entstanden war, gab es schon einige Büdchen. Roh zusammengezimmert aus Sperrholzplatten wurden dort Dinge des täglichen Bedarfs vor dem Hintergrund des zerbombten Schlosses angeboten. Na also! Der Puls der Stadt begann wieder zu schlagen.

Die Stadtverwaltung hatte sich in Anbetracht des grauenvollen Zerstörungsniveaus entschlossen, alles, was an Schönem, Altem noch halbwegs verwendbar erschien, in Form sogenannter »Traditionsinseln« zu verwerten. Ein bisschen eklektizistisch würden sie wohl ausfallen, diese Inseln, hatte Jan sich mokiert, der in Sachen Architektur beschlagener war als Eva. Aber die Braunschweiger Stadtväter sahen keine andere Chance. Zunächst drängte die Pflicht, den unzähligen Menschen würdigen Wohnraum zu verschaffen.

Hier sollte doch Vater sein, dachte Eva immer wieder. Warum nur mussten die Eltern unbedingt in der DDR bleiben? Diese Gedanken zogen sie jedes Mal wieder tief in ihre Traurigkeit zurück. Meist war es Jan, der sie wieder an die Oberfläche zurückholte. Ein paarmal auch Susanne, die eine verrückte Mischung aus Pragmatismus, Empathie und quirliger Lebenslust war.

Susannes Pragmatismus hatte Eva sogar zu einer Teilzeitanstellung verholfen, während sie auf den Studienbeginn wartete. Auf der Geburtsstation des Klinikums in der Celler Straße übernahm sie als Springer immer wieder Nachtdienste, versorgte Säuglinge. Babys waren ein Unterpfand für die Zukunft. Eva liebte den Umgang mit den winzigen, teils bläulichen oder knallroten, käseschmierigen, manchmal runzligen, dann wieder ferkelglatt rosa, wenn nicht völlig zerknitterten Geschöpfchen.

Das erste selbst verdiente Geld. Was für ein großartiges Gefühl! Nicht nur an den spendierten Rücklagen knabbern, nein, sich selbst etwas erarbeitet haben und es sich einteilen können, wie man wollte. Eva übernahm Mutters Haushaltsbuchkonzept. Kaufte sich ein kariertes Notizheftchen und einen Bleistift, den sie stets sehr gut spitzte, um in winzigen Zahlen und Buchstaben Einnahmen- und Ausgabenkolonnen zu füllen.

Dass nichts wertvoller war als Freunde, wusste sie, das leiderprobte Kriegskind, nur zu gut. Einer hatte dies, der andere jenes, was man gebrauchen oder tauschen konnte. Je besser man sein soziales Netz spann, desto sicherer lebte man. Beziehungen nützten jedem, wobei es durchaus genügte, jemanden zu kennen, der wiederum jemanden kannte, der …

Auf diese Art kamen Eva und Jan an eine gemeinsame Bleibe. Jan zog aus seinem Verbindungszimmer aus, das der Sohn eines »Alten Herrn« benötigte, der seinerseits den beiden eine Einzimmerwohnung ganz in der Nähe der Universität verschaffen konnte, die dem Junior aus wohlhabendem Hause zu poplig gewesen wäre, beziehungsweise, und das vermutete Jan als wahren Hintergrund, dem etwas großsprecherischen Knäblein zu viel Freiheiten ohne jegliche Kontrolle gelassen hätte. Die Sitten waren streng in der Verbindung, der Herr Papa würde seinen Buben von fern im Griff behalten können.

Des einen Leid, des anderen Freud. Für Eva und Jan drückte der sittenstrenge alte Herr ein Auge zu, und die beiden waren kaum zu bremsen. Gemeinsam richteten sie sich mit Evas mitgebrachten Möbeln ein, kauften noch Kleinigkeiten dazu und schafften sich im Handumdrehen ein eigenes, gemütliches Nest. Jan half ihr über die versäumten Lerninhalte des Sommersemesters hinweg, paukte mit Eva so intensiv, dass sie ihre Klausuren, die sie ganz allein, nur unter Aufsicht einer Lehrkraft im riesigen Hörsaal schreiben musste, ausgezeichnet bestand. Anfang November war sie bereit für das Wintersemester.

10

BRAUNSCHWEIG, WINTER
1954/55 – PARTNER

Es wurde ein märchenhafter Winter. Eva hatte gelernt, die Wunden ihrer neuen Heimat zu übersehen, hatte begriffen, dass es keinen Sinn mehr hatte, über verschüttete Milch zu klagen, und es sinnvoller erschien, das täglich sichtbare Vorankommen zu bejubeln. Es gab keine konkreten Neuigkeiten über Vater und Mutter, doch noch immer blieb Eva nichts anderes übrig, als an den hoffentlich baldigen Erfolg des von Onkel Justus beauftragten Rechtsanwaltes und vor allem an die »geordneten Zeiten« zu glauben. Täglich dachte sie an die Eltern. Und täglich wieder musste sie den Gedanken fortschieben.

Fleißig waren beide im Studium. Jan, zwei Semester weiter als Eva, erwies sich als fantastischer Nachhilfelehrer und sachkundiger Diskussionspartner. Zwar hatten sich beide mit sehr unterschiedlichen fachspezifischen Inhalten zu beschäftigen, aber in den Fächern Philosophie, Soziologie und Pädagogik konnte Eva von Jans Vorsprung enorm profitieren.

Sie störten sich gegenseitig nie, wenn sie lernten. Beide hatten ihr Eckchen in dem recht geräumigen Zimmer, wo jeder an seinem Schreibtisch sitzen und büffeln konnte. Ganz selbstverständlich stand mal einer, dann der andere leise auf, um Tee oder Kaffee in der winzigen Kochnische zuzubereiten. Immer für beide. Liebevoll, mit einer sanften Berührung der Schulter oder einem Streicheln übers Haar, die dampfende Tasse neben der Rechten abgesetzt, manchmal ein Keks dazu, ein paar Apfelschnitze oder ein Teller mit Schmalzbrot, ein paar Spritzer flüssige Maggiwürze darübergekleckert. Köstliche kleine Aufmerksamkeiten. Ein dankbarer Blick, mal ein flüchtiger Kuss, dann wieder abtauchen in den Stoff.

Häufig verließen sie abends gleichzeitig das Haus. Jan brachte Eva mit dem Motorrad zu ihren Nachtdiensten in die Klinik, während er selbst, der von Haus aus mittellos war, sich sein Geld in einer Studentenkneipe hinter dem Zapfhahn verdiente. Es gab nicht viel Stundenlohn, aber fast von jedem Gast ein kleines Trinkgeld. Das machte letztlich während des Semesters den Löwenanteil seiner kargen Einnahmen aus. In den Ferien hatte er sich, wie viele Kommilitonen, einen finanziellen Grundstock als Bauhelfer geschaffen, von dem er sehr vorsichtig zehrte. Eva frotzelte den eigentlich recht schmal, wenn auch hochgewachsenen winterblassen Jan gern: »Soll ich dir Spinat kochen? In den Ferien siehst du aus wie Popeye, im Semester wie ein gelehrter Spargel«, und hob damit auf die Comic-Zeichnungen des amerikanischen Zeichners Elzie Crisler Segar ab, die neuerdings in verschiedenen deutschen Zeitungen abgedruckt wurden. Überall hatte der spinatvertilgende Matrose mit den enormen Unterarmmuskeln einen anderen Namen. Hieß er in der Hamburger Morgenpost »Kuddl Dutt«, so war er beispielsweise in den Heftchen des Aller Verlags »Schifferkarl«. Aber alle kannten den sympathischen, schlagfertigen Seemann mit seiner auf ausgesprochen großem Fuße lebenden Geliebten Olivia.

Jan revanchierte sich mit einem skeptischen Blick auf Evas Füße und meinte schmunzelnd: »Tja, Miss Olivia, bis Schuhgröße siebenundfünfzig musst du dann aber noch zulegen.«

Wäre es für Eva früher noch eine psychische Katastrophe gewesen, wenn jemand, ein Mann zumal, auch nur einen Blick auf ihre Füße geworfen, womöglich auch noch eine Bemerkung über die amputierten Zehen gemacht hätte, ging sie jetzt vollkommen leger mit der Sache um. Jan hatte ihr die »Fußmacke«, wie er es anfangs genannt hatte, gründlich ausgetrieben, hatte ihr beigebracht, den Umstand hinzunehmen und der empfundenen Unvollständigkeit keine Aufmerksamkeit mehr zu schenken. »Schau dich doch mal auf den Straßen um, Eva! So viele Männer ohne Beine, mit nur einem Arm, mit Glasaugen. Und du machst dir ins Hemd wegen deiner fehlenden Zehen? Du bist albern. Aber ich liebe dich trotzdem. Und wie!«

Anfangs hatte sie gezaudert. Schließlich ging es bei diesen fehlenden drei Zehen nicht nur um sie. Schließlich ging es um die Umstände, unter denen sie sie eingebüßt hatte. Schließlich galt es doch, die Erinnerung an den kleinen Bruder, die so eng mit dem Verlust verknüpft war, nicht beiseitezuschieben. Nicht beiseiteschieben zu dürfen!

»Unsinn, Eva«, hatte Jan gesagt und er hatte es mehr als einmal sagen müssen, denn das Thema war häufig genug zwischen ihnen aufgekeimt. »Dein kleiner Bruder ist dein kleiner Bruder. Er lebt nicht mehr. Und es ist richtig, wenn du ihn betrauerst. Aber du, mein Liebling, du lebst. Du stehst. Du läufst. Du rennst …« Er nahm sie bei den Händen, zog sie vom Stuhl hoch und machte ein paar Tanzschritte mit ihr im Arm. »Und du tanzt sogar. Siehst du? Hör auf, etwas verbergen zu wollen, dich wegen etwas zu schämen, für das du nichts kannst, für das du dich nicht schämen musst. Es ist, wie es ist. Du bist es! Es hätte schlimmer kommen können, weißt du?«

»Jaja, ich weiß! Es muss Gras über alles wachsen«, sagte Eva jedes Mal trotzig, und es klang nie so, als würde sie jemals dem Gras erlauben wollen zu wachsen. Schon gar nicht *über* irgendetwas.

Und am Ende wuchs es dann doch. Nach und nach begann es, entsetzliche Erinnerungen zu überwuchern. Langsam, aber sicher akzeptierte Eva sogar, dass es wuchs. Während diese Liebe zu Jan – gemacht aus Vertrauen, aus gegenseitigem Verstehen und Achten, Akzeptieren mit allen Schwächen, aus gleichem Humor, dem unbedingten Willen, den anderen zu stützen und zu schützen, und einer tiefen Freundschaft – wuchs, gedieh und blühte. Eva wusste sehr genau, worin ihre Beziehung gründete. Es fehlte ihr an nichts. Sah man einmal von der ganz großen Leidenschaft ab. Aber die fand sie nicht unbedingt notwendig. Wohin die führen konnte, hatte sie bei Mama und Papa gesehen, und so etwas wollte sie nicht, denn es erschien ihr viel zu bedingungslos, ja geradezu unvernünftig. Dass Liebe bisweilen mit Vernunft nicht viel zu tun hatte, konnte sie sich absolut nicht vorstellen.

Abgesehen von der einen, ganz großen Sorge um die Eltern war es eine federleichte Zeit. Voll Zärtlichkeit, voll Streben und Zukunftsvisionen. Natürlich würden sie alle Energie daransetzen, schnell fertig zu werden, ihren vorbereitenden praktischen Dienst zu absolvieren und möglichst an derselben Schule unterzukommen. Verbeamtet werden! Und dann, später, vielleicht ein Häuschen im Grünen? Kinder! Oh ja, Kinder wollten sie. Mindestens zwei, besser drei.

Einige Male fuhren sie am Wochenende mit Kommilitonen zum Skilaufen in den nahe gelegenen Harz. Für Jan und Eva, beide völlig unerfahren, hatte die studentische Sportgruppe ein paar alte Bretter und Stiefel organisiert, und ab ging es mit zwei alten Autos, die Ausrüstung etwas abenteuerlich aufs Dach geschnallt, in die Berge.

Jan stellte sich recht geschickt an, während Eva zum allgemeinen Gelächter einen »Schwan« nach dem anderen lieferte. Sie nahm es mit Humor, stand wieder auf, Hose, Anorak und Pudelmütze voller Schnee, versuchte erneut, die Ski parallel in die Spur zu bringen. Warum, zum Kuckuck, die Dinger immer wieder einen solchen Drang hatten, hemmungslos auseinanderzurutschen, verstand sie wirklich nicht. Sie ließen die anderen ziehen, waren allein unter strahlendem Sonnenschein zwischen tief verschneiten Tannen auf der Loipe und übten und lachten und lachten und übten, bis es endlich halbwegs gelang und beide sogar schadfrei einen kleinen Hügel hinunterkamen. Eva juchzte: »Juchhu, jetzt hab ich's! Ein herrliches Gefühl, so dahinzugleiten, Jan, guck mal, jetzt kann ich es!«

Er drehte sich um. Sie sah ihn lachen, lachte mit, verlor die Körperspannung. Peng, lag sie schon wieder. Es machte nichts. Sie schafften anderthalb Kilometer in drei Stunden und am folgenden Wochenende waren es schon drei Kilometer in anderthalb Stunden. Ein herrliches Wintervergnügen!

Die Weihnachtstage verbrachten sie in Blieschtorf. Justus hatte sie herzlich eingeladen. Gern waren sie gefahren. Hatten an sich eine schöne Zeit mit der Familie verbracht. Aber es war anders gewesen als damals beim ersten Mal. Charlotte fehlte. Sie fehlte so gottshundserbärmlich! Und die Eltern fehlten, über die niemand etwas Neues zu berichten wusste, sah man einmal davon ab, dass der Anwalt direkten Kontakt zu den zuständigen Bundesbehörden aufgenommen hatte, um deren Schicksal zu klären. Viel Hoffnung aber schien er auch an diesen Einfall nicht zu knüpfen. Unausgesprochen standen Fragezeichen in der Luft. Die Stimmung war nicht so, wie sie mal gewesen war, obwohl sich auch Arndt und Erika alle Mühe gaben, alte Traditionen aufrechtzuerhalten und in gewohnter Art zu feiern.

Sie hätten eigentlich bis Neujahr bleiben können. Aber am Morgen nach dem zweiten Feiertag machten sie einen letzten Besuch an Charlottes Grab und fuhren nach Hause. Nach Hause, dachte Eva. Doch, jetzt hatte sie endlich etwas, das die Bezeichnung verdiente.

11

BRAUNSCHWEIG, FRÜHLING 1955 – VON DER LIEBE

Der Frühling kam, die Schneeschmelze ließ die Oker in den Vororten der Stadt über die Ufer treten und die fruchtbaren Auen fluten, in denen die Bauern im Sommer ihr Vieh grasen lassen würden. Die Skisaison war rum, da kam Jan mit der Nachricht, die Sportgruppe habe sensationelle neue Fäden geknüpft. Der Braunschweiger Aero-Club hatte angeboten, ein Grüppchen Studierende in seine Gemeinschaft aufzunehmen, und lud zu einer Informationsstunde. »Ich habe uns eingetragen, Eva«, verkündete er strahlend. »Bisschen Sport tut doch gut, findest du nicht?«

»Fliegen? Jan, du bist verrückt! Das ist bestimmt wahnsinnig teuer. Und sowieso viel zu gefährlich. Außerdem … was hat das mit Sport zu tun? Da sitzt man doch bloß rum. Wir könnten genauso gut in die Schwimmgruppe der DLRG gehen.«

»Schwimmen kann ich schon. Fliegen will ich lernen. Lass uns hingehen, Eva, ich hätte solche Lust dazu!«

»Auch ein Argument«, lenkte Eva lachend ein. »Gut. Schauen wir es uns an.«

Sie schauten es sich an. Sechs Kommilitonen hatten sich angemeldet. Fünf Männer, Eva die einzige Frau. An einem Abend im März fanden sie sich in der Werkstatt des Clubs am Weinbergweg ein, der nicht weit von der Uni entfernt am Rande einer Art Gartenvereinssiedlung lag. Drei flache Gebäude, in einem brannte Licht. Sie traten zögerlich ein. Ein langer Tisch, ein Dutzend Stühle, eine Tafel, kein Mensch zu sehen. Nur aus dem hinteren Teil des Gebäudes drang Lärm. Offenbar wurde gehämmert, gesägt, gefräst. Es roch nach Leim, Farbe und Holz. Sie schauten sich gegenseitig ratlos an. »Wartet, ich gehe Bescheid sagen, dass wir da sind«, sagte Jan, marschierte auf die Tür zum Werkstattraum zu und rief hinein: »Guten Abend. Die studentischen Flieger sind da!«

Eva hörte etwas von »hinsetzen, komme!« oder so ähnlich und alle nahmen gespannt Platz. Sie warteten. Bestimmt eine halbe Stunde. Es machte sich schon leises Gemurre breit, zwei wollten gleich wieder abziehen. Jan hielt sie zurück.

Endlich erschien jemand, zog die angelehnte Tür hinter sich zu, postierte sich zwischen dem Kopfende des Tisches und der Tafel und ließ den Blick über die sechs gleiten. An Eva blieben seine Augen hängen. Dunkle Augen. Fast schwarz, wie das säuberlich frisierte Haar. Evas Herz machte einen unkontrollierten Hopser. Wo hatte sie solch einen Mann schon einmal gesehen? Fieberhaft kramte sie in ihrem Gedächtnis. Ha! Jetzt hatte sie es: Er sah aus wie dieser amerikanische Schauspieler, wie dieser ... ach Gott, wie hieß der bloß? Ja, Gable ... Clark Gable, der Kriegsgewinnler aus »Vom Winde verweht«! Bloß nicht mit solchen Absteh-Ohren und ohne Bärtchen. Sie spürte, wie dieser wohl freundliche, aber inspizierende Blick ihr die Röte in die Wangen trieb. Sie versuchte, ihm standzuhalten, doch etwas zwang sie, die Lider zu senken.

»Guten Abend, die Herrschaften«, sagte er. »Soso, Sie sind also die studentischen Flieger, ja?«

169

Dieses süffisante Grinsen!

»Wir sind hergekommen, um welche zu werden«, erwiderte Jan.

»Das klingt schon besser. Dann wollen wir uns einander mal vorstellen, schlage ich vor. Mein Name ist Wilhelm Bressler. Ich leite die Segelflugabteilung. Und wer sind Sie, meine Dame, meine Herren?«

Einer nach dem anderen nannte seinen Namen, sein Alter, Herkunft und Studienfach.

»Eva Rosanowski«, hörte Eva sich sagen, »aus Danzig … ähm … nein, aus Ostberlin … besser gesagt, aktuell aus Braunschweig. Zweites Semester Lehramt Biologie und Deutsch, außerdem examinierte Krankenschwester.«

Er lächelte. Es fühlte sich an wie ein warmer Regen. »Schön, dass Sie dabei sein wollen, Fräulein Eva. Wir haben wenige Frauen im Flugsport, obwohl Frauen wie Hanna Reitsch oder Elly Beinhorn den allermeisten selbst erklärten ›Herren der Lüfte‹ durchaus etwas vorgemacht haben. Was denen häufig abgeht, ist nämlich Gefühl, und das ist unabdingbar, wenn man fliegen lernen will. Gefühl haben die Damen den Männern häufig voraus. Sie sind jedenfalls herzlich willkommen.«

»Danke schön«, flüsterte sie so leise, dass es keiner verstehen konnte. Der Fluglehrer sah sie fragend an, machte eine Geste, damit sie begriff, er hatte sie nicht gehört. Eva räusperte sich, setzte neu an, wiederholte laut und deutlich: »Danke schön!«

Er nickte ihr freundlich zu und wandte sich an die Männer. »Die junge Dame bringt etwas mit, das Ihnen eventuell noch fehlt, meine Herren. Sie werden als Erstes einen Kursus in Erster Hilfe absolvieren müssen. Das erledigt sich leicht an einem Wochenende beim Roten Kreuz. Bringen Sie mir Ihre Nachweise schleunigst bei, sofern Sie noch keine haben, dann treffen wir uns wieder hier.«

Ein Kommilitone, Hans Papke, zeigte auf.

»Ja, bitte?«

»Wo sind denn die Flugzeuge, die wir fliegen werden?« Sein Ton klang forsch.

Wilhelm Bressler grinste. »Kommen Sie mal mit.« Alle standen auf, folgten ihm durch die Tür in die Werkstatt, wo rund ein Dutzend Männer jeder Altersstufe konzentriert arbeiteten und allesamt nur kurz aufschauten, um die entbotenen Grüße der Studenten zu erwidern. Was die sechs sahen, waren Bruchstücke von Flugzeugen. Teils tatsächlich welche, die repariert wurden, teils im Entstehen begriffene neue Teile. Auf unzähligen Holzböcken beispielsweise ein einzelner Flügel, dessen Segeltuchbespannung gerade lackiert wurde (»Unsere LO-100!«; Stolz in der Stimme). Aha ... soso. Sagte keinem etwas. Dort drüben eine zerbrochene Kanzel, die just aus Trümmern herausmontiert wurde, hier ein Höhenleitwerk, dort hinten in einer abgeteilten Nische wurden Pedale geschweißt.

»Da ist ja keins fertig«, mokierte sich Papke.

Wilhelm Bressler drehte sich um, schaute ihn von oben bis unten an. »Vor das Vergnügen, Herr Papke, hat der liebe Herrgott immer schon den Schweiß gesetzt.«

Eva kicherte in sich hinein. *Sie* wusste das. Aber Hans Papke stammte aus reichem Hause und bewohnte jetzt Jans altes Zimmer im Verbindungshaus. Warum sein Vater ihn gern unter Kontrolle hatte sehen wollen, erschloss sich ihr sofort. Verwöhntes Reiche-Leute-Kerlchen mit Ansprüchen und großer Klappe. Vermutlich stinkfaul.

Offenbar hatte Bressler ihre Reaktion bemerkt. Ohne dass es irgendjemand sonst sehen konnte, zwinkerte er ihr zu. Nur gut, dass er sich jetzt abwandte, um weitere Fragen zu beantworten. Sonst hätte er bemerkt, dass Eva schon wieder rosige Wangen bekam. Sie war beeindruckt. Und Eva Rosanowski war nicht leicht zu beeindrucken. Aber dieser Mann wirkte auf sie so ungeheuer souverän. Dass er ausgerechnet sie, als einziges Mädchen in der Truppe, mit besonders freundlicher Aufmerksamkeit behandelte, ehrte sie irgendwie.

Die kleine Führung war bedauerlich schnell beendet. Er entließ sie mit den Worten: »Sie sehen also, wie bei uns der Hase läuft. Was Sie später fliegen werden, dürfen Sie zunächst einmal hier, in vielen … in sehr vielen Werkstattstunden zusammenbauen. Und Sie werden büffeln. Die Theorie werde ich Ihnen einbläuen, ehe Sie das erste Mal den Hintern in eine Mühle setzen dürfen. Wer das will, kann gerne in zwei Wochen zur ersten theoretischen Unterrichtsstunde kommen. Bitte mit den erforderlichen Nachweisen. Gleiche Stelle, gleiche Uhrzeit. Wer das nicht möchte, wird eben erdverbunden bleiben. Ich wünsche Ihnen einen schönen Abend!«

Die Jungs drehten sich um, wollten abmarschieren, da hielt Bressler Eva sanft am Jackenärmel fest. »Sie, Fräulein Eva, können gern schon kommende Woche am Unterricht teilnehmen.«

Eva strahlte ihn an, kriegte zum zweiten Mal nur »Danke schön« heraus und ließ sich die Hand zum Abschied schütteln.

Jan war ein bisschen muffig auf dem Heimweg.

»Was hast du, Jan?«, fragte sie und ahnte eigentlich schon die Antwort, die auch wie aus der Pistole geschossen kam.

»Der frisst dich mit Blicken auf, Eva! Ich glaube, wir sollten keine Flieger werden. Das ist mir zu gefährlich. Du hattest vollkommen recht.«

Eva lachte. Vielleicht ein wenig zu laut. Vielleicht ein bisschen ertappt. »Rede keinen Quatsch, Jan. Der Mann ist doch viel zu alt für mich, hat garantiert Frau und Kinder. Mach dir keine Gedanken. Außerdem liebe ich *dich*!«

»Dein Wort in Gottes Ohr …«

Sie hatte ihn nicht überzeugt.

* * *

Eva sorgte in der folgenden vorlesungsfreien Zeit dafür, dass sie freitagabends keine Dienste mehr im Krankenhaus übernehmen musste. Sie lernte fliegen. Theoretisch jedenfalls. Fasziniert folgte sie Wilhelm Bresslers lebendigen Schilderungen über Flugmanöver. Er erzählte amüsante Anekdoten, unterhielt auf originelle Weise seine Schüler, brachte alle zum Staunen, zum Lachen und verlor so nie die Aufmerksamkeit seiner Zuhörer. Er war unglaublich streng. Aber genauso unglaublich beliebt. Geizte weder mit Tadel noch mit Lob. Und weckte in all seinen Schülern eine Sehnsucht, die zu stillen sich jeder bald mehr als alles andere wünschte.

Abzuheben, wie er es beschrieb, zu schweben, wie er es in blumiger Sprache nahezubringen vermochte, mit der Thermik zu spielen, vom Steigflug in den Sinkflug, aus dem Looping elegant in die Steilkurve, ins Trudeln geraten – oje, nein! –, abfangen. »Ihr müsst es jetzt schon im Hosenboden fühlen, Kinnersch! Wenn nicht, setzt ihr später den Vogel ungespitzt in eine Baumkrone oder, noch schlimmer, gleich in den nächsten Acker.«

Bekleidet mit einem zur Verfügung gestellten, viel zu großen graugrünen Overall, die Ärmel aufgestreift, die Hosenbeine hochgekrempelt, um die Taille einen Stoffgürtel gezurrt, das dunkelblonde Haar straff zum Pferdeschwanz zusammengenommen, verbrachte Eva fortan jede freie Minute in der Werkstatt. Nicht immer war Bressler anwesend, aber auch die Kameraden nahmen Eva für voll. Ihr Engagement, ihre Art, vor keiner Arbeit zurückzuschrecken und stets überall gern mit anzupacken, gefiel den Männern. Niemand machte ihr ernsthafte Avancen. Trotzdem entging es ihr natürlich nicht, dass sich immer alle um sie drängten und sich erboten, ihr alles zu zeigen und beizubringen. Eva schlussfolgerte geschmeichelt, es ginge ihnen anscheinend weniger um plötzlich entdeckte Begeisterung für die Vermittlung von Lerninhalten als vielmehr darum, in ihrer Nähe zu sein.

Obwohl Eva ihren Charme sprühen ließ, wagte sich keiner wirklich an sie heran. Hätte sich einer getraut, wäre ihm wohl auch offene Feindschaft entgegengeschlagen, denn sie galt als »vergeben« an Jan. Die Flieger hatten diesbezüglich ihren eigenen Ehrenkodex, demzufolge man keinem Kameraden die Frau auszuspannen versuchte. Selbst wenn nach getaner Arbeit manchmal noch gemeinsam ein kleiner Abstecher auf ein Bierchen in eine Kneipe unternommen wurde, selbst wenn Jan dann nicht dabei war, blieben die Jungs auf gebührendem Abstand, stritten sich jedoch fast jedes Mal um das Vergnügen, Eva heimbringen zu dürfen.

Sie fühlte sich wohl in der kleinen Gemeinschaft, fühlte sich angenommen. Und berichtete Jan, der erheblich weniger Zeit für das neue gemeinsame Hobby aufzubringen vermochte, jedes Mal begeistert, was es Neues gegeben hatte. Jan hatte das Studium erfolgreich abgeschlossen und tat bereits Dienst als Referendar in der Diesterweg-Schule. Er verdiente jetzt besser. Und vor allen Dingen regelmäßig. Zum Geburtstag hatte Eva eine Orchidee bekommen. Verpackt in einem Schmuckkarton, den Stängel in einer zierlichen Glasphiole mit Nährlösung. Unglaublich … so etwas Schönes! Dass man sich das jetzt leisten konnte!

Schon entstanden Pläne in den Köpfen der beiden. Vielleicht eine etwas größere Wohnung? Zwei Zimmer wären großartig. Eine abgeschlossene Küche, damit man nicht immer im Bratendunst schlafen gehen musste? Ein eigenes Bad vielleicht? Das Gemeinschaftsbadezimmer war auf die Dauer doch auch keine Lösung. Es war wie verhext. Anscheinend mussten immer alle Mieter gleichzeitig und man stand vor der abgeschlossenen

Tür. Jan sprach darüber, sich in die Wohnbaugenossenschaft »Wiederaufbau« einzukaufen, um schneller zum Ziel zu kommen. Eva stimmte begeistert zu.

Der Mai brachte wenige Tage nach dem Beitritt der Bundesrepublik zur NATO und der DDR zum Warschauer Pakt nicht nur Evas zweiundzwanzigsten Geburtstag. Die Zeit der Besatzungsmächte war zu Ende gegangen. Exakt zehn Jahre nach dem Ende des Zweiten Weltkriegs existierten nun zwei eigenständige Staaten auf deutschem Boden, die sich in ihren Grundfesten voneinander unterschieden. Obwohl beide Staaten noch immer die Vereinigung Deutschlands in Verfassung beziehungsweise Grundgesetz verankert hielten, glaubte im Augenblick niemand mehr recht daran, dass in absehbarer Zeit wieder zusammenwachsen würde, was doch eigentlich zusammengehörte. Die DDR war zum westlichsten »antifaschistischen Schutzwall« geworden, die Bundesrepublik ihrerseits galt als Bollwerk gegen den Kommunismus/Stalinismus. Der Wind zwischen Ost und West war kein lauer Maiwind. Er war rau und kalt.

Jan und Eva beobachteten die Entwicklungen. Einige Male hatte Eva den Wunsch geäußert, nach Ostberlin zu fahren, um sich selbst auf die Suche nach den Eltern zu machen. Jan hatte sie jedes Mal entsetzt davon abgehalten, ihre Ideen in die Tat umzusetzen. »Du kommst nie wieder, Eva! Lass das sein! Sie werden dich festsetzen, womöglich einsperren, aber gehen lassen werden sie dich nicht mehr. Bleib hier, um Gottes willen!«

Sie hatte sich gefügt. Es stimmte ja, was er sagte. Die Gefahr bestand tatsächlich. Sie musste vernünftig sein. Und sie hatte das Gefühl, dass sie Jan sogar dankbar war, dass er sie so vehement abhielt. Im Grunde ihres Herzens wäre sie vor Angst vergangen, wenn er sie tatsächlich hätte ziehen lassen. Trotzdem saß genau dort, tief im Herzen, der Stachel und er schmerzte immer, wenn sie an die Eltern dachte. Sie dachte oft an sie.

Dieser Mai brachte aber auch die ersten Aufenthalte auf dem Waggumer Flughafen, draußen, im Norden der Stadt. Endlich das Gelernte in die Praxis umsetzen! Darauf fieberten sie alle hin.

Wilhelm Bressler begrüßte seine Schüler, die erfahreneren und die ganz frisch dazugestoßenen, auf der Terrasse des recht beeindruckenden weißen Empfangsgebäudes.

»Wieder so ein typischer Nazibau«, flüsterte Eva Jan zu. »Protzen, das konnten sie wirklich.«

Bressler, der nicht weit entfernt stand, schien die Ohren eines Luchses zu haben. »Stimmt, Fräulein Eva. 1934 hat Adolf den Flughafen hier für den Luftverkehr eröffnet. Die Lufthansa nahm den Betrieb mit einer Heinkel für Direktverbindungen nach Halle, Hannover und Berlin ins Streckennetz auf. Das Gebäude hinter uns entstand allerdings erst '39. Als ich das erste Mal, im Januar '40, nach Braunschweig kam, war längst die Überführung der Anlage zu militärischen Zwecken vollzogen worden, denn das Reich befand sich bekanntlich im Krieg. Ich trat hier in der Segelflugschule der Luftwaffe an, schulte auf der alten Tante Ju und dem Lastensegler DFS 230 A-1. Übrigens, meine Herren …«, Bressler ließ den Blick über die gespannt zuhörenden Männer schweifen, »übrigens in Serie gebracht, nachdem das Flugzeug eine lange Testphase hatte durchlaufen müssen. Wissen Sie zufällig, durch wen? Gehört eigentlich zur fliegerischen Allgemeinbildung.«

Lauter gesenkte Köpfe. Nur Eva wusste eine Antwort. »Ich will ja nicht wie ein Streber erscheinen, aber ich habe es zufällig gelesen. Durch Hanna Reitsch, Herr Bressler«, sagte sie mit klarer Stimme.

»Exakt! Hanna Reitsch war Versuchspilotin für die ›Deutsche Forschungsanstalt für Segelflug‹. Sollten Sie auch wissen, Herrschaften. Derweil es aber ausgerechnet Fräulein Eva, unser einziger weiblicher Kamerad war, der die Frage beantworten konnte, sie zudem in den vergangenen Monaten die meisten Arbeitsstunden in der Werkstatt absolviert hat, wird sie jetzt auch die Erste sein, die ich auf einen Flug mitnehme. Die Herren können sich einen Eindruck davon verschaffen, wie viel Sport in der Fliegerei üblich ist, und dürfen laufen. Wir sehen uns, wenn ihr den Vogel nachher von der Landebahn zurückgeholt habt. Ich entlasse euch jetzt mit Eberhard an die Winde. Er wird euch einweisen. Zack, zack!«

Eva konnte sich das Grinsen nicht verkneifen. Ein Seitenblick auf Jan zeigte Mauligkeit und Papke machte sowieso schon wieder beleidigt dicke Backen. Wie lange der wohl noch dabei sein würde?

Es war ein mulmiges Gefühl, den Fallschirm angepasst, den Helm aufgesetzt zu bekommen. Wie wenig Platz doch in so einem kleinen Flugzeug war! Eva hatte angenommen, sie würde hinten sitzen müssen, doch Wilhelm wies sie auf die vordere Position und schnallte sie an. So richtig bekam Eva seine geduldige Erklärung gerade nicht mit, wie sie in Zukunft die Gurte selbst zusammenstecken sollte. Ganz nah kam er ihr, doch auch wenn sie schon manchmal das Gefühl gehabt hatte, er kam ihr näher, als es unbedingt sein musste: Jetzt verhielt er sich absolut professionell. Sie erschnupperte einen sachten Hauch eines frischen Rasierwassers. Ganz hinten im Kopf setzte er sich fest. Vordergründig zitterte sie nur, war völlig fixiert auf das, was kommen sollte, und gar nicht so sicher, ob sie nicht die allerletzte Gelegenheit zum Weglaufen nutzen wollte.

»Sie sind nervös, nicht wahr?«, fragte er und sein Tonfall war väterlich beruhigend. »Haben Sie keine Angst, Eva. Es wird wunderbar, Sie werden sehen.«

Sie spürte, wie ihre Anspannung sich ein wenig lockerte. Trotzdem hatte sie feuchte Handflächen und nahm dankbar die mit einem Lächeln zugereichte Spucktüte. »Nur sicherheitshalber. Zögern Sie nicht, falls Sie sie brauchen. Das wäre beim allerersten Flug nicht ungewöhnlich. Aber ich verspreche Ihnen, Sie wie ein rohes Ei zu schaukeln.«

Sie atmete tief ein und aus, bedankte sich. Die Glaskuppel über ihnen schloss sich. Jetzt geht's los. O Gott, o Gott …

Mit einem Ruck zog das Seil an, die Maschine kam ins Rollen, holperte über die Grasnarbe, hüpfte, wurde immer schneller. Eva faltete die Hände, sah ihre Knöchel weiß hervortreten. Noch, noch, noch mehr kleine Hopser, dazwischen schon Sekundenbruchteile Ruhe, dann, plötzlich, sah sie, dass vor ihren Augen kein Boden mehr war. »Wir fliegen?«

»Ja. Wir fliegen!«

Höher und höher stieg das Flugzeug. Fast geräuschlos dem wolkenlos blauen Himmel entgegen. Was für ein Hochgefühl!

»Schauen Sie mal runter, Eva, wie klein alles geworden ist.«

»Ich trau mich nicht.« Zwischen Jammern, Lachen und Überwältigtsein.

»Doch, trauen Sie sich ruhig. Die Luft hat Balken. Sehen Sie, wir haben es hier mit einem Segelflugzeug zu tun. Das liegt auf dem Aufwind so sicher wie eine Bahn auf Schienen. Wir sind auf keinen Motor angewiesen. Fällt der aus, plumpsen Maschinen mit kurzen, dicken Stummelflügeln ruck, zuck auf den Boden wie fallen gelassene Kartoffeln. Einen Segler hingegen bringen Sie eigentlich immer wieder heile runter. Gucken Sie mal, da unten links: Ihre Hochschule. Jetzt fliegen wir mal einen ganz sachten Bogen … und? Schlimm?«

»Nein. Gar nicht schlimm. Schön. Eigentlich nur schön.«

»Na sehen Sie. Ich habe es Ihnen doch gesagt. Rechts unter uns jetzt Riddagshausen. Herrlich, die Schwäne auf dem glitzernden Wasser, nicht? Ich nehme Kurs auf die Herzogsberge. Dann dürfen Sie selbst mal.«

Kaum halbwegs beruhigt, der nächste Schreck. Selbst mal? Um Himmels willen, nein!

»Ich lasse Sie nicht alleine, Eva, ich habe nicht die Absicht, auszusteigen«, hörte sie ihn lachen. »Also los, die Hand an den Knüppel.«

Eva griff beherzt zu.

»Genau. Und nun mit Gefühl. Das habe ich Ihnen doch attestiert. Also zeigen Sie es mir. Obacht! Nur gerade halten, nur hinfühlen, was die Mühle im Geradeausflug tut … ja, prima, genau so!«

Er ließ sie ausprobieren, korrigierte sachlich, erklärte, ließ sie die Nase des Flugzeugs leicht heben, einen Zirkel fliegen, wies sie darauf hin, die Instrumente stets im Blick zu behalten, demonstrierte ihr das Maß der Einwirkung des Piloten auf Höhen- und Seitenruder. Warum klappte das hier alles wie am Schnürchen? Ob in Wirklichkeit er hinter ihr alle Manöver ausführte? Eva war sich gar nicht so sicher, bis er ihr – »nicht erschrecken, Eva!« – beide Handflächen sanft auf die Schultern legte.

»Ich fliege wirklich selber!«, jauchzte sie und fühlte, dass ihre Augen feucht wurden.

»Und Sie machen das großartig, Mädchen!«

Er landete die Maschine. Ohne großes Geruckel setzte sie sanft auf. Und da waren sie, die ganzen Jungs, die jetzt Sportlichkeit beweisen sollten, um das Flugzeug zum Startpunkt zurückzuschieben. Fragende Blicke von Jan. »Umwerfend, Jan! Einfach wahnsinnig, überwältigend … so schön!«

Die Beine zitterten, als sie herauskletterte. Aber nicht mehr vor Angst.

* * *

Sie lernten alle fliegen. Manche zeigten sich begabt, andere weniger. Der großsprecherische Hans Papke (»Euch werd' ich's jetzt mal zeigen!«) machte bei seinem fünften Alleinflug im Spätsommer in besonderer Weise auf sich aufmerksam, indem er bei glutrotem Sonnenuntergang nach ziemlich halsbrecherischen, aber immerhin gelungenen Manövern – für alle sichtbar direkt über dem Flugplatz – dämlicherweise die Höhe der Baumreihen vor dem Landeanflug unterschätzte. Und den gerade in unzähligen Arbeitsstunden aus einem Bausatz zusammengesetzten »Geier« in einer mächtigen Kastanienkrone »parkte«. Da hing er nun. Gott sei Dank ging nur wenig Wind, denn er hing, da waren sich alle einig, ziemlich prekär. Hans Papke brüllte von oben aus der zerbrochenen Kanzel und es klang nicht mehr großsprecherisch, sondern panisch.

»Halt den Mund und rühr dich nicht«, schrie Wilhelm Bressler ihm zu, während alle voller Angst und Spannung auf die Feuerwehr mit ihrer Drehleiter warteten.

Bis in die frühen Nachtstunden beobachteten sie die Bergung des Bruchpiloten. Ein Aufstöhnen ging durch die Schar, als die Maschine aus unerfindlichen Gründen plötzlich doch da oben ins Rutschen kam. Die Menge spritzte auseinander. Eva hielt sich instinktiv die Ohren zu, denn sie erwartete jeden Moment den Aufprall. Doch irgendeine höhere Macht hatte Gnade vor Recht ergehen lassen und das Flugzeug mitsamt dem verängstigten Papke lediglich eine Etage tiefer rutschen lassen.

Aufatmen, als der Bursche endlich geborgen war. Mehr als einen Nasenbeinbruch, einige Prellungen und Abschürfungen hatte er nicht wegstecken müssen. Aber er wirkte kreidebleich im Scheinwerferlicht und absolut kleinlaut. Während der Notarzt ihn untersuchte, saß Bressler an seiner Seite. Eva konnte es durch die geöffnete Tür des Rettungswagens sehen. Sie hatte erwartet, dass er seinen Schüler nun ordentlich zusammenfalten würde. Aber das tat er nicht.

Kaum war der Krankenwagen in der Nacht verschwunden, kehrte Wilhelm Bressler zu ihnen zurück, verkündete: »Nicht viel passiert. Wird wieder!«, und koordinierte höchst professionell die Bergung des Flugzeuges. Der eine oder andere konnte sich eines halblaut oder ganz laut vorgetragenen wütenden Kommentars nicht enthalten. Alle warteten eigentlich darauf, dass der Fluglehrer ein paar deftige Worte zu Papkes Unvernunft und selbst verschuldetem Unfall sagen würde, aber der machte nur eine Handbewegung, die wohl das Verschließen der Lippen nachahmen sollte und merkwürdigerweise genügte, um alle Vorwürfe vorläufig verstummen zu lassen.

Erst beim nächsten theoretischen Unterricht – und da saß Papke mit dicker, blauroter Nase, einigen verschorften Krusten im Gesicht und erstaunlich zahmem Mundwerk schon wieder unter ihnen – thematisierte er den Vorfall. »Wir sind eine Gemeinschaft, Kinnersch. Ihr seid alle jung und unerfahren. Manche von euch sind so, andere so gebacken. Einige umsichtig und vernünftig von Natur aus, andere draufgängerisch, von Selbstüberschätzung geplagt. Eine Gemeinschaft ist nicht dazu da, einen, der Fehler gemacht hat, auszugrenzen. Papke weiß genau, worin sein Fehler lag. Den wird er nicht wieder machen. Also Schwamm drüber. Zerfetzt euch nicht die Mäuler. Jedem von euch kann so etwas passieren. Gründe dafür kann es zahllose geben. Es ist die Aufgabe unserer Gruppe, aufeinander achtzugeben, Ecken und Kanten jedes Einzelnen aufzuspüren und zu beschleifen, damit dem Ganzen kein Schaden zugefügt wird und sich jeder gut aufgehoben und sicher fühlen kann. Fliegen ist kein ganz ungefährlicher Sport. Höchste Konzentration und das Zurückstellen persönlicher schwacher Charaktermerkmale müssen erst geübt werden, um absolut sicher werden zu können. Disziplin und Umsicht kann man lernen und ich werde sie euch beibringen. Vielleicht habe ich den Fehler gemacht, Hans

Papke zu früh allein loszuschicken. Vielleicht auch nicht. Es ist nicht auszuschließen, dass er diesen Fehler unbedingt machen musste, um sich selbst zu erkennen. Ich will also – kurze Rede, langer Sinn – von euch keine unkameradschaftlichen Äußerungen hören. Kommt mir etwas zu Ohren, kann sich derjenige allerdings auf einen Ausschluss einstellen. Ihr wisst jetzt Bescheid. Wir werden die Mühle also wieder reparieren. Alle zusammen. Und nun zurück zur Tagesordnung.«

Eva war platt. Jan, neben ihr, war platt. Ein Blick in die Runde genügte, um festzustellen, dass sie alle platt waren. Hans Papke saß mit gesenktem Kopf. Dann stand er auf. Und bat mit offenem Blick alle um Verzeihung. Hans Papke hatte, das stellte sich in den folgenden Wochen heraus, seine Lektion gelernt. Gründlich!

Evas und nicht nur Evas Hochachtung für den Lehrer wuchs ins Unermessliche.

* * *

Der Sommer war angefüllt mit Schönem, mit Gutem. In der Stadt eröffneten immer mehr Geschäftsinhaber ihre renovierten Läden, die Bauwirtschaft schuf mehr und mehr modernen Wohnraum, mehr und mehr Menschen kamen aus Kellern und Behelfsunterkünften ans Licht, und auch Jan und Eva konnten sich die eine oder andere Kleinigkeit leisten. Ab und zu gingen sie schwofen, tanzten eng umschlungen zum »Platters«-Hit »Only you«, träumten mit Caterina Valente und ganz Paris von der Liebe, sagten mit Liane Haid dem kleinen Gardeoffizier »Adieu«, wünschten sich mit Willy Hagara ein Häuschen mit Garten, folgten Vico Torrianis zwei Spuren im Schnee, machten die erste Bekanntschaft mit etwas ganz Neuem, das aus Amerika herübergeschwappt war, und rockten zunächst vorsichtig, bald ausgelassen mit Bill Hailey around the clock. Rock 'n' Roll nannte sich der ausgesprochen schweißtreibende Musik- und Tanzstil, der bald schon auch die deutschen Städte erobern sollte. Musik zum Austoben. Zum Loslassen, zum Fröhlichsein und derart mitreißend, dass man während des Tanzens alle Sorgen, alle Nöte, alle Erinnerungen, ja die ganze Welt um sich herum vergessen konnte.

Zum Ende des Jahres war den beiden eine Zwei-Zimmer-Genossenschaftswohnung versprochen worden. Sie freuten sich wie die Schneekönige und planten, sehr bald nach dem Umzug zu heiraten. Susanne, die noch immer in dem finsteren Loch saß, das sie mit Eva eine Weile geteilt hatte, spekulierte auf die derzeitige Wohnung der beiden und Eva hatte bereits beim Vermieter ein gutes Wort für die Freundin eingelegt. Es sollte wohl klappen.

Adenauers Verhandlungsgeschick war es im Frühjahr bereits gelungen, der Sowjetunion die Zusage für die Entlassung der letzten Kriegsgefangenen zu entreißen. Jetzt wurden die Vereinbarungen endlich umgesetzt und die ersten Männer trafen ein. Alle Zeichen standen auf Fortschritt. Alle Zeichen standen auf Zukunft und Glück.

Es war Oktober geworden. Und dann passierte es.

* * *

Mutters Augen. Voller Sorge. Ganz nah. Vaters Gesicht. Blau schwimmt in Tränen. Sein Mund formt Worte. Verzerrt ins Ohr. Evchen … Eva … meine Tochter! Komm, steh auf, wir müssen gehen.

So müde. So schwere Glieder. So viel Schmerz. Mein Kopf! Augen schließen … blinzeln … verschwommen, alles verschwommen … nur Weiß. Schlafen. Bitte! Lasst mich schlafen.

Du musst aufstehen. Wir müssen fort. Sie suchen uns doch. Wir müssen dich mitnehmen. Du kannst nicht hierbleiben. Sie kriegen dich. Sie kriegen uns.

Ich kann nicht. Halt! Geht nicht weg. Bleibt!

Du bist gegangen. Du musst zurückkommen.

Später. Bitte. Gebt mir Zeit. Ihr müsst warten.

Wir können nicht warten. Komm jetzt. Oder nie.

Ich kann nicht.

Dann gehen wir. Leb wohl, Eva.

Kein Weiß mehr. Keine Stimmen. Keine Gesichter. Keine Augen. Alles still. Alles schwarz.

* * *

»Doktor, Doktor, kommen Sie, sie wird wach!«

Wer wurde wach? Sie war doch wach. Hatte sie geschlafen? Wo war sie? Der Kopf dröhnte. Mit der Rechten wollte sie sich an die Stirn fassen, doch der Arm war unbeweglich, reagierte auf den Befehl des Kopfes mit brennendem Schmerz. Sie stöhnte auf.

»Haben Sie Schmerzen, Fräulein Rosanowski?«

»Mhm.«

»Öffnen Sie mal die Augen.«

So mühsam …

Schon wieder Augen. Hinter Gläsern, über einem grauen Schnauzbart. Aber freundlich. Warme Stimme, warme Hand auf der linken Schulter. Und Piepsen. Piepsen rechts, Piepsen links.

»Da sind Sie ja! Nicken Sie, wenn Sie Schmerzen haben.«

Nicken.

»Schwester, geben Sie ihr …«

»Wird gleich besser, Fräulein Rosanowski. Sie haben das Schlimmste überstanden.«

Das Schlimmste? Was war das Schlimmste? Dass sie nicht aufstehen, nicht mitgehen konnte? Sie waren fort.

»Vater? Mutter?«

Kein Verstehen in den grauen Augen.

»Fort?«

Kopfschütteln. »Schlafen Sie noch ein bisschen.«

Ein Nicken. O Gott, mein Kopf!

Warmes, samtiges Schwarz.

Es dauerte fast zwei volle Tage, bis Eva endlich das volle Bewusstsein wiedererlangte. Bis sie zu begreifen begann, wo sie war. Sie erinnerte sich an nichts, das zu erklären vermocht hätte, wie sie hierhergekommen war. Sie war Eva Rosanowski. Soso. Was, wer diese Eva Rosanowski war, entzog sich vorläufig ihrer Kenntnis. Es gab keine Erinnerungen. Es gab nur das Hier und Jetzt. Gab die Schmerzen, gab das Weiß. Das Weiß, das hatte sie verstanden, war die Decke ihres Krankenzimmers. Und es gab Menschen. Keine Beziehung band sie an diese Menschen. Sie kamen, sie sprachen freundlich, verbanden sie vorsichtig neu, wuschen ihren Körper, wuschen ihr Gesicht, hängten Beutel mit Flüssigkeit über ihr Bett, die in immer gleichem Takt in ihre Venen tropfte. Bald hielten sie ihr ein Glas an die Lippen. Erste Schlucke. Regelmäßig. Später ein Löffel. Geschmack. Nichts als flüssiger Geschmack. Auch regelmäßig.

Es dauerte weitere vier Tage, bis sie in der Lage war zu sprechen. Bis sie fähig war, Fragen zu stellen. Dem Arzt mit den grauen Augen und dem grauen Bart.

»Was ist mit mir, Doktor?«

Er zog sich einen Stuhl heran, legte seine warme Hand auf ihre Linke. »Es wird noch ein Weilchen dauern, bis Sie völlig wiederhergestellt sind, Fräulein Rosanowski. Sie hatten multiple Verletzungen. Ein komplizierter Armbruch, das Schlüsselbein gebrochen, die Schulter … und schwere Kopfverletzungen. Sie hatten ein Kopftuch auf. Ein Kopftuch kann nichts abhalten. Sie haben ein Schädel-Hirn-Trauma erlitten. Wir haben den Druck in Ihrem Schädel entlastet und Sie schlafen lassen. Ein Weilchen waren wir nicht sicher, ob Sie wieder aufwachen. Aber jetzt sind Sie da und wir sind glücklich. Woran erinnern Sie sich?«

»An nichts. An absolut nichts. Man nennt mich Eva Rosanowski, also werde ich das wohl sein. Wo bin ich?«

»Sie sind in der Unfallchirurgieabteilung des Braunschweiger Klinikums. Ein erstes Schrittchen zurück ins Leben. Lange lagen Sie auf unserer Intensivstation, wurden beatmet, denn selbstständig wollten … oder besser konnten Sie nicht.«

»In welches Leben? Wissen Sie, was mein Leben ist? Ich kann sprechen. Ich kann atmen, schlucken, schmecken, ich empfinde Schmerz, spüre, wenn meine Blase sich füllt, ärgere mich über den Katheter, fühle, dass mein Herz schlägt, weiß, dass da draußen vor meinem Fenster die Welt ist. Aber ich weiß nicht mal, wo ich wohne, ob ich … schon gar nicht, *was* ich arbeite, woher ich komme. Ich kann aber denken. Ich denke darüber nach, wie ich hierhergekommen bin. Ich frage mich, was passiert ist, aber ich kann mich nicht erinnern.«

»Sie hatten einen Motorradunfall.«

Eva kiekste auf, als hätte er einen guten Scherz gemacht. »Ich glaube nicht, dass ich Motorrad gefahren bin. Oder kann ich Motorrad fahren?«

»Ich weiß nicht, ob Sie es können. Ihr Freund ist gefahren. Sie saßen hinter ihm.«

»Ich habe einen Freund?«

Er wiegte den Kopf. Was war das für ein Schmerz in seinen Zügen? Sie zog die Augenbrauen zusammen. Es tat weh. »Wo ist mein Freund? Wer ist es?«

Er nannte den Namen eines Jan Sowieso, wartete anscheinend auf ein Erkennen. Jan wer? Sie schüttelte vorsichtig den Kopf, murmelte: »Nie gehört. Sie müssen sich täuschen.«

»Schlafen Sie noch ein wenig, Fräulein Rosanowski.«

»Danke, Doktor. Ich bin so müde.«

DRITTER TEIL

DRITTER TEIL

12

BRAUNSCHWEIG, NOVEMBER 1955 – VOM TOD UND VOM LEBEN

Eisiger Novembernebel war ihnen unter Jacken und Mäntel gekrochen. Achtundvierzig Männer und zwölf Frauen hatten um die Grube herumgestanden und nur eine einzige Frage gehabt: Warum?

Es gab eine Antwort auf diese Frage. Eine leicht nachvollziehbare, ganz einfache Antwort: Weil in der schönen neuen Ordnung einer unordentlich gewesen war.

Dabei war er eigentlich kein unordentlicher Mensch, dieser Herbert Franzen. Eine kleine Unachtsamkeit, eine Abfolge unglücklicher Umstände. Mehr nicht. Seit einigen Tagen schon schafften sie hier. Herbert, der äußerst fleißige und umsichtige Vorarbeiter, und sein Bautrupp. Platz für neue Leitungen musste her. Jeden Tag ein Stückchen weiter. Aufmachen, verlegen, zumachen, asphaltieren. Herbert mochte den Geruch von frischem Teer, denn frischer Teer hieß, dass wieder etwas fertig geworden war, und Herbert liebte Fertigwerden.

Die letzten Tage waren ungewöhnlich warm und sonnig gewesen. Die Hemdsärmel hochgeschoben, mittags sogar im

Unterhemd, hatten die Männer gebuddelt. Manchmal hatte Herbert die kräftigen, braun gebrannten Unterarme kurz auf seine Schaufel gestützt, zum wolkenlosen Oktoberhimmel hinaufgeschaut und die kleinen, eleganten Segelflugzeuge beobachtet. Heute Nachmittag auch. Da hatte er noch die Hand schützend gegen die blendende Sonne gehalten und sich mit dem Tuch den Schweiß von der Stirn gewischt.

Konnte doch wirklich keiner mit diesem plötzlichen Wetterumschwung rechnen! Kalt wurde ihm, als es zu dämmern begann und durchdringender Nieselregen einsetzte. Na, und da Franzen eben keine Jacke dabeihatte, war ihm die Sache schnell unangenehm geworden und er hatte etwas vergessen, das er sonst nie vergessen hätte: als letzter Mann an der Baustelle die Baugruben zu beleuchten!

Hätte er geahnt, dass nur ein knappes Stündchen nach seinem endgültigen Feierabend noch jemand vom Flugplatz kommen würde …

Er hatte es nicht geahnt, hatte, zwar fröstelnd, aber ansonsten bestens gelaunt, denn es war Freitag und das Wochenende stand bevor, den Weg heim zu Frau und Kindern angetreten und wurde jetzt seines Lebens nicht mehr froh.

Zwei Flugschüler, ein Junge und ein Mädchen, waren auf dem Motorrad herangeknattert. Er am Lenker, den Helm auf, die Brille umgeschnallt, deren Glas vom Niesel trüb, sie, nur mit einem Kopftuch, in Lastexhosen und Anorak, ihre Arme um seine Taille geschlungen, die Wange vertrauensvoll an seinen Rücken geschmiegt.

Wo heute Mittag noch freie Straße gewesen war, da war jetzt das Loch. Anderthalb auf fünf Meter, gut zwei tief. Sauber ausgehoben. Und dieses Loch, das Herbert sowohl abzusperren als auch zu beleuchten versäumt hatte, wurde den beiden zum Verhängnis.

Nachts war nichts los. Normalerweise hätte niemand hier draußen auf der Zufahrtsstraße den Unfall so schnell bemerkt. Wäre nicht wenige Minuten später der Fluglehrer Wilhelm Bressler den beiden Studenten in seiner Mercedes-Limousine gefolgt und wäre dem nun wiederum nicht im hellen Scheinwerferlicht das Damenhandtäschchen aufgefallen, das wenige Meter vor besagtem Loch mitten auf der Fahrbahn lag, dann hätte Herbert Franzen zweimal seines Lebens nicht mehr froh werden dürfen.

So aber war der Fluglehrer ausgestiegen, hatte das Handtäschchen aufgehoben, das ihm bekannt vorkam, in Kürze den Umfang der Katastrophe realisiert und umgehend gehandelt.

Dem Mädchen hatte er vermutlich das Leben gerettet, ihr Zustand sei den Umständen entsprechend stabil. So stand es ein paar Tage später, nur eine knappe Notiz neben Wichtigem, in der Zeitung. Für den Jungen, einen gewissen Jan S., kam jede Hilfe zu spät. Mutmaßlich sei er sofort tot gewesen. Genickbruch.

Wäre Herbert Franzen nicht längst in Justizgewahrsam gewesen, so hätte auch er an der Grube stehen, den Novembernebel gern unter seine Jacke kriechen lassen und den Jungen um Verzeihung bitten wollen. Dann wären sie neunundvierzig Männer gewesen: die Fliegergruppe, die Verbindungsstudenten, die Freunde, ein paar Lehrerkollegen und Herbert. So blieben ihm nur seine Gebete in der Untersuchungshaftanstalt an der Rennelbergstraße, und weil Herbert Franzen ein anständiger und sehr gläubiger Mann war und nicht den Eindruck gewann, der Junge oder Gott könnten ihm verzeihen, stand dann wenig später auch wieder etwas Neues in der Sache im regionalen Blatt: Mit seinem Gürtel hatte Herbert Franzen sich am Fensterkreuz hoch droben erhängt. Genickbruch.

Jetzt stand das Mädchen am Grab. Es war später November, sie war noch schwach, hatte Gewicht verloren. Blass war ihr Gesicht unter dem Tuch, helle Tränen liefen über ihre Wangen. Den Krieg hatte er überlebt. Zigtausend Tonnen Bomben hatten ihn nicht kleinkriegen können. Und nur weil dieser furchtbar unordentliche Mann die verdammte Baugrube nicht beleuchtet hatte, lag jetzt ihr Jan da unter der feuchten braunen Erde. Drei Kinder und eine Frau hatten keinen Ernährer mehr. Und Eva war allein.

* * *

Es stimmte nicht ganz. Vollkommen allein war Eva nicht. Sie hatte Freunde. Einer nach dem anderen waren sie in die Klinik gekommen, manchmal auch zu mehreren. Hatten versucht sie aufzuheitern, ohne ihr die Wahrheit zu sagen. Jedenfalls so lange, bis ihr Gedächtnis seinen Dienst wieder angetreten hatte. Bruchstücke waren ihr zunächst im Traum aufgeschienen, manchmal im Halbschlaf während des Wegdämmerns oder in der Aufwachphase. Sie hatte angefangen, die richtigen, die wichtigen Fragen zu stellen. Vorsichtig, ganz schonend hatten alle sie mit kleinen Happen gefüttert, so lange wie möglich bemüht, die ganze große, die schreckliche Wahrheit noch nicht vollständig vor ihr auszubreiten. Keiner wollte derjenige sein. Angst hatten sie vor Evas Reaktion. Einer, und wenn sie ehrlich waren, hatten sie ihn dazu auserkoren, weil sie ihn für den richtigen Mann hielten, tat es dann doch.

Eva war mit Wilhelm Bressler allein im Krankenzimmer gewesen. Rosen hatte er ihr mitgebracht. Rosen im November! Er hielt ihre Hand, schaute sie ernst aus seinen warmen, braunen Augen an, als er dazu ansetzte, ihre bange Frage nach Jan zu beantworten. Dass da etwas nicht stimmen konnte, hatte sie nach und nach begriffen. Nun wollte sie es wissen und er war Manns genug.

Gute Worte fand er. Väterliche Worte. Dennoch nahm es ja nicht wunder, dass die junge Patientin nach der Eröffnung, zitternd und weinend an seine Schulter geklammert, ärztlicher Hilfe bedurfte. Evas Welt war ein weiteres Mal zusammengebrochen. Wie oft musste sie noch einstürzen, bis sie sie endlich unter all den Trümmern begrub? Wofür sollte Eva noch leben, wenn nie, wirklich nie ein Traum wahr werden konnte, weil jeder immer dann platzte wie eine schillernde Seifenblase, wenn sie glaubte, etwas sicher zu wissen?

Er hatte eine Antwort auf ihre mutlosen, verzweifelten Fragen. »Das Leben ist ein immerwährender Kampf, Evchen«, sagte er liebevoll. »Nur den Starken, den wirklich Starken verlangt es solche Prüfungen ab. Du bist stark. Du wirst wieder gesund. Und du wirst eines Tages nicht nur glücklich, sondern sogar *sicher* glücklich werden.«

Sie lächelte zu ihm hinauf. Dann wirkte die Medizin, die Lider wurden ihr schwer und sie dämmerte ein.

* * *

Er ließ sie nicht allein. Nicht an diesem Tag und auch später nicht mehr. Am Grab hatte er sich ein paar Gänge abseits gehalten. Sie hatte ihn darum gebeten, denn sie wollte nicht nur frische Blumen zwischen die längst verwelkten Kränze legen. Er beobachtete ihre schmale Gestalt in dem petrolfarbenen Wollmantel und es wurde ihm vor Mitleid klamm ums Herz. Ein Weilchen schien sie zu beten, vielleicht liebe Worte zu sprechen. Dann zog sie etwas aus ihrer Manteltasche, das er nicht sehen konnte. Einen Moment später hörte er sie spielen.

Er hatte dieses Lied zuletzt gehört, als sie 1944 an einem lauen Sommerabend zu Hause im Garten bei Wein und

Zigaretten unter den Kirschbäumen gesessen hatten. Gelbe Lampions in die von reifen Früchten brechend vollen Zweige gehängt, ein paar Windlichter auf dem Tisch, zwei Kameraden, die Familie, einige Freunde. Er war auf Fronturlaub gewesen in seiner oberschlesischen Vaterstadt Beuthen.

Oberschlesien! Wieder deutsch seit '38. Nach Versailles geteiltes Ganzes, Volksaufstände, Abstimmungen, Wut und Zank, immer schon reich an Ethnien, jahrhundertelang begehrte Beute aller Mächtigen. Weil der Boden Steinkohle hergab. Weil das Land reich an Schätzen war. Wilhelm hatte die Kämpfe schon 1922 als kleiner Bub auf den Straßen miterlebt. Polen und Deutsche, die friedlich miteinander gelebt hatten, traten plötzlich, als Abstimmungsvieh von ihren jeweiligen Einpeitschern vorangetrieben, feindlich voreinander. Dabei kannten in dieser Gegend alle Menschen beide Sprachen, mischten sie im Alltag völlig selbstverständlich, hatten kein Arg gegeneinander verspürt, lebten neben- und miteinander. Aber da war mal wieder was zu regeln gewesen. Ordnung herzustellen gewesen. Gerade so am Rand der deutschen Seite hatte Beuthen gelegen. Gerade so nicht polnisch war es geworden. Da sollte sich doch der Deutsche freuen. Was für ein Unfug! Wilhelm vermisste Freunde. Die, die jetzt auf der anderen Seite wohnten, die, mit denen er nun nicht mehr spielen konnte. Er war noch klein gewesen, hatte noch nicht so viel verstanden. Aber eins wusste er: Ordnung, die von oben verordnet war, taugte selten was, weil sie nicht gewachsen war und an den Menschen vorbeiging.

Nun saßen sie, viele Jahre später, im deutschen Beuthen unter den Kirschbäumen und es war Krieg. Mutter Agnes hatte, wie immer am heiligen Sonntag, das Restaurant am späten Nachmittag für Gäste geschlossen. Sie waren unter sich, und wenn sie unter sich waren, nahmen sie kein Blatt vor den Mund und lästerten. Über den Führer, den sie so betiteln mussten, obwohl sie die Nase rümpften, wenn sie seinen Namen aussprachen; so sehr rümpften, dass man ihren Widerwillen hören konnte, ohne dass auch nur ein einziges verunglimpfendes Wort fallen musste. Wilhelm gegenüber saß sein Bruder Richard neben der Angetrauten Hilde, die sich gern im Glanz seiner Position sonnte und stets einen auf »feine Dame« machte. Oberleutnant war er jetzt, aber das war temporärer Glanz. Der würde vergehen, würde nicht vorher Richard »vergehen«. Viel glänzender war seine berufliche Karriere zu beurteilen. Das konnte ihm keiner nehmen. Allerdings war die nicht allein sein Verdienst, denn Richard wäre nicht geworden, was er geworden war, hätte nicht Mutter getan, was sie getan hatte.

»Muttl«, seufzte Wilhelm. Ja, so nannten Oberschlesier ihre Mütter und so nannte er sie auch heute noch. Es hatte etwas Zärtliches und spiegelte sein Gefühl für sie. Wilhelms Blick war auf ihrer Gestalt hängen geblieben. Steif und aufrecht, als trüge sie heute noch Korsett, saß sie da. Ihr hageres Gesicht, das einmal hübsch und weich gewesen war und jetzt ein wenig zu abgearbeitet wirkte, immer mit einem Ausdruck höchster Disziplin, rührte ihn. Tapfer war sie, stellte sich selbst immer hintan, wollte nichts für sich, nur für ihre Familie. Sie hatte dem Ältesten unter die Arme gegriffen. Stolz auf die guten Schulleistungen des Sohnes hatte sie etwas aus ihm machen wollen. Studieren hatte der Junge sollen, es einmal leichter, nein, *gut* haben sollen.

Neben Mutter saß Vater Friedrich, der gutmütigste Mensch, dem Wilhelm je begegnet war. Obersteiger in der Hohenzollernhütte, der nur sonntags ans Licht kam und ob seines vollkommen haarlosen runden Kopfes und seiner kalkigen Blässe von Mutter liebevoll und ein bisschen spöttisch »mein Kließla« genannt wurde, was im Schlesischen so viel wie Kartoffelklößchen meinte. Mit träumerischem Ausdruck, ganz bei sich, ganz zufrieden mit dem Moment, hörte er dem alten

Volkslied zu und sog versonnen an seiner Sonntagszigarre. Das war sein Luxus. Der einzige, den er sich gönnte, den er zelebrierte und in aller Ruhe genoss.

Nun, es war so gewesen: Vater verdiente zwar recht ordentlich, aber nicht genug, dass der Bruder hätte studieren gehen können. Wilhelm erinnerte sich gut an die Diskussionen, die die Eltern geführt hatten. Mutter hatte die Sache gewurmt und sie hatte auf eine Lösung gesonnen, denn brachliegendes Potenzial mochte sie grundsätzlich nicht sehen. Eines Tages, beim Abendbrot, war sie dann konkret geworden. Die beiden Jungs seien erwachsen, sie habe zwei gesunde Hände, sei genau genommen mit kaum vierzig auf der Höhe ihrer Schaffenskraft. Was sollte sie rumsitzen und sich langweilen? Es gälte, Kräfte zu mobilisieren, und ihr sei eine Idee gekommen, aus der sie Gold zu machen gedenke.

Das Haus, strategisch günstig in der Stadtmitte gelegen, war groß. Platz genug, um umzusetzen, was sie sich vorstellte. Anpacken mussten die Männer, und weil Mutter immer schon die Hosen im Hause Bressler angehabt hatte, wagte keiner, sich zu widersetzen. Binnen Kurzem entstand etwas, das sich schon bald höchster Beliebtheit im Ort erfreute: ein Mittagstisch für die Honoratioren der Stadt. Agnes kochte gut und deftig. Sie kamen in Scharen, vom Oberbürgermeister Schmieding über die Ärzte, Apotheker, die Beamten aus dem Rathaus, mancher Offizier … na, all die Herren aus den oberen Etagen eben. Sie labten sich zur Mittagszeit an typisch schlesischen Gerichten, lobten die flinke Frau, erzählten herum, dass man bei Agnes Bressler Allerbestes in den Magen kriegte. Und gar nicht teuer, meine Herren! Gehen Sie mal hin, Sie werden erstaunt sein.

Anfangs kam auch Dr. Goldschmidt. Aber seit dem 10. November 1938, als man ihm, wie fast allen Rabbinern des Landes, die Synagoge überm Kopf angesteckt hatte, kam er nicht mehr, denn die jüdische Gemeinde Beuthens gehörte zu den ersten Opfern des Holocausts und wurde vollständig ausgelöscht. Wilhelm erinnerte sich an die Fassungslosigkeit, die sich in seiner Familie breitgemacht hatte. Sie begannen, Schlimmes zu ahnen, und hatten doch damals noch nicht die Spur einer Vorstellung davon gehabt, wie schlimm es tatsächlich kommen sollte.

Über die Jahre hatte Mutter ihr Erfolgsrezept genauso weiterentwickelt wie ihre Speisekarte. Immer peu à peu, nie in Eile, nur den wachsenden Erfordernissen angepasst. An den Nachmittagen des Wochenendes öffnete sie auch den Garten des Hauses, beschäftigte inzwischen zwei Köchinnen, drei Serviermädchen und besserte nebenbei das Einkommen des Konditors auf, der praktischerweise ihr Schwager war. Rund ein Dutzend verschiedener Kuchen und Torten bestellte sie täglich bei Onkel Walter, und neuerdings bot sie sogar raffiniert dekorierte Eisbecher an.

Ihr Geschäft florierte, Richard ging studieren. Und weil er Mutter knietief dankbar für die ersehnte Chance war, tat er es fleißig und beendete flott das Architekturstudium.

Wilhelm, dessen Ehrgeiz nie in ähnliche Richtungen gegangen war, der seit frühester Jugendzeit mehr Stunden auf dem Flugplatz als hinter den Büchern verbracht hatte, ging den einfacheren Weg und absolvierte eine Banklehre. Auch ein ehrenwerter Beruf, hatte Mutter befunden und war mit ihren Söhnen so weit zufrieden gewesen.

Nur Wilhelms spezielle Leidenschaft hatte sie argwöhnisch betrachtet. Teils aus Sorge um seine Gesundheit, denn die ganze Angelegenheit mit diesen selbst gebastelten Flugobjekten erschien ihr gefährlich – wenn ein Flugzeug schon »Schädelspalter« genannt wurde, was sollte man da erwarten? –, teils aus religiös motivierten Gründen.

Es gefiel der tiefgläubigen Katholikin nämlich gar nicht, dass ihr »Goldener« immer häufiger den Sonntagsgottesdienst versäumte und sich lieber auf dem Flugfeld herumtrieb, um auf besagtem Schädelspalter, von Kameraden gezogen und geschubst, das Hügelchen herunterzugleiten. Das dann auch noch ohne Helm und schützende Kabine um sich herum, dafür immer mit diesem vermaledeiten scharfkantigen Holm direkt vor der Stirn. Was da passieren konnte! Nur ein ordentlicher Rumpler, und dein Kopf ist in zwei Teilen. Sei er auch noch so beseelt von seinem merkwürdigen Tun, wetterte sie immer wieder, es würde ihr wahrhaftig besser gefallen, er wollte seine Seele wenigstens Sonntagfrüh im Gebet Gott anvertrauen und nicht ein paar luftigen Sperrholzlatten.

Wilhelm grämte es, seiner Mutter Verdruss zu bescheren, denn er verehrte sie. Allsonntäglich schlich er sich dennoch bei Morgengrauen aus dem Haus, um ihr nicht zu begegnen, nicht ihren vorwurfsvollen Blick aushalten und sich nicht schon wieder rechtfertigen zu müssen. An allen hohen Feiertagen riss er sich jedoch zusammen, entsagte seiner Leidenschaft und ging mit zu den Gottesdiensten.

Er erinnerte sich genau. Ausgerechnet seine Großmutter Bertha, die katholischste Katholikin der ganzen Familie und Wilhelm seit jeher herzlich zugetan, beendete eines schönen Ostersonntags den schwelenden Zwist. Wie es dazu gekommen war, erfuhr er sehr viel später, aber dass es dazu gekommen war, erleichterte ihn ungeheuer. Tatsächlich hatte Großmutter nach der Osterandacht ihre Tochter Agnes beiseitegenommen und erklärt, es wäre doch letztlich nicht zu leugnen, dass der Junge am Himmel dem lieben Gott näher sei als in der Kirche. Agnes, der leidigen Auseinandersetzungen qua mütterlicher Absolution endlich enthoben und heilfroh, sich Berthas außerordentlich vernünftige Argumentation zu eigen machen zu dürfen, hatte Wilhelm gleich am Ostermontagmorgen überrascht, indem sie sagte: »Geh nur, mein Goldener, geh nur fliegen. Gott schütze dich.«

Wilhelm strich sich schmunzelnd eine Strähne des schwarzen Haares aus dem Gesicht. Ja ... der »Goldene«. So hatte Mutter ihn stolz genannt, weil er als kleiner Junge mit einem dichten Schopf aus goldblonden Locken die gesamte weibliche Verwandtschaft zu entzückten Ausrufen animiert hatte. War sein Haar auch von Jahr zu Jahr mehr nachgedunkelt, so war es doch bis heute bei diesem Kosenamen geblieben. Leise seufzte er. Es war bei so vielem geblieben! Dank Mutters wunderbarer Beziehungen zu den richtigen Leuten war die ganze Familie damals früh genug geflohen. Nur ein einziges Mitglied des weitverzweigten Gefüges hatten sie verloren. Was heißt »verloren«? Mutters Schwester Hedel, verheiratet mit einem Polen, hatte schlicht und einfach nicht mitkommen wollen und war in Oberschlesien geblieben. Der Rest der Familie war in Braunschweig gelandet. In jener Stadt, zu der er seit seiner Tätigkeit an der Segelflugschule eine Verbindung empfand.

Richard, geschäftstüchtig und klug, hatte die Gunst der Stunde genutzt und schon Anfang '46 ein kleines Unternehmen aus dem Boden gestampft. Was benötigten die Menschen jetzt neben Nahrung mehr als Wohnraum? Er war ein Organisationsgenie. Inzwischen logierte er mit seiner Hilde und den beiden verwöhnten Töchtern in einem todschicken Glasbungalow auf einem schönen Parkgrundstück an der Linnéstraße.

Hilde trug Pelz und teuren Schmuck, die Mädchen waren stets nach der neuesten Mode gekleidet, Richard beschäftigte einen Statiker, mehrere Bauzeichner, war Herr über einen gewaltigen Maschinenpark samt einer Reihe Arbeiter. Ganze Straßenzüge trugen Richards Architektenhandschrift. Schlichte, solide, meist dreistöckige Mehrfamilienhäuser, zwei, drei Zimmer, Küche, Bad, Ölofenheizung. Manche mit kleinen Balkons. Nichts Überkandideltes, aber Wohnraum für Hunderte und sauber geschlossene Baulücken mit einheitlichen

Fassaden, die die Stadtväter glücklich machten. Beinahe alle Familienmitglieder hatten eine Wohnung in einem seiner Neubauten bezogen.

Wilhelm machte dem Bruder die Buchhaltung, verhandelte mit Banken, Investoren, Stadtvätern, hatte Prokura. Es ging den Brüdern bestens, sie waren beliebt, zusammen unschlagbar und stolz darauf, dass Vater und Mutter auf ihre alten Tage einfach die Hände in den Schoß legen konnten.

Mutter, nach Großmutters Tod das Haupt der Familie, scharte ihre Lieben um sich, wann immer es möglich war. Blut ist dicker als Wasser, war schon immer ihr Leitspruch gewesen und niemand wäre auf die Idee gekommen, ihn infrage zu stellen, zumal er sich über Generationen bewährt hatte. Wenn Mutter rief, kamen sie alle, und sie kamen gern. Gehungert hatten sie nicht allzu lange, dafür hatte Richard gesorgt. Aber dennoch saß die Erinnerung an Lebensmittelmarken und Schwarzmarkthandel, an Kohleknappheit und eisige Wintermonate tief. Also fielen die Familienfeste stets üppig aus. Insbesondere bezüglich des überwältigenden Speisenangebots. Die Tische bogen sich, wenn die Bresslers zusammenkamen. Gut essen hält Leib und Seele zusammen. Das war Mutters zweites Credo. Sie selbst blieb so hager, wie sie es schon zu Hause in Beuthen gewesen war. Der Rest der Familie gedieh unter ihrer Wohlstandsfütterung mit der Zeit vielleicht ein wenig zu prächtig.

Wilhelm spähte zu Eva hinüber. Langsam bekam er in seinen eleganten Schnürschuhen mit den dünnen Ledersohlen auf dem schmierig-feuchten Laubteppich kalte Füße. Eva spielte nicht mehr, stand jedoch immer noch vor Jans Grab. Fahl fiel das letzte Nachmittagslicht auf ihre Silhouette. Der Nebel wurde dichter, schien aus den Tiefen des weitläufigen alten Friedhofs die Wege entlangzukriechen, dämpfte die Motorengeräusche, die von der Straße her herüberdrangen, hüllte Eva watteweich und doch novemberkalt ein. Sie schien zu weinen. Wilhelm unterdrückte den Impuls, zu ihr zu gehen, um sie zu trösten. Er blieb, wo er war, wollte sie nicht stören, hatte das Gefühl, sie brauchte diese Zeit allein, würde ihn als Störenfried, als Eindringling in ihre stille Zwiesprache mit dem geliebten Toten empfinden.

Noch war die Basis schmal, auf der sie gemeinsam stehen konnten. Was wusste er schon von ihr? Sie kam aus Danzig, war mit der Mutter und einem kleinen Bruder im Februar '45 nach Berlin geflüchtet, hatte nach dem Abitur nicht studieren dürfen, weil sie wohl in ihrem politischen Denken nicht ganz systemkonform gewesen war, und hatte sich nach dem Absolvieren einer Schwesternausbildung entschlossen, in den Westen zu gehen, um mit ihrem Freund Jan hier zu studieren und Lehrerin zu werden. So weit, so gut. Das war sein Kenntnisstand.

Er hatte sich vom ersten Augenblick an zu ihr hingezogen gefühlt. Es war nicht nur ihr ausgesprochen ebenmäßiges, beinahe schön zu nennendes Gesicht, nicht nur ihre schlanke, sportliche Figur. Einen winzigen Gangfehler hatte sie. Es war nicht so, dass sie richtig gehinkt hätte, nur eine kleine Unregelmäßigkeit in den sonst so graziösen Bewegungsabläufen. Er hatte keine Ahnung, was dahintersteckte. Aber es war ihm aufgefallen, dass sie selbst im Nachthemd nie ohne Söckchen ging, anscheinend nie ihre nackten Füße zeigen wollte. Bisher hatte er sie nicht zu fragen gewagt.

Sie hatte etwas an sich, das ihn magisch anzog. Sie hatte ein Händchen für Menschen, wusste zu begeistern. Nein, Wilhelm, falsch!, korrigierte er sich. Wissen hätte ja bedeutet, dass sie ihren Charme bewusst einsetzte. Und genau das tat sie nicht. Sie war einfach so. Natürlich. Unkapriziös. Bezaubernd. Humorvoll. Schlagfertig. Intelligent. Stark und gleichzeitig schwach. Beschützenswert. Sie war das genaue Gegenteil der

Frauen, denen er bisher begegnet war. Ihre Art war so frisch, so vollkommen unverdorben und geradeheraus, jede Zickigkeit ging ihr vollkommen ab. Sie wirkte zerbrechlich und war, so viel hatte sich ihm immerhin bereits angedeutet, doch schon durch so viel Unheil gegangen. Ohne zu zerbrechen! Er wollte ergründen, woraus die ganze Eva bestand. Ein Hauch von Tragik umwehte sie. Etwas hatte sie zu verdauen und es war nicht nur der Tod ihres Freundes, da war mehr.

Er hatte sich gesträubt, sich das zuzugestehen, solange der Junge gelebt hatte, der jetzt da unter der kalten, feuchten, braunen Erde lag. Aber jetzt … jetzt wagte er es, denn er war so verliebt wie noch nie in seinem Leben und hoffte, sie für sich gewinnen zu können.

Wilhelm hatte sie aus der Klinik abgeholt, denn er hatte das Gefühl, es konnte nicht angehen, dass sie, zart und angeschlagen, wie sie war, einfach so dort hinausspazierte und mit der Straßenbahn allein in die Wohnung fuhr. In jene Wohnung, die sie vor Wochen mit Jan zusammen hinter sich abgeschlossen hatte, um zur nachmittäglichen Flugstunde zu kommen. Und dann hätte sie ihren Liebsten beinahe in den Tod begleitet. Zu nah fühlte er sich dem Mädchen, als dass er das Magengrimmen hätte überfühlen können, das sich bei ihm breitmachte, als er sich vorstellte, sie schlösse die Tür auf und käme in die kalte Leere. Ihr Jan nicht mehr da. Sie allein mit sich und ihren Gedanken, allein mit ihrer Trauer.

Er hatte ihre Sachen getragen, sie höflich beim Arm genommen und in seinen Wagen gesetzt. Sie war sehr still gewesen während der kurzen Fahrt, und als er hinter ihr gestanden hatte, ihr Köfferchen in der Hand, und während sie den Schlüssel ins Schloss steckte, hatte sein Blick auf ihren schmalen Schultern geruht. Er hatte es richtig gemacht. Sein Gefühl hatte ihn nicht getrogen. Sie brauchte jetzt einen Menschen.

Eva zögerte einen Augenblick, murmelte: »Gar nicht abge-schlossen? Nur zugezogen? Ich weiß gar nicht … Hat Jan? Oder ich? Ich schließe doch immer zweimal um … merkwürdig.«

Sie waren eingetreten, er hatte ihr Gepäck abgestellt, sich umgesehen. Und sie aufgefangen, als ihr Entsetzensschrei durch den Raum gellte, sie ihm beinahe umgefallen wäre.

Wilhelm hatte eine diffuse Vorstellung von unaufgeräum-ten Studentenbehausungen gehabt. Aber das Bild, das sich hier bot, entsprach nicht einmal seinen kühnsten Fantasien. Die Schubladen aus dem Kommödchen waren herausgerissen, Papiere lagen verstreut überall herum, der Boden war übersät mit Dingen, die nicht zueinandergehörten.

Sie hing an seinem Hals. Flehte: »Bringen Sie mich weg hier. Bitte!«

Und Wilhelm brachte sie weg. Brachte sie zu sich nach Hause. Setzte das völlig aufgelöste Mädchen auf die neue Sofagarnitur, stellte ihr frisch gebrühten Tee auf das Nierentischchen, wickelte sie in eine warme Kamelhaardecke. Und behielt sie bei sich.

Jetzt drehte Eva sich halb nach ihm um. Wischte mit der behandschuhten Rechten über ihre Wangen. Langsam und pie-tätvoll näherte er sich, legte den Arm um ihre Schultern, genoss den Moment, als sie den Kopf anlehnte, sagte: »Du hast wun-dervoll gespielt. Lauter Erinnerungen hast du in mir geweckt. Ich muss dir mal erzählen.«

»Ich dir auch«, sagte sie leise, und sie gingen im Gleichschritt die Grabreihen entlang, dem schmiedeeisernen Ausgangstor zu.

13

BRAUNSCHWEIG, DEZEMBER 1955 – SCHWEINEGRINSEN

So bedeutungsvoll, wie die Polizeibeamten sich gegenseitig angesehen hatten, so wissend, wie ihre nur hingeworfen wirkenden Kommentare klangen, bestand für Eva kein Zweifel daran, dass die Staatssicherheit der DDR ihrer kleinen Bleibe einen Besuch abgestattet hatte. Nur zweimal, und das bei hellem Tageslicht, kehrte sie zurück. Gemeinsam mit Wilhelm holte sie ihre Habseligkeiten aus der Wohnung, wickelte die Kündigungsformalitäten ab und gab erleichtert den Schlüssel zurück.

Niemand konnte sie über die Gründe des offenbar versuchten Zugriffes aufklären, niemand ihre Fragen beantworten. Justus, den Eva noch am selben Abend informierte, versprach, die Informationen sofort an den Rechtsanwalt weiterzugeben. Der würde sich mit der Polizei in Verbindung setzen.

»Was machst du jetzt, Evchen?«, fragte der Onkel besorgt. »In diese Wohnung solltest du auf keinen Fall zurückgehen. Möchtest du nach Blieschtorf kommen? Du kannst bei uns wohnen. Nur ... wie du dein Studium dann beendest, das müssten wir sehen. Ich kann dich sofort holen kommen. Soll ich?«

»Das ist lieb von dir, Onkel Justus«, antwortete Eva. »Aber ich denke, ich werde zurechtkommen, denn Wilhelm hat mich bei sich aufgenommen und kümmert sich um mich.«

»Wer ist Wilhelm?«

»Oh, klar, das kannst du ja gar nicht wissen. Wilhelm Bressler war eigentlich nur Jans und mein Fluglehrer … Öhm, also … wir sind eine studentische Fliegergruppe … Ja, und er hat mir das Leben gerettet, als er …«

Eva erläuterte Justus sehr sachlich, welche Rolle Wilhelm offiziell in ihrem Leben spielte. Aber sie verlor vorläufig kein Wort darüber, welchen Stellenwert sie ihm längst in ihrem Herzen eingeräumt hatte. Justus fraß die nicht sehr vollständigen Informationen ohne nachzufragen, bekräftigte noch einmal, dass die Familie immer für sie da sein würde, schrieb sich Wilhelms Fernsprechnummer auf und verabschiedete sich.

Eva blieb noch ein Weilchen neben dem Apparat sitzen. In der Küche hörte sie Wilhelm mit Geschirr klappern. Es war später Nachmittag und er bereitete eine »Schweinevesper« vor. Eine Mahlzeit, die, wohl typisch oberschlesisch, aus einer Mischung von Nachmittagskaffee mit Gebäck und Kuchen sowie allen deftigen Zutaten für ein klassisches Abendbrot bestand. Rücksichtsvoll, wie er sich stets zeigte, hatte er sie zum Telefonieren allein gelassen und sie konnte sicher sein, er würde nicht hereinkommen, solange sie sich nicht bemerkbar machte.

Justus war der erste Mensch gewesen, der sich genauer nach Wilhelm, besser gesagt nach seiner Bedeutung in Evas Leben erkundigt hatte. Was war er eigentlich genau für sie selbst?, überlegte sie nun. Anfangs war er eine Respektsperson für sie gewesen. Eine, der sie allerdings vom ersten Moment an unbedingt hatte gefallen wollen. Nicht so sehr ihre weiblichen Reize hatte sie eingesetzt. Sie hatte durch Wissen, Eifer, Fleiß auf sich aufmerksam gemacht. Er hatte sie immer wie ein Gentleman behandelt. Oder wie ein väterlicher Gönner? Manchmal hatte sie sich schon ein wenig wie sein spezieller Protegé gefühlt. Oft bekam sie während der Ausbildung die Sahnestückchen zugeschoben. Ob er sie überhaupt jemals richtig als Frau wahrgenommen hatte? Wenn sie daran dachte, wie viel munterer ihr Herz schlug, wenn er ihr körperlich nahe kam! Nahe kam, weil es sich aus einer Situation selbstverständlich so ergab, bestimmt nicht geplant, nie, sicher nie mit einem bestimmten Ziel ... Nein, er war ja kein linkischer Junge, er war ein gestandener Mann!

Er hatte Verantwortung für sie, während sie in seinem Unterricht flog. Diese Verantwortung nahm er ernst. Aber die nahm er bei allen Schülern ernst. Da war sie nichts Besonderes. Bei ihm, mit ihm hatte sie sich immer sicher gefühlt. Aber jetzt waren sie in einer Situation, die nichts mehr mit der Lehrer-Schüler-Beziehung zu tun hatte. Ob er das anders sah? Ob er sich verantwortlich fühlte, weil er sie gerettet hatte? Weil ihm quasi nach dem Blick auf ihre verwüstete Wohnung gar nichts anderes übrig geblieben war, als sich um sie zu kümmern?

Er ließ es sich nicht nehmen, sie jeden Morgen in die Hochschule zu chauffieren und sie am Nachmittag wieder abzuholen. Zuverlässig wie ein Schweizer Uhrwerk. Nie musste sie auch nur eine Sekunde lang warten. Er hütete sie wie einen Schatz. Wollte er vielleicht, dass sie *sein* Schatz wurde? Der Gedanke schickte eine warme Welle über ihren Rücken. Wollte sie sein »Schatz« sein?

Eva entfuhr ein kleines Kiebsen. Und ob sie das wollte!

Es war anders mit ihm, als es bei Arndt gewesen war. Das hatte ein bisschen gekribbelt, hatte jungmädchenhafte, etwas unausgegorene Zukunftsvisionen ausgelöst, die zerstoben waren, kaum dass Erika aufgetaucht war. Ganz kurz nur hatte die Erkenntnis wehgetan, etwas aufgebauscht und überhöht zu haben, das gar keine echte Basis hatte. Damals schmerzhaft, heute, mit ein wenig Abstand, ganz klar als jugendliche Verknalltheit einordenbar.

Mit Jan war es ganz anders gewesen. Auf eine bestimmte Weise hatte sie ihn geliebt. Für seine Zuverlässigkeit, seinen Humor, seine unverbrüchliche Freundschaft, seine Partnerschaftlichkeit. Ein Satz von Friedrich Nietzsche war Eva dazu manchmal eingefallen: »Nicht die Abwesenheit der Liebe, sondern die Abwesenheit der Freundschaft macht die unglücklichen Ehen.« Da konnte wirklich etwas dran sein. Doch … sie hätte es sich wunderbar vorstellen können, alle gefassten Pläne mit Jan umzusetzen. Und es hätte wunderbar funktioniert.

Anders, ganz anders waren ihre Gefühle für Wilhelm. Noch nie zuvor hatte sie versucht, einen Mann zu verführen. Jetzt wollte sie das. Sie nutzte jede Gelegenheit, ihm nahe zu sein, kleidete sich sehr bewusst figurbetont, schminkte sich dezent, aber sorgfältig, was sie sonst nie getan hatte, wollte ihm gefallen, wollte ihm auffallen. Nicht als eifrige Schülerin, sondern als Frau.

Aber die Situation war merkwürdig. Einerseits behütete er sie, las ihr jeden Wunsch von den Augen ab. Andererseits behandelte er sie keineswegs wie seine Geliebte. Er umwarb sie auf ganz eigene Weise, machte sich zum Freund, zur Vaterfigur, zum Vertrauten, machte sich in ihrem Leben unverzichtbar. Doch diese Form des Werbens schien kein klares Ziel zu haben, oder ein Ziel, das jenseits einer Liebesbeziehung liegen musste. Noch hatte es nicht einmal einen Kuss gegeben. Höflich und geradezu überkorrekt ging er mit ihr um. Es kam ihr beinahe so vor, als habe er sich selbst eine unsichtbare Grenze gezogen.

Weinte sie, und sie weinte häufig, nahm er sie in die Arme und tröstete sie. Sie fühlte doch deutlich, dass er gern mehr angefangen hätte, merkte, wie verliebt er sie manchmal ansah, doch er forderte nichts, forderte sie nicht heraus, nutzte keine

Gelegenheiten aus. Wie konnte das sein? Was für eine Art Mann war er? Worauf war er aus?

Sogar wenn Eva selbst überdeutlich machte, dass sie gern mehr mit ihm hätte anfangen wollen, behielt er sich im Griff. Manchmal war das Ganze verwirrend für sie, bisweilen erschienen ihr die sanften, aber glasklaren Zurückweisungen fast beleidigend, mindestens aber peinlich berührend. Er schien das zu merken, war nach solchen Situationen immer besonders liebenswürdig. Es war doch nicht zu übersehen, dass es ihm schwerfiel, ihre schüchternen Avancen abzuwehren. Warum verhielt er sich nur so? Sie konnte mit ihm über alles reden. Aber die Beziehung zwischen ihnen beiden war ein Tabuthema.

Sie wohnte bei ihm, ja. Binnen eines Tages hatte Wilhelm mit ein paar Freunden zusammen so umgeräumt, dass Eva ein eigener Raum zur Verfügung stand. Sie verbrachten die Abende miteinander, kochten gemeinsam, beredeten, was der Tag ihnen gebracht hatte. Jeder wusste stets vom anderen, wo er gerade war, was er gerade tat. Keine Geheimnisse. Nur dieses eine. Nur dieses eine? Eva wurde nicht schlau aus der ganzen Sache.

Vor seinen Eltern, sogar vor der ganzen Familie hatte er kein Blatt vor den Mund genommen. Sie waren informiert, hatten mit entsetztem Empören auf seine Schilderungen der Vorkommnisse in ihrer Wohnung und mit ehrlichem Mitgefühl auf Evas schrecklichen Verlust reagiert. Mit unglaublicher Herzlichkeit hatten sie Eva in ihren Reihen aufgenommen. Allen voran Wilhelms Mutter Agnes. »No, da komm, Kindl, setzte dich schön her, bist jetzt a neies Familienmitglied.«

Agnes Bressler bemühte sich sehr ums Hochdeutsche. Sie übte ständig. Allerdings gelang es ihr weit schlechter als den Jüngeren, ihre schlesische Herkunft zu verbergen. Und zwar insbesondere dann, wenn sie emotional berührt war. Evas Geschichte hatte sie berührt. In ihren mütterlichen braunen Augen lag tiefes Mitleid. Sie nahm Eva unter ihre Fittiche und

210

das fühlte sich wundervoll an. Ungefähr so, als hätte sich ein weicher, warmer Mantel aus Verständnis, Freundlichkeit und Zuneigung um ihre Schultern gelegt.

Wilhelm erreichte mit all seinem Tun, und dabei hatte die Aufnahme in den Familienkreis einen erklecklichen Anteil, dass Eva ihn nicht nur von Tag zu Tag mehr zu schätzen lernte, sondern dass sie binnen weniger Wochen nur noch einen Gedanken verfolgte: Wie konnte sie richtig, wie konnte sie vollkommen dazugehören? Wie konnte sie ihn dazu bringen, sie zu lieben?

Ganz selbstverständlich bezog Agnes sie ein, als ihre »Kiche« zur adventlichen Großproduktionsstätte schlesischen Weihnachtsgebäcks wurde. Mohnstriezel, Pfefferkuchen, Stollen, Plätzchen. Agnes wusste jedes Rezept aus dem Kopf. Aber sie schenkte Eva ein Büchlein, in dem schon Generationen der Bressler-Frauen handschriftlich ihre Eintragungen gemacht hatten. Augenzwinkernd wies sie Eva darauf hin, dass dieser Schatz unabdingbar sei für jede Hausfrau, »die wo einen Bressler-Mann glücklich machen will«.

Aha!, dachte Eva, sie scheint mehr zu wissen als Wilhelm selbst. Oder als Wilhelm zuzugeben bereit ist. Strahlend lächelte sie Agnes zu. Deren erneutes Augenzwinkern bestätigte ihren hoffnungsvollen Verdacht.

Wie wenig Eva allerdings tatsächlich von Wilhelm wusste, wurde ihr schon am folgenden Tag schmerzlich bewusst. Er hatte sie wie immer aus der Hochschule abgeholt und, als sie in seinen Wagen stieg, ganz beiläufig gesagt: »Wir müssen kurz in der Jasperallee beim Schlachter halten, um ein Fleischpaket für Mutter abzuholen.«

Es stellte sich heraus, dass Baufahrzeuge nicht nur einen kleinen Stau verursachten, man konnte auch schon von Ferne sehen, dass vor dem Geschäft kein Parkplatz zu bekommen sein würde. Im Schritttempo ging es voran und Wilhelm fluchte, wie eben zielstrebige Männer beim Autofahren fluchen, wenn sie sich ausgebremst fühlen.

Eva schlug vor: »Ich springe schnell raus und hole das Paket ab. Ehe du an der Schlachterei vorbei bist, bin ich schon wieder da. Wollen wir es so machen?«

Er nickte, zog seine Brieftasche aus der Hosentasche und reichte sie ihr.

»Lass doch, ich habe auch Geld dabei«, wehrte Eva ab, aber Wilhelm drückte ihr die Börse in die Hand.

Zwei Kunden hatte die Verkäuferin vor Eva zu bedienen. Gelegenheit, schon mal das Geld herauszusuchen, denn in fremden Portemonnaies kennt man sich schließlich nicht aus. Sie schlug das weiche, hellbraune Leder auseinander. Im nächsten Augenblick wurde ihr schwindelig. Zwei Kindergesichter, vielleicht vier und dreizehn Jahre alt, schauten sie lächelnd und schwarz-weiß an. Noch jemand war auf dem Foto. Man sah die hellhaarigen Buben vor dem Hintergrund eines Frauenrockes, sah auf jeder Knabenschulter eine feine, zweifellos weibliche Hand liegen, rechts meinte Eva einen Trauring erkennen zu können. Die Frau auf dem Foto hatte keinen Kopf. Ganz offenbar war dieser Teil des Bildes abgeschnitten worden.

Eva stützte sich an der gläsernen Verkaufstheke ab. Atmete tief durch. Noch einmal. Ganz tief. Suchte nach einem Fixpunkt, um den Schwindel zu besänftigen. Fand ihn in einem rosigen Schweinekopf aus Gips, der über der Ladentür hing. Das Schwein grinste.

»Sie wünschen?«

Eva schreckte zusammen, löste den Blick vom Schweinegrinsen. »Oh … oh ja … entschuldigen Sie. Ich möchte das Fleisch für Frau Bressler abholen.«

»Sehr gern …«

Die Bedienung verschwand durch eine Schwingtür, um nur Augenblicke später mit dem Päckchen in blassrosa Papier zurückzukehren. Eva zahlte mit einem der Fünfzigmarkscheine aus der Börse, hatte sich halbwegs gefangen, dankte, nahm das Wechselgeld zurück, stopfte Scheine und Kleingeld unordentlich zu dem Mutterglück und klappte das Leder darüber. Dann verließ sie den Laden, sah Wilhelms Wagen kaum dreißig Meter entfernt durch den Stau kriechen. Sie lief nicht. Sie ging ganz langsam. Musste ihre Gedanken erst ordnen, war froh, einen Augenblick zu haben. Kein Mann packte sich das Foto fremder Kinder in die Brieftasche! Das waren seine! Und bedachte sie das vermutete Alter der Knaben, waren sie während einer langen Ehe entstanden. Warum sprach er nicht über seine Kinder? Wo waren sie? Wo war die Mutter? Warum war sie nicht ganz zu sehen? Platz genug wäre gewesen. So hatte er also eine eigene Familie? Sollte sie ihn fragen? War es Zufall, war es Unachtsamkeit gewesen, dass er ihr die Börse gegeben hatte? Oder *sollte* sie womöglich sogar sehen, was sie gesehen hatte? Damit sie aufhörte, sich ihm zu nähern? Damit sie begriff: Er war vergeben?

Dreißig Meter waren zu wenig, um Antworten zu finden. Eva erreichte den Wagen, Wilhelm stoppte, sie sprang hinein. Er lächelte, sagte »Danke, Evchen«. Als sei nichts gewesen.

Für Eva war viel gewesen. Und sie kriegte das verdammte Schweinegrinsen nicht mehr aus dem Kopf.

* * *

Sie fragte ihn nicht. Er sagte nichts. Eva war zurückhaltend seit jener Entdeckung. Wilhelm benahm sich wie immer. Nachts, allein in ihrem Bett, schlief sie mit dem Schweinegrinsen ein, das zwischen Tag und Traum den nicht vorhandenen Kopf der Frau ersetzte. Der Mutter seiner Kinder!

Nur wenige Tage später, es war kaum noch eine Woche bis Weihnachten und ein sonniger, aber frostiger Morgen, fand Eva ihn ungewöhnlich früh in der Küche. Normalerweise bereitete sie das Frühstück vor, kochte Kaffee, deckte den Tisch mit Teller und Messer für sich und richtete seinen unvermeidlichen Morgentrank an. Schnell hatte sie gelernt, was sie wie zusammenzurühren hatte. Haferflocken, in Milch kurz aufgekocht, Zucker dazu, eine Prise Salz, zwei Eier hinein, kurz anstocken lassen, umrühren, fertig. Er schwor auf diese Grundlage, behauptete, nichts würde mehr Kraft geben. Gut, Eva war Brot oder Brötchen gewöhnt. Aber wenn er es denn so haben wollte … ein Liebesdienst, den sie ihm gerne tat. Wollte er schon keine anderen Liebesdienste von ihr, dann wollte sie wenigstens die eine oder andere Kleinigkeit für ihn tun, denn es ließ sich schließlich nicht leugnen, dass er für sie sorgte, sie bei ihm wohnen konnte, ohne auch nur eine Mark dafür zu zahlen. Wie gern hätte sie mehr getan! Aber offensichtlich … Herrgott, wie lange sollte das noch so gehen? Wenigstens durchhalten, bis das Studium beendet war? Ihr Herz schrie »Nein!«.

Besonders elegant wirkte er an diesem Morgen. Hatte die Perlmutt-Manschettenknöpfe und die teure goldene Uhr angelegt. Der Binder, dunkelblau mit winzigen weißen Pünktchen, saß perfekt geknotet um den schneeweißen Hemdkragen, das passende Einstecktuch war makellos gefaltet, der schwarzblaue Zweireiher wies nicht ein Stäubchen auf, das schwarze Haar glänzte wie ein frisch polierter Spiegel. Wilhelm war immer außerordentlich gepflegt und zu jedem Anlass angemessen gekleidet. Heute aber wirkte er besonders seriös, beinahe ehrfurchtgebietend.

»Hast du einen besonders wichtigen Termin heute?«, fragte sie. »Bank oder Behörde?«

»Letzteres. Und es wird ein Termin, der für uns beide Bedeutung haben kann, Evchen.«

Sie machte große Augen, zog dann die Brauen zusammen. »Willst du mir nicht sagen, worum es geht?«

Er schüttelte den Kopf. »Wenn ich es hinter mir habe.«

Den Becher mit seinem Morgentrunk leerte er bis auf den Grund, stellte ihn dann ein bisschen sehr heftig auf die Tischplatte und erhob sich entschlossen. »Es tut mir leid, heute kann ich dich nicht fahren. Ich muss los. Vater holt dich in einer halben Stunde ab und bringt dich hin. Aber um drei Uhr bin ich an der Hochschule.«

Er zog den Mantel an, den er über dem freien Küchenstuhl zurechtgelegt hatte, nahm den Hut von der Sitzfläche, setzte ihn auf, rückte ihn sorgfältig zurecht. Eva stand auf, begleitete ihn in den Flur, wo er einen prüfenden Blick in den Spiegel warf und nach der Aktentasche griff.

»Wofür du es auch immer gebrauchen kannst, ich wünsche dir von Herzen Glück!«, sagte Eva.

Er umarmte sie kurz. Und wirkte sehr ernst.

Die Tür fiel hinter ihm ins Schloss. Eva dachte angestrengt nach. Was konnte Bedeutung in Bezug auf ihre Gemeinsamkeit haben? Sosehr sie sich auch das Hirn zermarterte, es fiel ihr beim besten Willen nichts ein.

Friedrich war pünktlich. Gut gelaunt steuerte er den Opel durch den Morgenverkehr über den Ring. Ob sie versuchen sollte, bei ihm etwas herauszubringen? Vielleicht wusste der Vater etwas. Probieren konnte sie es. Die Neugier war allzu groß.

»Wilhelm scheint heute einen wichtigen Tag zu haben, Friedrich ...«

»Oh ja!«

Plötzlich wirkte auch er ernst. Und verschlossen. Eva spürte, er würde dichthalten.

»Da wünsche ich ihm alles Gute!«, sagte sie.

»Oh ja!« Es kam aus tiefstem Herzen.

Er bog in die Pockelsstraße ein, parkte den Wagen direkt vor der Kant-Hochschule. »Einen erfolgreichen Tag wünsche ich dir, Evchen. Heute Abend sehen wir uns doch zum Essen, nicht?«

Eva nickte, bedankte sich, ging in ihre Vorlesung mit dem Thema »Kultursoziologie unter besonderer Berücksichtigung der Soziologie der Erziehung« und wusste jetzt schon, dass sie sich heute nicht würde konzentrieren können. Es lag etwas in der Luft. Es roch nach Veränderung. Und diese Veränderung würde sie betreffen. Ganz persönlich.

14

BRAUNSCHWEIG, WEIHNACHTEN 1955 – SCHÖNE BESCHERUNG

Was für eine Wandlung!

Pünktlich stand Wilhelm am Nachmittag vor der Hochschule. Trotz der beißenden Kälte wartete er heute nicht im, sondern vor dem Wagen und strahlte ihr entgegen, kaum dass er sie entdeckt hatte. Was auch immer er heute vorgehabt hatte, es musste gut verlaufen sein. Eva beschleunigte ihre Schritte, sie lief fast. Mitten hinein in sein Strahlen. Und in seine ausgebreiteten Arme.

»Eva!«, sagte er nur, umschlang sie fest, legte seine Wange an ihre Halsgrube und seufzte tief.

»Etwas sehr, sehr Wichtiges ist gut ausgegangen?«, fragte sie leise.

»Ich bin frei, Evchen. Endlich frei.«

Langsam löste er sich von ihr und sah ihr in die Augen. »Du musst mich für einen furchtbaren Töffel gehalten haben. Dich bezauberndes Wesen immerzu auf Abstand halten zu müssen … glaub mir, das hat Kraft gekostet.«

Eva hielt den Kopf ein wenig schief und fragte mit einem Lächeln: »Und das ist jetzt vorbei?«

»Das ist jetzt vorbei!«

»Dann dürfen wir endlich schwach werden?«

Er antwortete nicht. Er küsste sie.

Wie gut, dass sie rückwärts gegen die Wagentür lehnte. Wie gut, dass er sie so fest hielt. Evas Knie waren Pudding, ihr Kopf hatte den Dienst quittiert, hatte die Herrschaft über ihr Sein abgegeben an Bauch und Herz.

Als er sie ausließ, schnappte sie nach Luft, öffnete sehr langsam die Augen. Alles um sie herum verschwamm. Sie lehnte die Stirn gegen seine Brust, hauchte »mein Gott, mein Gott …«, hörte ihn leise lachen und »Endlich!« sagen.

Hätte sie jemand später gefragt, wie sie nach diesem Kuss nach Hause gekommen war, sie hätte keine Antwort gewusst. Verklärten Blickes nahm sie die Umgebung kaum wahr. Kam erst zu sich, als sie in seiner Wohnung standen, Wilhelm das raschelnde Papier um den Blumenstrauß abwickelte, Eva den schönsten Strauß aus weißen Madonnenlilien in die Arme legte, den sie je gesehen hatte.

»Für meine Königin«, sagte er und machte eine galante Verbeugung, über die sie lachen musste.

»Ich? Eine Königin?«

»Nein, nicht *eine* Königin. *Meine* Königin!«

Da standen sie jetzt, die bräutlichen Blüten, in einer blauen Muranoglasvase auf dem eleganten Sideboard in seinem Wohnzimmer. In seinem Wohnzimmer? In Evas und Wilhelms Wohnzimmer! Standen neben den beiden halb geleerten Sektgläsern, dem silbernen Kühler und sahen und hörten durch die geöffnete Tür zum Schlafzimmer zu, wie die »Königin« schnurrte, bald jauchzte, kleine Entzückensschreie ausstieß, wie sie sich wand, aufbäumte, die Arme, dann die Beine fest um den Liebsten schlang. Und irgendwann ermattet seufzend zur Ruhe kam. Gestreichelt, liebkost, das wirre Haar zärtlich aus der Stirn gestrichen … Nichts mehr zu hören, egal, wie weit man die schneeweißen, zartgelb getupften Blütentrompeten in der Wärme des Raumes auch öffnete. Ein Hauch von Blütenpollen schüttelte sich aus den Staubgefäßen.

* * *

Dicht aneinandergekuschelt, jeder die Wärme des anderen genießend, satt, zufrieden, befriedigt, Haut an Haut, Seele an Seele lagen sie. Eva zitterte. Nicht weil sie wirklich fror. Vielleicht eher so, wie man zitterte, wenn jeder Nerv, jeder Muskel ein Weilchen aufs Äußerste angespannt gewesen war und endlich begann, sich völlig zu entspannen. Wie wohlig betrunken, nicht zu viel, nicht zu wenig, gerade so, dass federleichtes Behagen sich einstellt. Betrunken? Ach nein, nicht betrunken, das war das falsche Wort … berauscht! Es war nicht das halbe Glas Sekt, das diesen Zustand ausgelöst hatte. Es war das erste Mal gewesen, dass sie die Liebe so empfunden hatte. So tief empfunden, so erfüllend, so beglückend. Was für ein Unterschied zu den körperlichen Vereinigungen mit Jan!

Er deckte sie sorgsam zu, hielt sie behutsam, bettete sie wie in einen seidigen Kokon aus Aufmerksamkeit, geflüsterten Liebesschwüren und Wärme. Das Zittern ließ langsam nach, Eva fielen die Augen zu. Was für ein Luxus, dachte sie im Wegdämmern. Am Nachmittag! Einfach so. In aller Seelenruhe etwas genießen können, sich über nichts Gedanken, über nichts Sorgen machen müssen.

Gleichzeitig erwachten sie. Vor den Fenstern war es dunkel geworden. Erfrischt, voll neuer Energie, voll neuem Zutrauen fühlte sich Eva. Wilhelm küsste schmetterlingsflügelsanft ihre Augen. »Noch Sekt, meine geliebte Königin?«

Sie lächelte, eher schief als königlich. »Lieber wäre mir eine Tasse Tee.«

»Mache ich dir!«

Sie sah ihm zu, wie er aufstand, nackt, wie Gott ihn geschaffen hatte – ein schöner Mann … mein Mann –, räkelte sich noch ein bisschen in den Daunen, döste ein Weilchen, bis er mit den dampfenden Tassen wiederkam, ihr zwei Kissen in den Rücken stopfte, den Tee reichte. Herrlich. Niemand hatte sie je so verwöhnt.

Und endlich sprachen sie. Über das, was sie beide anging. Telefonisch sagte er die Abendverabredung bei den Eltern ab. Sie wollten jetzt allein sein, hatten so viel zu klären. Wilhelm zeigte ihr Fotos. Von den Kindern. Überall war sie entfernt. »Sie«, das war Stefanie. Lange war Wilhelm mit ihr verheiratet gewesen. Eine Mussheirat, als der erste Sohn unterwegs gewesen war.

»Wir waren ein Weilchen glücklich miteinander«, erklärte er. »Und eine lange Weile unglücklich. Dass der Kleine entstand, war nur noch ein letzter Versuch, wieder zueinanderzufinden. Er ist schon hier in Braunschweig geboren. Neue Heimat, neuer Anfang, die Hoffnung auf bessere Zeiten. Vielleicht hatte es auch etwas damit zu tun, dass wir uns alle vor lauter Sehnsucht nach Normalität aneinandergeklammert haben, etwas wieder heraufbeschwören wollten, das längst nicht mehr existierte. Es hat nicht funktioniert. Niemand soll glauben, dass Kinder Ehen kitten können. Inzwischen ist der Jüngste fünf, der Große fünfzehn.«

»Du hast sie in deiner Brieftasche, nicht wahr? Du liebst sie sehr?«

»Woher weißt du …?«

»Dann war dir nicht bewusst, dass ich das Foto finden musste, als du mir deine Börse zum Bezahlen beim Fleischer gegeben hast?«

Wilhelm wurde einen Augenblick bleich. »Verdammt! Was musst du gedacht haben? Warum hast du nichts gesagt? Es muss ja schrecklich gewesen sein, mit diesem Fund allein zurechtzukommen ... Verzeih, Evchen!«

Sie lächelte. Es war ein Lächeln voller Genugtuung und Erleichterung. Und es entschädigte für jede heimlich geweinte Träne. Doch da blieb ein Stachel. Allein wollte sie ihn doch haben. Neu und sozusagen ungebraucht. Das war er nicht. So wie er sie vorhin geliebt hatte, hatte er schon andere geliebt. Ob er genauso ...? Oder ob er all diese Zärtlichkeiten, dieses anscheinend ganz genaue Wissen darum, was sie wann wollte, was sie auf den Gipfel tragen konnte, so abgespult hatte, wie er es immer, wie er es mit jeder Frau vor ihr getan hatte? Was für ein scheußlicher Gedanke! Wie konnte man dem beikommen, um den Zauber ja nicht zu zerstören?

Ha! Eva mischte einen Tropfen Vernunft in ihre aufgewühlte Gefühlswelt. So konnte es gelingen. Bitte schön, sei nicht dumm! Er war immerhin fast achtzehn Jahre älter als sie. Wie hätte sie erwarten können, dass er keine Vergangenheit gehabt hatte? Jetzt war all das vorbei. Vergeben und vergessen. Er war frei, sie hatte ihn.

Hätte sie ahnen sollen, dass es so einfach dann noch nicht war?

* * *

Eva tanzte durch das vorweihnachtliche Licht wie eine selige Motte. Keine Gefahr sehend, sich die weit aufgespannten Flügel zu verbrennen. Mit Wilhelm gemeinsam ging sie Weihnachtseinkäufe machen. Festlicher Schmuck verdeckte in der Stadt so manchen noch nicht reparierten Schaden. Sie wollte jetzt nichts Hässliches sehen, blendete einfach aus, was ihr Harmoniebedürfnis gestört, womöglich gar zerstört hätte.

Für jedes Familienmitglied eine Kleinigkeit. Niemand sollte vergessen werden, wenn sich am Heiligabend nach dem Kirchgang alle unter Agnes' Baum versammeln würden. Wilhelm schleppte Tüten wie ein Packesel, Eva vergaß ihre gewohnte Sparsamkeit und plünderte beinahe leichtsinnig ihr winziges Vermögen, das Justus gerade kürzlich wieder einmal ein wenig aufgestockt hatte.

Vor den Auslagen eines Juweliergeschäfts blieben sie stehen. Zauberhafte Preziosen, nach Farben geordnet, blaue Saphire, blutrote Rubine, tiefdunkelroter böhmischer Granatschmuck, Perlen in Weißgold gefasst, satt gelbgoldene Armreifen und Halsketten, zierliche Silberanhänger, funkelnde Brillanten, ganze Tabletts voller Eheringe.

»So viel Schönes! Sieh mal, Wilhelm, wie die Smaragde leuchten, oh, ich liebe dieses Grün, kann mich nicht sattsehen. Dieses Grün, das erinnert mich so sehr an die Wiesen auf Warthenberg im ersten Frühlingserwachen, an die Farbe der See ganz weit draußen an einem späten Sommernachmittag, wenn Vater segelte und ich nur schauen durfte. Ach, ich will es gar nicht besitzen, nur ansehen. Ist das schön!«

»Du hast Heimweh, Eva, nicht wahr?«

Er nahm ihre Hand und drückte sie fest. »Eines Tages, wenn die Welt wieder zur Vernunft gekommen ist, werden wir vielleicht wiedersehen, was wir alle so sehr vermissen. Für mich ist dieses Grün der Sommer über der Schneekoppe, weißt du? Wenn du über die Baumwipfel gleitest, dich von der Luft tragen lässt, schwerelos, den Blick über das Land, das du liebst, aus dem du stammst, wohin du gehörst …«

Sie sah ihn an. Und entdeckte eine Träne in seinem Augenwinkel. Er war wie sie. Ein Vertriebener, ein Entwurzelter. Das Herz voll mit Erinnerungen, mit Sehnsucht, von der sie beide wussten, sie würde sich nicht erfüllen lassen. Eva erwiderte seinen Händedruck. Sie waren sich einig, ohne mehr sprechen zu müssen.

Agnes holte schlesische Tradition ins Hier und Jetzt. Wilhelm besorgte mit Eva die Karpfen aus der Fischhandlung. Dümmlich die Mienen im trübgrünen Aquarienwasser hinter der Schaufensterscheibe, ahnungslos von Sahnemeerrettich und Salzkartoffelbeilage schwammen sie noch, schnappten nach blubberndem Sauerstoff am Beckenrand, bis einer kam und für ihren Tod zahlte. Frisch geschlachtet landeten sie in riesigen Töpfen, wurden blau, gaben Suppe her, die leicht sämig gebunden, kräftig gewürzt, mit buttrig gebratenen Weißbrotbröseln serviert, zur Vorspeise gereichte. Schuppen, auf Ofenplatten krumm getrocknet, fand jeder auf seinem Teller an der Festtafel, gab sie ins Portemonnaie, auf dass ihm im kommenden Jahr nie das Geld ausginge. Gräten … nein, nein, Kindl, nicht in den Aschekasten, die legen wir morgen früh an Richards Obstbäume, auf dass sie ordentlich tragen nächstes Jahr. No, wirst schon sehn. Warmes Backobst und kühle Vanillesoße aus dem »Eisschranken« zum Nachtisch.

Alle kamen sie. In Festtagskleidern, im besten Anzug. In Stimmung! Nach und nach trudelte die ganze Familie ein. Friedrich verließ die Haustür nicht mehr, machte den Empfang, küsste und herzte, nahm Mäntel und Hüte ab, die keinen Platz an der schmalen Flurgarderobe fanden, behelfsweise im Schlafzimmer aufs Ehebett geworfen werden mussten. Lautstarke Begrüßungen bei Agnes in der Kiche, wo jeder neu hinzugekommene Gast als Nächstes vorstellig wurde. Ein Blick in Töpfe und Pfannen, dass einem schon das Wasser im Mund zusammenlief.

»Setzt euch schon, Kinder, setzt euch. Die Supp' ist gleich fertig.«

Agnes endlich ohne Schürze. Glühende Wangen von der Herdhitze, das aufgesteckte Haar noch einmal glatt gestrichen.

Tischgebet. Angestoßen. Auf eine gesegnete Weihnacht. Und guten Appetit!

Wie wundervoll doch Familienweihnachten sein konnte. Eva freute sich auf ihre erste Christmette nachher. Wie es wohl sein würde? Das erste Mal katholisch. Diffuse Erwartungen. Weihrauch, Liturgie, Lichterglanz.

»Obacht!«, rief Wilhelm. »Richard, schau, hinter dir, die Kerze am Baum!«

Sekunden hatten gefehlt, dann hätte es richtig Lichterglanz gegeben. Richard sprang auf, rettete im letzten Moment.

Festlich gefräßige Stille. Lob, großes Lob an die Köchin! Zufriedene Gesichter nach dem Dessert. Jetzt aber: Bescherung, Gebäck, Zigarren und Portwein!

Eva half Agnes beim Abräumen, hakte einmal mit ihren dünnen Pfennigabsätzen in den Teppichfransen ein, kam mitsamt Tellerstapel beinahe zu Fall. Wilhelm fasst gerade noch zu.

Es schellte. Fehlte noch jemand? Es war doch jeder Platz am Tisch besetzt gewesen.

Eva scherzte: »Sind doch gar keine Kinder hier, die den Weihnachtsmann zur Bescherung erwarten würden.«

Agnes zupfte sie sacht am Ellenbogen. »Jetzt bist du gespannt, nicht?«

Erstaunt sah Eva sie an.

»Na, wirscht schon sehen.« Zuversichtlich, vergnügt.

Wilhelm stand auf, gab ihr einen flüchtigen Kuss auf die Wange, wirkte ein wenig angespannt. Undeutlich hörte sie Stimmen im Flur. Stimmen und Stimmung. Zwischen fröhlich und furchtbar abständig. Die Fröhlichen waren ihr unbekannt. Die Abständige war weiblich und genauso unbekannt. Wilhelms warme, dunkle dazwischen. Eva hielt die Luft an. Wer kam da? Sollte etwa die geschiedene Stefanie …? Bitte, nein!

Nein.

Aller Blicke waren auf die Tür gerichtet, als Wilhelm seine beiden Söhne vor sich her hereinschob. Unsicher wirkten sie, aber das sollte nicht lange halten. Agnes sprang auf, schloss sie beide gleichzeitig in die Arme, herzte und küsste sie. »No, da seid ihr ja endlich! Das Christkind war da. Schaut unter den Baum, da stehen eure Namen auf den Päckchen ... habt ihr gegessen? Ja? Gut, dann dürft ihr auspacken.«

Artig waren sie. Stürzten sich nicht gleich auf die Geschenke, gingen die Reihen ab, reichten die Hände, neigten die sauber gezogenen blonden Scheitel zum Diener, ließen sich umarmen, ließen sich küssen, lächelten brav und etwas ungeduldig.

»Das ist Eva, sie ist jetzt die Frau an meiner Seite«, stellte Wilhelm vor. »Und das sind Ulrich ...«, er wies auf den Kleinen, »... und Horst. Meine Söhne.«

Der Kleine war schüchtern. Er hatte Vaters tiefbraune Augen, war ein wenig zu schmächtig, fast zart für sein Alter. Der Große, blauäugig, wohl ein Erbe der Mutter, die Eva nicht kannte, hatte ein exquisit geschnittenes Gesicht. Sie musste eine schöne Frau sein. Eine *sehr* schöne Frau! Wie der Junge sie musterte! Das war beinahe frech. Der Kleine schien nicht verstanden zu haben, wen man ihm da in Eva gerade vorgestellt hatte. Treuherzig blickte er zu ihr auf und lächelte schüchtern. Aber der Große musterte sie von oben bis unten, schien Vergleiche anzustellen. Um seine Mundwinkel zuckte eine, wie Eva fand, fast unverschämte Süffisanz. Ganz schön männlich für fünfzehn Jahre. Eva spürte, wie sie unter dem Knabenblick zu erröten drohte. Das galt es unbedingt zu vermeiden.

»Schön, euch kennenzulernen, ich freue mich«, sagte sie schnell und gab ihrer Stimme einen sehr festen Klang.

Den Kleinen hätte sie am liebsten gleich in die Arme genommen. Er kam ihr so zerbrechlich vor. Aber vor diesem jugendlichen Horst, das merkte sie sofort, würde sie sich in Acht nehmen müssen.

Die Kinder widmeten sich dem Auswickeln, während die Erwachsenen noch warten mussten. Eva flüsterte Wilhelm zu: »Du hättest mich warnen sollen.«

»Ich konnte mir keine schönere Atmosphäre für ein erstes Kennenlernen vorstellen als Weihnachten unterm Christbaum. So ist es doch ganz natürlich.«

Eva schüttelte beinahe unmerklich den Kopf. Nein, so natürlich fand sie die Situation nun wirklich nicht. Er hatte ihr keine Chance gelassen, sich vorzubereiten, sich auseinanderzusetzen. So ohne ein vertrauliches Gespräch? Sie fühlte sich überrumpelt. Und nutzte die nächste Gelegenheit, zu Agnes zu flüchten, als die kurz in der Küche verschwand.

»Puh«, machte Eva, Agnes nickte und schloss die Milchglastür hinter ihnen.

»Wilhelm hat dich nicht vorbereitet, stimmt's?«

»Nein, hat er nicht. Kein Wort, Agnes! Ich wusste bis vor Kurzem nichts von seiner Vergangenheit, hatte keine Ahnung, dass er Frau und Kinder hatte.«

»Hat!«, korrigierte Agnes.

»Wieso hat? Ja, gut, entschuldige, sie sind ja nicht gestorben. Ich weiß, dass er nun geschieden ist. Und eigentlich doch nett, dass die Mutter die beiden Jungs zum Heiligabend mal beim Vater vorbeibringt, nicht?«

Durch Agnes, die just damit beschäftigt war, frische Lebkuchen auf einem Teller anzurichten, ging ein Ruck. Sie schaute auf, zog wütend die Stirn in Falten. »Jetzt sag bloß, er hat dich überhaupt nicht informiert?! Na warte, mein Goldener, wir werden ein Hühnchen rupfen müssen.«

Verständnislos hob Eva die Schultern.

»Evchen, Wilhelm ist nicht nur geschieden, er hat auch das Sorgerecht für die Buben zugestanden bekommen.«

»Ach du liebe Zeit«, entfuhr es Eva. »Das heißt, sie hat die Kinder nicht zu Besuch gebracht, sondern …«

»Sondern für immer abgegeben, ja. Morgen bringt sie alle Habe der Jungen her.«

Eva schnappte nach Luft. Vor ihrem inneren Auge liefen zwei Filme parallel ab. Einer spielte in Wilhelms, nein, in Wilhelms und ihrer gemeinsamen Wohnung und durchsuchte die Räume nach dem richtigen Platz für die Unterbringung der Kinder. Der andere zeigte eine Frau, eine sehr schöne, weibliche Ausgabe des frechen Jugendlichen, der die Tränen ob des Verlustes ihrer Kinder in Strömen über die Wangen liefen. Was hatte diese Frau getan? Es mussten schon sehr gute Gründe vorgebracht werden, damit Familienrichter einer Mutter die Kinder wegnahm. Was hatte sich in dieser Ehe abgespielt? Wann hatte es sich abgespielt? Wie hatte Wilhelm so normal, so unbenommen wirken können, wenn sich im Hintergrund seines Lebens eine solche Tragödie ereignet hatte? Und warum? Warum bloß hatte er nicht mit ihr gesprochen? Das war so gemein!

Agnes unterbrach Evas wirre Überlegungen. »Ihr müsst miteinander reden, Eva. Ich werde mir meinen Herrn Sohn gleich mal zur Brust nehmen.«

»Was geschieht jetzt mit den Jungs?«

»Sie bleiben bei mir. Zumindest vorläufig. Es tut mir leid, Kindl, dass du ausgerechnet am Heiligen Abend so überfahren worden bist. Komm mal her ...«

Sie nahm Eva in die Arme, drückte sie sehr fest, hielt sie ein Weilchen, streichelte ihre Schultern, als sie wohl merkte, dass Eva zu weinen begonnen hatte.

»Sag, Eva, liebst du ihn?«

Sie schluchzte, brauchte einen Moment, bis sie überhaupt wieder sprechen konnte. »Hättest du mich das vor einer Stunde gefragt, hätte ich aus tiefstem Herzen Ja gesagt. Jetzt fühle ich mich, als hätte eine Dampfwalze mich überrollt. Es ist nicht fair, mich derart vor vollendete Tatsachen zu stellen. Ich habe mir nichts mehr gewünscht als eine Familie. Mit Wilhelm, mit eigenen Kindern. Agnes, der Horst ist gerade mal sieben Jahre jünger als ich. Niemals kann der Junge mich als Respektsperson akzeptieren. So abschätzend, wie er mich vorhin schon angesehen hat … Ich hatte mir gewünscht, in die Mutterrolle hineinwachsen zu können, wie man das eben mit eigenen Kindern tut. Ich weiß nicht, ob ich das leisten kann. Und weiß nicht mal, ob Wilhelm mich überhaupt zur Frau nehmen will. Gefragt hat er mich nicht.«

»Das wird er noch, Eva.«

»Da weißt du mehr als ich.«

»Kann sein. Aber ich weiß es sicher! Beruhige dich, Kindl.«

Gern hätte sie sich beruhigt. Aber es hätte nicht ihrem Temperament entsprochen. Und nicht all den bisher schon gemachten Lebenserfahrungen. Immer, wenn etwas sicher geschienen hatte, war der ganz große, alles vernichtende Knall gekommen. Es geschah plötzlich. In dem Moment, als Eva sich die Nase ausschnaubte und die letzten Tränen aus den Augen wischte. So plötzlich, wie es ihr durch den Kopf schoss, so plötzlich schlug Verwirrung in Erkenntnis um, so plötzlich wurde aus hilfloser Verletztheit rasende Wut, so plötzlich liefen die Worte aus ihrem Mund: »Jetzt begreife ich, Agnes! Er hat das die ganze Zeit geplant. Natürlich!« Sie schlug sich mit der flachen Hand vor die Stirn. »Diese ganze Gerichtssache ist ja nicht überraschend über ihn hereingebrochen. Er wusste das nicht erst seit gestern. Das war alles geplant, von vornherein geplant!«

Eva erntete einen perplexen Blick. »Aber Evchen, wie meinst du das denn?«

Nein und noch mal nein! Dieses Mal würde sie nicht unvorbereitet ins Elend rennen. Dieses Mal wollte sie nicht das Opferlamm geben, dieses Mal würde sie sich schützen, würde zurückgeben, was man ihr angetan hatte, nicht still dulden, nicht einfach demütig hinnehmen. Eva hörte, wie ätzend ihre Stimme klang. Aber sie sollte ätzend klingen: »Na, ich bin doch perfekt geeignet. Schon bei unserer ersten Begegnung wusste Wilhelm alles über mich, was er wissen musste. Krankenschwester, bald fertige Lehrerin. Da kam ich ihm doch gerade recht. Wen kann man denn besser brauchen für zwei Kinder? Jung und gutgläubig, formbar und leicht zu begeistern für einen Helden der Lüfte, nicht? Ganz einfach einzuwickeln von einem erfahrenen Mann. Und ich blöde Kuh bin auf all das hereingefallen. Oh nein, das hat nichts mit Liebe zu tun, das war alles pure Berechnung.«

Evas geballte Faust sauste krachend auf den Küchentisch nieder. »Und du? Du hast das alles gewusst, nicht wahr? Veräppelt habt ihr mich alle. Mit eurem vorgeblichen Verständnis, eurer geheuchelten Liebenswürdigkeit, eurer berechnenden katholischen Seele. Die ganze Familie! Danke schön, Agnes, dass du mir die Augen geöffnet hast.«

Agnes schaute sie entsetzt an, schlug die Hände vor den Mund, schüttelte vehement den Kopf, aber brachte keinen Ton heraus. Eva drehte sich auf dem Absatz um, stürzte ins Wohnzimmer, nahm kaum die aufgescheuchten Blicke der Familie wahr, die so gemütlich zusammensaß und nichts ahnte, schnappte sich ihre Handtasche, lief ins Schlafzimmer, wühlte ihren Mantel unter dem Berg hervor und war zur Tür hinaus, ehe ihr irgendjemand folgen konnte.

Sie lief. Lief tränenblind die stille Straße entlang, dem Ring zu, wo sie ein Taxi zu bekommen hoffte. Fand einen leeren Wagen, riss die Tür auf, ließ sich in den Rücksitz fallen, keuchte: »Zum Bahnhof, bitte.«

15

GUT BLIESCHTORF, WEIHNACHTEN 1955 – DAS VERDORBENE WEIB

Mit buchstäblich nichts als dem, was sie am Leibe trug, und ihrem Handtäschchen kam sie nach Mitternacht auf dem Lübecker Bahnhof an. Sie hatte Glück gehabt, den letzten Zug gerade noch erwischt, dabei keine Gelegenheit gehabt, ihr Kommen anzukündigen. Nun stand sie da allein. Fragte den einsamen Mann am Schalter nach einer Telefonzelle, bekam schläfrige Antwort, ließ sich ein wenig Geld für den Fernsprecher wechseln.

Zunächst versuchte sie es bei Arndt-Friedrich. Es nahm niemand ab. Dann wählte sie zaghaft Justus' Nummer. Sie hielt die Luft an, während es klingelte. Sicher zwanzig Mal. Wollte schon einhängen, wälzte schon die Frage, wo sie bleiben sollte, als es dann doch in der Leitung knackte und die Stimme des Onkels, »Warthenberg. Ja, bitte?«, erklang.

»Justus, bitte entschuldige. Ich weiß, es ist unverzeihlich mitten in der Weihnachtsnacht.«

»Evchen! Wie schön ... aber hör mal, was stimmt nicht?«

Er kannte sie. Augenblicklich entspannten sich ihre verkrampften Schultern. Es war, als hätten die paar Worte alles Unglück weggewischt. Allein das Nennen des vertrauten Namens, die Stimme, die nach Kinderland klang ... »Onkel Justus, ich bin in Lübeck auf dem Bahnhof. Und ich bin allein.« Sie hörte selbst, dass in ihren Sätzen das Leid der ganzen Welt lag. Eva neigte nicht zum Jammern. Aber jetzt war nur noch Jammer.

»Das geht nicht«, sagte er schlicht und sie hörte ihn schmunzeln. »Bleib, wo du bist, ich hole dich. Stündchen ... in Ordnung?«

»Danke, Justus!«

Eva hängte auf und heulte. Heulte vor Erleichterung. Wo war der Schutz vor aller Unbill? Der war immer, immer schon, immer wieder bei der Familie. Wäre doch nur Jan nicht umgekommen. Was nützte die ganze Leidenschaft? Was waren fantastische Momente auf Wolke sieben, wenn man von dieser Wolke so schnell hart auf den Boden der Realität plumpsen konnte? Jan war zwar wesentlich weniger aufregend, aber wenigstens hundertprozentig zuverlässig gewesen. Oder wäre es nicht sogar viel besser gewesen, wenn sie niemals auf die Idee gekommen wäre, Jan zu folgen? Dann wäre alles nicht passiert. Dann wäre sie jetzt ganz normal eine kleine, aber bestens aufgehobene Kinderschwester an der Charité, dann wären die Eltern nicht ... o mein Gott! Was war bloß mit ihnen geschehen? Warum hatte sie nicht besser auf sie aufgepasst? Das alles nur, weil sie, Eva, ihren Kopf hatte durchsetzen wollen! Purer Egoismus. Ich bin schuld. So ist das nämlich!

»Ich bin schuld. Das alles nur, weil ich meinen Kopf habe durchsetzen wollen, Justus«, waren ihre ersten verzweifelten Worte, als er endlich vor ihr stand.

»Na, na, Evchen«, sagte er mit dem denkbar väterlichsten Lächeln und nahm sie in die Arme. »Du bist nur deiner Mutter sehr ähnlich. Der Apfel fällt nicht weit vom Stamm.«

»Wie meinst du das?«

»Ihr neigt beide zum Weglaufen, wenn ihr nicht mehr weiterwisst. Ich erinnere mich da an eine Geschichte … aber das ist jetzt erst mal unwichtig. Wo ist dein Gepäck?«

»Hab keins.«

»Dann ist es ernst. Komm, wir fahren nach Hause.«

* * *

Es war die seltsamste Weihnachtsnacht, die Eva je erlebt hatte. Sie saßen zusammen in Charlottes Wohnzimmer, wo Justus nichts verändert hatte. Eigentlich war damit zu rechnen, dass sie jeden Moment mit einer Kanne frischem Tee hereinkommen und sich zu ihnen setzen würde. Charlotte war gegenwärtig. Justus hatte Eva eine Decke um die Schultern gelegt, das letzte bisschen Glut im fast erkalteten Kamin mit ein paar dünnen Scheitchen wieder zum Leben erweckt. Stumm hatten beide darauf gewartet, dass es richtig zu brennen begann. Ein ordentlicher Klöben fing bald Feuer, Wärme hüllte sie ein, schuf die Gemütlichkeit, die Eva stets in Charlottes Räumen empfunden hatte. Dunkel stand der gewaltige Christbaum gegen die hohen Fenster. Nur die Kugeln fingen glänzend das Licht.

Justus, der hin und wieder dezent ein Gähnen unterdrückte, drängte nicht, wollte sie wohl erst mal ankommen lassen, aber Eva spürte, er hätte nun doch langsam gerne mal gewusst, was es mit dem nächtlichen Überfall seiner Nichte auf sich hatte. Sie nippte an dem heißen Tee, den der Onkel zubereitet hatte, verweigerte zunächst die angebotenen Naschereien, griff dann aber doch irgendwann zu, biss einem Marzipanschweinchen die rosa Ohren ab, kaute, betrachtete versonnen die Süßigkeit. Das

Marzipanschwein lächelte ohrlos niedlich. Nicht etwa so fies wie dieses Gipsschwein da beim Metzger über der Tür. Eva hätte beinahe lachen müssen. Das war doch der richtige Einstieg für ihre Erzählung! »Das Schweinegrinsen …«, gluckste sie leise.

»Bitte wie?«

»Oh, das markiert den Punkt, als sich aus meinem scheinbaren Glückszustand wieder einmal eine Katastrophe zu entwickeln begann, Justus.«

Nichts ließ sie aus in der folgenden halben Stunde. Weder ihre unendliche Verliebtheit noch ihre tiefe Enttäuschung. Weder die Schilderungen um die schrecklichen Unfallereignisse, zu denen inzwischen alle Erinnerungen zurückgekehrt waren, noch ihre Ängste, weder die beißende Erkenntnis, überfallen worden zu sein, noch die Furcht um die Eltern, und am Ende das absolut sichere Gefühl, wieder einmal alles verloren zu haben. Und – an allem selbst schuld zu sein.

»Ich bin eben kein Glückskind, Just. Immer mache ich alles falsch, glaube viel zu schnell, dem Schicksal vertrauen zu können. Wenn ich denke, jetzt wird endlich alles gut, knallt es richtig. Weißt du, ich bin zweiundzwanzig und habe schon erkennen müssen, dass sowieso nie etwas für mich gut ausgeht. Jetzt weiß ich nicht mehr wohin. Nicht nur nicht wohin mit mir, sondern so richtig nicht wohin … wenn du verstehst, was ich meine … ach, ich fasele dummes Zeug … aber ich kann doch nicht zu Wilhelm zurück. Irgendwie bin ich ständig auf der Flucht, habe nicht mal mehr eine Bleibe.«

»Natürlich hast du die. Was glaubst du denn? Du bleibst selbstverständlich hier.«

»Danke«, seufzte Eva. »Aber das kann ja keine Dauerlösung werden. Wie soll ich wenigstens mein Studium von hier aus beenden?«

Justus lächelte. »Das wird sich finden, Evchen. Wir werden gemeinsam einen Weg suchen. Allerdings scheint mir das das

geringste Problem. Ich verstehe durchaus, dass du dich überfordert fühlst. Und dieser Wilhelm hat sich zweifellos saublöd
benommen, indem er dich im Dunkeln gelassen hat. Meiner
bescheidenen Auffassung nach hast du aber mit ihm ein sehr
spezielles Problem. Du liebst ihn. Richtig?«

Eva wollte auffahren und heftig dementieren, aber Justus
bremste sie aus. »Momentemal! Rede dich in deiner Wut, die
ich sehr gut nachvollziehen kann, nicht in eine Ecke, aus der
du nicht mehr rauskannst. Ich schlage vor, du schläfst jetzt
eine Nacht über das Ganze. Du bist hier bestens aufgehoben.
Niemand kann dich ärgern. Du musst nur zunächst selbst ganz
klar nachgedacht und deine Gefühle halbwegs geordnet haben,
ehe ich mich einmische und dir rate. Aber eins kann ich dir
sagen: Ich habe die Absicht, mich einzumischen. Immerhin bin
ich das älteste Mitglied unserer Sippe und nehme für mich in
Anspruch, die Geschicke der jungen Generation liebevoll, aber
patriarchisch zu begleiten, wenn nicht gar in gewisser unauf-
fälliger Weise zu lenken. Zumal dein Vater, dem diese Aufgabe
normalerweise zustünde, aus ungeklärten Gründen nicht verfügbar ist, um das zu tun.«

Eva ließ sich wieder in die Polster zurücksinken. Onkel
Justus hatte einen derart entschlossenen Gesichtsausdruck!
Nichts tat im Augenblick wohler, als die mühsam erhaltene
Kontrolle mal ein wenig abzugeben.

Sie nickte ihm zu. »Du hast recht. Und ich habe weder
Zahnbürste noch Nachthemd.«

»Wenn es weiter nichts ist … Wird sich in meinem wohl-
geordneten Haushalt beides finden lassen. Komm, trink noch
einen Schlummertrunk, dann schläft sich's leichter ein.« Er
stand auf, ging zum Alkoholschränkchen, goss aus der Flasche
mit dem Danziger Goldwasser in zwei kleine Schnapsgläser,
reichte ihr eines und stieß an, dass die Blattgoldflitter irisierend
zitterten. Beide tranken in einem Schluck die Gläschen leer.

»Ab ins Bett, Evchen. Halb vier schon. Die Nacht ist kurz.«
Es war genau der Ton, den sie jetzt brauchte. Folgsam tat
sie, wie geheißen, und lag schon wenig später in jenem Bett, in
dem sie damals die erste Nacht in diesem alten Haus verbracht
hatte. Es fühlte sich an, als würde Urgroßmutter ihr die Wange
streicheln, als sei sie da und wache über sie.

* * *

Tatsächlich schlief Eva tief und traumlos bis in den nächsten
Vormittag hinein. Helles Sonnenlicht fiel durch einen Spalt
zwischen den schweren Vorhängen und kitzelte ihre Nase, als
sie erwachte. Sie sprang aus dem Bett, zog die Gardinen auf,
legte die Hand über die Augen, schaute hinaus auf das weite
Land. Es hatte keinen Schnee gegeben. Trocken und sonnig,
kaum ein Wölkchen am Himmel. Ein gutes Dutzend Pferde
suchte auf den hausnahen Winterweiden nach ein paar verges-
senen Hälmchen, etliche standen um die Heuraufen und fra-
ßen. Friedlich. Ruhig. Schön. Klar.

Eva ging ins Bad hinüber, ließ es mit einer Katzenwäsche
bewenden, schlüpfte in ihre Kleider. Würde noch einen Tag
gehen. Nur die Schuhe mit den hohen Absätzen passten
wahrhaftig nicht hierher. Vielleicht hatte ja Erika etwas zum
Ausleihen?

Justus war nicht anwesend. Vermutlich hatte er draußen zu
tun. Aber Frühstücksgeschirr stand für sie da. Eier, noch warm,
in einem Körbchen, Kaffee unter einer Mütze, Butter, Brot,
Marmelade, unter einer Haube auch Wurst und Holsteiner
Schinken. Eva hatte Appetit. Immerhin.

»Brauchen Sie noch was, Freilein Eva?«

Das war Ida, Almas Tochter, sie führte Justus den Haushalt,
seit ihre Mutter nicht mehr war, hatte das schon ein Weilchen
getan, während Charlotte noch lebte.

»Danke schön, Ida! Alles da. Und frohe Weihnachten! Wissen Sie, wo mein Onkel ist?«

»Müsste gleich wiederkommen. Soll ich Ihnen ausrichten, hat der Herr gesagt.«

So schön, den ostpreußischen Zungenschlag zu hören.

Eva rief drüben bei Arndt-Friedrich an und bekam Erika an den Apparat.

»Ich hab schon gehört, dass du da bist. Wir kommen zum Mittag rüber. Brauchst du etwas? Justus hat angedeutet, du wärest sozusagen splitterfasernackt zugereist.«

Eva lachte. »Er neigt zum Übertreiben. Aber ja, ich bin geflüchtet. Vor allen Dingen Schuhe bräuchte ich, denn ich bin auf acht Zentimeter hohen Absätzen geflohen.«

»Und brauchst jetzt was Flaches, um möglichst flugs zurückzukehren?«

»Nein, ich glaube, so schnell nicht, Erika. Lass uns nachher mal sprechen, wenn ihr kommt.«

»Ich packe dir was zusammen, Eva. Bis später.«

Erika war zuverlässig. Die beiden Frauen hatten ungefähr die gleiche Größe. In Pullover, Rock und flachen Schnürern fühlte sich Eva gleich wohler als in dem eleganten Kleid und den dünnen Trittchen. Erika saß im Wohnzimmer, als Eva nach dem Umziehen wieder herunterkam, hatte zwei Tassen Kaffee auf den Tisch gestellt und schaute ihr entgegen.

»Passt gut. Hübsch siehst du aus. Komm, setz dich zu mir und erzähl mal Genaueres.«

Eva fasste ihre Geschichte grob zusammen, Erika hörte aufmerksam zu, unterbrach sie nicht und sprach erst, nachdem Eva geendet hatte.

»Du hast also neben dem neuen Mann jetzt auch gleich zwei Buben dazubekommen. Wirklich, Evchen, ich finde, es ist eine Sauerei, dass er dir davon nichts erzählt hat.«

»Ich bin froh, dass du das genauso empfindest«, sagte Eva erleichtert. Es gefiel ihr sehr, eine Zuhörerin gefunden zu haben, die sich als weibliche Verbündete herauszukristallisieren schien. Justus hatte so abgeklärt gewirkt. Einer Frau in ihrem Alter davon zu erzählen, war etwas ganz anderes, und ihr Ton wurde noch vertraulicher.

»Weißt du, Erika, die Tatsache an sich ist ja gar nicht so schlimm, obwohl ich mir noch nicht so recht vorstellen kann, ob ich mich als Mutterersatz gut schlagen könnte. Aber stell dir bitte die Situation vor. Nichts ahnend sitzt du da gemütlich im Familienkreise unterm Baum und dann das! Das hat er doch mit Absicht so eingefädelt. Wohl wissend, dass ich nicht vor allen Anwesenden durchdrehen konnte und mich ganz sicher zusammenreißen würde.«

Erika nickte zustimmend. »Mir scheint, du kennst ihn nicht richtig, Eva. So etwas ist nie gut zwischen Liebenden. Ich finde, das Wichtigste ist eine solide Vertrauensbasis. Und selbst wenn es natürlich immer eine gewisse Zeit braucht, um die richtig gut aufzubauen, sollte man gewiss nicht gleich am Beginn einer jungen Beziehung vergessen, die Steine im Fundament sorgsam zu setzen. Was hat sich dein Wilhelm bloß dabei gedacht?«

»Ist nicht mehr ›mein‹ Wilhelm«, sagte Eva trotzig.

»Huch«, machte Erika und grinste. »Hast du ihn schon von der Klippe geschubst?«

Eva lachte nervös auf.

»Glaube ich dir nicht.«

»Nicht?«

»Nein. Dafür hast du noch viel zu viele Funken in den Augen, wenn du von ihm sprichst. Das hört sich ganz anders an, als wenn du von Jan redest. Da kommt es mir so vor, als hättest du eher einen sehr guten, vertrauten Freund verloren und weniger einen Geliebten.«

Eva seufzte. »Wahrscheinlich hast du recht, Erika. Aber weißt du, gerade dann, wenn das Herz so verrückt gespielt hat, ist man doch besonders leicht zu treffen.«

»Das ist so. Jetzt bin ich mal gespannt, was mein lieber Schwiegervater mit deinem Wilhelm macht. Ich schätze, er wird sehr hart mit ihm ins Gericht gehen. Mal gucken, was von ihm übrig bleibt, wenn Justus mit ihm fertig ist.«

»Wovon redest du?« Eva verstand nicht. Hatte Justus womöglich …? Nein, das konnte er doch ohne ihre Zustimmung nicht gewagt haben.

»Na, was denkst du denn, hat Justus heute Morgen als Erstes getan? Er hat ihn natürlich angerufen.«

»Er hat *was*? Das kann er doch nicht tun, verflucht. Hinter meinem Rücken?«

»Justus tut, was Justus tun muss. Schau mal, du bist gestern einfach so von dieser Familienfeier getürmt. Was hat wohl Wilhelm gemacht, nachdem ihm klar wurde, du bist nicht etwa nur mal kurz vor die Tür gegangen, um frische Luft zu schnappen und klare Gedanken zu fassen, sondern tatsächlich nicht mehr da? Es wird nur Minuten gedauert haben, bis er dir nachgesetzt ist. Jetzt überleg! Was hat er dann gemacht? Vermutlich wird er sich in seinen Wagen geschwungen und zunächst in eurer Wohnung nachgeschaut haben. Da warst du nicht. Versetz dich bitte in seine Lage. Wenn der Mann dich liebt, ist er doch danach sicher nicht zu seiner Familie zurück, um vergnügt weiter Weihnachten zu feiern. Was würdest du tun, wärest du in solch einer Lage?«

»Na, ich würde mir überlegen, wo der Vermisste hin sein könnte … oder … hätte im schlimmsten Fall Angst, dass er sich etwas angetan hat.«

»Genau. Konnte Wilhelm auf die Idee kommen, dass du hierherfährst?«

Eva überlegte. »Nicht sofort. Er weiß zwar von Blieschtorf, aber wahrscheinlich vermutete er mich zunächst bei einer Freundin. Ich habe ja kein Gepäck mitgenommen. Dass ich verreisen würde, kann wohl nicht sein erster Schluss gewesen sein.«

Erika nickte. »So, und da wird er es wohl erst mal versucht haben, aber da warst du auch nicht. Ehrlich gesagt, mir wäre es an seiner Stelle dann schon ziemlich mulmig geworden und ich hätte mich an die Polizei gewandt.«

Eva garnierte ihren wissenden Gesichtsausdruck mit einer wegwerfenden Handbewegung. »Die Polizei schaltet sich doch bei Vermisstenfällen so schnell nicht ein.«

»Nein. Das tut sie nicht. Ich weiß. Aber auch Justus wird sich Gedanken gemacht haben, in welcher Situation sich Wilhelm gerade befindet. Und ehe die ganze Sache richtig zu eskalieren begann, hat er ihn eben am frühen Morgen angerufen.«

»Und?« Eva war auf die vorderste Ecke ihres Sessels vorgerückt.

Erika kicherte. »Und hat ihn herbestellt.«

Eva fuhr hoch, stemmte die Fäuste auf die Tischplatte, fauchte Erika an: »Das will ich aber nicht!«

»Ich schätze mal, es ist ziemlich egal, ob du das willst. Justus will das«, erwiderte Erika gelassen.

Eva schlug mit der Faust auf den Tisch. »Justus hat gesagt, ich solle erst mal darüber schlafen. Ich hätte nie gedacht, dass er handelt, ohne das vorher mit mir abzusprechen.«

»Dann kennst du ihn schlecht, Eva«, meinte Erika und lehnte sich lässig nach hinten, um sich nicht an Evas Feuer die Nase zu verbrennen. »Justus ist immer schon ein Macher gewesen. Er ist es zeitlebens gewohnt, für viele Köpfe verantwortlich zu sein. Und er fühlt sich dir gegenüber verantwortlich. Du bist seine Nichte, deine Eltern gilt es in seinen Augen würdig zu

vertreten. Dein Vater ist einer seiner besten Freunde. Was hätte
dein Vater getan?«

Evas Miene überzog ein träumerischer Schleier. Vater! Nur
kurz musste sie über die Antwort nachdenken.

»Vater«, sagte sie fest, »hätte sich Wilhelm einbestellt
und ihn inquisitorisch befragt. Hätte er keine wirklich guten
Argumente vorzubringen, wäre er nicht in der Lage, ihn hundertprozentig zu überzeugen, würde er ihn vom Hof jagen.«

»Siehst du! Und genau dasselbe darfst du jetzt von Justus
erwarten. Er will dein Bestes. Das wollte er immer schon.
Du weißt das, schließlich hast auch du seiner Umsicht viel zu
verdanken. Hätte er dich und deine Mutter damals nicht aus
Danzig herausgebracht, gäbe es euch beide heute vermutlich
nicht mehr. Und jetzt sind nicht die Russen hinter dir her, sondern nur die Liebe. Also lass ihn machen. Vertrau ihm! Und
jetzt setz dich endlich wieder hin.«

* * *

Ganz sicher war Eva nicht, ob es besser war, dass es nicht die
Russen waren, sondern die Liebe, vor der sie geflohen war. Am
frühen Nachmittag war Wilhelms Wagen auf dem Hof vorge-
fahren. Sie hatte es durch die Gardine beobachtet, hatte ihn
aussteigen sehen und einen Moment lang überlegt, ob sie ihrer
aufkommenden Gefühlswallung folgen und hinauslaufen sollte,
um ihn zu begrüßen.

Justus ließ es so weit nicht kommen. »Du gehst hinauf, Eva,
bis ich mit ihm fertig bin.«

Sie hatte nicht zu widersprechen gewagt, hatte ein Ohr an
ihre Zimmertür gepresst, aber nur leises Gemurmel im Vestibül
gehört. Dann war es stundenlang still im Haus gewesen.

Jetzt war die Sonne längst untergegangen und noch
immer hatte sie niemand erlöst. Nervös blätterte sie in dem

wunderhübsch gebundenen Buch, das sie im Hinausschlüpfen aus dem großen Bücherregal im Wohnzimmer gezogen hatte. Hardys »Far from the Madding Crowd«. Eva erinnerte sich, es mal als ganz junges Mädchen begeistert auf Deutsch gelesen zu haben. Jetzt schlug sie vorsichtig den dunkelgrünen Einband mit den verschlungenen, geprägten Goldlettern auf. Eine Erstausgabe von 1874! Eine, die offenbar zunächst als Geschenk eines Lord Sowieso – den Namen konnte Eva nicht entziffern – eine gewisse »dearest and loveliest« Lady Wentworth erfreut hatte, um später als Antiquität in Warthenberg'schen Familienbesitz zu geraten.

Eva entdeckte eine Widmung ihres Urgroßvaters Friedrich, datiert von 1917. Es musste die Zeit gewesen sein, als er, vielleicht zum letzten Mal, gegen Frankreich gezogen war, um nie mehr wiederzukehren. Ob er geahnt hatte, dass Charlotte, ebenso wie Hardys weibliche Hauptfigur, bald ohne einen Mann an ihrer Seite für ein riesiges Gut allein verantwortlich sein würde?

Eva las mal hier, mal da ein paar Zeilen, betrachtete die haarfein gezeichneten Illustrationen, erinnerte sich nach und nach lächelnd an den gesamten Inhalt, seufzte ein bisschen romantisch verklärt, konnte sich aber nicht richtig konzentrieren.

Wäre es doch Charlotte, die jetzt unten mit Wilhelm zusammensaß! Urgroßmutter, tja, die hätte solch eine Situation mit einem Fingerschnippen und dem ihr eigenen charmanten Lächeln in Wohlgefallen aufgelöst. Wie viel Charlotte mochte wohl in Justus stecken? Ob sich wohl der Onkel als Vermittler in Lebensfragen genauso bewähren würde wie seine weise Großmutter?

Sie hätte Eva auch gefragt: »Liebst du ihn?« Hätte sie Nein gesagt, wäre es Charlotte nur ein kleines Kopfschütteln wert gewesen, und sofort hätte sie die Lüge gerochen. Justus hatte auch den Eindruck gemacht, dass man ihn nicht an der Nase herumführen konnte. Selbst Erika war nicht zu täuschen gewesen. Wenn es denn alle besser wussten als sie selbst, musste sie nicht vielleicht ehrlicher mit sich sein? Konnte sie erwarten, dass ihr alles ohne Anstrengung in den Schoß fiel? Ganz einfach, ganz ohne Mühe? Thomas Hardys Bathseba hatte schließlich auch lange Irrungen und Wirrungen durchstehen müssen, ehe sie endlich einen klaren Blick auf ihren Gabriel gewonnen und im letzten Moment gerade noch die Kurve gekriegt hatte, ehe sie ihn beinahe verloren hätte.

Evas Blick fiel auf ihre kleine silberne Armbanduhr. Halb sieben. Ob sie nicht endlich mal fertig sein würden?

Nicht viel später klopfte es. Justus. Evas Herz erlaubte sich einen kleinen Hopser.

»Ist er noch da?«, war die erste Frage, die herausdrängte, und er nickte.

»Du hast ihn also nicht rausgeworfen?«

»Ich hätte keinen guten Grund dazu.«

»Du hast ihn auf Herz und Nieren geprüft und bist mit ihm einverstanden?«

»Selbst dein Vater hätte nicht kritischer sein können, und Clemens ist zweifellos der Typ Vater, der Bollwerke um sein Töchterchen aufbaut, ehe er einen Bewerber um ihre Hand akzeptiert.«

»Lupenrein in deinen kritischen Augen?«

»Ein ziemlicher Bruchpilot in Sachen Feingefühl dir gegenüber, das muss ich schon sagen. Aber im Grunde ein prima Kerl, dem übel mitgespielt worden ist. Meines Erachtens hat er sich aber, mal abgesehen von dieser blöden Geschichte an Heiligabend, vorbildlich korrekt verhalten. Ihr müsst nur unbedingt vernünftig miteinander reden, und dazu habt ihr jetzt Zeit und Gelegenheit. Wenn du willst, schicke ich ihn hoch.«

Eva nickte heftig, stand auf und drückte Justus. »Ich danke dir! Muss ich noch etwas wissen vorher? Hat er denn um meine …«

Justus löste Evas Arme von seinem Hals, nahm ihre Hände und schaute sie lächelnd an. »Hat er! In Ermangelung des Rosanowski'schen Familienoberhauptes habe ich mir erlaubt, meinen Segen stellvertretend für deinen Vater zu geben. Es liegt jetzt an dir, ob du ihm zuhören willst oder lieber die beleidigte Leberwurst spielst.«

»Och!«, machte Eva empört. »Ich bin keine beleidigte Leberwurst. Ich bin eine Frau mit schlechten Erfahrungen.«

»Und wenig Menschenkenntnis, mein Schätzchen. Von lauter bösen Erfahrungen ein bisschen verblendet und in ständiger Angst, das Schicksal hätte es garantiert immer nur in schlechter Absicht ausgerechnet auf dich abgesehen. Wenn ich dir jetzt noch einen Rat mitgeben darf: erst zuhören, dann nachdenken, dann handeln, ja?«

»Du redest mit mir wie mit einer dummen Göre. Das ist nicht nett«, maulte Eva.

Justus schüttelte den Kopf. »Du bist zweiundzwanzig, Eva. Du hast für dein Alter schon viel durchgemacht, insofern verstehe ich dich gut. Aber viel durchgemacht, das haben wir alle. Wir müssen es alle mal wagen, wieder an etwas zu glauben. An das Gute, das Schöne, die Zukunft. Und ruhig auch mal an die Liebe. In diesem Sinne … gib dem Mann eine Chance, überhäuf ihn nicht gleich mit Vorwürfen, lass ihn erzählen. Er hat auch Gefühle. Nicht nur du. Menschen machen manchmal auch Fehler. Man muss verzeihen können, und das tust du jetzt gefälligst.«

Eva salutierte lächelnd. »Jawoll, Herr Oberstleutnant!«

* * *

Wie er da in der Tür stand! Evas Herz zog sich zusammen. Zerknirschter hätte ein Mann nicht aussehen können. »Es tut mir so leid, Evchen! Bitte verzeih mir!«

Sie streckte ihm beide Hände entgegen. »Mir tut es auch leid, Wilhelm. Mein Onkel hat mir gerade geraten, ich möge in Zukunft erst hinhören, dann denken und erst danach handeln. Mir sind die Pferde durchgegangen.«

Er kam auf sie zu und schloss sie in die Arme. »Und ich dachte schon, jetzt hätte ich alles verspielt. Ich war so dämlich, dich nicht einzuweihen. Kann ich dir denn jetzt alles erzählen?«

»Du musst sogar! Komm, setz dich zu mir.«

Da saßen sie nun nebeneinander auf der Bettkante. Wilhelm hielt ihre Hand und sie schaute ihn auffordernd an.

»Der Beschluss des Familiengerichts kam drei Tage vor Weihnachten, Eva. Von dem Moment an, als ich das Schreiben öffnete, habe ich die ganze Zeit nur den Gedanken gehabt: Wie erkläre ich ihr das? Ich habe mir nämlich gedacht, dass du genau so reagieren würdest, wie du Mutter gegenüber reagiert hast. Das sah doch alles viel zu logisch aus. Passend, wie lauter Puzzleteile. Aber du musst mir glauben, ich habe nicht geahnt, dass dieser Entscheid herauskommen würde. Als ich ihn in der Hand hielt, habe ich mit Mutter gesprochen. Selbstverständlich hat sie sofort zugestimmt, ihre Enkel bei sich aufzunehmen. Vater hat ein bisschen gemurrt, aber wie sollte er sich gegen sie durchsetzen, und vor allem, was wäre denn die Alternative für die Jungs gewesen? Sofortige Durchführung hat das Gericht angeordnet. Ich konnte es gerade noch bis Heiligabend ziehen. Und dachte, wenn du die beiden erst mal ganz zwanglos im Familienkreis kennenlernst, immerhin die schönste Atmosphäre, die man so haben kann, hättest du schon mal einen Eindruck gewonnen, sie im besten Falle vielleicht sogar schon ein bisschen lieb gewonnen. Und ich hätte dir danach Genaueres erzählen können, wir hätten gemeinsam entscheiden können, wie wir in

244

Zukunft mit der ganzen Sache umgehen wollen. Dass ich damit alles versemmle, du, darauf wäre ich nie gekommen.«

Eva atmete tief durch. »Dass ich dann auch noch exakt die richtigen Fragen stellte, hat die Sache dann zur Eskalation getrieben. Deine Mutter dachte doch, du hättest mich aufgeklärt. Na ja, und dann habe ich alles so zusammengesetzt, wie es mir in mein pessimistisches Weltbild passt. Du warst unten durch bei mir. Deine Familie gleich mit.«

»Bin ich immer noch unten durch?«

Eva schüttelte den Kopf. »Nicht, wenn du mich jetzt rundum aufklärst. Erzähl mir. Ich will es genau wissen. Alles!«

Stunden vergingen. Sie gingen nicht hinunter zum Abendessen. Ida, die vorsichtig klopfte und nachfragte, ob sie denn zu Tisch kämen, bat Eva nur, etwas Kaltes und Tee heraufzubringen. Die liebevoll angerichteten Schnittchen rührten beide nicht an, bis sie weit nach Mitternacht fertig waren.

Wilhelm öffnete Eva die Augen über eine Ehe, die mehr als nur unglücklich gewesen war, über Zank, Streit, sogar Handgreiflichkeiten, über unbändige Wut, verletzten Stolz und Hörner. Wilhelm behauptete, man müsse sie ihm aus der Stirn wachsen sehen. Reihenweise. Eva lachte, fühlte nach, fand nichts. Doch, er fühlte sie. Vielleicht waren sie auch inzwischen nach innen gewachsen. Jedenfalls schmerzten sie ihn täglich.

So also war das gewesen!

Stefanie, die umjubelte Breslauer Soubrette. Im ersten Liebesrausch hatte sie ihm das Jawort gegeben. Ihm, dem Rosenkavalier, dem Verehrer mit den besten Manieren, dem attraktivsten Äußeren, dem charmantesten Auftreten. Ein gutes Jahr lang waren sie glücklich gewesen. Ein schönes Paar in Friedenszeiten! Dann war der Krieg ausgebrochen, Wilhelm eingezogen worden, 1940 kam der erste Spross zur Welt. Stefanie hatte geklagt. Nicht nur über Wilhelms stetige Abwesenheit, über die Tatsache, dass sie, wie so viele deutsche Mütter, plötzlich allein verantwortlich war. Sondern vielmehr über die »verdorbene Figur«, die sie so schwer wieder in den alten Zustand zurückzuhungern vermochte. Über die unverschämten Ansprüche des Säuglings, der ihr »den Busen ruinierte«. Über die mangelnde Freiheit, die ihr als »eingekerkertem Muttervieh« abhandengekommen war. Agnes war es gewesen, die den Jungen aufzog, kaum, dass die Mutter ihn zwei Monate lang gestillt hatte. Wilhelm war es gewesen, der den Jungen ernährte, der mit ihm spielte, ihm die Welt erklärte, wenn er daheim war. Stefanie aber war fortgegangen, weg aus dem »lächerlichen Kleinbürgertum« Beuthens, zurück ans Theater, zurück zu einem Heer von Verehrern, das vorwiegend aus hochrangigen NSDAP-Mitgliedern bestand, die sie schützten, protegierten, ihr jede Karrierechance zu eröffnen bereit waren, sie sogar dem »Führer« vorstellten und Hoffnung auf Engagements in Berlin schürten. Vor allen Dingen aber: zurück zu der Freiheit, ihr Bett zu teilen, mit wem auch immer es ihr gefiel.

Wilhelm, der Gehörnte, hatte vor lauter verzweifelter Wut ihr schneeweißes Brautkleid zerschnitten. Hatte ihr, als sie mit arroganten Worten ihre Hutschachteln und Kleiderkoffer zum Tor hinaustrug, gar ein volles, offenes Tintenfass hinterhergeworfen. Alles Dinge, die sie vor Gericht vorgebracht hatte, um seine Unbeherrschtheit zu dokumentieren. Allein ... der Richter war auch nur ein Mann gewesen. Und hatte weniger Wilhelms zwei unkontrollierte Momente als vielmehr Stefanies jahrelange Vernachlässigung des Kindes in Justitias Waagschale geworfen. Die wiederum hatte ein klares Übergewicht zu Wilhelms Gunsten registriert.

Er erzählte von der Fahrt durch feindliche Linien im geklauten Holzvergaser, zigmal unter Beschuss, x-mal beinahe erwischt, als er seine kleine Familie, die nicht mehr eigentlich seine Familie war, im allerletzten Moment aus Oberschlesien herausgebracht hatte. Sie hatte nicht gewollt. Hatte geglaubt, allein ihre Bekanntheit, ihre Schönheit, ihr Talent, ihre guten Beziehungen zu den richtigen Leuten würden sie schützen. »Dumme Kuh«, tobte Wilhelm jetzt noch, »an den Jungen hat sie überhaupt nicht gedacht!«

Fahnenflüchtig war er geworden, hätte standrechtlich erschossen werden dürfen, wäre nicht der Krieg im exakt richtigen Moment aus gewesen, wären nicht die Engländer genau an diesem Tag an seinem Ziel, in Braunschweig, einmarschiert.

Wilhelm hatte gedacht, hatte gehofft, dass sich alles zum Guten wenden würde. Weit weg von Stefanies altem Umfeld, plötzlich tatsächlich auf die Familie, auf ihren Ehemann angewiesen. Ein Weilchen war es gut gegangen. Dem Kleinen hatte sie sogar eine richtige Affenliebe entgegengebracht, den älteren Bruder weit in die zweite Reihe zurückgeschoben, ihn kaum beachtet. Ein Großmutterkind, das wenig Erfahrungen mit der eigenen Mutter hatte, am liebsten die Kernfamilie wieder gegen Agnes' Obhut eingetauscht hätte. Wilhelm klagte sich an, einen Fehler gemacht zu haben, indem er Horsts Signale überhört hatte. Nur in dem Bestreben, endlich alles richtig zu machen, zusammenzuhalten, was doch eigentlich immer schon zusammengehört hatte.

Wie Vater! Der Gedanke schoss Eva an dieser Stelle durch den Kopf, aber sie äußerte ihn nicht, wollte Wilhelm nicht unterbrechen.

Als Ulrich zwei Jahre alt gewesen war, hatte sich Stefanie »erholt«, und diese Erholung bedeutete nichts anderes, als dass sie in die alten Muster zurückfiel. Es war zum Eklat gekommen. Kaum hatte sie ein Engagement, verdiente wieder, warf sie ihn aus der ersten gemeinsamen Wohnung, verweigerte ihm jeden Kontakt zu den Kindern, nahm aber gern Wilhelms freiwillig angebotene, großzügige Unterhaltsleistungen und reichte auf den Tag genau zwölf Monate später die Scheidung ein.

»Ein schmutziger Krieg, Eva«, sagte Wilhelm. »Weit ab von gegenseitiger Achtung. Manchmal habe ich mich geschämt, aber es galt einfach, alles, was ich vorbringen konnte, auf den Tisch zu bringen, denn sie war alles andere als fair. Selbst meine Fahnenflucht hat sie mir jetzt in der Verhandlung gehässig zum Schlechten anrechnen lassen wollen. Und war am Ende empört, dass keiner sich mehr einwickeln ließ von ihrem Charme, ihrer Schönheit, ihrer Bekanntheit. Mir ging es längst nicht mehr um sie. Horst flüchtete sich häufig heimlich zu meiner Mutter, suchte Trost und wurde immer wieder schnellstens zurückgeholt. Ich glaube, er ist gebrochen, verbirgt das aber hinter seinem manchmal sehr rotzigen Auftreten. Und dem Kleinen hat sie, fürchte ich, eingeimpft, dass er eine diffuse Schuld am Scheitern unserer Ehe trägt. Beide wollen geliebt werden. Stefanie liebt ihre Kinder nicht. Sie hat auch mich nie geliebt. Sie liebt nur sich selbst.«

Sichtlich aufgewühlt, unübersehbar angegangen von den Eingeständnissen, die er hatte machen müssen, um sich vollständig erklären zu können, den Kopf gesenkt, die Hände gefaltet, saß er da. Ein Mann wie er, derart betrogen und gedemütigt, der musste sich doch entsetzlich schwertun, seiner neuen Geliebten all das zu beichten. Stolz und groß und stark wollten doch solche Männer wirken.

»Jetzt habe ich mich nackig gemacht, Eva!«, sagte Wilhelm noch. »Ich wollte keine Fehler machen, will dich doch nicht verlieren, kaum, dass ich dich habe. Fäll du dein Urteil über mich. Ich werde es akzeptieren.« Dann war er still.

Eva schluckte trocken. Sie schwankte zwischen Mitleid, das er hassen würde, und aufkeimender Wut über dieses verdorbene Weib, das ihm, das den Kindern das angetan hatte. Sie entschied sich für die Wut. »So ein Miststück!«, entfuhr es ihr und es kam aus tiefstem Herzen.

Sie aßen nicht und sie tranken nicht in dieser Nacht. Aber sie redeten. Stundenlang. Bis jeder dem anderen in die Abgründe der Seele geschaut hatte. Nie, glaubte Eva, als das erste Morgenrot sich ankündigte, hatte sie einen Menschen besser gekannt. Wir müssen weiterreden. Nachher. Morgen. Immer. Evas letzte Worte. Seine gemurmelte Zustimmung. Dann erst fielen sie in tiefen Schlaf.

* * *

So gerne erinnerte sich Eva später an die Tage in Blieschtorf zurück!

Der Nacht voller Eingeständnisse und Lebensbeichten waren zwei Tage in ganz neuer Einigkeit, gegenseitigem Verstehen und Fröhlichkeit gefolgt. Die ganze Familie machte den Eindruck, höchst zufrieden mit dem Verlauf der Dinge zu sein. Entzückt nahmen sie es auf, als Eva ihren Verlobungsring herumzeigte. Nicht nur das schöne Juwel mit dem von Brillanten umkränzten Smaragd gefiel ihnen.

»Der Mann schnackt nicht nur, der macht Nägel mit Köpfen«, sagte Erika nach einem anerkennenden Blick auf Evas hingestreckte Linke, und Arndt grinste: »Wenn er Vater um ihre Hand bittet, wird er es wohl auch ernst meinen.«

Für Eva war der grüne Stein viel mehr als nur ein Schmuckstück. Er repräsentierte alles, was sie sich gesagt hatten und was sie sich nicht hatten sagen müssen, er stand für all die Gefühle, die sie sich gegenseitig eingestanden hatten, als sie in der vorweihnachtlich geschmückten Braunschweiger Einkaufsstraße zusammen vor dem Juweliergeschäft gestanden hatten. Jedem sein Grün. Jedem allen Bedeutungsinhalt, den sie damit verbanden. Und der jetzt sie beide verband.

Ins Herz hatte Eva auch Wilhelm mit ihrem Geschenk getroffen. Die goldene Krawattennadel in Form eines Kranichs hatte zwar ihre schmale Börse fast bis auf den Grund geleert, aber Wilhelms Freude entschädigte für jede Sorge um die resultierende finanzielle Knappheit.

Was hätte auch besser zu ihm gepasst? Nicht nur Goethes »Und über Flächen, über Seen, der Kranich nach der Heimat strebt« war ihr beim Kauf in den Sinn gekommen. Auch die Symbolik als Glücksvogel, als Synonym für Wachsamkeit und Klugheit, Stolz und Erhabenheit. Außerdem passte er einfach zum Flieger.

Nun galten sie also als verlobt. Feierten ein wenig im Familienkreis, ließen sich mit Glückwünschen überschütten und kippten sich ein bisschen einen hinter die Binde. Als sie fuhren, war Wilhelm Teil der Sippe geworden. Eva wusste, sie hatte ihre Entschuldigung bei Agnes noch vor sich. Aber sie fühlte sich stark an seinem Arm. Stark genug für ihren Gang nach Canossa, sprich in Agnes' Küche (oder besser »Kiche«), vor dem sie ziemlichen Bammel hatte. Was hatte sie ihr alles an den Kopf geworfen! Oha! Ganz genau hatte sie sich zurechtgelegt, was sie sagen wollte, und durfte sehr schnell erleichtert durchatmen, denn ihre Schwiegermutter in spe zeigte vollstes Verständnis für Evas Reaktion. Agnes bekundete, sie selbst hätte in dieser Situation ungefähr genauso reagiert. So wäre das eben bei temperamentvollen Frauen, die sich nicht alles bieten ließen, und nahm Eva am Ende ihrer wortreich und sehr zerknirscht vorgetragenen Entschuldigungsrede in die Arme. »Schwamm drieber. Hauptsach', nu ist alles gut, Evchen!«

Es war alles gut!

Schon im Januar stand Eva ganz selbstverständlich an seiner Seite, als der Präsident des deutschen Aero-Clubs die Ehrung für die beste Segelflugleistung des Vorjahres verlieh. Die Nadel machte sich prächtig neben dem Kranich.

16

JULI 1957 – SOMMERFRISCHE

Nach und nach bezogen die beiden die Kinder mehr in ihre Lebensabläufe ein. Wilhelm zeigte sich bemüht, keine allzu scharfen Übergänge zu schaffen, um alle langsam daran zu gewöhnen, miteinander umzugehen. Dokumentieren tat er alle Vorgänge wie immer begeistert mit seiner Kamera.

Da waren kurz nach Evas letzten bestandenen Prüfungen die Sommerferien, die sie mit den Buben an der See verbrachten. Camping war *die* Neuentdeckung der Deutschen geworden. Bestens vorbereitet mit allem, was der anspruchsvolle Freiluftfreund sich wünschen konnte (Wilhelm hatte den Zubehörladen regelrecht geplündert), den Kofferraum des Mercedes vollgequetscht, bis er kaum noch zuging, den Dachgepäckträger turmhoch beladen, wetterfest mit einer Plane abgedeckt, die sich tatsächlich nur einmal kurz auf Höhe von Celle, dann wieder bei Lübeck flatternd zu lösen drohte, erreichten sie zu viert den Weissenhäuser Strand.

»Bauen Sie auf, wo Sie wollen«, sagte ein tief entspannter Platzwart, wies mit weitschweifender Armbewegung in Richtung Meer und zeigte dann auf einige roh zusammengezimmerte Bretterbuden. »Klo und Wasser da drüben.« Sonst gab es hier nichts als breiten, feinsandigen Strand, frische Luft, blauen Himmel, muntere Wellen und hier und da, breitwürfig verstreut, ein paar Gleichgesinnte. Solche von der Art, die den offensichtlich ungeübten Campern unaufdringlich, aber mit kundiger Hand beim Aufbau schwerer Zeltbahnen behilflich waren und sich dann einschließlich freundlicher Worte wieder in oder vor ihre gewachsten Baumwollbehausungen zurückzogen, ohne weitere Ansprüche bezüglich enger Vergesellschaftung zu stellen.

Sie waren zu viert allein im Paradies. Unter nagelneuen Segeltüchern mitsamt dem Luxus zweier getrennter Schlafabteilchen. Nur selten ließen die ebenso nagelneuen Matratzen Luft ab, die Schlafsäcke bewährten sich genauso wie Esbitkocher und Plastikgeschirr, das Wetter spielte mit, die Freiheit war grenzenlos.

Na ja, beinahe. Denn Wilhelm brachte Disziplin und Struktur in die Sache. Gleich frühmorgens trommelte er die Jungs mit Kochlöffel und Blechdeckel lautstark aus der Koje und scheuchte sie in die See. Nicht ohne Seifenschale und Zahnbürste. Eiskalt gewaschen, die Münder von Zahnpasta und Salzwasser ganz backig, gab es Eier, Marmelade, Butter und frische Brötchen, die Wilhelm höchstselbst allmorgendlich im Rahmen eines ersten Sportprogramms vom etwa zwei Kilometer entfernten Bäcker im Dorf holte. Er brauchte dafür selten mehr als eine halbe Stunde, denn er liebte es, zunächst über den nassen Sandstreifen am Ufer, dann durch das kleine Kiefernwäldchen, dann den Feldweg entlang bis ins Dörfchen zu rennen.

Erst wenn er wiederkam, küsste er Eva wach. Ihr Schlafbedürfnis war während der ersten Ferientage enorm. Natürlich, das gesunde Reizklima. Vielleicht auch die kurzen Nächte. Immer um Stillschweigen bemüht, damit die Jungs nicht mitbekamen, was sich zwei dünne Baumwollbahnen nebendran abspielte …

Wilhelm jedenfalls pflegte seine Söhne zu scheuchen. Nach dem morgendlichen Schwimmen trieb er sie zum ersten, respektive *seinem* zweiten Strandlauf. Nach dem Mittagessen, das er gemeinsam mit Eva zuzubereiten pflegte, ging es in die »Botnik«, sprich, die Erkundung der nahe oder auch etwas ferner gelegenen Gegend stand an. Nahrungsmittelbeschaffung inklusive, denn ob der enormen Temperaturen und Ermangelung vernünftiger Kühlung (nur ein paar Getränkeflaschen dümpelten an Schnüren im seichten Uferwasser) gab es kaum etwas auf Vorrat.

Horsts Genöle, man können das doch weiß Gott auch mit dem Auto erledigen, dann müsste man nicht alles schleppen, wischte er mit der Anmerkung weg: »Du hast zwei gesunde Arme, mein Sohn, also kannst du schleppen. Stell dich nicht so an. Das Auto bleibt stehen, bis wir wieder heimfahren.«

Eva liebte es, in einem weiten, luftigen Strandkleid oder gleich im Badeanzug barfuß oder nur in leichten Sandalen die Tage zu verbringen. Nicht getrieben. Von nichts. Ohne Sorgen, ohne Pflichten, sah man mal vom Abwasch am Meer ab. Einfach waren die Mahlzeiten. Manchmal nur etwas frisch geräucherter Fisch aus dem Papier zu knackigen Brötchen, mal eine heiß gemachte Suppe aus der Dose. Am Nachmittag Obst vom Bauern, Kirschen und Himbeeren waren gerade reif, hin und wieder ein Stückchen Zuckerkuchen zu einem Blechpott Kaffee, frisches Gemüse und belegte Brote zum Abend.

Dösen im Sand, die Bücher lesen, die sie schon lange hatte lesen wollen. Bis Wilhelm zur nächsten sportlichen Betätigung pfiff. Ringtennis, Wasserball, Fußball, Gymnastik. Vergeblich bemühte er sich, Eva den Kopfstand beizubringen. Immer wieder kippte sie trotz seiner Hilfestellung lachend in den Sand. Dem kleinen Ulrich gelang da weit besser, was der Vater ihm in unglaublicher Körperbeherrschung (»Schau mal, so! Ganz, ganz langsam positionieren, Ulli, Gleichgewicht suchen, jawoll, jetzt den Rücken straffen, die Beine langsam hoch und nun strecken.«) vormachte. »Bravo, mein Sohn!«, applaudierte er begeistert. »Hast du das gesehen, Eva!«

Hatte sie und klatschte begeistert mit. Ein wenig Federball in der Abendflaute. Oder auch mal nur eine Runde Boccia, wenn Wilhelm, was selten war, seine trägen fünf Minuten hatte. Für Ulli eine Runde Siebzehn und Vier oder Streichholzziehen vor dem Essen. Manchmal gemeinsam angeschwemmtes Holz sammeln für ein abendliches Lagerfeuerchen, an dem man so herrlich Stockbrot ankohlen konnte. Den klaren Sternenhimmel über den Köpfen, den Mond über der See. Das Rauschen der Wellen im Ohr, den Liebsten wärmend an der Seite, denn die Nacht am Meer war kühl. Dann holte Eva ihre neue Mundharmonika heraus und spielte.

Ansonsten Tage voller Sonne auf der Nase, Wind im Haar, das immer steifer und widerspenstiger wurde vom vielen Salz, bis man sich mal wieder einen Eimer Süßwasser über den Kopf schütten lassen musste. Schäumen, spülen … hielt nicht lange, die Pracht, die immer hellere Strähnen bekam. Glitzernde Salzwasserperlen auf Pigmentan- und Piz-Buin-geschützter Haut. Ein Geruch von Meer, Tang, Creme und Ozon, den Eva nie vergessen wollte.

Nächte voller Liebe. Und Sand im Bett.

Horst hatte sich nach ein paar Tagen schon einer Gruppe Jugendlicher angeschlossen, auch Mädchen dabei, die sich tags im Wasser tummelten, abends auf den Swutsch gingen. Was nicht viel mehr bedeutete, als dass sie ihr eigenes Feuerchen machten, heimlich rauchten, eine Flasche billigen Rotwein kreisen ließen und die Mädchen zum Knutschen zu überreden versuchten. Machte nichts, fand Wilhelm, immerhin müsse er langsam Erfahrungen sammeln und alles ausprobieren. »Die

Mädchen auch?«, fragte Eva neckend. »Die auch«, grinste Wilhelm und zog sie zu sich heran.

Der kleine Ulli, der für Evas Verständnis viel zu wenig aß, viel zu viel träumend herumsaß und sich nicht mit der ganz rechten Freude an Vaters Sportplan beteiligen wollte, hatte immerhin auch einen kleinen Freund gefunden und verbrachte mit ihm viel Zeit beim Sandburgenbau und Krabbenfangen an Zeltschnüren mit kleinen angebundenen Wurst- oder Käsestückchen. Sie fingen sie, taten sie in einen Wassereimer, sahen ihnen zu, wie sie verzweifelt versuchten zu entkommen, und wenn Eva dazukam und sagte: »Die Armen, lasst sie doch zurück ins Wasser!«, taten sie das brav. Und fingen neue. Ein ewig währendes Spiel.

Weithin war der Strand einsehbar. Eva und Wilhelm verloren die Kinder nicht aus den Augen, und Ulrich hatte es sowieso nicht so sehr mit dem Wasser, also bestand wenig Gefahr für ihn.

»Denkst du, Ulli leidet unter der Scheidung?«, fragte Eva einmal und schaute nachdenklich über den Rand ihrer kreisrunden Sonnenbrille hinweg zu Wilhelm hinüber, der sich lang ausgestreckt auf der Decke neben ihr die Sonne auf den Bauch scheinen ließ.

Wilhelm schob den Strohhut über die Augen hoch. »Er ist sehr sensibel. Viel sensibler noch als Horst. Früher ist mir manchmal sogar durch den Kopf gegangen, der Große ist gar nicht von mir. Ein ganz anderes Kind.«

»Das habe ich auch schon überlegt«, gab Eva zu. »Er sieht dir auch so gar nicht ähnlich.«

»Es ist, wie es ist, Evchen. Für mich ist Horst mein Sohn. Und du hast recht. Ulli macht mir auch etwas Sorgen. Er verpackt alles nicht so leicht. Ich denke aber, wenn er jetzt eine stabile Familie bekommt, alles endlich eine feste Ordnung hat, wird er zu sich kommen.«

Ja. Das war der Plan. Im August sollte geheiratet werden, und dann stand auch der Einzug in die Neubauwohnung an. Vier Zimmer! Küche, Bad, Balkon. Eines von Richards Bauprojekten in der lindenbestandenen Celler Straße hatte unlängst das Richtfest erlebt. Genug Platz für die junge Familie. Moderner Standard. Gute Lage, Innenstadtnähe, beste Infrastruktur, die Schulen nicht weit. Eva und Wilhelm freuten sich auf ihr erstes gemeinsames Nest mitsamt den Kindern. Was machte es da schon, dass Horst, dessen junge Männlichkeit unübersehbar erwacht war, Eva immer wieder sehr eindeutige Blicke zuwarf? Hier war alles leicht, alles freizügig, man war den ganzen Tag halb nackt. Zu Hause würde er sich schon benehmen.

17

AUGUST 1957 – HOCHZEIT

In der wuchtigen neugotischen Paulikirche, einem der vielen Gotteshäuser Braunschweigs, denen die Engländer am 15. Oktober 1944 den Turm weggeschossen hatten, sollte im August die Trauung stattfinden.

Eva hatte sich für Justus und Erika, Wilhelm für seinen Bruder Richard und seinen Vater Friedrich als Trauzeugen entschieden.

Obwohl Agnes die Position an sich nicht zustand, gebärdete sie sich mit Begeisterung wie die Brautmutter (»Man muss dem Mädl doch irgendwie die Mama ersetzen!«) und hatte es sich in den Kopf gesetzt, eine Feier auszurichten, von der die Nachwelt nach Jahren noch berichten würde. Wie günstig, dass Wilhelm seine erste Ehe nicht in der Kirche geschlossen hatte! Stefanie, das »gottlose Geschöpf«, hatte sich geweigert. Nun endlich bekam Agnes ihre kirchliche Trauung. Zwar passte es ihr nicht so recht, dass ihr bevorzugter katholischer Geistlicher es ablehnte, die evangelische Eva dem katholischen Wilhelm anzutrauen, doch nach einigem Hin und Her erklärte sie sich »in Gottes Namen« mit Wilhelms Vorschlag einverstanden,

den wesentlich zugänglicheren Pfarrer der protestantischen Pauligemeinde darum zu bitten.

Agnes kannte eine geschickte Schneiderin, die nicht nur für Eva einen weißen Traum aus Spitze und Seide schneiderte, sondern auch noch drei kleine Mädchen aus ihrer Nachbarschaft in hellblaue, lange Kleidchen aus Kunstseide hüllte. Die beiden Kleinen sollten Blumen streuen, der etwas Größeren sollte die Ehre zuteilwerden, Evas sechs Meter lange Tüllschleppe zu tragen. Friedrich wies sie an, sich um die Kutsche zu kümmern, und tatsächlich wurde er im Reit- und Fahrverein fündig.

Es war ein gewaltiger Menschenauflauf vor dem Haus in der kahlen, langweiligen Nußbergstraße, wo nie etwas Besonderes passierte, als Eva bei dämsiger Augusthitze an Agnes' Hand dem in der Kalesche wartenden Wilhelm zugeführt wurde. Wann bekam man so etwas schon geboten? Da ließ man doch alles stehen und liegen und machte sich den Spaß, mitzulaufen.

Die beiden Schimmel zogen auf das Peitschenwippen des zylinderbehuteten, livrierten Mannes auf dem Bock sanft an. Alles, was Zeit und Beine hatte, ob nun dazugehörig oder nicht, folgte der Kutsche die paar Straßen weiter zur Kirche. So voll hatte der Pastor sein Gotteshaus an einem Freitagmittag höchstwahrscheinlich lange nicht gesehen. Umso mehr Verve entwickelte er bei der Zeremonie.

Was für eine schöne Trauung! Es machte gar nichts, dass sich eines der Blumenmädchen auf dem Weg zum Altar einmal direkt vor dem Brautpaar langmachte und das ganze Körbchen auskippte.

»Nicht schlimm, Mariechen«, sagte Eva lächelnd und reichte ihr die Hand. »Hauptsache, du hast dir nicht wehgetan.« Die Kleine sammelte sich und die Blüten wieder ein und schritt hochroten, aber erhobenen Kopfes emsig streuend weiter, während die Gäste in den Kirchenbänken murmelten: »Sie wird eine gute Mutter.«

Eva fing Wilhelms Blick auf. Er nickte lächelnd und drückte verstohlen ihre Hand.

Wilhelms Söhne saßen steif und aufrecht in dunklen Anzügen und weißen Hemden, Schlipse korrekt gebunden, zwischen Agnes und der langen Reihe naher Familienangehöriger in der ersten Bank. Ihre Großmutter machte ein höchst zufriedenes, Horst ein gelangweiltes und der kleine Ulli ein verschrecktes Gesicht. Eva warf ihm im Vorbeigehen ein Zwinkern zu. Bald vorbei, halt dich tapfer, mein Kleiner, sollte es bedeuten, und ein zaghaftes Funkeln in seinen samtbraunen Augen bewies Eva, dass er es richtig verstanden hatte. Sie wusste, er mochte große Menschenansammlungen nicht, konnte Lärm schwer ertragen, war überfordert, wenn allzu viele Eindrücke gleichzeitig auf ihn einstürmten. Gerade im Moment würde er sicherlich fürchterlich leiden.

In guten wie in schlechten Zeiten, die Ja-Worte, der Kuss. Siegel, bis dass der Tod sie scheidet. Orgel und Glockengeläut. Reis, Glückwünsche, Blumen, Umarmungen, Fotos auf der Kirchentreppe.

Dann mit der Kutsche das Stückchen Jasperallee hinunter, die früher Kaiser-Wilhelm-Straße geheißen hatte und das Theater nebst knapp danebenliegendem Schloss mit dem Exerziergelände am Nußberg verband. Gesäumt war die breite Allee einst von herrlichen Bürgerhäusern gewesen, von denen heute noch immer etliche in Schutt lagen. Zu Kaisers Zeiten hatte der breite grüne Mittelstreifen unter Bäumen den Husaren als Reitweg gedient. Zu Hitlers Zeiten schepperte die Straßenbahn darauf entlang und man nutzte die Prachtstraße zum Aufmarsch bei Kundgebungen der NSDAP.

In den kleinen Berg hatte man ein Bunkertunnelsystem getrieben, obenauf stand die Flakabwehr. »Beste Sicht über die Stadt«, hatte Eva mal zu Wilhelm gesagt, als sie eines lauschigen Abends einen Spaziergang hinauf gemacht, der Sonne beim

Untergehen zugeschaut und die zerbombte Anlage besichtigt hatten.

»Beste Position zum Redenschwingen für den GrölFaZ«, hatte Wilhelm den »größten Führer aller Zeiten« verhohnepipelt und Eva erzählt, wie es gewesen war, als er einmal während seiner Stationierung einen solchen »Budenzauber inklusive Fackelzug« miterlebt hatte.

Jetzt war das Ziel der ganzen Hochzeitsgesellschaft die pittoreske Holzvilla am Fuß des Hügels, die schon immer als stadtnahe Ausflugsgaststätte gedient hatte. Gelegen unter alten Kastanien, mochten sich hier früher schmucke Offiziere mit ihren Damen zu einem Diner oder zu Mokka und Torte getroffen, vielleicht auch im Kaffeegarten einem Sonntagskonzert gelauscht oder unterm hübschen Pavillondach das Tanzbein geschwungen haben.

Heute feierten sie hier Evas und Wilhelms Hochzeit. Mit Diner, mit Musik, mit Mokka und Torte, mit Tanz, reichlich Alkohol und allem Pipapo. Agnes hatte auffahren lassen. Aus der geplanten Gästezahl von gut achtzig (Familie, Freunde, Fliegerkameraden, von Evas Seite auch Gerda, Antoni und Sophie nebst frisch Angetrautem) waren ob der Sogwirkung weit über hundert geworden. Agnes ließ mehr Gedecke auflegen. Heute spielte es keine Rolle. Niemand, der sich angeschlossen hatte, sollte nach Hause geschickt werden, denn ihr »Goldener« heiratete schließlich und da hatte sie die Spendierhosen an. Von der Veranda aus überwachte sie das Treiben, scheuchte in altbewährter Manier die Serviermädchen und Kellner, behielt die Sache im Griff, wie sie es von früher gewohnt war. Der gutmütige Eigentümer ließ sie gewähren.

Als der Abend begann, die Musik aufspielte, der Alkoholpegel bei den Gästen langsam stieg, genehmigte sich Agnes einen doppelten Cognac und begann sich zu entspannen. Gut hatte sie das gemacht, fand sie. Jetzt war auch der Goldene unter der Haube und sie würde schon bald endlich die Hände wirklich in den Schoß legen und mit einem zufriedenen Blick auf ein langes, arbeitsreiches Leben das Rentnerdasein genießen können.

Eva tanzte sich buchstäblich die Füße wund. Irgendwann gegen elf streifte sie die neuen Quälgeister ab und tanzte barfuß weiter. Barfuß! Neu erwachtes Selbstbewusstsein? Na, man sah ja nichts unter dem bodenlangen Kleid ...

Was für ein herrlicher Tag! Mitten unter Familie und Freunden die unumstrittene Hauptfigur. Ein bisschen Bammel hatte sie davor gehabt, denn Eva war es schließlich nicht gewohnt, im Mittelpunkt zu stehen.

Aber es fühlte sich gut an. Wer hätte das gedacht? Sie flirtete charmant, wies keinen zurück, der sie um einen Tanz bat, trank vorwiegend Apfelsaft, aber auch immer mal wieder ein paar Schlucke Sekt. Wilhelm trank wahrscheinlich vorwiegend keinen Apfelsaft, stellte sie gegen Mitternacht fest, denn er schien ihr langsam zunehmend angeschickert. Na, ob das noch was werden würde mit der Hochzeitsnacht? Bisschen glasig war sein Blick schon.

»Sollten wir uns nicht langsam absetzen? Sonst wird das nichts mehr mit uns beiden heute Nacht«, schlug sie mit einem verführerischen Lächeln vor und schmiegte sich in seinen Arm.

»Du hast recht, meine Königin.«

War da Lallen zu bemerken?

Niemand nahm es dem Brautpaar übel, dass es sich verabschiedete. Und Eva nahm es Wilhelm auch nicht übel, dass es ihm nur noch mit Mühe gelang, sie über die Schwelle zu wuppen. Aber sofort, in voller Montur, rücklings aufs Bett zu kippen und einzuschlafen, das nahm sie ihm schon übel. Das war kein anständiger Vollzug der Ehe, so ging das nicht, das widersprach jeder guten Sitte.

Also klopfte sie ihn wieder wach, bestand auf der Pflichterfüllung, die ihm heute ungewöhnlicherweise nur mehr schlecht als recht glückte, und fiel mit dem Gefühl in erschöpften Schlaf, dass nun alles ordentlich erledigt und außerdem wunderbar sei.

* * *

Wunderbar wurde auch die Flitterwoche, die sie sich vorgenommen hatten. Der Luftsportverein hatte sich im Weserbergland mit einer befreundeten, dort ansässigen Fliegergruppe auf die gelegentliche gemeinsame Nutzung eines herrlichen Geländes verständigt. Wilhelm beabsichtigte, zwei Fliegen mit einer Klappe zu schlagen, sowohl einen Lehrgang für die Braunschweiger Truppe durchzuführen als auch mit Eva die Flitterwoche zu genießen.

Mit einer Frau, die der Leidenschaft ihres Gatten gelangweilt oder skeptisch gegenüberstand, hätte man solche Pläne niemals durchsetzen können. Aber Eva war von der Idee begeistert gewesen. Tags war sie Flugschülerin, fügte sich brav und diszipliniert Wilhelms Anweisungen, genoss das ungewohnte Fluggelände mit seinen speziellen Anforderungen, bewies ihm, was sie an kunstfliegerischen Figuren schon konnte, zeigte ihm die neu erlernte Rolle, erntete ehrliche Anerkennung. Und starb beinahe tausend Tode, als Wilhelm das Ruder übernahm und ihr etwas zeigte, das sie bitte nie, wirklich nie nachmachen sollte. Allen Ernstes flog er die Maschine unter einer Telegrafenleitung hindurch, um sie danach sanft und sicher in eleganten Spiralen wieder in die Höhe zu schrauben.

»Du bist irre!«, schrie Eva, aber in Wirklichkeit war sie voller Bewunderung.

Ab dem Spätnachmittag war sie Braut in einer zauberhaften, ein wenig wilden, sehr naturbelassenen Landschaft.

Wilhelm fotografierte sie. Die Röcke hochgeschlagen bis über die Knie in einem glasklaren Bächlein, einem Papierschiffchen hinterherstaksend, das er ihr gefaltet hatte. Dekorativ in tiefgrünen Farn gebettet. Im Profil gegen dunkle Tannen. Im Geäst einer knorrigen Eiche sitzend und mit den nackten Beinen baumelnd. Einen Zitronenfalter auf dem Zeigefinger, die Lippen zum Anhauchen geformt. Vor der Maschine, einen Ellenbogen locker aufgestützt, in weißer Bluse und sandfarbenen Bundfaltenhosen, die Lederkappe auf dem Kopf, mit Sonnenbrille. Sogar hoch oben in den Lüften, konzentriert am Ruder, Halbprofil.

Wilhelm zeigte für seine Knipserei beinahe dieselbe Leidenschaft wie fürs Fliegen. Seine neue Leica M3 mit den per Bajonettklick austauschbaren Objektiven war ihm heilig, so heilig, dass sogar die Jungs auf die Finger bekamen, wenn sie ab und zu mal versuchten, Vaters Kamera auszuprobieren. Ulrich schien ganz in seine Fußstapfen treten zu wollen. Während Horst, dem es zweifellos an künstlerischer Veranlagung fehlte, nichts anderes zustande brachte als unscharfe Fotos von vorbeifahrenden Autos, attestierte Wilhelm dem Kleinen einen »guten Blick für schöne Motive« und vermachte ihm seine alte »Box«. Ulli freute sich wie ein Schneekönig. Stundenlang konnte er sich mit dem kantigen, einfachen Apparat beschäftigen und bewies mit wirklich schönen Ergebnissen Talent. Sein großer Bruder maulte ausgiebig über die Ungerechtigkeit, leer ausgegangen zu sein, und Wilhelm versprach ihm, sich auch für ihn etwas einfallen zu lassen.

Eva hatte ihre ganz eigenen Überlegungen zum Thema Fotografiererei. Hoch oben im Baum sitzend diskutierte sie mit Wilhelm, während er sie von unten aus in Positur rückte. »Musst du die Welt immer bloß durch die Linse betrachten? Du kommst ja gar nicht zum Genießen«, warf sie ihm halb ernsten, halb scherzhaften Tonfalls vor.

»Aber du wirst dich freuen, wenn du nachher alle Erinnerungen hübsch zusammen in ein Album kleben kannst. Das bleibt, das kann man immer wieder betrachten, das kann man anderen zeigen.«

»Schon, schon«, gab sie zu. »Aber weißt du, ich habe noch nie fotografiert und trotzdem alle meine Erinnerungen hier oben«, sie tippte an ihre Stirn, »und da.« Eva legte ihre Hand aufs Herz. »Manche möchte ich gar nicht teilen. Und manche lieber ein für alle Mal vergessen. Dazu kommt noch: Sind sie auf Papier gebannt, bilden sie sowieso nur die halbe Wahrheit ab. Ihnen fehlt etwas, finde ich.«

»Was denn?«, wollte er wissen und gab schon wieder gestenreiche Anweisungen, wie sie die Füße halten sollte, damit es graziös aussah.

»Deinen Fotos wird am Ende der Duft des frisch gemähten Korns auf dem Feld da drüben fehlen. Es wird das Gefühl der rauen Baumrinde unter meinem Hintern fehlen. Und das Gefühl, das ich habe, wenn ich dich da unten so stehen sehe. Meinen Mann! Mit dem ich gleich in die nette Pension im Ort gehen werde, der mich auffangen wird, wenn ich hier herunterspringe, dessen warme Hände ich dann um meine Taille spüre, vielleicht sogar dessen Lippen auf meinen. Das, mein Lieber, kannst du alles nicht einfangen mit deiner Kamera.«

Wilhelm überlegte einen Moment, dann lächelte er zu ihr herauf. »Aber wenn ich später will, kann ich jederzeit die Bilder ansehen, und dann wird meine Fantasie anspringen, dann werden all die Gefühle zurückkehren, die ich jetzt, in diesem Augenblick, habe. Mein Kopf hingegen wird vielleicht gar nicht genügend Platz in seinen Schubladen haben, um alles, was wir gerade erleben, abzulegen.«

Eva seufzte. »Auch ein Argument. Aber kannst du denn jetzt, in diesem Moment, alles richtig erleben? Ich könnte das nicht, wenn ich mich ständig auf die Technik konzentrieren müsste.«

»'türlich kann ich«, behauptete er und reckte selbstbewusst sein Kinn in die Höhe. »Ich bin eben ein Universalgenie.«

»Dann fang mich auf, du Universalgenie«, kicherte Eva und ließ sich direkt in seine Arme gleiten. Sie jedenfalls hatte genossen und jede Sekunde des Nachmittags ohne irgendeine Ablenkung voll ausgekostet. Na schön, möglicherweise würde sie sich wirklich freuen, später noch einmal alles auf Papier bewundern zu können, aber sie wusste, keine Minute dieser herrlichen Flitterwoche würde sie je vergessen.

Wie war's? Es war wundervoll! Das Album mit den Bildern würden noch ihre Enkel betrachten und wissen: So hatte er sie gesehen, so hatte sie sich gefühlt.

18

BRAUNSCHWEIG, HERBST 1957 – MUTTERPFLICHTEN

Eva brachte etwas mit aus dieser Flitterwoche.

Schon während der Umzugswoche bemerkte sie eine zunehmende morgendliche Unpässlichkeit. Ein paar Tage lang schob sie es auf den Stress. Aber sie war nicht blöd. Als vierzehn Tage später ihre Periode ausblieb, gab es keinen Zweifel mehr für sie. Eines Morgens, Evas »Männer« waren außer Haus, rief Eva bei Gerda an und holte sich die Bestätigung für ihren Verdacht schon mal aus Hebammenhänden, denn für einen ersten Gynäkologentermin war es noch viel zu früh. Es gab ein paar Tipps und herzliche Glückwünsche.

»Wie schade, dass es Constanze nicht erfährt …«, sagte Gerda. »Sie wäre eine begeisterte Großmutter.«

»Du weißt auch nichts Neues, nicht wahr?«

Eva wusste, die Frage war letztlich lediglich rhetorisch. Trotzdem schwiegen beide Frauen einen Moment lang, es waberte ratloses Bedauern durch die Leitung.

»Ob wir jemals etwas erfahren werden? Justus' Anwalt hat sich sogar an die Bundesregierung gewandt.«

»Ach, Evchen, die halten doch dicht da drüben. Würde mich nicht wundern, wenn sie bald auch nicht nur dichthalten, sondern auch dichtmachen. Manchmal habe ich Angst. Berlin liegt mitten in der sowjetisch besetzten Zone. Ich mag mir gar nicht ausmalen, wie es werden könnte, wenn sie ringsrum alles zumachen. Dann hocken wir hier eingesperrt auf einer Insel. Als Danziger ist man das ja irgendwie gewohnt, aber ganz ehrlich, ich habe mehr Angst vor den Russen, als ich sie jemals vor den Polen hatte. Jedenfalls glaube ich langsam nicht mehr an die Wiedervereinigung beider Teile Deutschlands.«

»Ich auch nicht, Gerda. Wenn ich mir vorstelle, wie Berlin dann versorgt werden soll … Transporte mitten durch die SBZ? Da wäre bestimmt ständiges Theater vorprogrammiert. Aber vielleicht kommt es ja nicht so weit. Vielleicht werden sie doch noch normal. Ich vermisse meine Eltern, Gerda. Es ist schrecklich, sie haben doch niemandem etwas getan. Warum bloß? Wenn ich nur wüsste, was zu ihrem Verschwinden geführt hat. Ob es wirklich nur mein Umsiedeln war?«

»Glauben wir nicht, Eva. Bei uns ist diese Sache auch immer wieder Gesprächsthema. Antoni hat da so seine eigenen Theorien. Er glaubt, dass es irgendwas damit zu tun haben muss, was dein Vater in den letzten Kriegsjahren getan hat.«

Eva war elektrisiert. »Was war das? Weiß er irgendwas?«

»Du kennst doch deinen Vater. Hat er dir gegenüber irgendwas verlauten lassen?«

»Nichts! Nie! Ich habe ja ein paar Ansätze gemacht, aber er hat immer blockiert. Immer nur gesagt, er müsse verarbeiten und vergessen, man dürfe jetzt nur noch vorwärtsblicken. Kannst du dir vorstellen, wie scheußlich das ist? Nichts wissen sollen, den eigenen Vater nicht verstehen können?«

»Ja, Eva, das kann ich mir vorstellen. Clemens und Constanze sind unsere besten Freunde. Uns geht's doch genauso. Sie hinterlassen eine Lücke, die wir nicht schließen können. Es muss andere Hintergründe haben als nur deinen Entschluss, im Westen zu bleiben, da sind wir sicher. Ich an deiner Stelle würde auf jeden Fall aufhören, mir Vorwürfe zu machen.«

»Ich will es versuchen. Denke ich drüber nach, werde ich sowieso verrückt. Aber weißt du, nicht mal zu euch nach Westberlin würde ich mich trauen. Ich müsste durch die Zone. Und wer weiß, vielleicht käme ich dann nicht mehr nach Hause zurück.«

»Diese Sorge kann dir keiner nehmen. Es verschwinden Menschen. Irgendwie erinnert mich das verdammt an die Zeit damals, als jüdische Nachbarn verschwanden. Natürlich, es ist nicht so offensichtlich, passiert nicht so häufig, aber es passiert. Bleib also lieber, wo du bist. Wir werden euch besuchen. Aber mal ein anderes Thema: Wie ist es denn so als Ehefrau und Stiefmutter mit den Jungs? Kommst du zurecht? Habt ihr genug Platz für das Baby? Seid ihr schon umgezogen?«

»Ja, sind wir. Es war eine ganz schöne Rackerei, aber inzwischen sind wir fast fertig. Hier und da fehlen noch ein paar Bilder an den Wänden, aber im Groben ist alles eingerichtet. Sehr schick und modern, vier Zimmer haben wir jetzt. Die Buben jeder ein eigenes. Anfangs kann das Baby mit ins Schlafzimmer, und wenn es älter ist … wer weiß, Horst ist ja jetzt schon siebzehn, vielleicht zieht er aus, wenn er mit dem Abitur fertig ist. Eigentlich würde ich mir das wünschen … er ist so … ach, ich weiß nicht …«

»Er ist wie?«, fragte Gerda und ihre Stimme klang alarmiert.

Eva holte tief und hörbar Luft. Bisher hatte sie mit niemandem über ihr unwohles Gefühl gegenüber Wilhelms Ältestem gesprochen. Dass er ihr Avancen machte, war ihr spätestens während des Sommerurlaubs aufgefallen. Damals hatte sie die Tatsache noch einfach nur mit einem beklommenen Gefühl wegwischen können. In ihren Augen war er eigentlich ein Kind. Wilhelms Kind. Und sie seine Stiefmutter. Klar geordnete

Verhältnisse. Niemals wäre sie auf die Idee gekommen, dass Horst das anders sehen könnte, aber inzwischen wusste sie, wie weit er zu gehen imstande war. Die unangenehmen Situationen hatten sich gehäuft und einen Höhepunkt gefunden, den sie noch immer nicht verarbeitet hatte. Ob sie Gerda davon erzählen sollte? Vorsichtig deutete sie nur an: »Wenn ich es nicht besser wissen sollte, wenn es nicht so abwegig wäre, würde ich fast sagen, er stellt mir nach.«

Es war nicht anders zu erwarten gewesen. Gerda hakte nach. »Und das sieht wie genau aus?«

Eva schwieg sekundenlang. Sollte sie wirklich diese Situation neulich ausbreiten?

»Eva?«

Sie räusperte sich verlegen. »Jaja, bin da. Gerda, es ist wirklich unangenehm.«

»Erzähl schon!«

Es hatte sich an diesem späten Vormittag ereignet, als Eva in der Küche just dabei war, Kartoffeln für Ullis geliebte Puffer zu reiben, und Horst unerwartet früh aus der Schule gekommen war. Sie hatte die Tür gar nicht gehen hören, war zusammengeschreckt, als sie plötzlich Hände auf ihrer Hüfte und einen angelehnten Kopf auf ihrer Schulter fühlte. Halb war sie herumgefahren, hätte vielleicht mit Wilhelm gerechnet. Niemals aber damit, dass es der Junge sein könnte, der sie da festhielt.

»Was ist los, Horst? Ist etwas Schlimmes passiert? Musst du getröstet werden?«, hatte sie verwirrt gefragt und versucht, sein Tun in irgendeine Lade zu stecken, die zu seiner in ihren Augen kindlichen, zudem bekanntermaßen in gewisser Weise traumatisierten Rolle passte.

Er hatte nur grinsend den Kopf geschüttelt, gesagt: »Reib ruhig weiter die Kartoffeln, das schaukelt so schön.«

Eva war versteinert. Ihr ganzer Körper hatte sich steif gemacht und gewehrt. Ihr Kopf suchte fieberhaft nach einem Ausweg aus der unübersehbar eindeutigen Lage.

»Horst, nimm die Pfoten weg und deck schon mal den Tisch«, hatte sie es einmal scherzhaft versucht.

»Denke gar nicht dran«, hatte er geantwortet. »Ist doch prima, dass Vater mir eine junge Frau auf dem Silbertablett serviert hat. Bist zwar nicht so schön wie meine Mutter, aber immerhin sind wir nicht verwandt. Warum also nicht?«

Eva hatte reagiert. Heftig reagiert. Sie war herumgefahren und hatte ihm mit der flachen Hand eine geknallt. Mit schmerzerfülltem, ungläubigem Gesichtsausdruck rieb er sich die knallrote Backe und schimpfte: »Das erzähle ich Vater! Du hast mich geschlagen, du böse Stiefmutter!«

»Das mach nur, mein Freund!«, antwortete Eva grimmig. »Ich fürchte, da wird es nicht bei einer Backpfeife bleiben. Untersteh dich, mich hier als Freiwild zu betrachten. Tust du das, sollst du mich kennenlernen. Und jetzt verfatz dich in dein Zimmer.«

Er ging. Murmelte Verwünschungen, nannte sie eine frigide Ziege und noch einiges mehr. Eva war voller Entsetzen im Herzen zurückgeblieben. Wie passte seine Vorgeschichte zu diesem Handeln? Eva kriegte den Zusammenhang nicht hergestellt. Seit diesem Vorkommnis war sie auf der Hut vor ihm und fühlte sich in der eigenen Wohnung nicht mehr sicher, wenn sie mit ihm allein war. So ganz ausführlich mochte sie Gerda die Sache jetzt nicht schildern, also beschränkte sie sich auf eine Zusammenfassung.

»Ach, Gerda … es ist so … also, ich muss die Badezimmertür abschließen, wenn ich in der Wanne liege. Er kommt einfach rein, macht anzügliche Bemerkungen. Ziehe ich mich im Schlafzimmer um, muss ich aufpassen, dass er nicht durchs Schlüsselloch guckt. Ich fühle mich immer beobachtet, hab schon ein Tuch vors Guckloch gehängt. Wenn ich in der Küche arbeite, rückt er mir auf die Pelle. Bisher habe ich die Sache immer noch ganz gut abgebogen, gehe solchen Situationen aus dem Weg, so gut es eben machbar ist. Aber ich habe richtig Angst, wenn ich allein mit ihm in der Wohnung bin.«

»Hoppala!«, sagte Gerda empört. »Du solltest mit Wilhelm reden.«

»Ich weiß nicht, Gerda. Ich will ihn doch nicht vor seinem Vater bloßstellen.«

»Na, wenn du das nicht tust, dann wird er das womöglich eines bösen Tages im wahren Wortsinne mit dir tun. Und sicherlich aufpassen, dass es keine Zeugen gibt. Nachher steht Aussage gegen Aussage und Wilhelm hat dann so richtig den schwarzen Peter. Lass es so weit nicht kommen. Dein Mann sollte sich den Jungen vorknöpfen. Pass bloß auf dich auf, Mädchen!«

»Ich werde drüber nachdenken, Gerda«, sagte Eva und dachte: Du hast keine Ahnung, wie recht du hast.

»Aber nicht zu lange«, setzte Gerda nach. »Schieb es nicht auf die lange Bank. Wie läuft es denn mit Ulli, dem kleinen Spargelchen? Du hast bei der Hochzeit kurz angedeutet, dass er dir ein bisschen Sorgen macht.«

»Ulli ist ein süßer kleiner Kerl. So sanft und vorsichtig. Aber auch auffallend zurückgezogen. Hin und wieder gelingt es mir aber schon, richtig an ihn heranzukommen. Zum Beispiel, wenn ich mit ihm abends im Bett noch ein bisschen Lesen übe oder ihm ein Schlaflied auf der Mundharmonika spiele. Das liebt er. Und hat mich letztens dafür sogar mal von sich aus in den Arm genommen und gedrückt. Man muss aufpassen, ihn nicht zu drängen, warten, bis er das von sich aus anbietet. Immerhin hat man ihm ja nun plötzlich eine neue Mutter aufgedrückt. Seine eigene mag sein, wie sie will, aber sie ist und bleibt seine Mutter und ich bin vorläufig nur die Ersatzbesetzung für diese Rolle. So weit zu unserem Verhältnis. Ich bin eigentlich guten Mutes und denke, das wird mit der Zeit schon kommen. Aber manchmal habe ich das Gefühl, Horst drangsaliert ihn. Er lässt ihn für sich hopsen, kommandiert ihn herum wie seinen Leibeigenen. Ich gehe dazwischen, wenn ich es direkt bemerke, vor Wilhelm traut er sich so was nicht, aber Horst ist sehr ausgefuchst und tut, glaube ich, viel hinter unserem Rücken. Der Kleine isst nicht gut. Das macht mir besonders viel Gedanken. Er ist definitiv untergewichtig. Ich koche ihm alles Mögliche, das er mag. Er würdigt das durchaus, aber auch davon isst er nur wie ein Spatz.«

»Stell ihn einem guten Kinderarzt vor, Eva. Such zuvor das Gespräch unter vier Augen und verschweig ihm auch deine Vermutungen nicht. Ich höre mich mal bei uns um. Viele Ärzte kennen sich untereinander, auch wenn sie nicht in einer Stadt sitzen.«

»Oh, bitte, ja, Gerda, tu das!«

»In Ordnung. Du, ich muss jetzt Schluss machen. Gleich kommt eine Schwangere. Ich melde mich, wenn ich etwas herausfinde. Und du denk dran, was ich dir gesagt habe.«

Gerda hatte aufgelegt und Eva in einem aufgewühlten Zustand zurückgelassen. Die Hektik der vergangenen Wochen hatte sie oft davon abgehalten, sich Gedanken zu machen. Horsts Annäherungsversuche hatte sie bisher zwar immer noch abzuwehren verstanden, dass ihre Sorge um Ulli allerdings handfeste Hintergründe haben könnte, hatte sie nicht wirklich ernsthaft ins Kalkül gezogen. Und das Schicksal der Eltern, zu dessen Aufklärung ja offenbar niemand etwas beitragen konnte, hatte sie als tragische, aber unabänderliche Tatsache immer wieder an den Rand ihres Alltags geschoben.

Alltag, das war jetzt das Leben als Hausfrau und Mutter. Mit Wilhelm war Eva einig gewesen, dass sie die Referendariatszeit zur Ablegung des zweiten Staatsexamens noch eine Weile hinauszögern sollte. Zumindest so lange, bis Ulli die Grundschule würde abgeschlossen haben. Beide wollten ihn nicht zum Schlüsselkind machen.

Zudem war es eine feststehende Tatsache, dass Wilhelm sowieso nicht die ganz große Begeisterung für die Idee hegte, seine Frau arbeiten gehen zu lassen. Er war ein Mann alter Schule, für den es als eine Frage der Ehre galt, allein für seine Familie sorgen zu können. Dennoch stimmte er Evas Auffassung durchaus zu, sinnvollerweise eine einmal begonnene Ausbildung auch bis zum Ende durchzustehen. Eva wusste, dass Wilhelm damit ganz auf der Denkschiene seines Vaters unterwegs war. Aber auch Friedrich hatte sich letztlich dem Tatendrang seiner Frau beugen müssen, hatte seine unter gewissem Wehren gegebene Zustimmung allerdings nie bereut und letztlich doch ganz gern akzeptiert.

Jetzt sah Eva ihr vollständiges Abschließen der Berufsausbildung jedoch in noch weitere Ferne gerückt. Vielleicht würde es nie mehr dazu kommen, überlegte sie. Das Baby ... Ach, was wohl Wilhelm sagen würde? Und ob sie es ihm gleich heute Abend erzählen sollte oder erst, wenn sie eine Bestätigung vom Frauenarzt in der Tasche hatte? Bisher hatte sie geschickt ihre Morgenübelkeit verbergen können. Das würde noch ein Weilchen schlimmer werden, hatte Gerda gesagt. Und gegen Ende des dritten Monats vorbei sein. So lange noch warten? Während der Woche waren Wilhelm und die Jungs frühzeitig aus dem Haus, da konnte man sich gerade noch zusammenreißen, bis man allein war. Aber heute war Freitag, das Wochenende stand bevor. Ob sie Wilhelm ihre plötzliche Rennerei ins Bad weiterhin würde erklären können, ohne ihm reinen Wein einzuschenken? Warum eigentlich sollte sie allein mit der Sache klarkommen? Schließlich ging es doch auch ihn an.

Der Beschluss war gefasst. Heute Abend wollte sie es ihm erzählen. Nur das Erfreuliche. Alles andere würde sie vorläufig verschweigen und selbst zu regeln versuchen.

* * *

Es traf sich gut. Horst hatte sich außer Haus mit einem Freund verabredet. Wilhelm wollte darauf bestehen, dass er um zehn Uhr zu Hause sein sollte, aber Eva gab sich zu Horsts Erstaunen heute besonders großzügig und handelte für ihn eine Stunde mehr heraus. Ulrich schlief schon um acht selig in seinem Bettchen.

Eva hatte Salzstangen in einem filigranen Glashalter (der zwar hochmodern war, aber leider wegen mangelnder Standfestigkeit ständig umkippen wollte) und Apfelschnitze hingestellt, Wilhelms Abendbier gut gekühlt bereitgehalten und sich selbst Saft eingeschenkt. Es konnte losgehen. Zunächst einmal ging allerdings der erste abendfüllende Fernsehfilm los, auf den sie sich beide schon tagelang gefreut hatten. Der nagelneue Telefunken-Standapparat wurde eingeschaltet und direkt nach der Tagesschau begann die Ausstrahlung von Dürrenmatts »Der Richter und sein Henker«. Pantoffelkino vom Feinsten! Die beiden waren begeistert.

»Richtig ermittelnd zum falschen Ergebnis kommen und falsch ermittelnd zum richtigen. Der Gerechtigkeit ist jedenfalls Genüge getan. Alle Bösen tot. Ein Filou, dieser Bärlach«, urteilte Wilhelm schmunzelnd, als das Testbild erschienen war und er den Apparat ausgeschaltet hatte. »Und was machen wir beide jetzt mit dem angefangenen Abend, meine Königin?«

»Deine Königin hat etwas zu vermelden«, antwortete Eva und machte ein geheimnistuerisches Gesicht. »Setz dich lieber wieder zu mir.«

»Gemessen an deinem Strahlen kann es nichts Schreckliches sein«, stellte Wilhelm fest.

»Nein. Ich habe überlegt, ob ich es dir jetzt schon sagen soll, weil es noch nicht amtlich bestätigt ist, aber ich bin zu dem Schluss gekommen, wir sollten auch das Bangen auf ein endgültiges Ergebnis teilen, weil wir schließlich versprochen haben, alles zu teilen. Also …«

Eva beobachtete, wie ein ganzer leuchtender Sonnenaufgang über Wilhelms Gesicht zog. Seine Augen funkelten vor Freude. »Also, du vermutest, schwanger zu sein?«

Jetzt zog er sie vom Sofa hoch, schloss sie fest in die Arme, fasste sie um die Taille, hob sie hoch und drehte sich mit ihr zwischen Couchtisch und Telefunken, bis ihr schwindelig wurde, sie mit den Füßen zu strampeln begann und rief: »Lass mich runter, sonst wird's mir schwindelig und ich muss erst recht brechen gehen.«

»Holla«, sagte Wilhelm, »das wollen wir unbedingt vermeiden.« Er stellte sie wieder auf den Boden. »Ich freu mich! Wann ist es passiert? Wann kannst du zum Arzt? Wann kommt es? Was wird es?«

Eva lachte und barg ihre Stirn an seiner Brust. »Ich denke, es ist ein Mitbringsel aus der Flitterwoche. Gerda sagt, Ende April, Anfang Mai müsste es kommen. In vier Wochen kann man es genauer sagen, wenn du Lust hast, komm doch mit zum Arzt.«

»Das werde ich!«

»Und was wünschst du dir? Noch einen Jungen oder ein Mädchen?«

»Ein Mädchen natürlich! Von dir möchte ich unbedingt ein Mädchen. Wenn's aber ein Bube wird, behalten wir den auch, aber dann müssen wir eben weiter versuchen. Übrigens … warte mal, ich komme gleich wieder.«

Er ließ sie los, Eva setzte sich wieder, war gespannt. Schnell war er wieder da und hielt ihr ein Schächtelchen hin. In mattrotes Papier geschlagen, mit einem dünnen goldenen Gummi inklusive Miniaturschleifchen verziert.

»Was ist das denn? Und warum …? Was feiern wir, dass ich ein Geschenk bekomme?«

»Na, unser Kind! Glaubtest du etwa, ich sei ein dummer Junge? Ich habe ein bisschen Erfahrung mit so was, weißt du? Meinst du, ich habe nicht bemerkt, dass du seit zwei Wochen jeden Morgen vor dem Frühstück grün im Gesicht bist und verschwindest, als wäre der Teufel hinter dir her?«

»Ich kanns nicht fassen! Du hast das schon geahnt? Mindestens so schnell wie ich?«

»Tja …«, machte er und grinste. »Jetzt pack aus!«

Auf weißem Samt lag ein tiefroter böhmischer Granat, geschliffen zum Tropfen, gefasst in einen zierlichen Reigen goldener Ornamentchen. »Wie ein Blutstropfen«, murmelte Eva überwältigt, während sie das Schmuckstück heraushob. »Und so wunderschön! Machst du ihn mir bitte um?«

Wilhelm legte ihr die feine, kurze Kette um den Hals. Eva fühlte mit den Fingerspitzen hin. Der Tropfen lag ganz knapp unter ihrer Kehlgrube. Sie strahlte ihr Danke, fiel ihm kurz um den Hals und lief schon ins Bad, vor dem Spiegel gucken gehen. Schwebend leicht, glitzernd, einfach unvergleichlich. Was war er doch für ein Hauptgewinn! Nicht nur wegen des Granats, sondern weil er sie offensichtlich so unglaublich gut im Blick behielt. Mit diesem Mann konnte man nur glücklich werden.

* * *

Tatsächlich bestätigte sich der Schwangerschaftsverdacht. Der Gynäkologe fand alles in bester Ordnung und errechnete einen Geburtstermin für den 20. April.

Wilhelm, der gespannt im Wartezimmer gehockt hatte, verdrehte die Augen. »Das werden wir verhindern.«

»Bitte was?«, fragte Eva indigniert.

»Meine Tochter kommt nicht an Führers Geburtstag zur Welt!«

»Ach du Schande, ja!«, lachte Eva. »Na, so genau halten sich doch Babys sowieso nicht an Terminpläne. Lass uns abwarten.«

»Es wird uns nichts anderes übrig bleiben. Und? Alles gut mit dem Kind?«

Eva nickte. »Nicht so schwer heben, keinen Alkohol trinken, gesund ernähren. Noch ein, zwei Wochen, sagt er, dann ist es auch mit der Übelkeit vorbei. Das kann man wohl anhand der Hormonkonzentration im Blut absehen. Ich finde, es ist auch schon gar nicht mehr so schlimm. Oder ich hab mich dran gewöhnt.«

Wilhelm informierte die Jungs. »Wir werden Familienzuwachs bekommen. Eva ist schwanger. Ich erwarte von euch, dass ihr euch jetzt wie kleine Gentlemen benehmt, ihr alles Schwere abnehmt und sie nicht ärgert. Müll trägt Ulli raus, Öl holt Horst aus dem Keller. Ohne das Treppenhaus vollzukleckern, versteht sich. Einkäufe trägt Eva jetzt keine mehr. Einer von euch muss mit. Verstanden, die Herren?«

In Ulrichs Gesichtchen glühte Freude. Eifrig nickte er, schmiegte sich sogar an Evas Schulter und schaute niedlich zu ihr herauf.

»Du würdest dich freuen über ein Geschwisterchen, Ulli?«

Heftig nickte der Kleine.

Horst nahm die Neuigkeit so gelangweilt auf, wie ihn fast alles zu langweilen schien, das mit der Familie zu tun hatte. Immerhin meckerte er nicht über die väterliche Aufgabenverteilung. Er ist eben auf dem besten Weg, flügge zu werden, dachte Eva und war froh darüber. Eine Freundin wünschte sie ihm. Möglichst bald. Mal richtig verlieben sollte er sich, das würde ihm bekommen. Nun ja, gestand sie sich ehrlich ein … wahrscheinlich würde es ihn auch davon abbringen, ihr weiter nachzustellen.

Insgesamt, das zeigte sich in den folgenden Wochen, führte die Nachricht um ihre Schwangerschaft zu einer gewissen Verhaltensänderung bei dem Jungen. Im Wesentlichen hielt er sich an Wilhelms Anweisungen, nur selten musste Eva ihn mahnen, und es fiel ihr immer häufiger auf, dass er sich ihr gegenüber doch höflicher benahm. Sie war zutiefst erleichtert.

Ulrich schien die Ankündigung ausgesprochen gutzutun. Er suchte immer mehr Evas Nähe, schien schon eine gewisse Bindung zu dem Baby aufbauen zu wollen, suchte unter seinen Plüschtieren einen fast neuen Hasen aus, den er dem Baby zudenken wollte und sorgfältig in einer Schachtel verwahrte, bis es denn so weit sein würde. Er fragte sogar eines Abends beim Zubettbringen, ob er mal die Hand auf ihren Bauch halten dürfe, erkundigte sich genau, wann man Bewegungen spüren würde, betrachtete sie, anders konnte Eva es gar nicht nennen, mit einer gewissen wachsamen Zärtlichkeit.

Diese wachsame Zärtlichkeit empfand Eva auch für ihn. Sie freute sich über jede halbwegs vertilgte Mahlzeit, nahm sich viel Zeit für seine Schulaufgaben, verbrachte manchen Nachmittag nur im Spiel mit ihm. Gerda hatte ihr einen gewissen Dr. Pauli als angesehenen Kinderarzt empfohlen, den Eva zunächst allein aufgesucht hatte, ehe sie Ulrich bei ihm in der Sprechstunde vorstellte. Schon die Vorbesprechung hatte ihr Mut gemacht.

»Wundern Sie sich, Frau Bressler? Er ist ein Scheidungskind. Das allein genügt oft schon, dass Kinder sich entwurzelt fühlen. Zumal dann, wenn der Kontakt zur Mutter ja offenbar vollkommen abgebrochen ist. Ich sehe fast täglich solche Schicksale. Die Tatsache, dass Ihr Mann das Sorgerecht bekommen hat, beweist, dass die Mutter ihre Pflichten sehr wenig ernst genommen hat. Wer weiß, was da alles vorgefallen ist? Ulrich wird es kaum berichten, denn solche Kinder neigen dazu, sich selbst die Schuld am Scheitern der elterlichen Beziehung zu geben. Jetzt muss er sich mit einer neuen Familienkonstellation auseinandersetzen. Ich kenne Ihren Ulli noch nicht, aber ich sehe Sie. Und bin überzeugt, dass Sie ihm die nötige Liebe und Nestwärme geben. Das wird schon werden. Kinderseelen sind zerbrechlich, und Erwachsene gehen oft nicht sehr sorgsam mit dieser Zerbrechlichkeit um. Über manche Dinge muss eben erst Gras wachsen …«

Bis zu diesem letzten Satz hatte Eva sich in dem Gespräch gut, beinahe wohlig eingelullt gefühlt. Aber die Sache mit dem Gras, die ließ sie doch wieder aufschrecken. Vielleicht war es für Kinder normal, zwischen Trümmern aufzuwachsen. Vielleicht sahen sie über alles hinweg, denn wenn sie nach 1945 geboren waren, kannten sie ja nichts anderes. Aber heile Welten sahen anders aus. Dazu die Mutter, die ihn erst wie einen kleinen Prinzen aufzog und dann sehr schnell das Interesse an ihm verloren hatte, sich selbst wichtiger nehmend als die Kinder, nicht einmal für eine Geburtstagskarte war offenbar Zeit. Wenig später dem geliebten Vater den Umgang mit den Kindern untersagte. Plötzlich wieder alles anders, erst bei Großmutter notdürftig aufgenommen, jetzt eine frische Familie mit einer Mutterfigur, die man doch erst einmal kennenlernen musste, wo man zunächst abwarten musste, ob sie so zuverlässig war, wie sie tat. Schließlich hatte er Erfahrungen gemacht, wie wenig weit es mit der Zuverlässigkeit her sein konnte.

Eva teilte dem Arzt ihre Gedanken mit.

»Sehen Sie, Frau Bressler! Sie schätzen es ja schon selbst ganz richtig ein. Wenn ich das fragen darf … was sind Sie von Beruf?«

Eva erklärte sich.

»Na, dann sind wir doch beinahe Kollegen. Sagen Sie, nässt er ein?«

Woher wusste der Mann? Meist war beim Bettenmachen gar nichts mehr feucht, aber es roch, und es machte Flecken, die in Eva schon den Verdacht hatten aufkeimen lassen. Allzu oft musste sie neu beziehen. Sie nickte. »Während meiner Zeit in der Charité hatte ich nur mit Säuglingen zu tun, muss ich gestehen. Ich habe mich schon gewundert, Herr Doktor. Es passiert nicht jede Nacht, aber doch häufig. Ist er nicht eigentlich schon ein bisschen alt dafür?«

Dr. Pauli schüttelte den Kopf. »Wir nennen es ›weinen durch die Blase‹. Kleine Jungen sind darauf getrimmt, sich nichts von ihrer seelischen Pein anmerken zu lassen. Schließlich sollen sie ja tapfere Männer werden, und die heulen nicht. Aber ihr Unterbewusstsein macht während des Schlafes der im Wachzustand aufrechterhaltenen Beherrschung einen Strich durch die Rechnung. Natürlich bemerken Kinder die Bescherung meistens am nächsten Morgen. Was passiert?«

»Sie wissen, dass man das in dem Alter nicht mehr tut, es ist ihnen peinlich, sie fühlen sich schuldig, versuchen es zu verbergen.«

»Exakt. Da haben wir es, Frau Bressler. Ich denke, körperlich wird der Junge gesund sein. Es ist seine Seele, die wir heilen müssen. Kommen Sie mit ihm vorbei, ich sehe ihn mir an. Aber machen Sie sich keine allzu großen Sorgen. Wird schon, wird schon …«

* * *

Wird schon, wird schon?

Ulrichs Untersuchung ergab keinen konkreten Anhaltspunkt für eine ernsthafte Erkrankung. Abgesehen von drei Kilo zu wenig auf den Rippen, was nach Ansicht des Arztes durchaus noch im Rahmen lag, keine Auffälligkeiten. Zunächst riet Dr. Pauli schmunzelnd zu einem umfangreichen Vorrat an Bettlaken, Molton-Einlagen und Geduld. Sollte sich binnen eines halben Jahres trotz stabilisierter Verhältnisse keine Besserung einstellen, wolle er aber doch über kinderpsychologische Unterstützung nachdenken.

Kurz vor Weihnachten bekam Wilhelm einen Brief von Ulrichs Klassenlehrerin. Sie schlug einen Gesprächstermin in der Schule vor. Wilhelm, der sich nicht freinehmen konnte, schickte Eva. Und Eva gingen ein paar Lichter auf.

Die ausgesprochen engagiert wirkende Lehrerin namens Müller mochte vielleicht vier, fünf Jahre älter sein als Eva. Eine Basis zwischen den beiden Frauen war schnell geschaffen, als Eva erzählte, dass sie auf dem besten Weg war, Berufskollegin zu werden. Der Austausch über die Lehrenden an der Kant-Hochschule, die beide genossen hatten, ein paar Witzchen, die jeder Student bestimmten Herrschaften zuordnen konnte, und die Fremde zwischen ihnen war flugs beseitigt. Heiterkeit machte sich im Klassenzimmer breit.

Allerdings blieb Eva schnell das Lachen im Halse stecken, als Frau Müller ernst wurde, um zum eigentlichen Zweck ihrer Einbestellung zu kommen. Sie breitete eine ganze Menge merkwürdiger Fotos auf dem Tisch vor Eva aus.

Halb nackte Mädchen, offenbar während des Ausziehens in den Umkleideräumen der Turnhalle, völlig nackte Mädchen unter der Dusche, ja, sogar auf der Schultoilette sitzend, von oben fotografiert. Alle möglichen Jahrgänge, von Grundschülerinnen bis hinauf zu Teenagern.

Eva runzelte erschreckt die Stirn. »Was soll das?«

»Es tut mir leid, Frau Bressler, aber die habe ich Ihrem Ulli abgenommen. Ich dachte, Sie könnten mir vielleicht sagen, was das soll? Sehen Sie mal, hier …« Sie wies auf die verschwommenen Randareale einiger Bilder. »Die Lehrerschaft vermutet, die sind durch Schlüssellöcher oder schmale Türspalte hindurch beziehungsweise heimlich über die Trennwände der Toilettenabteile hinweg aufgenommen worden.«

Eva wurde heiß und kalt. Ja. Ulli verfügte, wie Wilhelm so schön gesagt hatte, über »einen Blick für schöne Motive«. Und ja, er konnte mit seiner Kamera umgehen. Aber warum sollte er halb nackte kleine Mädchen knipsen? Ausgerechnet Ulli?

»Ausgerechnet Ulli?«, entfuhr es Eva. »Der schüchternste, höflichste, sensibelste kleine Junge, den ich kenne? Nein. Das passt doch nun wirklich vorn und hinten nicht zu ihm.«

»Das habe ich auch gedacht, Frau Bressler. Manchmal sind stille Wasser tief. Aber Ulrich macht mir nicht den Eindruck, schon so weit zu sein, dass er das andere Geschlecht überhaupt als solches wahrnimmt. Man kennt ja solche Bubenstreiche in der Schule. Mädchen beim Umziehen erschrecken, sich daran ergötzen, wie sie quietschen, wenn sie entdecken, dass sie beobachtet werden. Aber zum gezielten Abbilden … tja, Frau Bressler … wie soll ich es sagen? Dazu gehört doch schon etwas mehr, beinahe eine gewisse kriminelle Energie. Wer mag die Fotos gemacht haben? Warum sind sie in Ullis Ranzen gewesen? Ich hatte gehofft, von Ihnen irgendeinen Anhaltspunkt zu bekommen, denn ich schätze Ulli eigentlich genauso ein wie Sie.«

Ratlos standen beide vor den Fotos und schüttelten die Köpfe.

»Darf ich die Bilder mitnehmen und meinem Mann zeigen? Er ist ein sehr erfahrener Fotograf und kann uns sicher wenigstens sagen, ob sie mit Ullis Apparat aufgenommen worden sein können.«

»Ach!«, machte Frau Müller tonlos. »Sie deuten an, dass Ulli sie sogar selbst gemacht haben könnte? Ja, hat er denn eine Kamera?«

Eva wurde flau im Magen. Hatte sie jetzt etwas angestoßen, das von der Lehrerin gar nicht ins Auge gefasst worden war? Ging sie lediglich von Besitz und nicht von Urheberschaft aus? Immerhin sehr unterschiedlich schwere Vorwürfe. Hatte Frau Müller sie mit ihren Aussagen derart verwirren *wollen* oder hatte Eva selbst nur falsche Schlüsse gezogen?

»Ulli fotografiert Blumen, Bäume, Landschaften, Tiere, ausgesprochen gern fließendes Wasser. Das, was hier auf dem Tisch liegt, hat nicht Ulli geknipst, da bin ich sicher, Frau Müller!«

Die Lehrerin wiegte ihren blonden Kopf, hielt den Blick gesenkt und sagte nichts. Eva hatte das Gefühl, ihr anfänglich sicher geglaubtes Vertrauen verloren zu haben. Hatte sie Ulli jetzt erst so richtig reingeritten? Was für eine Situation!

»Bitte, Frau Müller, sagen Sie was! Kann ich die Fotos mitnehmen und die Sache mit meinem Mann zusammen aufzuklären versuchen? Es müssen ja nicht alle sein. Nur ein paar. Ich muss Ihnen gestehen, ich fühle mich allein mit der Angelegenheit gerade ein wenig überfordert. Wir haben erst im August geheiratet, ich kenne die Kinder noch nicht gut genug, um jetzt den perfekten pädagogischen Weg einschlagen zu können.«

Frau Müller überlegte quälend lange. Dann nickte sie. »Nehmen Sie einige mit. Aber bitte, beeilen Sie sich. Die Geschichte hat das gesamte Kollegium aufgescheucht. Man erwartet eine schnelle Lösung von mir. Ich bin übrigens …«, und jetzt hob sie den Blick, sah Eva geradeheraus an und lächelte, »ich bin erst seit wenigen Monaten an dieser Schule, fühle mich alleingelassen und mit der Angelegenheit gerade ein wenig überfordert. Außerdem kenne ich die Kinder noch nicht genug, um jetzt den perfekten pädagogischen Weg einschlagen zu können.«

Eva erwiderte erleichtert ihr Lächeln. Frau Müller suchte einige Fotos aus, und übergab sie Eva. »Im Vertrauen …!«

»Im Vertrauen!«

Ein Händedruck bekräftigte die gegenseitige Achtung. Oder war nur ein Aneinanderfesthalten zweier Überforderter.

* * *

»Na, ihr Lieben, was gab's denn in der Schule?«, fragte Wilhelm arglos, kaum dass er am Abend zur Küchentür hereingekommen war, und gab Eva einen Begrüßungskuss. Ulli saß auf dem Höckerchen in der Ecke. Er hatte Eva beim Herrichten des Abendbrotes zugeschaut. Horst verschwand wie ein geölter Blitz in seinem Zimmer, kaum, dass er Vaters erste Worte gehört hatte. Vielleicht wäre auch Ulrich gern wie ein geölter Blitz verschwunden, aber er hockte eingeklemmt zwischen Spüle und Wäscheschleuder, sein Fluchtweg war durch die Eltern versperrt.

Eva bemerkte, dass Ulli rot anlief. Sie lief auch gerade rot an. Verdammt! Hätte sie doch bloß Gelegenheit gehabt, zunächst allein mit Wilhelm zu sprechen. »Später …«, versuchte sie abzuwiegeln, aber Wilhelm hatte offenbar ihren warnenden Unterton überhört und reagierte in seiner Ahnungslosigkeit leider falsch.

»Wieso? Es geht doch um Ulli. Nun sind wir alle drei beisammen. Erzähl mal, Eva. Hat er etwa was ausgefressen?«

Eva legte die Gewürzgurken, die sie gerade aus dem Glas gefischt hatte, in das Schälchen, wusch sich die Hände, trocknete sie ab, hob den Zeigefinger und sah Ulrich mit einer Strenge an, die sie sich schwer abzuringen vermochte. »Du bleibst hier sitzen, verstanden?«

Der Kleine nickte schuldbewusst und schien in sich zusammenzuschrumpeln. Wilhelm schaute Eva fragend an, zog die

Brauen zusammen, als er den Ernst in ihrem Blick erkannte, und streifte seinen Mantel ab.

Eva nahm ihn ihm aus der Hand, hängte den Überzieher an die Garderobe, griff nach ihrer Handtasche am Haken, kehrte in die Küche zurück.

Da lagen sie nun auf dem Tisch, die unsäglichen Aufnahmen. Wilhelm betrachtete eine nach der anderen, schüttelte wieder und wieder den Kopf. »Woher kommen die?«

»Aus Ullis Ranzen, Wilhelm. Frau Müller hat sie ihm abgenommen. Und die hier sind nur ein kleiner Teil des gesamten künstlerischen Konvoluts von Teil- und Ganzakten kleiner Mädchen. Es gibt viel mehr.«

Ulli begann zu weinen. »Ich wollte das nicht ...«, flüsterte er.

»Und warum hast du dann, wenn du nicht wolltest?«, fragte Wilhelm und Eva wunderte sich über die väterliche Sanftheit in seiner Stimme. Sie hatte erwartet, dass Wilhelm ihn ohne mit der Wimper zu zucken verdreschen würde, aber das tat er nicht.

»Weil ich musste, Papa«, schluchzte Ulli.

Wilhelm hockte sich vor seinen Jüngsten, legte die Hand unter sein Kinn, hob Ullis Gesicht gegen einen gewissen Widerstand zu sich und zwang ihn, seinem Vater in die Augen zu sehen. »Hör mal, Ulli, man muss müssen, wenn man muss. Das sehe ich ein. Aber was ... oder wer hat dich denn gezwungen, solche Fotos zu machen? Übrigens gar nicht schlecht gelungen, bedenkt man mal die ungünstigen Positionen, aus denen sie geknipst wurden.«

Eva lächelte in sich hinein.

»Ich darf es nicht sagen, Papa, sonst ...«, heulte der Kleine.

»Wer verbietet dir, die Wahrheit zu sagen? Und was passiert, wenn du sie sagst?«

»Das darf ich auch nicht sagen.«

»Weißt du, Ulli, man darf Sachen nicht sagen, die unwahr sind. Alles, was wahr ist, darf man sagen, es sei denn, man verletzt jemanden sehr, wenn man es tut. Dann darf man auch mal schweigen.«

»Dann muss ich schweigen, Papa.«

»Wen würdest du denn verletzen, wenn du uns jetzt die Wahrheit sagtest?«

»Alle!«, platzte es aus dem Jungen heraus. »Dich und Eva und Horst und … sogar mich.«

»Ach«, erwiderte Wilhelm ausgesprochen erleichtert. »Dann ist es eine Familienangelegenheit. Wir sind eine Familie, Ulli. Wir alle machen mal einen Fehler. Aber in einer Familie kann man über Fehler sprechen, sich gegenseitig auch mal anblaffen, eine Weile böse sein, aber eine Familie hat den Vorteil, dass sich alle lieb haben und einander verzeihen können. Das ist nicht überall auf der Welt da draußen so. Bei uns aber. Du musst keine Angst haben, kannst ruhig alles sagen. Jetzt erzähl mir erst mal, was du mit den Bildern wolltest. Hast du sie für dich gemacht?«

Ulrich schüttelte vehement den Kopf. Wilhelm drehte sich kurz zu Eva herum und zwinkerte ihr zu.

»Für wen hast du sie gemacht?«

Ullis unsteter Blick wanderte zur Küchentür. Direkt über den Flur lag Horsts Zimmer. Schnell versuchte er abzulenken, spähte anscheinend zum Küchenfenster hinüber, dann zu Eva, um letztlich wieder an Vaters Augen hängen zu bleiben.

Lächelnd schüttelte Wilhelm wieder den Kopf. »Versuch nicht abzulenken, Ulli. Ich habe verstanden.«

Er kam aus der Hocke hoch, legte Eva die Hand auf die Schulter, strich mit der anderen einmal über das Haar des Kleinen, nahm die Fotos vom Tisch und war im nächsten Moment in Horsts Zimmer verschwunden.

Ulli schaute ängstlich zu Eva hoch. Sie sah ihn fragend an, machte eine Kopfbewegung über den Flur.

Ulli nickte. Und Eva zog ein eisiger Schauer über den Rücken.

* * *

Unwillkürlich hatte Eva gelauscht. Ob laute Gespräche aus Horsts Zimmer zu hören waren. Ob es sogar Geschrei gab, womöglich Anzeichen von Handgreiflichkeiten. Aber es war still gewesen.

Ulli hatte ihr geholfen, in der Essecke im Wohnzimmer den Tisch zu decken. Geschlichen waren sie über den Flur mit Tablett, Brotkorb und Salatschüssel, beide auf Zehenspitzen. Dann hatten sie schweigend gewartet, schon mal Hagebuttentee getrunken.

Beinahe eine ganze Stunde später waren Wilhelm und Horst dazugekommen.

»Setzt euch, wir können essen«, sagte Wilhelm gelassen.

Eva und Ulli tauschten einen Blick, Eva zuckte die Schultern, reichte Brot herum, goss Wilhelms Bier ein, suchte nach verräterischen Spuren auf Horsts Wangen und fand keine. Still war der Große heute Abend. Und ausgesprochen zuvorkommend. Was mochte passiert sein während der vergangenen Stunde?

Während der Rest der Familie kaum einen Bissen hinunterbekam, beendete Wilhelm bei sichtlich bestem Appetit in aller Ruhe seine Abendmahlzeit.

Alle warteten. Keiner sprach.

Erst nachdem Wilhelm sein Besteck säuberlich auf dem Teller abgelegt, die Ellenbogen auf den Tisch gestützt und die Hände unterm Kinn gefaltet hatte, endete endlich die beklemmende Stille.

»Ganz schön blöde Sache, meine Lieben«, begann er. »Ich gehe davon aus, dass die jungen Damen, die sich auf den

Fotografien befinden, keine Ahnung von den hergestellten Kunstwerken haben. Zumindest halte ich die Lehrerschaft für klug genug, das Ganze nicht weitergetragen zu haben. Ich werde also morgen früh in der Schule vorstellig werden und persönlich für die Vernichtung …«, er zog einen kleinen Stapel Negative aus seiner Jackentasche und fächelte sich damit Luft zu, »dieser Corpora Delicti sorgen.«

Eva starrte ihn überrascht an.

»Aus Ullis Schreibtischschublade, Eva. Ganz hinten, hinter den Fix-und-Foxi-Heftchen«, beantwortete er ihre unausgesprochene Frage. »Damit jedenfalls«, fuhr er fort, »wäre zumindest kein Schaden an den Modellen angerichtet. Was nun aber den Schaden innerhalb unserer Familie angeht, müssen wir jetzt alle gemeinsam an einem Strang ziehen. Jeder von euch, meine lieben Herren Söhne, hat das Recht, seine Meinung zu sagen. Jetzt, hier … und kultiviert, bitte schön. Ich stelle die Fragen, ihr antwortet. Jeder hat ausreichend Redezeit. Der Abend ist noch jung. Ich möchte die Sache vom Tisch haben. Und wenn es die ganze Nacht dauert. Also, beginnen wir.«

Zunächst wandte sich Wilhelm an Horst. »Du hast Ulrich fotografieren lassen mit dem Plan, die Bildchen nachher zu verkaufen, richtig?«

Horst nickte zerknirscht.

»Wer hätte sie dir denn abgekauft, mein Sohn? Und was hätte man dir denn für so ein Bildchen gezahlt?«

»Ach, meine Mitschüler sind ganz wild auf solche Fotos. Zwei Mark wären schon drin gewesen.«

»Donnerwetter. Respekt! Hör mal, Horst, du bekommst zehn Mark Taschengeld im Monat. Das reicht nicht?«

Horst rechnete vor. Sprach von seinen Batman-Comics, erklärte, dass er ab und zu auch mal einem Freund eine Cola ausgeben wollte, sich hin und wieder aus dem Automaten ein

Päckchen mit zwölf Zigaretten für eine Mark zog, gelegentlich auch mal eine Klassenkameradin ins Eiscafé einladen wollte, und legte glaubwürdig dar, dass am Ende seines Taschengeldes immer noch viel Monat übrig sei.

»Gut, danke für die Darstellung, Horst«, sagte Wilhelm ernsthaft. »Vielleicht doch ein bisschen wenig für einen Schüler der zwölften Klasse. Ehe du weiter die Notwendigkeit siehst, deinen kleinen Bruder zur Beschaffung von Hehlerware zu nötigen, bekommst du ab Januar fünfzehn.«

Ungläubiges Staunen schoss über die Züge des Jungen. »Danke!«, murmelte er fassungslos.

Jetzt wandte er sich an Ulrich. »Womit hat Horst dir gedroht, wenn du nicht tust, was er fordert?«

Ulli zuckte zusammen und senkte den Kopf. Evas Herz zog sich zusammen. Heimlich steckte sie ihm unterm Tisch ein Taschentuch zu. Er nahm es, wischte sich verstohlen die Tränen weg.

»Ich höre, Ulli?«

Jetzt passierte etwas Erstaunliches. Horst griff ein. »Vater, ich möchte nicht, dass Ulli das selbst sagen muss. Ich weiß, es war eine Riesensauerei, was ich getan habe. Ulli macht sich manchmal nachts in die Hose. Er kriegt das gar nicht mit, sagt er. Morgens ist einfach das Bett nass. Er weiß genau, dass das Babykram ist und man das nicht macht. Ich habe es gemerkt und ihn damit erpresst, euch das zu erzählen, wenn er mir die Bilder nicht besorgt.«

Horst stand auf, ging um den Tisch herum, blieb vor seinem kleinen Bruder stehen und hielt ihm die ausgestreckte Rechte hin. »Ich bitte dich um Entschuldigung, Ulli. Ich verspreche, das kommt nicht wieder vor.«

Ulli schlug ein. Horst machte einen Diener und setzte sich wieder.

»Damit hätten wir das Wichtigste aus der Welt geschafft«, meinte Wilhelm. »Hat noch jemand was, das er loswerden möchte?«

»Ich!«, zeigte Ulli mit erhobenem Arm auf.

Alle Augen waren verblüfft auf ihn gerichtet. Keiner hatte damit gerechnet.

»Ich möchte euch sagen, dass ich euch alle lieb habe.«

19

BRAUNSCHWEIG 1957/58 – EMPATHIE

Was für ein wunderbarer Zustand!

Wilhelms Klugheit, die Eva über die Maßen bewunderte, hatte zu einem häuslichen Frieden geführt, den sie vor dem Hintergrund der furchtbar zermürbenden vergangenen Wochen von Herzen schätzen konnte. Sogar die Übelkeit hatte anscheinend beschlossen, bei so viel Harmonie nicht mehr länger stören zu wollen, und sich vollständig gelegt. Horst war neuerdings von ausgesuchter Liebenswürdigkeit. Er half Eva, wo er nur konnte, und ließ sich keine Frechheiten mehr einfallen. Ulli, und das wertete Eva wie den Sieg in einer schweren Schlacht, hatte seit dem Eklat nur zweimal ins Bett gemacht. Und er hatte es Eva gesagt! Gemeinsam hatten sie das Bett neu bezogen, dabei ein bisschen gescherzt. Ganz locker war er gewesen.

Endlich konnte die ganze Familie sich richtig einleben und die Vorzüge des neuen Domizils schätzen lernen. Wie praktisch alles war! Die große, hübsch gekachelte Ölheizanlage wärmte vom Mittelpunkt der Wohnung im Flur aus alle Räume. In den Kinderzimmern standen zusätzlich kleine Ölöfen, die allerdings nur bei wirklich großer Kälte zum Einsatz kommen würden. Heißes Wasser bereitete ein gasbetriebener Durchlauferhitzer.

So viel, wie man brauchte. Ohne Ende. Vierflammig der Herd, die Fenster doppelt verglast, alles hell und freundlich gestrichen.

Höchst angenehm war die Tatsache, dass ein Konsum, der ein umfangreiches Lebensmittelangebot bereithielt, nach wenigen Schritten erreichbar war. Hinaus zur Haustür, nur durch den Torgang, an den Abfallkästen vorbei, da war man auch schon da.

Eines Vormittags, Eva hatte ein paar Kleinigkeiten einzukaufen vergessen, die sie für das Mittagessen benötigte, bekam sie einen Einblick in die Geschichte des Viertels, der einerseits interessant war, auf den sie andererseits gern verzichtet hätte.

Ihren halb vollen Mülleimer hatte sie mitgenommen, schüttete den Inhalt aus, stellte den Kübel kurz neben dem Abfallbehälter ab, um ihn nach dem Einkaufen wieder mitzunehmen. Eine alte Dame, just dabei, ihren Müll unter einen klaffenden Deckel zu stopfen, sprach sie an.

»Den lassen Sie jetzt aber nicht hier stehen, Fräulein!«

Eva zog die Augenbrauen hoch. »Guten Tag, Frau …?«

»Von Mannsfeld, Fräulein.«

Eva lächelte lieblich. »Dann also … guten Tag, Frau von Mannsfeld. Ich will nur kurz noch etwas besorgen, bin gleich wieder da. Hier stört er doch die paar Minuten nicht.«

Die Dame, silberhaarig unterm Hut, in hellem Wintermantel und Handschuhen, fein gepudert, die Lippen exakt in dezentem Mattrosé nachgezogen, als wolle sie nicht Müll auskippen, sondern ausgehen, schaute Eva von oben bis unten an. »Früher hätte es solche Schlamperei nicht gegeben. Dass die jungen Dinger heute zu faul zum Laufen sind … nein, wirklich. Wenn ich hier noch was zu sagen hätte …«

»Noch« bedeutete, schloss Eva haarscharf, dass sie hier einmal etwas zu sagen *gehabt* hatte.

»Wohnen Sie schon länger hier?«, fragte sie honigsüß.

Frau von Mannsfeld machte eine alles umfassende Armbewegung und legte dabei ein Handgelenk frei, das der wohlbestückten Auslage eines Juweliers zur Ehre gereicht hätte. »Das alles hier ... das hat meiner Familie gehört. Niemand hat überlebt außer mir. Diese verfluchten, unkultivierten Engländer! Da drüben liegen nun die Trümmer unseres Hauses, sehen Sie nur! Wo wir jetzt stehen, ist unser Pferdestall gewesen. Ach, herrlich, diese Ausfahrten in den wunderschönen Kutschen ... Da drüben, wo jetzt der Konsum seine hässliche Baracke hingeklotzt hat, da stand unsere Villa. Jugendstil, müssen Sie wissen. Wunderschöne Fenster ... ein Turm, die Erkerchen ... und dahinter unser Park. Sie sehen doch noch die paar alten Bäume, die überlebt haben.«

Eva hatte sie vom Balkon aus bereits bewundert. Vor dem Konsum eine gewaltige Kastanie, hinter dem Notgebäude eine Blutbuche, die sicherlich mit ihrem Blätterdach im Sommer mindestens achthundert Quadratmeter beschatten würde, einige weitere schöne, wenn auch etwas kleinere Bäume. Ein Zaun, ein Tor, ein rosengesäumter Weg, ein Garten, den sie sich schon beim Hinabschauen gewünscht hatte, einmal betreten zu können.

»Ja«, sagte Eva bedauernd, »es ist tragisch.«

»Tragisch ist gar kein Ausdruck, Fräulein. Das hier war mal eine vornehme Wohngegend. Alles vorbei! Wenn mein Vater wüsste, dass ich verkauft habe, jetzt in lächerlichen drei Zimmern vor mich hin vegetiere ... Dieser Halsabschneider!«

Wut verzerrte jetzt die eigentlich vornehmen Züge der Dame.

»Wen meinen Sie, Frau von Mannsfeld?«

»Na, diesen Baulöwen, diesen Bressler!«

Eva zuckte zusammen. Nur gut, dass sie ihren Namen noch nicht genannt hatte. Frau von Mannsfeld wütete indes munter weiter. Vielleicht hatte sie selten Gelegenheit, sich auszutauschen. Eva beschloss, sie weiterreden zu lassen.

»Aus dem tiefsten Osten gekommen, dieser rabenschwarzhaarige Bressler, da weiß man doch gleich … und sich jetzt hier an unserem Elend bereichern. Aus dem Osten kommt nie etwas Gutes! Der Führer hätte nicht versuchen sollen, sich den Osten einzuverleiben. Viel zu gefährlich für deutsche Eliten mit Anstand und Moral. Pack lebt da. Alles Zigeuner. Schlimmer als die Juden. Was haben wir alles hergeben müssen, wir Deutschen. Bloß wegen der Juden, der Zigeuner und dieser Untermenschen aus dem Osten. Ein Elend, Fräulein, ein Elend!«

Sie hielt kurz ein, den Kopf gesenkt. Dann schien ihr ein neuer Gedanke zu kommen. »Sie sind aus Braunschweig?«

»Nein«, sagte Eva knapp. Es schauderte sie.

»Woher dann?« Das klang wie in einem Verhör. Scharf die Stimme, der Blick kühl, stechend und schwimmbadwasserblau.

»Ich komme aus dem Osten, Frau von Mannsfeld. Ich bin in Danzig geboren. Meine mütterliche Familie heißt von Warthenberg«, Eva betonte das Wort »von«, »und stammt aus Ostpreußen.«

»Ostpreußen? Ach, liebes Mädchen, Ostpreußen … Von Warthenberg … so, so …«

Es war nicht zu fassen. Eine geradezu unglaubliche Veränderung war in der Dame vorgegangen. Ihr Blick träumerisch, ihre Bewegungen auf einmal fließend, als tanze sie mit dem Wort »Ostpreußen« oder vielleicht auch mit dem »von«.

Säuseln tat sie. »Sehen Sie, es wäre doch besser gewesen, wenn wir unser Ostpreußen behalten hätten, nicht? Jetzt ist alles verloren, jetzt hat der Osten alles überrannt, der Russe hat sich halb Berlin geschnappt und einen ordentlichen Teil aus dem Reich gebissen, damit es kommunistisch wird. Die Polacken hausen in unserem schönen Ostpreußen. Wenn doch der Führer nur frühzeitig seine Wunderwaffe eingesetzt hätte! Da waren die Juden beinahe vollständig ausgerottet, der Endsieg nah, und dann kommen die Amis, die Briten, die Russen … und machen uns alles kaputt. Ein Elend, Fräulein, ein Elend! Aber wir sind Deutsche! Wir sind etwas Besonderes. Wir werden uns schon wieder hochkämpfen. Das liegt uns im Blut, im reinen Blut, nicht wahr, liebes Fräulein?«

Eva ließ den Blick ostentativ über die Trümmer der Villa gleiten. Wer hatte hier doch gleich aufgebaut? Derweil wollte die alte Dame nach ihrem Ellenbogen greifen. Machte beinahe den Eindruck, als ob sie sich gleich unterhaken würde. Von von zu von. Das passte doch. Eva zog sich unmerklich etwas zurück. Die Dame stutzte, schien zu zweifeln. Anzuzweifeln. Misstrauisch der Tonfall. »Sagen Sie, und Sie sind Fräulein von Warthenberg?«

»Nein. Ich bin verheiratet.«

»Ach so, natürlich, wie dumm von mir, das hätte ich doch ahnen sollen, dass eine junge Dame aus dem Hause von Warthenberg nicht lange sitzen bleibt! Oh, bitte verzeihen Sie. Und?«

»Und ich muss jetzt schnell meine Einkäufe erledigen. Einen schönen Tag noch, Frau von Mannsfeld.«

»Jaja, ich will Sie auch gar nicht aufhalten, Frau …?«

»Bressler. Der Halsabschneider ist mein Schwager.«

Eva schickte sich an zu gehen, drehte sich nur noch einmal halb um, winkte lässig, oder besser, winkte ab. Sie stand da wie vom Donner gerührt, die Frau von Mannsfeld, die ewig Gestrige, die so war, die so dachte, wie noch viel zu viele dachten.

Eva hatte kein Lächeln für sie.

* * *

Wilhelm amüsierte sich zunächst königlich, als Eva ihm am Abend von ihrem Treffen erzählte, denn ihm gefiel Evas Umgehen mit der Dame. Dann wurde er ernst. »Vor der hätte ich dich warnen sollen. Richard hat schon erzählt. Ausgesprochen zähe, unangenehme Verhandlungspartnerin, erstarrt in Selbstüberschätzung. Utopische Summen hat sie anfangs gefordert und bis zur Vertragsunterzeichnung getobt. Unterschrieben hat sie letztlich nur, weil sie natürlich vollkommen pleite ist. Gerettet hat die Frau nur ihren Schmuck, ihre gerahmten Führerkonterfeis und jede Menge Ehrenzeichen und Orden ihres gefallenen SS-Generalmajors. Der alte Mannsfeld war wohl ein Tausendprozentiger. Aber seine Frau muss vollkommen verblendet sein. Solche Leute kriegst du nicht zu fassen und schon gar nicht zur Vernunft gebracht, Eva. Und ich fürchte, die Bundesrepublik ist voll von ihnen.«

»Da kann man nur hoffen, dass diese Sorte eines Tages ausstirbt und sie sich nicht auch noch vermehren.«

Wilhelm zuckte zweifelnd die Achseln. »Vorläufig ist die Welt damit fertiggeworden. Aber ich glaube, ausgerottet ist diese Denkweise längst noch nicht. Wachsamkeit scheint da geboten.«

Eva nickte. »Wahn gebiert Wahn. Solange noch welche da sind, werden sie es in die nächsten Generationen weitergeben. Vielleicht ist es wie eine Hydra. Der kannst du die Köpfe abschlagen und es wachsen immer wieder welche nach. Man muss das Muttertier töten, damit nichts Neues schlüpfen kann.«

»Ideologien kann man nicht töten, Eva. Sie haben ihre Glanzzeit, wachsen zu ungeheurer Stärke, scharen ganze Völker hinter sich, bis sich eine andere Ideologie ihnen entgegenstellt, die auch nicht unbedingt besser sein mag, oder bis sich ein Häufchen Vernünftiger ihnen entgegenstellt und sie einbremst. Aber nur das. Mehr kann man nicht erwarten. Je nachdem, wie die Verhältnisse sich entwickeln, schlafen sie. Und werden wach, wenn es adäquat erscheint. Dann geht das Spiel von Neuem los.«

Eva überlegte ein Weilchen. Dann sagte sie langsam: »Und wer, denkst du, oder was kann ein für alle Mal Schluss machen mit dem Irrsinn? Nicht mal Religionen sind frei von Schuld.«

»Weiß Gott nicht! In meinen Augen gibt es nur eines, das für dauerhaften Frieden sorgen kann. Es sind nicht mal Allianzen, geschmiedet aus gleichen Interessen oder gegenseitigen Abhängigkeiten. Der Krieg hat gezeigt, wie schnell die gebrochen werden können. Nein … für mich ist die einzig zuverlässige Grundlage des Friedens die Empathie.«

Eva schaute ihn zweifelnd an. »Allem und jedem gegenüber?«

»Natürlich.«

»Auch Frau von Mannsfeld?«

»Sicher. Sollte man ihr nicht wenigstens mit Mitleid begegnen? Sind es nicht die Ärmsten, die selbst so wenig sind, dass sie sich fremder Leut's Ideale überstülpen lassen müssen?«

»Junge, Junge«, sagte Eva. »Bei solchen wird es aber schwierig.«

»Niemand hat gesagt, dass die Empathie etwas ist, das man sich leicht erwirbt, mein Schatz.«

Eva stand auf, setzte sich auf Wilhelms Knie, schlang die Arme um seinen Hals und blickte ihn sehr ernst an. »Und was ist mit Empathie gewesen, als du Kriegsflieger warst? Hat sie da geschlafen?«

»Nein, hat sie nicht. Ich habe nur Nachschub im Lastensegler transportiert, bin eben geflogen. War bisschen gefährlicher als sonst, ein paarmal mussten wir aussteigen, das war heikel, aber Hauptsache fliegen. Fliegen war mein Leben. Ich habe keine einzige Bombe ausklinken, auf niemanden meine Waffe richten müssen. Und ich sage dir was, ich bin heilfroh darüber. Jeder Kamerad, der vielleicht ein anständiger Kerl im Leben gewesen war und das tun musste, egal, auf welcher Seite er gekämpft hat, tut mir leid. Es waren zum größten Teil keine Berufssoldaten, die da zigtausende Menschenleben auf dem Gewissen haben. Es waren Schneider, Beamte, Lehrer, Landwirte, Schuhmacher, Künstler, was weiß ich ... Was glaubst du, wie lange die noch an Führer, Volk und Vaterland geglaubt haben? Und wenn sie sich nicht geschützt haben, um nicht irre zu werden, indem sie nach und nach abstumpften und dichtmachten, dann müssen sie mit dieser Schuld weiterleben, müssen heute wieder so tun, als wären sie nur Schneider, Beamte, Lehrer, Landwirte, Schuhmacher, Künstler. Du kannst mir glauben, ich danke Gott jeden verdammten Tag, dass ich wenigstens nicht direkte Schuld auf mich geladen habe. Es muss furchtbar sein für ihr Gewissen, heute so tun zu müssen, als wäre nichts gewesen.«

»Deshalb reden sie nicht?« Diese Sätze erklärten so vieles. Eva hatte das Gefühl, endlich die Wahrheit über Vaters Schweigen am Zipfel gepackt zu haben.

»Wahrscheinlich«, sagte Wilhelm.

20

BRAUNSCHWEIG, APRIL/MAI 1958 –
EIN FOTO

Eva pflanzte Geranien. Die breite Fensterbank im Wohnzimmer mit dem riesigen Kippfenster gen Westen hatte sich als ausgesprochen geeignet für die Anzucht der Balkonbepflanzung erwiesen. Wilhelm hatte sie ein wenig belächelt, als sie schon im Januar unzählige winzige Töpfchen mit feiner Erde und aufgekrümelten Samen dort platziert hatte, die sie täglich sorgsam besprühte.

»Das wird nie was, Eva! Warum kaufst du keine, wenn Pflanzzeit ist?«

»Weil ich es liebe, etwas zum Wachsen zu bringen. Habe ich immer schon geliebt. Meine Urgroßmutter Charlotte hat mir den grünen Daumen attestiert. Weißt du, damals auf Warthenberg …«

»Schon gut. Mach nur, wenn es dir Freude bringt«, hatte er gesagt, ihren schon recht beachtlichen Bauch von hinten umfangen und behutsam gestreichelt.

Richtig erstaunt war er gewesen, als die zarten Lichtkeimer tatsächlich die ersten grünen Blättchen zeigten, und »siehst du, ich hab es dir doch gesagt«, hatte Eva frohlockt.

Jetzt waren sie alle kräftige fünfundzwanzig Zentimeter hoch und einige setzten schon Knospen an. Sollten die Eisheiligen mit Frost aufwarten, würde sie Wilhelm bitten, die Kästen noch einmal auszuhängen, damit sie dicht an der Hauswand unter etwas Vlies geschützt stünden. Vielleicht ein wenig früh, ja, aber sie waren so groß geworden, sie mussten raus.

Eva fand, es hatte sich gelohnt, denn in den wenigen Blumengeschäften und Gärtnereien, die es in der Stadt schon wieder gab, würden sie doch ganz schön teuer sein. Außerdem vermisste sie einen eigenen Garten, den sie hätte bewirtschaften können. Hin und wieder hatte sie schon darüber nachgedacht, Wilhelm die Pacht eines Schrebergartens vorzuschlagen. Vereine und Anlagen schossen seit dem Krieg wie Pilze aus dem Boden, denn wie sollte sich die Stadtbevölkerung besser mit frischem Obst, Gemüse und vor allem Kartoffeln versorgen als mit einem kleinen Stückchen eigener Scholle?

Da würde auch das Baby genug frische Luft bekommen. Allemal besser als unten auf dem kahlen Hof. Richard hatte das Ensemble aus drei Mietshäusern mit einem Mäuerchen einfassen lassen, ein paar Pappeln waren gepflanzt. Langweilige, streng riechende, aber schnell wachsende Bäume. Weit ab von dem, was Eva als schöne Bäume liebte. Die gab es da hinten, in Frau von Mannsfelds verwunschenem Garten, das waren schöne Bäume. Aber da durfte niemand außer ihr selbst hin. Für Kinder waren ein paar Quadratmeter Rasen unten angesät, etwas Sand unter die Balkone des Hochparterres gebracht worden. Aber austoben würde sich hier kein Kind können. Wenn sie an ihre eigene Kindheit zurückdachte … ach nein, so wundervoll würde es ihr Baby nicht bekommen. Keine endlosen Wiesen, keine tiefen Wälder, keine kleinen, glasklaren Seen, keine wilden Bachläufe durch farnbestandene kühle Schluchten, schon gar kein Meer, niemals ein Blick bis zum Horizont.

Das gab es nur im Kinderland. Und Kinderland war abgebrannt.

Oft spürte sie diesen Schmerz in der Brust, der Heimweh war. Und sich steigerte, wenn sie daran dachte, ihr Kind würde anders aufwachsen müssen. Das hatte sie sich nie so gewünscht.

Versonnen kratzte sie die frische Erde unter ihren Fingernägeln hervor. Ganz hübsch sahen ihre Setzlinge jetzt aus. Mit etwas Glück und weiterer guter Pflege würden sie bald in flammend roten Blütentrauben über die Brüstung wuchern. In Frau von Mannsfelds Garten trällerten Amseln, zwitscherten Meisen, ein Fink schlug. Nachtigallen sollte es sogar geben, hatte eine Nachbarin erzählt. Ein Windlicht auf dem kleinen Balkontisch, Wilhelm und Eva auf den bequemen Stühlen. Sterne gucken, dem Nachtvogel lauschen, die Straßenbahn an der Vorderseite des Hauses ausblenden. Das konnte schön sein. Aber es war nicht dasselbe.

* * *

Der Geburtstermin rückte näher. Der 20. April kam. Aber das Baby kam nicht.

»Siehst du, Eva, es hält sich dran. An Adolfs Geburtstag kommt mein Kind nicht zur Welt«, sagte Wilhelm.

Eva wollte Geduld haben. Sie schob zwar einen gewaltigen Bauch vor sich her, aber bisher hatte sich noch gar nichts richtig gesenkt. Noch immer presste das Baby den Magen unter die Rippen, nur winzige Mahlzeiten hatten Platz. Außerdem atmete es sich ausgesprochen schwer. Es strampelte. Eigentlich immer dann, wenn Eva zur Ruhe kommen wollte. War sie aktiv, fühlte es sich anscheinend wunderbar geschaukelt und schlief. Kaum setzte sie sich abends in ihren bequemen Sessel, stopfte sich ein Kissen ins schmerzende Kreuz, wurde es munter, kickte gegen die Blase, als wolle es Uwe Seeler Konkurrenz machen, und scheuchte Eva wieder hoch.

In den vergangenen Tagen hatte sie regelmäßig einen wirklich erleichternden Tipp Gerdas umzusetzen begonnen. Jeden Abend ließ sie sich die Wanne volllaufen, schüttete ein wenig mit Milch emulgierendes Olivenöl, versetzt mit duftendem Lavendel, hinein und ließ sich wohlig ins Wasser gleiten. Das half dem Rücken, cremte ganz von allein die geschundene, gedehnte Haut und beruhigte das Baby. Nur ganz sachte bewegte es sich dann, der Bauch schob sich von rechts nach links und wieder zurück. Wilhelm amüsierte sich jedes Mal, wenn er auf dem Wannenrand Platz genommen hatte und das Schauspiel verfolgte. Das muss ein Beinchen sein, hier ein Ellenbogen, das ist bestimmt der dicke Popo. Spaß hatten sie. Ganz schwebend leichte Erleichterung.

Als das Baby acht Tage überfällig war, machte Dr. Jesper während der Untersuchung ein bedenkliches Gesicht. »Nun wird es aber langsam Zeit«, sagte er. »Nicht, dass wir den Faulpelz noch holen müssen!«

Alle drei Tage chauffierte Wilhelm Eva jetzt in die kleine Privatklinik hinter der Paulikirche, wo das Ereignis stattfinden sollte. Jedes Mal gab es lange Gesichter. Muttermund zu, allerdings beste Herztöne. Noch kein Grund zur Sorge.

Den gab es erst, als der Geburtstermin fast drei Wochen überzogen war, und dann ging alles sehr plötzlich. Grünes Fruchtwasser! Höchste Alarmstufe.

Eva musste bleiben, bezog ein Einzelzimmer mit Blick auf grüne Bäume und Kirche. Der Raum war hellgrün gestrichen, das Licht, das durch die dichten Blätterdächer fiel, war grün, das Fruchtwasser war grün. Und sickerte langsam durch einen immer noch fast komplett zugekniffenen Muttermund.

Der Arzt entschied sich zu Wehenspritzen. Eva krallte sich schmerzerfüllt an Wilhelms Schultern. Acht Stunden lang. Ohne dass das Tor in die Welt sich für das Kind öffnen wollte. Alle Nas' lang schaute die Hebamme nach, schüttelte jedes Mal wieder frustriert den Kopf.

Nun gab es einen Wehentropf. Weitere acht Stunden später war Eva heiser vom Schreien, Fruchtwasser lief keins mehr. Was für eine Tortur!

Die Augen der Hebamme vor Grauen geweitet. »Das Kind liegt auf dem Trockenen. Doktor!«

»Was bedeutet das?«, wollte Eva wissen, aber sie bekam keine Antwort.

Der Arzt erschien, untersuchte. Eva riss sich zusammen, biss sich die Lippen blutig. Er schüttelte den Kopf. »Herztöne schwach, gerade mal zwei Zentimeter geöffnet. Das wird nichts. Kaiserschnitt! Riesenscheiße mit dem ganzen Wehenmittel im Körper. Egal. Schwester … sofort!«

* * *

Dieses Foto!

Wilhelm hatte die Leica dabei. Seine Vorstellung war ein Bild von einem pfirsichglatten Säugling im Arm der glücklich lächelnden Mutter gewesen. Mit Blumen im Hintergrund.

Jetzt hob er geistesgegenwärtig die Kamera, als endlich, nach bangen Stunden, die Tür zum OP aufging und der mächtige Mann herauskam. Rahmenfüllend. Die Züge verzerrt, die Haube schief auf dem Kopf, die weiße Schürze nicht weiß, sondern über und über mit Blut besudelt. Nicht Arzt, eher Schlachter, schoss es Wilhelm entsetzt durch den Kopf. Dennoch drückte er ab.

»Herr Bressler! Legen Sie das Ding weg. Wir brauchen Ihre Hilfe. Schnellstens!«

Wilhelm raste. Keine rote Ampel beachtend, permanent auf der Hupe, den Warnblinker an, Fernlicht wie irre zuckend.

Die Schranke am Klinikum Celler Straße bremste seine wilde Fahrt, der Pförtner sprang aus seinem Häuschen. »Was wollen Sie, Mann, sind Sie wahnsinnig?«

»Ja, wahnsinnig vor Angst.«

»Jaja, er hat angerufen. Wir wissen Bescheid. Aber haben wir nicht da. Nur falsche Blutgruppen. Tut mir leid. Nehmen Sie das. Versuchen kann man es.«

Zurück mit der Kühlbox. Der Puls auf hundertachtzig, die Nerven blank. Wummern an der Tür.

»Sind die bescheuert? Ich brauche Vollblut und kein Plasma!«

»Sie haben gesagt, sie hätten nicht die passende Blutgruppe.«

Dr. Jesper faltete die Hände, schickte ein Stoßgebet gen Himmel. »Wenn das mal gut geht …«

Wilhelm ließ sich auf einen Stuhl fallen. Und weinte.

21

BRAUNSCHWEIG, AUGUST 1959 – EIN ANDERES FOTO

Später, viel später, es war Ende August des Jahres 1959, saß Wilhelm vor einem großen Stapel Abzüge, die es zu sichten und zu ordnen galt. Wie hatte sich doch gleich Eva während ihrer traumschönen Hochzeitsreise, hoch oben im Baum sitzend, über seine Fotografieleidenschaft geäußert?

»Deinen Fotos wird am Ende der Duft des frisch gemähten Korns auf dem Feld da drüben fehlen. Es wird das Gefühl der rauen Baumrinde unter meinem Hintern fehlen. Und das Gefühl, das ich habe, wenn ich dich da unten so stehen sehe. Meinen Mann! Mit dem ich gleich in die nette Pension im Ort gehen werde, der mich auffangen wird, wenn ich hier herunterspringe, dessen warme Hände ich dann um meine Taille spüre, vielleicht sogar dessen Lippen auf meinen. Das, mein Lieber, kannst du alles nicht einfangen mit deiner Kamera«, hatte sie gesagt.

Wilhelm hatte einen Moment überlegt, dann zu ihr hinaufgelächelt und geantwortet: »Aber wenn ich später will, kann ich jederzeit die Bilder ansehen, und dann wird meine Fantasie anspringen, dann werden all die Gefühle zurückkehren, die ich jetzt, in diesem Augenblick, habe. Mein Kopf hingegen wird vielleicht gar nicht genügend Platz in seinen Schubladen haben, um alles, was wir gerade erleben, abzulegen.«

Eva hatte geseufzt. »Auch ein Argument. Aber kannst du denn jetzt, in diesem Moment, alles richtig erleben? Ich könnte das nicht, wenn ich mich ständig auf die Technik konzentrieren müsste.«

»'türlich kann ich«, hatte er behauptet und selbstbewusst sein Kinn in die Höhe gereckt. »Ich bin eben ein Universalgenie.«

Gekichert hatte sie, »dann fang mich auf, du Universalgenie« gerufen und sich direkt in seine Arme gleiten lassen.

So war es gewesen. Jetzt lag so viel hinter ihnen. Und der Wust von Fotos bezeugte, dass Wilhelm recht gehabt hatte. Nein, mein Liebling, dachte er, weder in den Momenten, als diese Bilder entstanden, fehlte es mir an jeglicher Sinneswahrnehmung, noch sind jetzt Gerüche, Gefühle, Geräusche, Gedanken in Vergessenheit geraten, die mit all diesen kostbaren Augenblicken in Verbindung stehen.

Da war diese entsetzliche Aufnahme. Der Doktor in der blutverschmierten weißen Gummischürze. Just in dem Augenblick, als er die Kreißsaaltür öffnete und mit den schrecklichsten Nachrichten kam. Noch heute lief es Wilhelm eiskalt den Rücken runter, wenn er an diese Tage zurückdachte. Er hatte den Krieg überstanden. Und ja, er hatte Angst gehabt. Todesangst. Niemals zuvor jedoch hatte ihn Angst derart zerfressen können wie in den Stunden und Tagen nach Bettinas Geburt.

Wilhelm dreht das Foto um und legte es auf den Tisch. Der Anblick war so schwer zu ertragen.

Er nahm ein anderes in die Hand. Horst, sein Großer, am Steuer des nagelneuen Mercedes. Stolz. Selbstbewusst grinsend, den Ellenbogen lässig auf den heruntergekurbelten Rand der

Scheibe gestützt. Jetzt posierte er noch. Aber ja, klar, irgendwann würde er selbst fahren.

Ein Schnappschuss nur. Fröhlich, unbeschwert. Dennoch zog sich Wilhelms Inneres zusammen, denn der Mercedes hatte so seine Geschichte ...

Und wer hatte doch gleich dieses Bild gemacht? Wilhelm lächelte. Bettina. Ach, meine süße Kleine! Und ausnahmsweise mal zusammen mit dem Familienfotografen selbst. Wer hatte den beiden zugesehen im langsam vergehenden Sommer 1959? Noch gar nicht lange her. War es Ulli gewesen? Wilhelm überlegte, fühlte beinahe seinen just über Evas argumentationsweise errungenen Sieg schwinden. Wie war das doch gewesen? Angestrengt grübelte er nach.

Das Foto war doch noch gar nicht alt. War entstanden im sogenannten »Jahrhundertsommer 1959«. Diesem Sommer, in dem der letzte Regen Anfang Mai gefallen war und sich danach ganze drei Monate lang kein nennenswerter Niederschlag mehr hatte verzeichnen lassen, jeden Tag die Sonne erbarmungslos vom Himmel brannte, das Thermometer tags kaum unter dreißig Grad fiel, die deutschen Moore brannten und brannten, unterirdisch weiterglühten, wenn völlig erschöpfte Feuerwehren schon an einen Sieg über die Flammen geglaubt hatten.

Als Kühe selbst auf einst feuchten, fruchtbaren Auwiesen kein Futter mehr fanden, Entwässerungsgräben, Flüsse, sogar Stauseen trockenfielen. Als schwerer, sandiger Lehmboden zunächst riss, dass Bauern fürchten mussten, beim Betreten mit dem Fuß in den betonharten Spalten stecken zu bleiben, und sich wenig später die Scholle in Staub verwandelte. Staub, den der oft so kräftige Wind einfach forttrug. Der den strahlend blauen Himmel mit feinem Dunst verschleierte, sich niederlegte auf jedes aufgehängte Wäschestück an der Leine, auf den glänzenden Lack der Automobile. Und zwischen die Zähne.

Als die Lüneburger Heide zu brennen begann. Furztrockene Kiefern voll ätherischer Öle, ausgedörrtes Heidekraut, genügsamer, magerer Lorbeer. Piff! Und nicht mehr zu bremsen. Löschwasser fehlte allerorten. Der Weizen geräuchert, wenn nicht gleich ein Raub der Flammen. Popcorn an Maisfackeln.

Das war der Sommer '59 gewesen. Der Sommer, der jenem Herbst folgte, als Wilhelm arbeitslos wurde, jenem Winter der Verzweiflung und jenem Frühjahr, das eine unerwartete Lösung gebracht hatte.

Schon ein Weilchen hatte Wilhelm während des Jahres 1958 die Finanzlage des brüderlichen Betriebes mit gewisser Sorge betrachtet. Die ganz großen städtischen Aufträge blieben nach und nach aus. Die Stadt hatte wieder Gesicht gewonnen, die Not auf dem Wohnungsmarkt war inzwischen weitgehend gelindert. Nicht, dass es nicht noch genügend öffentliche Gebäude gegeben hätte, die in Trümmern lagen und auf ihre Wiederauferstehung warteten. Nein, das war es nicht. Aber diese Bausparte war nicht Richards Spezialität, Restaurierungen nicht sein Fachgebiet.

Hinzu kam, dass Richard, wesentlich älter als Wilhelm, müde geworden schien. Der Schwung, den er noch Ende der 40er-Jahre an den Tag gelegt hatte, war einer satten Trägheit gewichen. Er hatte angesetzt, war schwerfällig geworden. Nicht wirklich erkrankt, sah man von zu hohem Blutdruck und heranschleichender Diabetes ab. Aber seine Energie schien erst unmerklich, dann immer offensichtlicher und beängstigend stetig nachzulassen.

»Wilhelm, ich werde mich zur Ruhe setzen«, eröffnete er dem Bruder im späten Oktober '58. »Du weißt es ja, für das große Wohnbau-Projekt auf dem Gelände der ehemaligen Gärtnerei haben wir keine Genehmigung bekommen. Ehrlich gesagt ... eine Fehlinvestition, die ganz schön an meiner

Kapitalkraft nagt. Loswerden tu ich das Grundstück nicht mehr. Wer will so was haben, was kann man damit anfangen? Ich schätze, das Glück hat mich verlassen. Ehe ich noch weitere Fehler mache, vielleicht sogar die Firma herunterwirtschafte, werde ich das Unternehmen verkaufen. Ein Investor hat sich gefunden. Aber er wird das Ganze genauso in Familienhänden führen, wie wir das getan haben. Und ... so leid es mir tut, aber für dich ist da kein Platz vorgesehen.«

Wilhelm erstarrte. »Du hättest mich warnen können, Richard. Das weißt du doch nicht seit heute.«

Der Bruder schüttelte den Kopf, griff nach einer Mappe, die vor ihm auf dem Schreibtisch lag, und reichte sie Wilhelm. »Der Vertragsentwurf. Schau ihn dir an. Noch habe ich nicht unterzeichnet.«

Wilhelm verbrachte zwei Tage und zwei Nächte mit dem zigseitigen, von einem befreundeten Notar erarbeiteten Schriftstück. Akribisch war aufgeführt, was genau zum Vertragsgegenstand gehörte. Sosehr er auch suchte, er konnte keine Fehler feststellen. Gern hätte er welche gefunden, denn einen anderen Grund als den Verkauf der Firma hätte sein Bruder niemals zum Anlass genommen, ihn in die Arbeitslosigkeit zu entlassen.

Er hatte sich einen Cognac eingeschenkt, saß unter dem grellen Kegel der Schreibtischlampe im einsamen Büro. Was sollte er tun? Wilhelm hatte eine Familie zu ernähren. Und diese Familie hatte bisher auf recht großem Fuß und ausgesprochen sorglos gelebt. Niemals wäre er auf die Idee gekommen, dass all das plötzlich ein jähes Ende finden würde. Natürlich! Er hatte eine solide Ausbildung genossen. Aber er war seit Kriegsbeginn, also inzwischen zwanzig Jahren lang, raus aus dem Bankgeschäft. Ob ihn dort noch jemand nehmen würde? Immobilien, die waren sein Metier gewesen. Es gab andere Unternehmer in dieser Sparte. Vielleicht sollte er sich umgehend zu bewerben beginnen. Kennen tat er doch genügend Leute in der Branche.

Wilhelm steckte sich eine Zigarette an. Sicherlich die zwanzigste in dieser zweiten Nacht seiner Prüfung, seiner Suche nach einem Ausweg, wenigstens einem Aufschub zum Zeitgewinn.

Den Kopf in die Hände gestützt, die Zeilen des Vertragswerkes schon vor seinen Augen verschwimmend, kam ihm der Gedanke, selbst zum Unternehmer zu werden, eigenverantwortlich eine eigene, private Flugschule zu eröffnen. Mit dem Verein würde man reden können, die Flugplatzverwaltung könnte ihm wohlgesinnt sein. Warum also nicht die Idee zumindest durchdenken?

Wilhelm griff nach einem neuen Stapel Papier, notierte lange Reihen von notwendigen Anschaffungen, überschlug die zu erwartenden Kosten, strich hier, setzte da dazu, hatte weit nach Mitternacht Ergebnisse. Und lachte trocken.

Er drückte die letzte Zigarette im vollen Aschenbecher aus, verbrannte sich den Zeigefinger, fluchte.

Unmöglich! Dafür fehlte ihm das Startkapital.

Also doch irgendwo in ein Anstellungsverhältnis gehen. Er wusste, er würde es hassen. Aber er trug Verantwortung. Die Kinder! Das Leben war manchmal nicht fair. Richard hatte kräftig eingesackt, hatte seine Schäfchen ins Trockene gebracht. Hätte er doch damals darauf bestanden, Teilhaber zu werden, statt sich auf die Position als Angestellter seines Bruders einzulassen. Hätt' der Hund nicht geschissen, hätt' er 'n Hasen gefangen. Es war nicht zu ändern. Es war, wie es war. Aber es musste doch weitergehen.

Wilhelm knipste das Licht aus und verließ das Büro. Draußen pfiff ein ruppiger Wind, trieb Schneeregen vor sich her. Er schlug den Mantelkragen hoch, zog den Hut in die Stirn. Ein Weilchen würde er noch hinkommen mit dem, was er für schlechte Zeiten auf die hohe Kante gelegt hatte. Spare in der Not, so hast du Zeit dazu. Er grinste bitter in sich hinein. Früher hatte ihm dieser Widersinn Spaß gemacht. Jetzt brachen andere Zeiten an. Wilhelm stieg in seinen neuen Mercedes. Ganze drei Monate war das Auto erst alt. Der würde als Erstes weichen. Ein Käfer würde es auch tun. Und … er wollte sich besinnen auf etwas, das er früher, sehr viel früher getan hatte, wenn es etwas gab, das er allein schwer verdauen konnte. Er würde mit Mutter reden!

* * *

Ach ja, das Foto! Wilhelm und Bettina. Er nahm es erneut in die Hand, schmunzelte. Tolle Aufnahme! Voller Bewegung und Lebenslust!

Es zeigte ihn unterm Strohhut, seinen braun gebrannten nackten Oberkörper. Von der Taille abwärts steckte er in einem Bierfass. Die eisernen Ringe blau bemalt. Im Hintergrund war ein Kirschbaum zu sehen. Der Fotograf hatte einen glücklichen Moment erwischt. Wilhelm lachte, dass die weißen Zähne blitzten. Um ihn herum eine Fontäne glitzernder Wassertropfen. Jeder einzelne genau abgebildet. Auch das Überschwappen am Fassrand. Man konnte beim Betrachten das kühle Wasser direkt überlaufen fühlen. Herrlicher Luxus in landesweiter Dürre.

Auf seinem Arm, den Blick schelmisch und voller Übermut in die Kamera gerichtet, das blonde Haar klatschnass ans Köpfchen geklebt, die rundlichen Ärmchen in die Höhe gestreckt, Bettina.

»Noch mal, Papa, noch mal!«, hörte er sie wieder quietschen, und Wilhelm machte noch mal, noch mal, hielt die Kleine fest umschlungen, sagte »Luft anhalten … Obacht! Jetzt!«. Und tauchte zusammen mit ihr unter, bis das Wasser über ihren Köpfen zusammenschlug, um ein, zwei Sekunden später, beide prustend, hustend, lachend, wieder herauszufluppen wie die Springteufel.

Bettina hatte einen Springteufel. Einen bunten, niedlichen. Einen originalen von Mattel. Zu gern ließ sie ihn unterm Deckel hervorfluppen. Lachte sich halb kaputt.

»Wasserspringteufelchen«, nannte Wilhelm sie und sie strahlte über lauter perlweiße Zähnchen.

* * *

Wilhelm legte das Foto über jenes, das Horst im Wagen abbildete. Er seufzte schwer. Der neue Mercedes, ganzer Stolz der Jungs, brachte im Verkauf nicht das, was Wilhelm sich erhofft hatte. Käfer fuhr er jetzt. Und hatte das Gefühl, das kleine graue Auto minimiere seine Chancen, ja, seinen Wert bei jeder Vorstellung. Vielleicht, weil er schon beim Aussteigen den Kopf einzog, die Schultern zusammennahm, die gebückte Haltung beibehielt, wenn er vor potenziellen Arbeitgebern Platz nahm.

Seine Expertise würdigte man. Aber man traute dem geschlagen wirkenden Mann nichts zu. Der sollte in der Lage sein, Immobilien an den Mann zu bringen? Eher nicht. Selbst die, denen er früher bereits im Berufsalltag begegnet war, mit denen er gefeiert und getrunken hatte, wollten ihm nichts zutrauen. Wilhelm litt. Unter den Absagen, Abweisungen, Einschätzungen. Sein Selbstbewusstsein war zum Weinen in den Keller gekrochen.

Mutter hatte ihm zugehört und eine ganz klare Meinung kundgetan: »Wenigstens abfinden soll er dich. Ich werde mit ihm reden. Du hast genauso viel Arbeit in das Unternehmen gesteckt wie Richard. So geht das nicht.«

Richard wollte es sich überlegen. Aber erst, wenn er aus Spanien zurück sein würde. Im Frühjahr.

Gekocht hatte Wilhelm innerlich, aber versucht, sich nichts anmerken zu lassen. Hatte der Kerl sich doch zu besten Zeiten eine Finca zugelegt! Nicht weit vom Meer, in der herrlichsten Landschaft. Dahin war er mit seiner Hilde abgezwitschert, kaum dass die Übergabe des Bauunternehmens erfolgt war.

Da war es kurz vor Weihnachten gewesen und Weihnachten lag im Nebel. Die Jungs hatten Wunschzettel geschrieben. Eine Eisenbahn wollte Ulli. Von Faller. Die mit der großen Platte, mit Bergen, Bahnhöfen, Dörfern, Kirchen und Kühen. Drei Züge mindestens, Weichen, ganz viele Weichen, die große Bedieneinheit dazu. Eine Musiktruhe wünschte sich Horst. So eine mit Plattenspieler inklusive Wechsler, Radio, dazu eingebautem Fernseher, eben mit allem Pipapo. Wilhelm hatte nur trocken gehustet.

Wie schnell in Jahren Aufgespartes zu Ende gehen konnte! Bestenfalls bis Juni würde er, vorsichtig geschätzt, längskommen. Schon die festen Kosten würden das Arbeitslosengeld weit übersteigen. Da waren solche Extratouren absolut nicht drin. Sollte er ihnen das sagen? Oder doch auf sein Glück vertrauen? Eine Firma, Großhersteller von Fertighäusern, hatte immerhin noch nicht abgesagt, nein, wenn er es genau betrachtete, sogar Hoffnung gemacht. Provisionsgeschäfte. Das müsste doch gehen. Wenn er hier ... oder dort ... immerhin sehr attraktive Angebote, draußen vor der Stadt, alles Einfamilienhäuser mit kleinen Gärten ... wollten doch jetzt alle ... ein Häuschen mit Garten ... Das könnte einträglich werden.

Wilhelm telefonierte dem Chef hinterher. Und siehe! Er bekam seinen Vertrag. So schlecht lief es gar nicht an. Die Ausstellungstage in der Musterhausanlage waren gut besucht. Fast ausschließlich Familien mit kleinen, meist nörgelnden Kindern. Wilhelm verteilte Prospekte an die Väter, errechnete mit spitzem Bleistift Finanzierungspläne. Lobte in den höchsten Tönen die Einrichtung der Einbauküchen bei den Müttern, ließ seinen Charme spielen und bekam dutzendfach halbgare Zusagen.

Er kaufte die Eisenbahn. Kaufte die Musiktruhe.

Und nahm reihenweise ganz gare Absagen entgegen.

Kurz vor Weihnachten wusste er, der Nebel hatte sich verdichtet. Es blieb gerade noch genug für einen Weihnachtsbaum. Zum Selberschlagen. Das war günstiger. Er montierte den Gepäckträger aufs Dach des Käfers, lud seine Familie in das enge Autochen und fuhr Richtung Westen aus der Stadt hinaus ins Tannenland.

* * *

Lieber nicht mehr daran denken. Lieber noch einmal die süße Puppe Bettina ansehen! Da waren sie wieder, alle Gefühle, alle Geräusche, alle Gerüche. Er hatte doch recht gehabt. Die Bilder holten all das zurück.

»Noch mal, noch mal, Papa«, quietschte Bettina vergnügt. Und Wilhelm machte noch mal, noch mal. Sie tauchten auf, prusteten beide, lachten beide, rubbelten die nassen Nasen aneinander.

»Jetzt ist aber genug, Bettina. Du wirst ja ganz schrumpelig.« Sie schüttelte das Köpfchen. »Noch mal, Papa, noch mal.«

»Nix ist. Jetzt rubbeln wir dich trocken und dann gibt es Himbeeren mit Eis. Möchtest du Eis?«

»Eis!«

Ihre braunen Augen leuchteten.

Er hob sie aus dem Fass, setzte sie auf den ausgedörrten kurz gemähten Rasen, kletterte hinterher, legte ihr das rosa Handtuch mit den blauen Teddys um, stülpte die Frotteekapuze über und rieb seine Tochter sorgfältig trocken. Ganz behutsam an der Brust. Da, wo die kleine Narbe immer noch silbrig und ob des kalten Wassers jetzt ein wenig bläulich schimmerte.

»So. Trocken! Jetzt ziehen wir das Kleidchen über, die Bux' an. Schau, da stehen deine Sandalen. Kannst du hineinschlüpfen?«

Eifrig nickte sie. Wilhelm bückte sich, half ihr, die kleinen silbernen Schnallen zu schließen.

* * *

Diese Narbe! Immer würde sie ihn erinnern. An den Tag ihrer Geburt, an die entsetzlichen Tage und Nächte, die dem Drama gefolgt waren. Draußen hatte von früh bis spät die Sonne vom Maihimmel gestrahlt, die Zeitungen hatten von den ersten Moorbränden berichtet. Und es war ihm egal gewesen. Nichts hatte ihn interessiert. Die Jungen hatte er seiner Mutter aufgedrückt, die kurzerhand in die Celler Straße gezogen war. Er hatte die Klinik nicht mehr verlassen.

Eva lag da. Leichenblass, nicht ansprechbar, irgendwo zwischen Leben und Tod. Vier Liter Blut hatte sie verloren. Noch und noch und noch hatte ihr Herz es nach dem Kaiserschnitt aus dem Körper gepumpt. Wehenmittel eben. Es hörte und hörte nicht auf. Und Plasma ersetzte nun mal kein Vollblut. Sie hatten an diesem Tag keins bekommen. Und auch nicht am nächsten. Dr. Otto Jesper, der Hüne, der zuversichtliche, erfahrene Mediziner, der es nicht gewohnt war aufzugeben, hatte geweint. So, wie Wilhelm geweint hatte. Zu Verschworenen in höchster Not, zu Freunden waren die Männer geworden.

Erst am dritten Tag, Wilhelm hatte Bettina gegeben, was ihre Mutter zu geben nicht in der Lage war – Wärme, Fläschchen, Liebe, Liebe, Liebe –, erst am dritten Tag war endlich der Container aus der Hannoverschen Medizinischen Hochschule angekommen.

»Jetzt geht es bergauf, Wilhelm. Du wirst sehen.«

»Rede nicht, Otto, mach! Ich flehe dich an …«

»Musst du nicht. Komm.«

Er hatte zugesehen, wie der rote Lebenssaft in ihre Venen gelaufen war. Hatte keine Minute geschlafen, sie nicht aus den Augen gelassen. Das Kind im Arm, bis eine Schwester es ihm abnehmen wollte. »Sie kann doch nicht immer so krumm liegen, Herr Bressler.«

»Dann legen Sie sie hier neben mir in ein Bettchen. Ich lasse sie keinen Meter weit weg. Beide nicht, es sind meine Frauen.«

»Das geht nicht, das darf ich nicht, sie muss in die Säuglingsstation.«

»Das muss sie nicht! Rollen Sie ein Bett rein oder ich rolle Sie hier raus«, hatte er gedonnert und Hilfestellung bekommen. Von Otto, der gerade wieder nach Eva sehen kam.

Bettina blieb bei ihm. Machte sie einen winzigen Mucks, war er schon bei ihr, streichelte sie, hob sie hoch, wickelte sie, wenn sie nass war, fütterte sie, wenn sie Hunger hatte, klopfte sie, wenn ein Bäuerchen klemmte. Sie hatte keinen Tropfen Colostrum bekommen. Ihr Immunsystem musste schwach sein. Auf der Brust hatte sie einen riesigen, hässlichen Furunkel entwickelt. Solch einen von derselben Sorte, die Evas Körper übersäten. Nebeneinander, sogar übereinander, auf dem Bauch, im Genick, in den Leisten, unter den Armen. Manche platzten von allein, wenn sie reif waren unter der Salbe, andere wurden eröffnet. Nebenwirkungen. Die Medikamente, die Medikamente! Sie mussten schmerzen, diese Scheißdinger. Eva bekam wahrscheinlich davon nichts mit. Eva hatte etwas anderes zu tun, sie kämpfte um ihr Leben. Und Wilhelm konnte nichts tun. Nur da sein, nur ihre Hand halten, die niemals seinen liebevollen Druck erwiderte.

Otto schnitt das hässliche Ding auf Bettinas durchscheinend zarter Haut auf. Wilhelm musste wegsehen. Sie schrie nicht. Sie wimmerte nur ein bisschen und er hielt ihr winziges Händchen. Bettina wenigstens griff zu.

»Fertig«, sagte Otto. »Wird schnell heilen. Du wirst später kaum etwas davon sehen. Nur Nackttänzerin wird sie vielleicht nicht gerade werden können.«

»Meine Tochter?«, fuhr Wilhelm empört auf und Otto lächelte zwinkernd.

* * *

»Eis, Papa!«, quietschte Bettina ihn aus seinen Erinnerungen an.

»Ja, mein Mäuschen, ich komme schon.«

Jetzt hüpfte sie vor ihm her, der kleinen, grünen, weinbewachsenen Laube zu.

»Die junge Dame möchte Eis mit Himbeeren. Ist doch noch was in der Kühltasche, nicht?«

»Aber sicher, meine Lieben.«

»Hast du uns geknipst in der Tonne?«

»Na klar! Kommt ins Album für spätere Generationen«, sagte Eva lächelnd.

22

BRAUNSCHWEIG, ADVENT 1959

Es hatte über Nacht zum ersten Mal in diesem Winter ein wenig geschneit. Nicht genug, um Schneemänner zu bauen, aber genug, um weihnachtliche Gefühle aufkommen zu lassen. Eva liebte diese Zeit der Vorbereitung auf das Fest von jeher. Mit den Kindern hatte sie Kekse gebacken, alte Rezepte, die noch von Charlotte stammten, ein paar neue, die eine sehr nette Nachbarin ihr empfohlen hatte. Florentiner Spitzen zum Beispiel. Hauchzarte Mandelplätzchen, die sich auf den Tellern des weihnachtsmannmantelroten Adventsgeschirrs tatsächlich wie fein geklöppelte Spitzen ausnahmen. Jede Menge Butter, Vanillezucker, fein gesiebtes Mehl, frische Eier und winzige Prisen Gewürze hatte sie verbacken. Die Jungs hatten geholfen. Mandeln aus heißem Wasser gefischt und aus ihren Häutchen flitschen lassen. Ausgestochen, mit Gelbei bestrichen. Und reichlich rohen Teig genascht. Dass Ulli naschte! Für Eva ein so wunderbarer Sieg über seine Inappetenz. Richtig angesetzt hatte er. Nicht mal mehr die Rippen schienen durch.

Die ganze Wohnung hatte sie weihnachtlich dekoriert. Auf dem Wohnzimmertisch dominierte ein Tannengesteck mit vier schlanken roten Kerzen, glänzende kleine Kunstäpfel waren hineingesteckt, ein paar rot-weiße Fliegenpilze. Schlicht und hübsch. In den Fenstern hingen die filigranen Strohsterne, die sie mit den Kindern gebastelt hatte, in verschiedenen Vasen hatte sie Tannenzweige aufgestellt, die ihren harzigen Duft verströmten, hatte Kleinigkeiten hineingehängt. Mal nur drei goldene Kugeln, mal ein paar altertümliche Weihnachtsmannfigürchen, ein bisschen Engelshaar.

Den ersten Adventssonntag hatte Eva nach einer Choreografie gestaltet, die sie selbst erdacht hatte und künftig zur Tradition machen wollte. Eigene Traditionen schaffen! Der Gedanke gefiel ihr sehr. Bei uns zu Hause war es in der Adventszeit immer so und so. Das sollten die Kinder später erzählen und Eva wünschte sich, dass sie es mit leuchtenden Augen erzählen würden.

Ein hübsch gedeckter Tisch voll mit leckeren Sachen. Eine Schweinevesper. Süßes und Herzhaftes. Um fünf Uhr. Wenn es draußen schon dunkel war. Die erste Kerze anzünden, gewaschene Hände, gekämmte Haare. Auf den Tellern der Jungs ein Adventskalender. Für jeden ein paar von den begehrten Dominosteinen und ein Stückchen Nürnberger Elisenlebkuchen, der auf der Zunge zerging, unendlich köstlich war und bei einer bestimmten Firma lange vor Weihnachten schriftlich bestellt werden musste.

So, wie auch der Mohn für den Striezel wochenlang im Reformhaus ein Stückchen stadteinwärts auf der Celler Straße vorbestellt werden musste. Den würde Eva jetzt abholen gehen. Sie zog Bettina den wonnigen Schneeanzug an, schnürte ihre winzigen Salamander-Winterstiefelchen (bei deren Kauf es für jedes Kind immer im Schuhgeschäft ein so nettes Bildheftchen mit kleinen Abenteuergeschichten des markeneigenen fröhlichen Salamanders gab), setzte ihr die Mütze auf, band sie unter dem Kinn zu. Bettina fühlte sich gekitzelt, zog das Kinn auf die Brust, kicherte.

»So, meine Süße, fertig! Jetzt gehen wir Mohn holen, damit wir Omas Rezept nachbacken können. Es hat geschneit, Bettina. Ganz hübsch ist es draußen.«

»Sneit«, sagte sie und lachte schon wieder. Sie war ein Sonnenschein.

»Bleib mal hier sitzen, Mäuschen, ich muss nur noch Geld holen, dann gehen wir.«

Eva ging ins Wohnzimmer, wo im Schrank die kleine Blechschatulle stand, in die Wilhelm das Haushaltsgeld zu legen pflegte. Sie klappte das Deckelchen auf. Die Schatulle war leer.

Merkwürdig! Hatte er es vergessen? Das war noch nie passiert.

Sie stand da mit leeren Händen und dem Kopf plötzlich voller scheußlicher Gedanken. Natürlich wusste sie, dass das Geld nun knapper geworden war. Wilhelms Rauswurf war ein ganz großes Thema zwischen ihnen gewesen. Eva hatte Richard nie sonderlich gemocht. Zu großspurig, zu sehr Lebemann, zu laut sein Lachen, zu derb seine Witze. Aber er war nun einmal Wilhelms Bruder und die beiden hatten zusammen ganz schön etwas geschafft. Dass Richard Wilhelm ohne jegliche Beteiligung am Erlös der verkauften Firma hinausgeworfen hatte, war empörend.

Evas Gedanken flirrten durch die vergangenen Monate. Richard. Dieser Sausack! Nein, sie konnte ihm seither gar nicht mehr aufs Fell gucken. Unerträglich zu sehen, wie Wilhelm, ihr unerschütterlicher Fels in der Brandung, stolzer Flieger, gerechter Lehrer, umsichtiger und liebevoller Vater der Kinder, Geliebter und, ja, sie musste es sich einfach einmal zugeben, auch für sie selbst nicht nur Partner, sondern in gewisser Weise auch Vaterfigur, von seinem Bruder gedemütigt worden war.

Es hatte ihr im Herzen wehgetan, mit ansehen zu müssen, wie zäh sich Wilhelm aufzurappeln versuchte. Sie hatte mit ihm gejubelt, wenn Verträge für den Bau von Einfamilienhäusern zustande gekommen waren, Grundstücke verkauft schienen. Dennoch war ihr Jubel verhaltener gewesen als seiner. Immer auf der Hut, denn die eigene Vergangenheit hatte Eva nun einmal oft genug enttäuscht. Sie kannte das, etwas sicher in der Tasche zu haben glauben und, zack!, das Schicksal zuschlagen sehen. Sie konnte Absagen in letzter Sekunde inzwischen wegstecken, zerteilte heute nicht mehr das Fell eines Bären, den sie noch nicht gefangen hatte.

Wilhelm hingegen war ein Optimist. »Das wird schon gut gehen«, pflegte er zu sagen. Nicht verwunderlich, denn bisher hatte das Leben es im Grunde stets gut mit ihm gemeint.

Eva versuchte ihn zu bremsen, versuchte ihn zu lehren, nie an etwas zu glauben, das er nicht absolut hundertprozentig sicher festgenagelt hatte. Eine Pessimistin nannte er sie, und Eva wehrte sich vehement: »Nicht doch, Wilhelm! Ich bin lediglich Realistin. Ich habe Erfahrungen. Rechne nie mit dem Günstigsten. Du musst nicht überall das Schlimmste wittern, dann wirst du trübsinnig, aber bezieh alle Wenns und Abers in deine Erwartungen ein, dann kannst du nicht so abgrundtief enttäuscht werden. Ich habe diese ewigen optimistischen Fehleinschätzungen hassen gelernt. Man macht sich zum Clown. Vor sich selbst und vor anderen. Sei vorsichtig. Aber verlier nicht den Mut. Mir macht es nichts aus, in ganz kleinen Verhältnissen zu leben. Hauptsache, wir haben irgendein Dach überm Kopf und was zu essen. Schön wäre noch, wenn wir halbwegs gesund blieben, aber selbst das zu erwarten wäre fast unverschämt, du hast es ja gesehen, wie schnell etwas aus dem Ruder laufen kann. Ich bin ein Kriegskind, Wilhelm. Ich habe Übung darin, aus Scheiße Bonbons zu machen. Und meine Familie hat es, ganz im Gegensatz zu deiner, richtig heftig erwischt. Ich durfte den Umgang mit Katastrophen und Unwägbarkeiten ausgiebig üben und du siehst, ich stehe immer noch. Es kommt nicht auf Hab und Gut an, es kommt darauf

an, ob man miteinander leben und einander lieben kann, wenn
nichts mehr da ist als das nackte Menschlein. Wenn man nur
noch *ist* und nicht mehr *hat*.«

Er hatte sie nachdenklich angeschaut. Sehr lange. Sie hatte
seinem Blick standgehalten, denn es gab nichts zu verbergen.
»Ich bin ein Sicherheitsfanatiker«, murmelte er.

Eva lachte ihn aus. »Deshalb fliegst du unter Telefonleitungen
durch, ja?«

Wilhelm schüttelte den Kopf. »Nur wenn ich sicher sein
kann, dass ich hinterher den Arsch auch wieder hochkriege.«

»Wir werden ihn wieder hochkriegen!«

»Was heißt hier *wir*? *Ich* muss ihn wieder hochkriegen.«

»Ich kann was, Wilhelm. Du hast nicht nur eine Mutter für
deine Kinder geheiratet.«

»Meine Frau soll aber nicht arbeiten müssen.«

Vorläufig hatte sie das damals unwidersprochen gelassen.
Beruhigend schnell hatte er wieder etwas Neues gefunden. Blieb
manchmal bis in den späten Abend fort, arbeitete wie ein Stier.

Kein Haushaltsgeld im Kistchen? Sicher nur ein Versehen!
Im Kellerverschlag der Nachbarin standen doch schon die großartigen Weihnachtsgeschenke für die Jungs. Geheimnisvolle
Pakete. Ganz schön dicke hatte Eva die Wünsche der beiden
gefunden. Man musste aufpassen, dass sie nicht zu unverschämt
wurden mit ihren Ansprüchen. Aber … wäre die Familienkasse
so klamm, hätte Wilhelm sich doch nicht zu diesen Ausgaben
hinreißen lassen.

Oder?

Oder wollte er sich und womöglich schon gar nicht ihr
eingestehen, dass es endgültig vorbei war mit dem leichten,
finanziell unabhängigen Leben? War etwas ganz und gar nicht
in Ordnung? Stand es so schlimm? Warum hatte Wilhelm denn
dann nichts angedeutet? Nicht mit ihr geredet? In guten wie
in schlechten Zeiten, das hatten sie sich doch versprochen.

Und immer alle Karten auf den Tisch zu legen, einander keine Sorgen zu verschweigen.

Eva überlegte und Bettina rief nach ihr.

»Warte, Mäuschen, Mama ist gleich da.«

Noch immer lag Evas Blick auf der leeren Blechschatulle. Verkaufte ein Mann seinen großartigen Wagen, wenn es ihm finanziell passabel ging? Nein. Das tat er nicht. Dieses Statussymbol gab ein Mann nicht ohne Not weg. Punktum!

Teilte ein Mann von Wilhelms Art, mit Wilhelms Anspruch an sich selbst solche Sorgen leichten Herzens mit seiner Ehefrau? Nein. Das tat er nicht. Zweifellos würde er zunächst allein versuchen, die Dinge wieder ins Lot zu bringen.

Hatte Wilhelm die Dinge ins Lot gebracht? War es Zufall, vielleicht nur Vergessen, Geld in die Schachtel zu legen? Nein. Das war kein Zufall.

Was tun?

Reden. Natürlich. Reden!

Aber jetzt war er nicht daheim und Eva musste den blöden Mohn abholen. Sie tippte mit dem Zeigefinger auf ihre zusammengepressten Lippen. Dann, plötzlich, huschte ein Lächeln über ihre Züge.

»Pah!«, sagte sie leise vor sich hin. »Ich bin doch nicht völlig mittellos. Ich werde zur Bank gehen und mir ein bisschen von meinem Geld holen.«

»Ich komme, Mäuschen«, rief sie, schnappte sich ihr Sparbuch, das unter dem leeren Schächtelchen lag, und lief zu Bettina.

Das Kind in die Karre gesetzt, damit der Weg nicht so lange dauerte, die Füßchen in dem Lammfellsack verstaut, Handschuhe am Nackenbändchen aus den Ärmeln gezogen und über die Händchen gezogen, Rückenlehne hochgeklappt, damit sie schön gucken konnte, Einkaufstasche angehängt und hinaus auf den weiß glitzernden Gehweg.

»Hat sneit!«, quietschte Bettina vergnügt und Eva schob sie an den Zebrastreifen, um die Bankfiliale auf der anderen Straßenseite anzusteuern.

Es gab einen kleinen, roten Gummiball für Bettina, während die hübsche junge Dame hinterm Schalter Evas Sparbuch entgegennahm, das sie seit ihrer Hochzeit nicht mehr angerührt hatte. Wozu auch? Was ihr während der Studienzeit den Lebensunterhalt gesichert hatte, war doch ewig lange bedeutungslos gewesen.

»Dreitausendachthundertvierzig Mark und siebenundzwanzig Pfennig, Frau Bressler. Zinsen habe ich gleich mit eingetragen. Wie viel möchten Sie denn mitnehmen?«, fragte die Bankangestellte und schob ihr ein Blanko-Auszahlungsformular zum Ausfüllen hin.

»Huch!«, sagte Eva. »So viel?«

»Ja nun, es sind regelmäßige Zahlungen eingegangen. Das summiert sich eben. Und abgehoben haben Sie das letzte Mal … warten Sie, hier … Anfang August '57.«

Bettina warf den roten Ball aus der Karre, eine alte Dame bückte sich, reichte ihn ihr wieder. »Na, du bist aber eine Süße.«

Bettina strahlte und warf ihren Ball erneut.

»Entschuldigen Sie«, sagte Eva.

»Macht doch nichts. Ich muss sowieso warten.«

Eva ließ sich zweihundertfünfzig Mark auszahlen, das sollte bis zum Fest reichen, verließ die Bank und erledigte ihre Einkäufe. Bettina, die außerordentlich beliebt war bei allen Verkäuferinnen, staubte ab. Ein Honigbonbon im Reformhaus, eine Scheibe Mortadella beim Schlachter, ein mit Glitzer bestreutes Weihnachtsmannbildchen im Schreibwarengeschäft, wo Eva noch Grußkarten besorgte. Ihr Näschen war rot vor Freude und sonniger Kälte, als die beiden wieder zu Hause ankamen. Eva war beruhigt. Auch wenn Wilhelm im Moment vielleicht nicht ganz das Einkommen heimbrachte, das sie

324

gewohnt war, mussten sie nicht verhungern. Eva hatte Geld. Und jeden Monat kam offenbar, das hatte sie auf den ersten Blick in ihrem Sparbuch sehen können, ein Betrag von hundert Mark dazu. Sie wusste, woher dieses Geld stammte. Justus schickte es pünktlich. Aber seinen Ursprung hatte es in Wisley Park. Es kam noch immer regelmäßig von Gordon. Eva war ihm unendlich dankbar. Und sie war froh, dass sie vor längerer Zeit schon den Mut gefunden hatte, Wilhelm in einer stillen Stunde von Gordon und George zu erzählen. Auch wenn sie wusste, dass es ihrem Mann einen Stich geben würde, mit fremdem Geld seine Familie durchbringen zu müssen – er würde sich dareinfinden. Er wusste, dass Gordon einmal eine sehr wichtige Rolle in ihrem Leben gespielt hatte, und heute war sie besonders dankbar für dessen helfende Hand.

* * *

Bettina hielt nach dem Einkaufsbummel einen ausgedehnten frühen Mittagsschlaf, die Jungen waren noch in der Schule, Eva allein mit sich, ihrem Mohnstrudelteig und ihren Gedanken. Natürlich, die Tatsache, dass noch etwas Bares da war, das stetig aufgefüllt wurde, beruhigte enorm. Aber … letztlich würde auch das nur ein Tropfen auf den heißen Stein sein, wenn es um Wilhelms Gehalt so stand, wie sie befürchtete. Wenn er dauerhaft zu wenig verdiente, wenn nicht mal mehr das Geld fürs Essen da war, dann musste sie mitarbeiten. Nur … wie? Nachtdienste in der Klinik? Das würde nicht lange gut gehen, denn ihre Tage waren bei drei Kindern ganz gut mit Arbeit angefüllt. Auch der Ideenblitz, das Referendariat zu erledigen, um letztlich doch als Lehrerin einzusteigen, wäre zwar folgerichtig gewesen, brachte aber keine kurzfristige Lösung, denn es bedurfte zunächst der Bewerbung, des Wartens und so weiter und barg außerdem dasselbe Problem. Zumindest für die

Versorgung der Kleinen. Bettina war noch zu jung für den Kindergarten. Und es hätte Eva das Herz gebrochen, sie so früh anderen Menschen anzuvertrauen und sie in einer Krippe abzugeben. Nein, es musste eine andere Lösung her.

Auf dem Herd köchelte die Schnittbohnensuppe. Eva hatte das Rindfleisch aus der Dose schon zugegeben, das Bohnenkraut entfaltete seinen Duft, noch etwas Salz und Pfeffer fehlten, und nun die saure Sahne dazu. Die ganze Familie liebte diesen Eintopf.

Ulli klingelte. »Schau mal, was ich mitgebracht habe!« Er hielt ihr ein kleines Sträußchen Alpenveilchenblüten entgegen. »Hat mir die Frau im Blumenladen am Ring für zehn Pfennig gelassen. Du magst doch Blumen so gern.«

Eva knuddelte ihn. Er machte das manchmal. Ging einfach hinein in das Geschäft, an dem er auf dem Heimweg von der Schule vorbeikam, und bat um ein paar abgebrochene Blüten. Eva liebte ihn nicht nur, aber auch für solche zauberhaften Einfälle. Jedes Mal traten ihr Freudentränen in die Augen. Wie schwer war es doch gewesen, an ihn heranzukommen. Jetzt war er offen, fröhlich, vertraute ihr und, ja, da war sie ganz sicher, er liebte sie auch.

Immer noch träumte sie von einem Garten. Hatte die Balkonkästen jetzt, im Winter, mit Tannengrün geschmückt. Manchmal holte sie Charlottes Gartenkompendium heraus, malte sich aus, was sie alles pflanzen würde, spielte bisweilen gedankenverloren mit der scharf geschliffenen Schere, die schon so viele Jahre lang keinen Rosenzweig mehr berührt hatte. Ausgerechnet dieses Gärtnereigelände hatte Richard zum Rückzug bewogen. Was daraus wohl werden sollte? Zu verkaufen hatte er es versucht und niemand hatte es haben wollen. Wie es wohl dort aussah? Konnte man damit nicht vielleicht etwas anfangen?

Der Gedanke schoss durch Evas Kopf in dem Moment, als sie Ulli die Alpenveilchenblüten aus der warmen Hand nahm. Einen Kuss schmatzte sie ihm so lautstark auf die Wange, dass er verlegen kicherte. Mit dem Küchenmesser schnitt sie die Stängel an, stellte sie in eine kleine, ausgesprochen kitschige Vase, die ihr Agnes mal geschenkt hatte. Weißes Porzellan. Ein entzückendes Blumenmädchen hielt einen Korb, der gerade groß genug war für die abgebrochenen, zarten Schönheiten. Sie stellte die Vase auf die Anrichte im Wohnzimmer, streichelte dem Blumenmädchen über den Kopf. Ich wäre gern du.

* * *

Denselben Abend nutzte sie.

Sein »Oh, entschuldige, das habe ich vergessen« genügte ihr nicht als Erklärung für die leere Haushaltsgeldschatulle.

»Wilhelm, es ist keine Schande, in finanzielle Schieflage zu geraten. Du musst das nicht alleine tragen. Ich bin auch noch da. Und ich bin an deiner Seite. Ich könnte …«

Sein Blick wirkte gequält, als er ihr ins Wort fiel. »Ich habe es dir schon einmal gesagt, kommt gar nicht infrage. Rede nicht weiter. Ich ahne, was du vorhast. Aber ein für alle Mal: Meine Frau soll nicht arbeiten müssen! Du hast drei Kinder. Das genügt. Fürs Geldranschaffen ist der Mann zuständig. Alles andere ginge gegen meine Ehre und die ist im Augenblick gefährdet genug. Mach es mir nicht noch schwerer, als es sowieso schon ist.«

Was sollte sie dazu sagen?

Wilhelm hatte absolut klargemacht, dass er nicht diskutieren wollte. Seine Argumentation band ihr die Hände, wollte sie ihn nicht noch kleiner machen. Nichts lag ihr ferner. Aber das Problem war damit einfach nicht aus der Welt, und Eva begann zu recherchieren.

Zunächst fing sie an, sich über die Marktlage zu informieren. Eva selbst hatte festgestellt, dass es schwierig war, beispielsweise zu vernünftigen Preisen Grabgestecke zu bekommen. Die gab es nahe dem Hauptfriedhof. Aber selbst die lächerlich kleinen Tannenbündel zum Abdecken der Gräber waren unverschämt teuer. Ein paar Geranien für den Balkon zu kaufen, war erstens mit Fahrerei verbunden, zweitens fraß es der normalen Hausfrau so viel Geld weg, dass nur wenige Balkons im Sommer so schön blühten wie Evas eigener mit ihren umständlich selbst vorgezogenen Pflänzchen. Man müsste doch, überlegte sie, in jedem Konsum ein kleines, günstiges Angebot finden können. Elektrisiert von der Idee sprach sie beim nächsten Einkauf den Leiter des hinterm Mietshaus gelegenen Ladens an.

»Was denken Sie, könnten Sie sich vorstellen, eine kleine Palette verschiedener Balkonpflanzen, frischer Sträuße, vielleicht Perlhyazinthen und Osterglocken in hübschen Töpfen, oder Stiefmütterchen zum Frühjahr, Grabschmuck im November, Adventskränze in der Vorweihnachtszeit, möglicherweise auch beliebte frische Küchenkräuter anzubieten? Ich vermisse so etwas in Ihrem Angebot und ich glaube, vielen Hausfrauen geht es wie mir. Was hielten Sie davon, in Ihrem Laden saisonabhängig wechselnde Ware zu offerieren? Natürlich vorausgesetzt, es fände sich ein zuverlässiger, preiswerter Lieferant.«

Der Mann zeigte sich erfreulich offen. »Habe ich schon einmal versucht zu bekommen. Meine Frau schimpft auch immer. Aber bisher waren wir nicht so weit. Nahrungsmittel zuerst. Aufs Blühen musste unsere junge Bundesrepublik noch ein bisschen warten. Doch, doch, Frau Bressler. Sie haben gar nicht unrecht. Ich könnte hier … sehen Sie mal, im Eingang habe ich doch diese überdachte Freifläche. Das wäre schon eine gute Idee. Aber kennen Sie denn jemanden, der liefern könnte?«

»Noch nicht. Aber bald. Bleiben wir im Gespräch fürs Frühjahr? Und könnten Sie sich vorstellen, über solch ein Angebot auch mit Ihren Kollegen zu sprechen?«

Er konnte. Und in Evas Kopf begannen Pläne zu reifen. Sie machte ausfindig, wo genau das Grundstück lag, und kicherte leise in sich hinein, als sie feststellte, dass ...

* * *

»Ist es das, da drüben?«, fragte Eva ganz harmlos tuend, als sie zum Zwecke der Weihnachtsbaumbeschaffung mitsamt allen Kindern über die frosttrockenen Straßen dem Tannenland zufuhren, und wies kurz hinter dem Stadtrand auf ein zurückgelegenes Grundstück.

»Ich glaube schon«, sagte Wilhelm.

»Fahr doch mal kurz ran, ich möchte es anschauen.«

»Oh, nee, muss das sein?«, meckerte Horst. »Ist so arschkalt. Könnt ihr euch doch auch im Frühjahr mal ansehen.«

»Ich will es jetzt sehen. Ich will sehen, was euren armen Onkel Richard derart an den Rand des Ruins getrieben hat, dass er euren Vater auf die Straße setzen musste, um selbst im schönen warmen Spanien auf seiner Finca mit Hildchen Flamenco zu tanzen.« Evas Tonfall war beißend.

Sie stiegen aus dem Wagen, ließen die Kinder im Käfer sitzen, liefen – Wilhelm leicht widerstrebend – über knochenhart gefrorenen Boden dem maschendrahtumzäunten Grundstück zu. Schweigend, Hand in Hand.

Jetzt standen sie vor einem Drahttor. Gesichert mit Kette und Schloss. Am Zaun entlang wucherten alte Fliederbeerbäume. Im Sommer mussten sie einen schönen Sichtschutz abgeben, jetzt waren sie kahl.

»Dicht«, konstatierte Wilhelm. »Lass uns umdrehen.«

»Vielleicht ist irgendwo ein Loch im Zaun. Ich will es ansehen. Komm, wenn wir schon mal hier sind.«

»Ich habe wirklich keine Ahnung, warum du …«

»Nun komm schon, stell dich nicht an.«

Wilhelm drehte die Augen zum Himmel. Aber er kam mit. Entlang des dicht am Zaun gelegenen Bächleins staksten sie durch raschelndes Laub, erfrorene, dürre Brennnesselstängel. Eng war es, manchmal mussten sie sich am Zaun festhalten, um nicht abzurutschen. Anderthalb, an manchen Stellen vielleicht zwei Meter ging es steil abwärts zum steinigen Bachbett, dessen Ränder schon gefroren waren.

Wilhelm war es, der die Lücke im Zaun entdeckte. Wenn die Büsche belaubt waren, eine undurchdringliche Stelle. Aber jetzt gelang es, sich durchzuquetschen. Er pulte ihr ein paar von gelblichem Pilz überzogene, abgebrochene Holunderzweiglein aus dem Haar. Sie standen im hohen, verfilzten Unkraut, vielleicht mal ein Rasenstück? Jedenfalls hatte es schon jahrelang keinen Mäher mehr gesehen.

Ein paar Schritte entfernt eine grün gestrichene Laube. Daneben ein altes Bierfass, wohl als Regentonne gedacht, die Eisenringe blau gestrichen. Eigentlich ganz hübsch. Zwei große Fenster, davor Blumenkästen, eine solide Tür. Leider abgesperrt. »Das kann mal das Büro gewesen sein«, mutmaßte Eva und spähte durch die fast blinden Fenster ins Innere. Drinnen eine Art Ladentheke mit einer uralten Kasse inklusive Handkurbel, ein Tisch, auf dem blecherne Becher standen, drei Stühle, einer umgekippt. Als hätte jemand vor langer Zeit hier gemütlich beim Kaffee gesessen und irgendétwas hätte ihn genötigt, sehr rasch aufzuspringen und zu flüchten.

Hinter dem Häuschen drei Reihen zu je zwei Gewächshäusern, einiges an Freiflächen, die vermutlich einmal Beete gewesen waren. Hunderte aufgestapelte, leere Pflanzenkisten. Ein paar verrostete Schubkarren standen herum.

In einer noch Erde, die irgendjemand irgendwann irgendwohin hatte transportieren wollen. Vogelmiere hatte sich darin ausgesamt, jetzt zusammengefallen, grünbraun, frostüberzogen silbrig.

»Hübsch hässlich«, befand Wilhelm, »und alles kaputt. Da hilft wirklich nur noch umschieben und was Neues bauen.« Er wies auf die zerborstenen Scheiben der Glashäuser.

»Hier wird es nichts mit umschieben und neu bauen, Wilhelm. Das weißt du doch. Entweder das Grundstück wird wieder das, was es mal war, oder es bleibt so liegen und zerfällt weiter. Umnutzung ist nicht vorgesehen.«

Lediglich ein einziges Treibhaus war noch halbwegs intakt. Eva schob die Tür einen Spalt auf, der korrodierte Stahlrahmen knirschte beängstigend, sie schlüpfte hindurch, Wilhelm hinterher. Modrig kalter Geruch lag in der Luft. In den Regalen lange Reihen von Tontöpfchen mit Erdresten, hier lag noch eine Hacke, da stand ein Spaten, einige Blechgießkannen umgekippt am Boden, über ihren Köpfen eine Bewässerungsanlage. Arg rostig, aber an keiner Stelle zerbrochen.

»Kann man alles noch brauchen …«, murmelte Eva und Wilhelm zog missmutig eine Augenbraue hoch.

»Was willst du mit dem Ganzen anfangen?«

»Es wieder zu einer Gärtnerei machen. Ich verstehe was von Pflanzen. Ich kann so was.«

»Du spinnst.«

»Kann sein.«

»Und Bettina?«

»Wo ist das Problem? Bettina kann bei mir sein. Das könnte sie nicht, wenn ich in die Schule ginge, um meine Referendariatszeit zu absolvieren, oder wieder in der Klinik anfinge.«

»Und die Jungs?«

»Hast du nicht gesehen? Da vorn war eine Haltestelle. Es fährt ein Bus hier raus. Die Fahrschüler kommen ja auch von ihren Dörfern aus in die Schule. Es liegt günstig. Horst wird keine Lust haben, hierherzukommen, der ist aber auch alt genug, um sich mittags selbst eine Stulle zu schmieren. Dann gibts jetzt eben abends warmes Essen. Und Ulli ist gern draußen.«

Eva hatte ihre Lösung gefunden. Sie war, und das war sie eigentlich sehr selten, Feuer und Flamme für ihre Unternehmensidee.

Wilhelm war alles Mögliche, aber überhaupt nicht angetan. Dennoch: Wenn sie so überzeugt war, fand er, konnte er nicht einfach nur abwinken. Dann musste er sich mit der Sache auseinandersetzen. Sein Blick schweifte über die weiten Unkrautfelder, sein geübter innerer Abakus überschlug Kosten. Was würde nötig sein, um anfangen zu können, sollte sich denn Richard dieses Stück Brache tatsächlich aus dem Kreuz leiern lassen? Wenn sie erst mal klein anfing? Es musste ja nicht gleich jedes Treibhaus instand gesetzt werden. Er musste sich eingestehen, dass der Kapitalaufwand an sich nicht allzu gewaltig sein dürfte. Und natürlich … Eva hatte im Grunde recht. Es wäre schon prima, wenn sie etwas zum Familieneinkommen beitrüge. Andererseits … eigentlich … eigentlich gehörte sich das wirklich nicht.

»Ich habe noch ein bisschen Geld, Wilhelm. Für den Anfang könnte es genügen. Wenn ich zunächst ein Gewächshaus auf Schick bringe? Was denkst du?«

»Du wirkst ausgesprochen optimistisch angesichts dieser Glastrümmerlandschaft«, provozierte er grinsend.

Eva hielt ihre Hände hoch, drehte sie vor seinen Augen. »Ich habe etwas, das gewissen Anlass zu Optimismus gibt. Etwas, worauf ich mich bisher immer verlassen konnte. Zwei gesunde Hände!«

»Herrgott«, stieß er theatralisch aus, »woher mir das wohl bekannt vorkommt? Du wärest nicht die erste Frau in meinem Leben, deren zwei gesunde Hände ein paar Männern ganz schön viel Arbeit verschafft haben.«

»So?« Eva sah ihn fragend an.

»Ja, ja … die Erste war meine Mutter!«

»Siehst du, und deine Mutter hat es doch damals auch geschafft. Hätte sie nicht mitgearbeitet, wäre Richard nie Architekt geworden, hätten wir jetzt keine komfortable Wohnung. Ich kann ihn ja nicht mehr leiden, aber das zumindest muss man ihm zuguterechnen. Ach bitte, Wilhelm, lehn es doch nicht rundheraus ab. Lass es mich versuchen! Ich könnte mit deiner Mutter reden, vielleicht überzeugt sie Richard ja. Und wenn es ganz und gar in die Hose geht, haben wir eben etwas Ähnliches wie einen etwas zu groß geratenen Schrebergarten.«

»Schrebergarten ist schön und gut, aber ich bleibe dabei! Arbeiten sollst du nicht!«

Eva seufzte. Es hatte keinen Sinn, jetzt weiter zu insistieren. Sie wusste, sie würde Agnes' Hilfe an zwei Fronten brauchen.

»Gut«, lenkte sie ein, »dann lass uns jetzt unsere Kinder auftauen und einen Weihnachtsbaum kaufen fahren.«

Ein letzter Blick zurück auf die gläserne Trümmerlandschaft. Und ein trotzig entschlossener Gedanke: Warte nur, ich komme wieder!

23

BRAUNSCHWEIG, FRÜHLING/SOMMER 1959 – QUECKE, GIERSCH UND BRENNNESSELN

Schon am nächsten Tag war Eva bei Agnes gewesen. Nicht ohne Hoffnung, bei ihr offene Türen einrennen zu können. Agnes hatte sich bereits nach Wilhelms Rauswurf eingeschaltet, denn die offensichtliche Ungerechtigkeit brachte sie auf die Palme. So hatte sie ihren Großen nicht erzogen! Dafür hatte sie sich nicht jahrelang selbst krummgelegt und müde gearbeitet. Für Agnes kam sein Verhalten einem Angriff auf ihre heiligen Grundsätze von Anstand, Ehrbarkeit und Familiensinn, wenn nicht sogar auf ihre Person gleich. Höchstwahrscheinlich war sich Richard sich durchaus der Tatsache bewusst gewesen, dass er sich der Autorität seiner Mutter nicht würde widersetzen können, und hatte deshalb die Flucht angetreten.

Agnes tobte. Seit Wochen tobte sie. Und seit Wochen stellte Richard sich bekanntlich tot. Ein Problem nicht zu fassen zu bekommen, nicht angreifen und lösen zu können, das hasste sie. Ihre Laune war auf den absoluten Tiefpunkt gesunken.

Eva gegenüber war sie liebenswürdig wie immer. So ermutigt wagte die es also, gleich mit der Tür ins Haus zu fallen: »Agnes, ich brauche deine Hilfe. Ich will mich selbstständig machen und die verfallene Gärtnerei am Raffturm wieder in Betrieb nehmen. Du musst bitte mit Richard reden. Ich finde, und ich glaube, da sind wir beide uns einig, er hat Wilhelm ganz schön über den Löffel balbiert. Meinst du nicht auch, dass Wilhelm wenigstens eine kleine Entschädigung verdient hätte? Weißt du, mit diesem Grundstück kann doch Richard absolut nichts anfangen. Ich aber. Ihm täte es nicht mal weh, wenn er es sozusagen als Entschädigung hergäbe, uns aber könnte es die Existenz sichern. Ein kleines Startkapital hätte ich. Aber es geht nicht nur darum, Richard das Grundstück abzuluchsen. Da ist auch noch ein weiterer Widerstand ...«

Agnes schaute von ihrem Strudelteig auf, den sie gerade knetete, lächelte, sagte schlicht »Wilhelm!«, bestäubte den Klumpen mit Mehl, deckte ein Küchentuch darüber, wusch die klebrigen Reste unterm Wasserhahn von den Händen, setzte einen Wasserkessel auf den Herd, entzündete das Gas, bereitete Kaffeepulver im Filter vor.

»Setz dich, Kindl. So was bespricht sich am besten bei einer schönen Tasse Kaffee.«

* * *

Noch einmal bewies Agnes ihre ganze Kraft und Autorität. Niemand hätte in diesen Wochen zwischen Weihnachten und Neujahr geglaubt, dass es das letzte Mal sein würde, denn sie lief zu jener Hochform auf, die die ganze Familie jahrzehntelang an ihr so bewundert hatte. Agnes zitierte Richard nach Braunschweig. Keiner hätte es für möglich gehalten, dass er folgen würde. Aber er tat es.

Zwei Tage später berief sie Wilhelm zum Gespräch in ihre Kiche und schickte ihn geläutert, sozusagen mit Bändchen und Schleife drum, zu Eva nach Hause. Was sie ihm gesagt hatte, wie sie diese Wandlung bewirken konnte, erfuhr Eva weder jetzt, noch ließ es Wilhelm jemals später durchblicken. Es blieb ein Geheimnis zwischen Mutter und Sohn, über das Eva lediglich mutmaßen konnte.

An einem kalten Freitagmorgen im Januar '59 begleitete Agnes die beiden zum Notartermin mit Richard. Aufrecht, stark, diszipliniert. Wie sie es immer gewesen war. Und am Morgen des 17. Januar fand Friedrich sie tot in ihrem Bett. Ein Schlaganfall. Plötzlich und unerwartet … so nimm denn meine Hände … und führe mich … bis an mein selig' Ende … und ewiglich …

Zwei Tage und zwei Nächte lang hielt die Familie Totenwache im eiskalten, blumengeschmückten, nur von weißen Totenkerzen erleuchteten Schlafzimmer. Dann begruben sie sie auf dem katholischen Teil des Hauptfriedhofes unter einer Birke. Agnes, das heimliche oder vielleicht auch nicht so heimliche Oberhaupt der weitverzweigten Familie, das unverzichtbare Bindeglied, war tot. Und die Hinterbliebenen zerstreuten sich fortan in alle Winde.

Eva spielte nicht an ihrem Grab, als die Scharen der Trauernden dort standen und den letzten Gruß entboten. Sie folgte der Trauergemeinde auch nicht zu ihrer allerletzten vollzähligen Zusammenkunft in die Gaststätte zu Kaffee und Kuchen. Sie wartete, bis es Abend wurde, dann ging sie. Allein. Ganz allein. Im letzten Licht des eisigen Januartages spielte sie ihr, was Eva seit jener Nacht im Viehwaggon auf der Flucht aus Danzig denen spielte, die ihr etwas bedeuteten. »Danke!«, flüsterte sie. »Danke, Agnes, dass du mir den Mann gemacht hast, den ich liebe. Danke, dass du für mich da warst, danke für deinen letzten ganz großen Auftritt. Ich werde mich würdig erweisen.«

* * *

Und Eva erwies sich würdig.

Sie kaufte sich ein paar derbe Lederhandschuhe, schwarze Gummistiefel mit Filzfüßlingen, eine dunkelblaue, steife Manchesterhose, in die sie ein rot-schwarz kariertes Flanellhemd steckte, und krempelte die Ärmel hoch.

Die Hose wurde nicht etwa weicher und anschmiegsamer. Im Gegenteil. Bald stand sie von allein, wenn Eva sie auszog und in die Ecke stellte. Es lohnte nicht mehr, sie zu waschen. Dreckig und speckig vom täglichen »Wurrachen«, wie Wilhelm es nannte, gab Eva in Bezug auf ihre Gartenarbeitskleidung schnell jeden hausfraulichen Reinlichkeitsanspruch auf. Ihre Hände wurden rau, aus Blasen wurden feste Schwielen, die Fingernägel brachen zu praktischer Kürze und ihre Muskeln schwollen auf beachtliche Umfänge. Wo sich bei anderen jungen Müttern weiche Bäuchlein bildeten, entwickelte Eva eine Art Waschbrett. Sie aß (nein, sie selbst behauptete, sie fraß) wie ein Scheunendrescher, aber nichts setzte an. Jedes zu sich genommene Gramm wandelte Evas Körper in Arbeitsleistung um. »Guck dir das an, Wilhelm«, sagte sie eines Abends vor dem Spiegel, »ich kriege ein Kreuz wie ein Preisboxer.«

»Ich liebe dein Kreuz«, antwortete er schmunzelnd und nahm sie in die Arme.

Die ersten Arbeiten führte die ganze Familie gemeinsam aus. Sogar Horst schien Spaß an der Sache zu haben und packte kräftig mit an. Die kleine grüne Laube wurde renoviert, zum Zentrum des ganzen Unternehmens und nebenbei auch zu Bettinas Kinderzimmer, wenn es die Witterung nicht zuließ, sie mit hinauszunehmen. Hier, in diesem Zimmer, stand ihr

Korbkinderwagen, in dem sie Mittagsschläfchen machte, hier wärmte Eva ihre Gläschen und Flaschen, hier hatte sie ihr Spielzeug im Ställchen. Auf den blank gescheuerten Holzdielen machte sie ihre ersten Krabbelübungen, hier zog sie sich später zum ersten Mal am Tischbein hoch.

Wilhelm erledigte sämtliche Behördengänge, sorgte dafür, dass es wieder Strom gab, schaffte einen Werkstattofen heran, der die winzige Unterkunft binnen Minuten mollig warm werden ließ, organisierte über seinen Brötchengeber einen Lkw, mit dem Ladung um Ladung der Schutt abtransportiert werden konnte, und spitzte seine Flugschüler zum Arbeitseinsatz an. Sie kamen. Schlugen sich die Wochenenden um die Ohren, räumten auf, brachen ab, was rott war, aßen von Evas daheim während ihrer Nachtschichten in Massen gebratenen Klopsen und futterten sich durch ganze Einkochkessel voll Nudelsalat, spülten kistenweise mit Braunschweiger Wolters-Bier nach.

Als der Frühling kam, war picobello aufgeräumt. Aber nichts aufgebaut und schon gar nichts angebaut. Jetzt schlug Evas eigentliche große Stunde. Sie plünderte ihr Sparbuch bis auf einen kleinen Notgroschen und bestellte Saaten, Erde, Dünger, Anzuchttöpfchen für das eine intakte Glashaus.

Muss man erwähnen, dass nicht alles glattging? Dass die Dichtungen der vermeintlich heilen Bewässerungsanlage die Jahre doch nicht so unbeschadet überstanden hatten, wie man es von außen betrachtet hatte annehmen können? Gott sei Dank hatte Wilhelm vorgesorgt und Evas Betrieb versichert. Gut, den finanziellen Schaden glich das halbwegs aus. Aber was für eine Sauerei! Hunderte frisch gekeimter Sämlinge schwammen in ihren Töpfen. Jeden einzelnen musste Eva in die Hand nehmen und trockenlegen. Dabei stand sie bis an die Knöchel im eiskalten Wasser, das sich auf dem betonierten Boden gesammelt hatte. Von oben tropfte es. Nur langsam schaffte es die hastig für teures Geld angeschaffte Pumpe, die Mischung aus Erde und Wasser nach draußen und durch lange, ausgelegte Rohre in den Bach zu befördern. Der Wasserzähler hatte eine ganze Nacht lang frei gedreht. Was das wieder kostete!

Diese Geschichte ließ sich verwinden. Doch dann kam das mit den Winden. Frühjahrsstürmen, um genauer zu sein. War es nötig gewesen, Herrgott, ausgerechnet den einzigen wirklich großen Baum auf dem Grundstück, eine alte Ulme, auf das einzige funktionsfähige Treibhaus zu schmeißen?

Wieder stand Eva vor Trümmern. Nahe daran, aufzugeben.

»Aufgeben gildet nicht!«, sagte Wilhelm, während Eva sich an seiner Brust ausheulte.

Die Versicherung knirschte. Aber sie zahlte abermals. Spät dieses Mal. Lange saß Eva auf heißen Kohlen, bis die Entschädigung endlich auf ihrem Konto eingegangen war. Ein weiterer Schaden, drohten sie, und Eva würde mit der Kündigung ihres Vertrages rechnen müssen.

Notdürftig schlossen sie mit Sperrholzplatten die Lücken in den Dächern. Keine idealen Bedingungen mehr für die empfindlichen Pflänzchen. Eva hütete sie, so gut es ging. Und sie dankten es ihr. Unendlich stolz war sie, als sie endlich die ersten Ladungen Stiefmütterchen an ihre Kunden liefern konnte, die ersten Zahlungen auf dem frisch angelegten Geschäftskonto eingingen und sich die Qualität der Pflanzen aus »Evas Gartenland« zunehmend herumsprach.

Die Auftragsvolumen, das wurde erschreckend schnell klar, überstiegen die zu erwartenden Produktionsleistungen.

An einem schon recht warmen Abend Anfang Mai war Wilhelm gekommen, um sie mit Bettina abzuholen. Eva stand im knallvoll gestellten Gewächshaus, Bettina auf dem Arm. »Papa!«, krähte die Kleine, wollte runter. Eva setzte sie vorsichtig ab, Wilhelm ging in die Knie und tatsächlich, sie machte drei Schritte auf ihn zu, ehe sie sich in seine Arme stürzte und ausgiebig bewundern ließ. »Blumen Nacht sagen«, bekundete sie ernsthaft und zeigte mit ausladender Armbewegung in das blühende, dichte Grün um sich herum.

Eva liebte es, den beiden zuzusehen. Die ersten zwei Wochen, in denen sie mit dem Tod gerungen hatte, hatten ihnen ganz allein gehört. Er war Bettinas erste und wichtigste Bezugsperson gewesen. Sie liebte ihn abgöttisch und er war vermutlich der stolzeste, glücklichste Vater der Welt. Vielleicht gut, dachte Eva manchmal, dass er schon ein bisschen älter, erfahrener und reifer ist als Männer, die sehr jung Vater werden. Wilhelm hatte Übung im Umgang mit Kindern. Sah oft die Dinge gelassener als Eva, kannte sich aus mit kleinen Wehwehchen und Kinderkrankheiten. Wusste Hilfe bei den schmerzhaften Dreimonatskoliken, als die ersten Zähnchen durchbrachen, der erste böse Schnupfen kam, nahm Eva die Kleine ab, wenn er bemerkte, dass ihr die Nerven vor Sorge oder Überlastung durchzugehen drohten, war das ausgleichende, beruhigende Element der Familie. Und unendlich geduldig und liebevoll.

Jetzt sagte er mit Bettina den Blumen gute Nacht. Welcher Vater sagte mit seinem Töchterchen auf dem Arm Blumen gute Nacht? Eigentlich mochte sie die beiden gar nicht gern stören, aber Eva lag etwas auf der Seele, das unbedingt beredet werden musste und keinen Aufschub duldete.

»Wilhelm, wir müssen weitere Treibhäuser in Betrieb nehmen«, begann Eva. »Wir sind zu klein, ich kann die Nachfrage nicht befriedigen. Außerdem möchte ich draußen mit dem Anpflanzen von Rosen beginnen. Komm mal mit, ich zeige dir, wo.«

Eva wies auf die wunderbar sonnige Fläche, wo der Boden locker und sattbraun umgegraben im Abendlicht auf Bepflanzung wartete. »Schau, habe ich heute vorbereitet. Wurzelnackte Rosen könnte ich jetzt noch zu günstigen Preisen

340

von den Züchtern beziehen. Aber Mitte des Monats ist die Chance vorbei. Es muss schnell gehen. Sehr schnell!«

Wilhelm schaute. Und wusste ganz genau, was Eva heute so ganz nebenbei geleistet hatte. Sie gab wirklich alles. Bis zur Erschöpfung. Aber er kannte den Kontostand. Viel zu wenig, um große Investitionen zu tätigen. Und ehe hier noch mehr Pflanzen unter schützenden Glasdächern gedeihen würden, musste zunächst einmal Glas auf die Dächer, musste wieder Saatgut herangeschafft werden, neue Wasserrohre, das gesamte Zubehör. Und dafür reichte es schlicht nicht.

Er legte den Arm um Evas Schultern. »Ohne Kredit wird das nüscht, Evchen. Ich werde es versuchen, aber ehrlich gesagt sehe ich schwarz.«

Wilhelm probierte es bei der Bank. Aber was hätte er erwarten können? Seine Einnahmen waren sowohl mäßig als auch unregelmäßig. Evas bisherige Bilanz gab zwar durchaus Anlass zu gewisser Hoffnung, aber die beiden hatten keinerlei ernst zu nehmende Sicherheiten zu bieten. Niemand erklärte sich bereit, einen Kredit für den raschen weiteren Aufbau des kleinen Unternehmens bereitzustellen.

Eva war am Boden zerstört. Vollkommen aus eigener Kraft würde es nicht gelingen, so viel war sicher. Die Idee, sich verschulden zu müssen, gefiel ihr eigentlich sowieso nicht. »Was sollen wir tun, Wilhelm? Ich bin ratlos.«

»Was denkst du, kannst du nicht mal bei deiner Familie nachfragen? Viel mehr Eigenleistung können wir jetzt nicht erbringen. Ohne eine Finanzspritze ist die Geschichte zum Scheitern verurteilt, und das wäre schade, nachdem die Anfangserfolge ja nun wirklich vielversprechend sind. Wen könntest du fragen?«

Sie überlegte. »Justus? Wenn jemand helfen kann, dann er. Aber so richtig dicke hat der es auch nicht. Ach, weißt du, wer nicht fragt, kriegt keine Antwort. Was anderes fällt mir wirklich nicht ein. Also werde ich ihn anrufen.«

* * *

Es war nicht Justus, der half.

Es war wieder einmal jener, der niemals vergessen hatte, von Ferne über ihr Wohl zu wachen. Justus hatte lediglich über den Moment zu bestimmen, in dem die Stunde für eine ganz große Unterstützung Evas schlug. Und Justus befand, dass dieser Moment gekommen war.

Eva berichtete über ihre Anfangserfolge, legte wortreich und sehr gut vorbereitet ihre Pläne dar. Justus hörte aufmerksam zu, warf hier und da ein Lob ein, bestand darauf, dass es nur das bewährte Warthenberg-Blut in ihren Adern sei, das sie zu solchen Kraftakten befähigt habe, was Eva schmunzeln ließ und sie natürlich vorsichtshalber keinerlei Widerspruch über ihre Lippen brachte. Nur wenige Nachfragen hatte er. Wirkte zufrieden über Evas unternehmerischen Geist, ihr Engagement und die nicht zu überhörende Leidenschaft in ihrer Stimme.

Ein kurzes Weilchen war er still. Atemlos wartete Eva auf seine Antwort, krallte die kurzen Nägel in den Rand des hölzernen Telefontischchens.

Der Onkel hatte nur noch eine Frage: »Deine Kontonummer ist noch dieselbe?«

»Du hilfst mir?« In Eva explodierte die aufgestaute Mischung aus Hoffnung und Furcht zu einem Freudenfeuerwerk.

»Nur mittelbar, Evchen. Ich verwalte lediglich, was Gordon über die vielen Jahre für genau solch einen Augenblick in deinem Leben angelegt hat. Ich denke, ich kann ihm gegenüber sehr gut vertreten, dass ich dir jetzt einen Großteil anweise, denn dein Konzept erscheint mir gut und schlüssig. Etwas werde ich liegen lassen. Für den Fall, dass du noch einmal Nachschub benötigst.«

»Das klingt unglaublich, Justus! Sollte ich tatsächlich einmal in meinem Leben einfach Glück haben?«

»Du hast es wahrhaftig endlich verdient, Eva. Ich gehe heute Nachmittag noch zur Bank. Reichen dir vorläufig zwanzigtausend Mark?«

Eva spürte, dass sie blass wurde. Vor ihren Augen schwamm das Tischchen mitsamt dem beigefarbenen Apparat. Die Zahlen in der Wählscheibe tanzten einen irren Reigen. Zwanzigtausend? Und dann war noch was übrig?

»Eva? Evchen, bist du noch da?«

»Puh«, war alles, was sie vorläufig herausbekam.

»Ist es zu wenig? Ich könnte …«

»Nein! Mensch, Justus, ich kann es gar nicht fassen. So viel? Damit kann ich ja sogar die Bewässerung reparieren lassen. Die funktioniert ja nur in einem der sechs Treibhäuser. Und eine vernünftige Pumpe kaufen, damit ich das Wasser aus dem Bach nehmen kann, weißt du, dann muss ich kein teures Stadtwasser bezahlen … und ich kann zum Anfang sogar Setzlinge bestellen. Eigentlich ist es längst zu spät für die Aussaat gewisser Pflanzen, aber ich konnte doch noch nicht, weil … kein Geld, keine Dächer … dabei wollen die Kunden immer mehr, meine Pflanzen sind gut und gar nicht so teuer … weißt du, verstehst du?«

Justus lachte sein warmes, sonores Onkellachen. Es tat gut.

»Ich könnte dich knutschen, Just!«

»Ich komme es mir ansehen, Evchen. Sobald ich die Heuernte hier erledigt habe.«

»Oh, bitte, ja! Wir haben uns sowieso schon wieder viel zu lange nicht gesehen.«

»Versprich mir was, Evchen!«

»Was auch immer du möchtest.«

»Gib auf dich Acht. Du bist ein Arbeitstier. Vergiss dich selbst nicht. Und genieß auch mal ein bisschen.«

»Ich verspreche es.«

»Und ich werde es kontrollieren. Gordon hat dich nie vergessen. Er will, dass du ein gutes Leben führen kannst. Wir werden Bilder machen, ja? Schließlich soll er ruhig schlafen können.«

»Oh, Wilhelm fotografiert alles, was ihm vor die Linse kommt. Er hat natürlich auch geknipst, wie es hier anfangs aussah, hat alle Fortschritte dokumentiert, sogar die Überschwemmung und die Sturmschäden. Davon kann ich gern etwas zum Weiterleiten schicken.«

»Das ist fein, Eva. Aber ich glaube, Gordon möchte lieber dich sehen und die Bestätigung haben, dass du wohlauf bist, als Fotos von Treibhaustrümmern zu betrachten.«

Eva kicherte. »Gut. Also ich und meine kaputten Glashäuser, mein Schutt, meine Quecken, Brennnesseln, mein verfluchter Giersch, der zehnmal so kernig wieder hochkommt, wie man ihn ausgerissen hat, meine dreckigen Hosen, mein krumm gearbeiteter Rücken, ja?«

»Von mir aus. Aber auch gern mal eine entspannte, fröhliche Eva, bitte. Mit Bettina, wenn's geht.«

»Wird gemacht, Sir! Sie läuft schon ein paar Schritte und kann jede Woche einige Worte mehr. Ach, Justus, du ahnst nicht, wie unendlich glücklich ich gerade bin.«

»Doch!«, sagte er. »Ich freue mich, dass ich mal ausnahmsweise der Grund für dein Glück sein kann. Deine Kontonummer jetzt bitte noch.«

Dreimal verhaspelte sie sich, als sie die neue Bankverbindung ihres Geschäftskontos durchgab.

»Bis bald, Evchen«, beendete Justus das Gespräch.

»Bis bald, Just!« Er hatte schon aufgelegt.

Eva sprang auf und kreischte sich die Freude aus dem Leib. Das war der Moment, als Wilhelm ins Wohnzimmer kam und das erste Foto machte, das die beiden wenig später in jenes kleine Album klebten, das Justus an Gordon weiterleitete.

24

BRAUNSCHWEIG, JULI 1959 – AMERIKA, AMERIKA!

Was für ein großartiges Gefühl! Eva verfügte plötzlich über Mittel. Sie wäre nicht die gewesen, die sie war, wenn sie auf einmal über die Stränge geschlagen hätte. Jede geplante Investition betrachtete sie von allen Seiten auf ihre absolute Notwendigkeit und Ertragsaussicht hin. Jeden Pfennig drehte sie dreimal um, ehe sie ihn guten Gewissens ausgab.

Mit Wilhelm hatte sie einen Berater an der Seite, der wirklich etwas von der Sache verstand, der in der Lage war, Angebote, von denen sie sich immer mehrere pro Gewerk einholte, zu prüfen und auf das Beste hin zu selektieren. Leider musste sie wieder mal feststellen, dass das Beste nicht immer das Günstigste war, dass Kleingedrucktes seine ganz eigene Bedeutung entfalten konnte. Eine Tatsache, die ihr erstmals beim genauen Durchlesen des Versicherungsvertrages begegnet war. Hätte Wilhelm nicht aufgepasst …

Ohne ihn, da war sie sehr sicher, hätte man sie schon ein paarmal ganz schön über den Tisch gezogen. Auch in dieser Hinsicht erwies er sich als großartiger Lehrer. Wilhelm traf nicht einfach Entscheidungen für sie, sondern gab ihr Hinweise, bedachte jede noch so unwahrscheinliche Wahrscheinlichkeit, damit sie schnell lernte, wie sich Haken ausfindig machen ließen. Er wollte nicht mitbestimmen. Er wollte sie nur fit machen, damit sie in Zukunft selbst führen konnte, und Eva erwies sich wieder mal als äußerst aufmerksame Schülerin, die schon sehr bald auf Augenhöhe mit ihm zu argumentieren und handeln verstand.

Vieles nahm er ihr dennoch ab. Ganz unauffällig, ohne viel Aufhebens von seinen lautlosen Hilfestellungen zu machen. Eva stellte einfach immer wieder erleichtert fest, dass manche Dinge, die sie glaubte, ganz dringend noch erledigen zu müssen, bereits getan waren, wenn sie manchmal todmüde in den Seilen hing und sich doch noch einmal aufraffen wollte, um beispielsweise Papiere zu ordnen, Anträge zu stellen oder weil ähnliches ungeliebtes Zeug sich vor ihr aufzutürmen drohte wie ein unüberwindbarer Berg. Papierkram hasste sie sowieso. Die ganze verfluchte Buchhaltung, das war nicht ihr Ding. Seines aber sehr wohl, und so fügte es sich derart, dass hin und wieder doch noch mal Zeit füreinander blieb.

* * *

Der Rock 'n' Roll, dessen erstes Aufkommen in Deutschland Eva noch als junge Studentin mit Jan erlebte, hatte sich längst zur unwiderstehlichen Flutwelle entwickelt. Alles rockte und rollte. Eva allerdings grub und schuftete. Sie hatte, sah man einmal von ihrer sehr ernst genommenen Mutterrolle ab, nur noch Augen für ihren Betrieb. Hatte Justus ihr nicht das Versprechen abgenommen, dass sie auf sich achten sollte, dass sie auch mal an sich denken sollte? Später! Keine Zeit! Jetzt nicht! Ich muss erst noch … Jaja … später, Herrgott noch mal!

Die Mode hatte sich der Musik angepasst, aus Amerika schwappten neue Trends herüber. Petticoats waren en vogue, Kleider mit schulterfreien Bandeau-Oberteilen beliebt.

So etwas brachte Wilhelm eines Tages für Eva mit nach Hause. »Ich möchte dich endlich wieder mal ausführen, möchte mit dir tanzen gehen, eine Nacht lang keinen Gartenzwerg, sondern meine wunderschöne Frau genießen. Probier mal an, meine Königin.«

Es war Eva peinlich. Lange schon hatte er sie nicht so genannt. Dabei stand dieses Kosewort für etwas ganz Besonderes. Genau genommen für das, was ihrer Zweierbeziehung die Würze gab, nur sie beide und ihre Liebe zueinander betraf. Abseits von Sorgen, Alltag, Kindern und Schufterei. Hatte sie sich vernachlässigt? Hatte sie ihre Ehe vernachlässigt? Vor lauter Aufbau, Streben, selbstständig werden Wollen, in der Erde Buddeln …?

Sie drückte ihm Bettina auf den Arm, die ihrem Papa schon die Ärmchen entgegenstreckte, nahm die Schachtel, schenkte ihm ihr schönstes Lächeln und verschwand im Schlafzimmer.

Das Kleid war einfach entzückend. Weiß mit lauter stilisierten schwarzen Schwalben, schmal in der Taille, ein duftiger Petticoat, ein eng anliegendes, gefälteltes Oberteil. Dazu lag eine weiße Stola aus demselben Stoff im Karton und in einer kleineren Schachtel weiße Pumps, die wie angegossen saßen.

So stand sie vor dem Spiegel. Legte sich den sorgfältig verwahrten Granatschmuck endlich einmal wieder um den Hals, setzte sich vor die Frisierkommode, steckte das Haar hoch und griff nach Puder, Lidstrich, Tusche und Lippenstift. Nicht übel!

»Tadaa!«, stand sie in der Wohnzimmertür. Und Wilhelm knipste. Außerordentlich geeignet für das Gordon-Album. Eine strahlend schöne, glückliche Eva. Fertig, um tanzen zu gehen. Fertig, um das Leben mit ihrem Liebsten zu genießen.

* * *

Sie fühlte sich wohl. Nach und nach gelang der Spagat zwischen körperlich anstrengender Unternehmerinnentätigkeit, der Mutterrolle und den Entspannungsphasen, die Wilhelm immer wieder energisch einforderte und Eva letztlich genoss.

Anfang Juli hatte sie zwei junge Frauen stundenweise als Aushilfskräfte eingestellt, belieferte sowohl eine ganze Reihe Blumenläden und Konsum-Filialen in der Stadt als auch den Wochenmarkt. Jeden Mittwoch und Samstagfrüh fand der in der Braunschweiger Innenstadt statt und Eva war sehr stolz darauf, einen Marktstand ergattert zu haben. Das restliche Wochenende gehörte der Familie. Sie flogen wieder, feierten mit Freunden, gingen aus, wobei sich die beiden Jungs ausgesprochen gut als Babysitter bewährten, gönnten sich sogar eine Woche Strandurlaub mit der ganzen Familie. Schwerelose Zeit.

* * *

Dann, an einem Sonntag im Juli, das gemeinsame Frühstück war gerade beendet, Wilhelm und Eva saßen noch ein bisschen zusammen auf dem Balkon und genossen den Sonntagsfrieden, klingelte es plötzlich und die Nachbarin brachte ein Paket, das der Postbote am Samstag bei ihr abgegeben hatte. Adressiert war es an Horst und Ulli. Abgesandt worden war es in den Vereinigten Staaten von einer gewissen »Stephanie Kirk«.

Stephanie? Mit »ph«? Und »Kirk«? Kalifornien?

Eva und Wilhelm schauten sich verdutzt an.

»Horst, Ulli, hier ist Post für euch«, rief Wilhelm die Jungs zusammen.

Die beiden strahlten. Ein Paket aus Amerika! Von wem konnte das sein? »Mutter?!«, sagte Horst und Eva schoss ein kleiner Stich ins Herz.

Ja, es kam von Stefanie. Es enthielt alles, was deutsche Jugendliche glücklich machen konnte. Von Levi's Jeans über

348

Lucky Strikes, unsäglich bunte Hawaiihemden bis hin zu Schallplatten von Elvis Presley und Little Richard.

Und es enthielt einen Brief. Horst öffnete den Umschlag. Aller Augen waren gespannt auf ihn gerichtet. Über sein Gesicht zogen erstaunliche Variationen von Gefühlsspiegelungen.

»Was schreibt sie? Lass mal sehen«, drängelte Ulli und wollte nach den Bögen greifen. Horst zog sie ihm weg, hielt sie über den Kopf, sagte: »Warte, gleich!«

Als er fertig gelesen hatte, setzte er sich an den Tisch, stützte die Stirn in eine Hand, rieb sich die Augenbrauen. Es dauerte eine Weile, bis er die Zeilen an Wilhelm weiterreichte. »Lies vor, Vater.«

Santa Barbara, 07 02 1959

Meine geliebten Jungen,
ich hoffe, Ihr seid bei bester Gesundheit!
Heute schreibe ich Euch, um Euch eine wundervolle Nachricht zu überbringen. Eure schreckliche Zeit in Deutschland wird bald endlich ein Ende haben. Nicht mehr lange, so erwarte ich es, und das deutsche Vormundschaftsgericht wird entschieden haben, dass ich Euch endlich wieder in meine Arme schließen darf.
Seit einem Jahr und vier Monaten bin ich nun mit Don verheiratet und habe natürlich sofort wieder das Sorgerecht für Euch beantragt. Es ist herrlich hier in Santa Barbara! Ihr solltet die Strände sehen. Es regnet nie in Kalifornien, jeden Tag scheint die Sonne, alle Menschen haben immer gute Laune. Wir haben ein fantastisches Haus, im Garten einen Swimmingpool. Im Moment richten wir gerade Eure Zimmer ein

*und werden Euch, sofern alles gut geht, im August
zu uns holen. Ein Telegramm zum genauen
Termin sende ich dann an Horst. Habt noch ein
wenig Geduld, aber macht Euch schon mal bereit
und fangt an einzupacken, was Ihr unbedingt
mitnehmen wollt. Kurz vor unserer Ankunft
wird eine Spedition all Eure Sachen abholen. Es
darf so viel sein, dass es in zwei Überseekisten
passt.*

*Ein paar Kleinigkeiten habe ich Euch
eingepackt, damit Ihr Euch schon ein wenig auf
den American Way of Life einstellen könnt. Ich
hoffe, Ihr freut Euch, und umarme Euch!*
Eure Mum

»Verflucht«, sagte Wilhelm.

Ulli fing an zu weinen und krabbelte Eva auf den Schoß.
»Ich will nicht nach Amerika!« Sie schlang die Arme um ihn,
hielt ihn so fest, als würde Stefanie oder Stephanie schon direkt
vor ihr stehen und ihr das Kind aus den Armen reißen wollen.

»Scheiße!«, entfuhr es Horst. »Vater, hat sie ein Recht dazu?«

»Ich fürchte ja, Horst. Ihr seid beide noch nicht mündig.
Eine neue Ehe gibt ihr andere Rechte. Ich werde am Montag
unseren Rechtsanwalt anrufen. Bisher scheint er absolut nichts
von der ganzen Sache zu wissen, sonst hätte er mir das längst
mitgeteilt. Und hier ist weder ein Beschluss des Gerichts eingegangen, noch habe ich irgendeine Information darüber bekommen, dass sie ein neues Verfahren angestrengt hat. Aber sie wirkt
ja sehr siegessicher. Wollt ihr denn nach Amerika?« Er blickte
die beiden fragend an.

Ulli schüttelte vehement den Kopf und verbarg sein Gesicht
ganz schnell wieder an Evas Brust. Horst schien abzuwägen.

»Abenteuerlich wäre es ja schon. Die Ferien würde ich gern mal dort verbringen. Aber … es geht uns doch gut hier. Wir sind eine Familie geworden. Ich vermisse nichts. Ich habe meine Freunde hier. Die soll ich alle aufgeben? Euch aufgeben? Ich glaube … nein, eigentlich nein, Vater.«

»Gut. Dann schaue ich, was ich tun kann. Es wird ja nicht alles so heiß gegessen, wie es gekocht wird.«

* * *

Die folgenden Tage waren fürchterlich.

Wilhelm kämpfte. Sein Anwalt kämpfte. Und am Ende wurde es doch so heiß gegessen, wie es gekocht worden war.

Mitte August hieß es Abschied nehmen. Für Ulli brach eine Welt zusammen. Horst trug es mit recht erwachsen wirkender Fassung. Wilhelm wirkte wie ein geschlagener Krieger. Und Eva war einfach nur fassungslos. Es war ein harter Weg gewesen bis hierhin mit den Kindern. Jetzt war endlich alles gut. Und dann das! Nichts dagegen tun zu können, absolut hilflos zu sein, machte sie wütend. Nicht einmal die bittenden Briefe Ullis hatten die Frau gerührt, nicht mal Horsts sehr vernünftige Einwände. Nein. Sie wollte ihre späte Rache. Dass es auf Kosten der jungen Seelen ging, die endlich zur Ruhe gekommen waren, schien ihr vollkommen egal zu sein.

Während der letzten gemeinsamen Tage klammerten sie sich aneinander. Versuchten, die immer wieder aufsteigenden Tränen zu unterdrücken, noch einmal gemeinsam glücklich zu sein. Wilhelm hielt Momente mit der Kamera fest. Viele Momente. Keinem gelang es, richtig zu genießen. Zu drohend stand das Abschiedsszenario allen vor Augen.

Stephanie kam. Eva sah sie zum ersten Mal. Ja. Sie war schön. Sie war irrsinnig attraktiv. Und ein bisschen ordinär. Ihre überschwängliche Fröhlichkeit erwiderten die Jungs nicht.

Sie waren gedrückter Stimmung. Ulli weinte so sehr, dass Eva befürchtete, er würde gleich keine Luft mehr bekommen. Er hielt sich mit beiden Händen an ihrem Ellenbogen fest, während die Dame mit der riesigen Sonnenbrille zwitschernd nach ihm griff und Horst ein genervtes Gesicht machte, weil dieser Don ihm ständig jovial auf die Schulter klopfte.

»Ich warne dich, Stefanie«, sagte Wilhelm, und sein Ton klang verdammt bedrohlich. »Machst du mir die Jungs unglücklich, wird mein Arm sehr lang werden.«

»Pfff, Wilhelm!«, erwiderte sie schnippisch. »Dein Arm reicht ja nicht mal, um meinen Söhnen ein anständiges Haus zu bauen. Versuch nicht, mir zu drohen. Du lebst hier zur Miete, was? Ich bin Bürgerin der großartigsten Nation der Welt. Und du nur ein erbärmlicher, besiegter Deutscher. Nichts habt ihr mehr zu sagen. Ihr seid nichts, ihr habt nichts, ihr hängt an unserem gnädigen Tropf. Wenn ihr frech werdet, schmeißen wir euch wieder was auf eure lächerlichen Städtchen. Oder wir hören einfach auf, auf euch aufzupassen, und lassen euch von den Russen fressen. Die nehmen gern Brosamen. Euch werden wir uns schon zurechtfeilen, wie es uns gefällt, denn wir sind die Größten, nicht wahr, Don?«

Don grinste ein feistes Grinsen, sagte aber kein Wort. Wahrscheinlich hatte er kein einziges verstanden.

»Don wird die Jungs adoptieren, Wilhelm. Ich will nicht, dass jeder gleich am Namen erkennt, woher sie stammen. Wir werden diesen ekelhaften deutschen Namen auslöschen. Nicht wahr, Don, you will adopt them.«

Wieder grinste Don, sagte aber immerhin sehr überzeugt »Yes!« und Stephanie: »Let's go, boys. Your flight to a better life is booked.«

Mit diesen Worten riss sie Ulli von Evas Arm. Ulli schrie und Don fasste zu.

Bettina wurde in ihrem Bettchen wach und schrie mit.

Ulli schrie noch, als Wilhelm und Eva, die Kleine auf dem Arm, draußen auf dem Gehsteig standen und dem Taxi nachwinkten. Eva spürte, dass ihr schwindelig wurde, ihre Knie nachgaben. Wilhelm stützte sie, nahm ihr das Baby aus dem Arm, ließ Eva sanft auf den Hausstein gleiten, hockte sich neben sie. Ein Weilchen saßen sie so da, unter den schattigen Blätterdächern der Linden. Geschlagen, gedemütigt, beraubt. Aber doch noch lebendig. Jetzt waren sie reduziert auf die kleinste gesellschaftliche Keimzelle. Vater, Mutter, Kind.

Bettina streichelte Evas Wange. »Mama! Ulli weg? Hoss weg?«

»Ja, Liebling«, schluchzte Eva.

Bettina lächelte ihr bezauberndstes Babylächeln, hielt das Köpfchen schief, tippte sich mit dem Zeigefinger auf die Brust, schaute Eva von unten herauf an. »Tina da!«

25

BRAUNSCHWEIG 1960 – GRAS- UND ANDERE NARBEN

Nur wenige Wochen lang hatten Eva und Wilhelm den Anblick der leeren Kinderzimmer ertragen können. Dann hatten sie ausgeräumt, alles, was noch tauglich erschien, im Keller und auf dem Dachboden verstaut, renoviert und die Räume für neue Bestimmungen hergerichtet. Eva hatte das Herz geblutet, als sie all die Dinge, die die Jungs in den Händen gehalten hatten, in Kisten verpacken musste. So viele Erinnerungen hafteten an jedem einzelnen Stück.

Den kleineren Raum, bisher Ullis Reich, statteten sie mit wenig Aufwand aus. Ein paar einfache Kellerregale, die sie weiß anstrichen, für Buchhaltung und Korrespondenz, eine Platte auf zwei Holzböckchen als Behelfsschreibtisch, daruntergeschoben ein alter Bürounterschrank mit vielen Schubladen. Schlicht und praktisch.

Bettinas erstes eigenes Kinderzimmer wurde entzückend. Wilhelm bewies ein bisher von Eva noch unentdecktes Talent. Eine ganze Wand bemalte er zum kindgerechten Zauberwald. Zwischen lichten Bäumen, in denen farbenfrohe Paradiesvögel wohnten, tanzten ätherische Elfen. Lachende Zwerge versteckten sich hinter überdimensionalen Fliegenpilzen, die Sonne hatte ein freundliches, rundes Gesicht, der Mond, ausgestattet mit schief sitzender Schlafmütze, der gleichzeitig am hellblauen Himmel stand, gähnte ansteckend herzhaft, Libellen schwirrten über einen schilfumstandenen Teich, gaben sich ein Stelldichein mit knallgrünen Fröschen. Schmetterlinge umflatterten bunte Blumen und dicke Hummeln mit süßen Gesichtern konnte man geradezu brummen hören.

Wilhelm hatte geheimnisvoll getan und weder Eva noch Bettina bei der Entstehung seines Kunstwerkes zuschauen lassen. Erst als der himmelblaue Teppich verlegt, Bettchen und Wickelkommode vom Schlafzimmer herübertransportiert und wieder aufgebaut waren, Bettinas Spielzeug umgeräumt und ihre Mobiles aufgehängt waren, durften sie gucken.

Bettina kreischte vor Vergnügen. Hatte stundenlang damit zu tun, Einzelheiten zu entdecken, und behauptete am Ende: »Fee gemalt!«

»Nein, Tinchen, das hat Papa gemalt«, erklärte Eva ihr.

»Papa? Kann das niss!«, behauptete sie im Brustton der Überzeugung und schüttelte vehement ihre blonden Locken.

Wilhelm schmunzelte nur.

* * *

Im Herbst beschloss Eva, endlich den Führerschein zu machen. Wilhelm übte mit ihr zunächst am Rande des Flugfeldes, und als sie die notwendigsten Dinge im Umgang mit dem Käfer gefressen hatte, der Wagen nicht mehr wie ein Känguru loshopste, sobald sie den Fuß von der Kupplung nahm, das Umfahren der von Wilhelm aufgestellten Pylonen bereits lässig bei fünfzig Stundenkilometern klappte, fuhr er mit ihr auf den Verkehrsübungsplatz. Kurze Zeit später meldete sie sich in einer Fahrschule in der Innenstadt an. Wilhelm paukte mit ihr abends Verkehrsregeln, sie nahm zehn Fahrstunden und bestand in der elften die praktische Prüfung, nachdem das Ablegen der theoretischen am Vortag ein Kinderspiel gewesen war.

Sinn der Geschichte war es, in Zukunft selbst ausliefern zu können. Eva hatte mit spitzem Bleistift gerechnet und festgestellt, dass sich die Anschaffung eines Kleinlieferwagens binnen eines Jahres amortisiert haben würde. Selten war sie bisher mitgefahren, wenn ihre Pflanzen in die Läden geliefert wurden. Ein Auftragsfahrer, der in letzter Zeit manchmal sehr unzuverlässig und außerdem immer teurer geworden war, hatte das erledigt. Jetzt hoffte sie zudem, die Kontakte zu ihren größeren Kunden mit persönlichem Einsatz besser festigen zu können.

Evas Traum war ein »Rapid«. Ein Kleinlaster mit Pritsche, Plane und Spriegel, der leicht zu fahren war und viel Raum auf seiner Ladefläche bot. Die Schnauze des Autochens erinnerte sie mit ihrem bezahnten Kühlergrill an einen freundlichen Drachen aus der Augsburger Puppenkiste, untermauerte sie Wilhelm gegenüber ihre Wahl, und das sei eben einfach charmant und passe zu ihr und ihrem Gewerbe.

Wilhelm tat sich auf dem Automobilmarkt um und ergatterte einen. In Grün. Wenig ramponiert. Günstig, weil alle Welt jetzt viel lieber den VW Bulli wollte. Nur Evas Firmenname musste noch aufgemalt werden, was Wilhelm selbstverständlich eigenhändig erledigte. Professionell sah es aus, fand Eva.

Es dauerte ein Weilchen, bis sie sich an die Ausmaße des Wagens gewöhnt hatte. Anfangs überlegte sie sehr gut, wo sie auf ihren Auslieferungstouren am leichtesten parken konnte, bevorzugte Positionen, die kein umständliches Rückwärtsfahren erforderten, hatte ziemlich schweißfeuchte Hände beim Rangieren und touchierte sogar zweimal einen Laternenpfahl. Mit der Zeit wurde sie sicherer, stellte fest, dass sie Spaß an der Fahrerei und dem direkten Austausch mit ihren Kunden hatte.

1960 wurde ein wirtschaftlich erfolgreiches, harmonisches Jahr für die beiden. Bei Wilhelm lief es beruflich zusehends besser. Eva stellte sogar eine weitere Kraft ein. Marion, eine junge Mutter mit einem kleinen Mädchen namens Angelika, fast exakt so alt wie Bettina, teilte sich jetzt mit Eva die Arbeit in der Gärtnerei. Es hatte vier Bewerber um die Stellung gegeben. Die Referenzen der drei anderen waren eigentlich besser gewesen. Aber Eva hatte sich bewusst dafür entschieden, der jungen Mutter eine Chance zu geben.

Jetzt tobten zwei kleine Mädchen zwischen Tomaten, Rosen und bunten Stauden, Bettina hatte endlich eine kleine Spielgefährtin gefunden und genoss die neue Zweisamkeit in vollen Zügen. Das allein hätte Eva schon genügt, um ihre Wahl bestens vertreten zu können. Dass sich Marion zwar als relativ unerfahren, aber fleißig erwies, bestätigte nur die Richtigkeit ihrer Entscheidung.

In den ersten Monaten nach ihrer Abreise in die Vereinigten Staaten kamen noch sehr häufig Briefe, insbesondere von Ulli, der sich nur schwer in seiner neuen Heimat einlebte. Horst berichtete sogar, dass er wieder einzunässen begonnen hatte. Später schrieb er nichts mehr davon. Seltener, immer seltener kam Post von den Jungs, die inzwischen mit Wilhelms Einverständnis von Don adoptiert worden waren und den Namen »Kirk« trugen.

Eva vernichtete stets die Briefumschläge, die an sie beide adressiert waren, ehe sie Wilhelm die Zeilen zu lesen gab. Sie wollte ihm den Moment der Traurigkeit ersparen, denn sie wusste nur zu gut, dass er an der Endgültigkeit der getroffenen Entscheidungen schwer schluckte und den harten Bissen längst noch nicht hinunterbekommen hatte. Endgültig. Ja. Aber es war nun mal nicht zu ändern. Wahrscheinlich musste Gras über die Sache wachsen. So, wie immer Gras über Dinge wachsen musste, an denen es nichts mehr zu drehen gab.

***

Gras schien auch über eine ganz andere Sache gewachsen zu sein. Schien!

Sieben Jahre war es nun schon her, seit Eva ihre Eltern das letzte Mal gesehen hatte. Bisweilen träumte sie von ihnen. Viele dieser Träume spielten sich in ihrer Kindheit ab. Sie war wieder die kleine Eva, die auf Vater Clemens' Schoß saß. Spazierte an Constanzes Hand über den Danziger Langen Markt, bekam hier eine süße Erdbeere zugesteckt, da ein Stückchen frisch geräucherten Aal zu probieren, fühlte, wie sie sich die Nase an der Scheibe des Spielwarengeschäftes in der Zeughauspassage nach den bunten Kreiseln platt drückte, saß wieder mit Mama und Papa im städtischen Theater zum Weihnachtsmärchen, hockte auf den Stufen des Beischlags in der Frauengasse und sah zwei Jungen beim Münzenwerfen zu. Roch die See. Fühlte den Wind, wenn Vaters Segelboot die Wellen zerschnitt. War wieder daheim in Danzig. War auf Warthenberg, spürte die warme Erde ihres Kinderbeetes unter den Knien, sah die Regenwürmer gefallenes Laub in ihre unterirdischen Gänge ziehen. Band die Träume an ihren Alltag, wachte auf mit dem Gedanken: Guten Humus wird das geben. Fressen, verdauen, fruchtbare Erde hinterlassen.

Ihre Erde hier, die war fruchtbar. Wie herrlich ihre jungen Rosen gediehen! Wie leicht es doch war, selbst die Starkzehrer wie Tomaten und Gurken, die auf dem Wochenmarkt so reißenden Absatz fanden, mit ein wenig Brennnesseljauche zu prächtiger Gesundheit, enormem Wachstum und reichlicher Fruchtbildung anzuregen. Charlottes Buch hatte sich als wahrer Segen erwiesen. Ein Schatz für Tipps und Tricks. Den allerersten Schnitt mit Urgroßmutters Schere, den hatte sie voller Bewusstsein ausgeführt. Alte Traditionen auffrischen. Neu erfinden vielleicht, in einem anderen Land. Eva hatte nie ganz das Gefühl verlassen, dass sie hierher nicht gehörte. Es war ihr Land, auf dem sie grub. Es gehörte ihr, so stand es schwarz auf weiß im Grundbuch. Manchmal, wenn sie grub, ganz bewusst ohne Handschuhe die Krume zwischen den Fingern zerrieb, den Geruch einatmete, wollte sie sich einbilden, dass nicht nur ihre Pflanzen hier wurzeln konnten, sondern auch sie selbst. Aber es gelang ihr nicht. Nicht richtig.

Was war ein Zuhause, wenn selbst der Regen anders schmeckte? Was gehörte dazu, um sich heimisch zu fühlen?

Ach, was hatte sie denn zu meckern? Woher kam dieses Gefühl des Nichtvollständigseins, der Heimatlosigkeit? Sie hatte den wunderbarsten Mann, den eine Frau sich wünschen konnte. Hatte eine zauberhafte kleine Tochter. Hatte eine Aufgabe, die sie ausfüllte. Was denn noch, Eva? Sei nicht undankbar!

Eva war nicht undankbar. Sie sehnte sich nur. Nach denen, die wie durch einen bösen Zauber von jetzt auf gleich aus ihrem Leben verschwunden waren. Die eine Lücke hinterlassen hatten, die niemand schließen konnte. Deren Geschichten, die doch Teil ihrer eigenen waren, sie nicht einmal ganz gekannt hatte, bis irgendetwas sie trennte. Nach den Menschen, den Orten, den Gerüchen, den Geräuschen, den Gefühlen, dem Leben.

Nach Kinderland.

Sie wusste, es fehlte ihr ein Stück ihrer eigenen Biografie. So viele ungeklärte Fragen! Stets gelang es ihr, diese Momente fortzuschieben. Dachte daran, was Urgroßmutter Charlotte ihr gesagt hatte, als sie noch sehr jung gewesen war: »Mir scheint, jeder von uns hat ein gewaltiges Päckchen mit Erinnerungen zu tragen. Jeder sein eigenes. Weißt du, es ist sicherlich gut, dass wir jetzt alle so intensiv damit beschäftigt sind, unsere Existenzen neu zu gestalten. So geraten wir nicht allzu sehr ins Grübeln und keiner hat recht Zeit, über all das Gewesene wahnsinnig zu werden. Möglicherweise ist dieses Ringen um

Neuordnung gerade deshalb gut. Wir müssen einfach zusehen, dass wir irgendwie in unserem Leben zurechtkommen.«

Urgroßmutter Charlotte hatte Erfahrung gehabt damit, wie man durchs Leben kam. Und sie war mit dieser Methode sehr alt geworden, ohne jemals zu verbittern.

Also streute auch Eva auf diese Momente Grassamen. Grassamen, gemacht aus Alltag, aus Arbeit bis zur Betäubung. Und der Schmerz verschwand unter einem grünen Flor.

Trügerisches Pflaster.

Denn Gras wurzelt flach. Und unter seiner Narbe, da liegen schlecht verheilte Narben.

* * *

Sie gewöhnten sich an das Leben zu dritt. Natürlich, es war nicht mehr so viel los. Aber es war auch erheblich weniger Arbeit geworden. Evas Traurigkeit wich nach und nach einem gewissen Aufatmen. Sie hatte jetzt viel mehr Zeit, sich intensiv um Bettina und Wilhelm zu kümmern. Es machte einfach einen Unterschied, ob man für fünf oder nur für drei Personen einkaufte, kochte, wusch, aufräumte und putzte.

Endlich war mal Luft, um sich auch um etwas anderes als Gärtnerei, Kinder und Haushalt zu kümmern. Wilhelm war nicht unbedingt der Mann, der sich weigerte, mit anzufassen. Sehr wohl war ihm bewusst, dass sie beide ganz gleichberechtigte Berufstätige waren. Er scheute sich durchaus nicht, den Vorwerk-Staubsauger in die Hand zu nehmen oder den Müll hinunterzutragen, wenn er morgens ging. Er wickelte Bettina genauso geschickt wie Eva, holte auch mal die aufgehängte Wäsche vom Trockenboden. Aber er hielt sich im Wesentlichen aus der Küche heraus.

Solange Horst und Ulli da gewesen waren, hatte Eva jeden Sonntagvormittag in der Küche zugebracht, um einen anständigen Sonntagsbraten mit Gemüse, Klößen oder Kartoffeln und Soße auf den Tisch bringen zu können. Selbstverständlich mit Kompott hinterher. Zwar hatten die Jungs ihr beim Tischdecken und hinterher beim Abspülen geholfen, aber einen ruhigen Sonntag hatte sie nie gehabt.

Was in der Küche passierte, interessierte Wilhelm nie wirklich. Sein später Sonntagvormittag gehörte schon immer dem »Internationalen Frühschoppen«. Das war Wilhelms Sonntagsritual, und niemand durfte es wagen, ihn zu stören, während der Gastgeber Werner Höfer mit sechs Journalisten aus verschiedenen Ländern das aktuelle Weltgeschehen hinter einer Wolke aus blauem Zigarettenrauch durchhechelte.

Eva hätte sich immer schon gerne mal dazugesetzt. Ihre Informationsquellen bestanden aus »Braunschweiger Zeitung« und der Zeitschrift »Stern«. Erstere, ein Regionalblatt, welches nur einen kleinen Teil ihres weitergreifenden Wissensdurstes befriedigen konnte, las sie regelmäßig während der Frühstückspause in der Gärtnereilaube. Im »Stern« blätterte sie manchmal nur. Es fehlte einfach die Zeit. Jetzt war Zeit und Eva machte Wilhelm den Vorschlag, auch sonntags lieber eine frühe warme Abendmahlzeit zu sich zu nehmen, damit sie dabei sein konnte, wenn mehrere kluge Köpfe blau qualmten.

»Hätte ich das gewusst ...«, sagte Wilhelm schuldbewusst und ein wenig erstaunt. »Dich interessiert Politik?«

»Ich bitte dich!«, erwiderte Eva und konnte einen leicht vorwurfsvollen Tonfall nicht verbergen. »Mich interessiert alles, was in der Welt vorgeht. Und wenn ich mich nicht täusche, befinden wir uns gerade jetzt in einer sehr brisanten Phase des Kalten Krieges. Mir scheint der Frieden, der ja nicht einmal durch einen Vertrag geregelt ist, gegenwärtig reichlich brüchig. Und ich frage mich seit geraumer Zeit, wie lange Berlin noch als Schlupfloch für Flüchtlinge dienen wird. Sieh dir doch die Grenzanlagen an, die die DDR gebaut hat! Das hat etwas sehr

Archaisches. Da ist ein Staat, der sich hundertprozentig gegen den ›westlichen Imperialismus‹ abgrenzen will. Und ein Staat, dem immer mehr Menschen weglaufen. Insbesondere die jungen, gut ausgebildeten. Und die Akademiker, deren Kindern, genau wie mir damals schon, keine Chance gelassen wird, in die Fußstapfen ihrer Eltern zu treten. Das ist doch krank, Wilhelm! Ich warte nur darauf, dass die Berlinfrage zur Eskalation führt. Hauptstadt der DDR. Soso, aha. Und der Westteil? Freie Stadt, wie es die Russen wollen, wenn die Westalliierten ihre Teile schon nicht abgeben wollen? Kontrolliert von der DDR? Toll! Da dauerts doch nicht lange, und es gelingt das, was damals ʼ48 in der Blockade danebenging, weil die Amis und die Briten das Unmögliche möglich gemacht haben und die Stadt aus der Luft versorgten. Dauerzustand könnte so was nie und nimmer sein. Glaub mir, ehe du dich versiehst, haben die Russen sich den Westen Berlins am Ende dann doch noch mit einverleibt.«

»Ich fürchte, du hast recht, Eva«, nickte Wilhelm.

Aber Eva war lange nicht fertig, hatte Schwung genommen, wollte auf den Tisch tun, was sie umtrieb. »Irgendwo da drüben in der Ostzone sind vielleicht … hoffentlich noch meine Eltern. Weißt du, das Nachdenken darüber ist wahrscheinlich durch unsere ganzen eigenen Probleme häufig ins Hintertreffen geraten. Aber glaub nicht, dass ich vergessen hätte. Schau, mein Vater war jahrelang verschollen. Du weißt ja, dass Mama und ich beinahe britische Staatsbürger geworden wären, als er plötzlich, buchstäblich aus dem Nichts, wieder auftauchte. Ich habe nie herausfinden können, wo er in den Jahren dazwischen war. Was er getan hat. Ich habe keine Ahnung, warum er unbedingt in der DDR bleiben wollte. Die Möglichkeiten wären damals noch da gewesen, in den Westen zu gehen. Mama und er hätten nach Charlottes Beisetzung einfach in Blieschtorf bleiben und von dort aus eine neue Zukunft beginnen können. Aber Vater war mit nichts zu überzeugen und Mama blieb selbstverständlich an seiner Seite. Vater war ganz anders als du. Er hat sich geweigert zu erzählen. Und dass da etwas sehr faul sein muss, ist ja nun spätestens seit dem spurlosen Verschwinden der beiden klar.«

»Du hast recht, Eva. Irgendetwas wird auch dieser merkwürdige Einbruch in deine Wohnung mit deinen Eltern zu tun haben.«

»Eben! Ich suche überall nach Hinweisen. Lese, was ich zu fassen bekomme. Hast du das mitbekommen? Es ist nur eine kleine Notiz gewesen, Ende letzten Jahres hat man einen Mann in der DDR zu dreieinhalb Jahren Haft verurteilt, weil er ein bestimmtes Buch besessen hat.«

Wilhelm schaute sie erstaunt an. »Welches?«

»Orwells ›1984‹.«

»Na ja, das Buch schildert immerhin eine totalitäre Gesellschaft, in der Menschen bis in ihre innersten Gedankengänge kontrolliert und manipuliert werden. Dass das der amerikanischen Propaganda ausgezeichnet passt, um den Kommunismus zu persiflieren, kann ich mir schon vorstellen. Dabei glaube ich gar nicht, dass Orwell irgendwie in diese Richtung gedacht hat. Die DDR ist nicht ›Ozeanien‹ und das Zentralkomitee der SED kein ›Big Brother‹.«

»Ach nein? Bist du sicher? Ich nicht. Allein die Darstellung der Figur ›Big Brother‹ ist doch Stalin auf den Leib geschrieben. Es mag ja nur ein Gerücht sein, aber letztens habe ich aufgeschnappt, dass die amerikanische CIA sich Orwells Büchern bedient, um sie sozusagen als verführerisches Gift unter Systemzweifler in der Bevölkerung der Ostzone zu streuen. Früher Thomas Mann und Bertolt Brecht. Heute Orwell. Ist das nicht lächerlich? Staatenlenker haben Angst vor der Wirkung des geschriebenen Wortes? Kann ja mit der Selbstsicherheit nicht weit her sein. Ach, Wilhelm, ist ja auch egal jetzt, was da für ein Kulturkampf herrscht, aber ich war es, die meinem Vater eine englische Originalausgabe von 1984

geschenkt hat. Ich weiß, dass dieses Buch in unserem Haushalt
existierte. Wenn ich lese, dass jemand für den Besitz dieses
Romans ins Gefängnis geschickt wird, denke ich an meinen
Vater. Er war ein freidenkender Geist früher. Allerdings allein
schon wegen seiner Herkunft immer in Zwänge gebunden.
Und er ist ein absoluter Familienmensch. Ich weiß, er ist bis zur
Selbstverleugnung gegangen, um seine Liebsten zu schützen. Er
ist ein sehr, sehr tragischer Held. Was ist mit ihm? Was ist mit
Mama? Was glaubst du, was für ein dämliches Gefühl es ist, von
Gordon so viel Geld zu bekommen, ohne mich bei ihm richtig persönlich bedanken zu können? Ich habe das akzeptiert,
weil Mama so eindringlich gebeten hat, nicht zu rühren an all
den Dingen, um ihm nicht wehzutun. Aber muss das lebens-
lang so weitergehen? Ich habe einen kleinen Bruder. Alles, was
ich höre, ist, dass es ihm gut geht. Das ist bescheuert. Ich will
das alles klären. Aber ohne ein Gegenüber? Wilhelm, ich suche.
Nach Anhalten. Nach sachdienlichen Hinweisen. Und natürlich erhoffe ich mir solche auch aus jeder politischen Sendung,
aus jeder Pressemeldung. Irgendwo einen Zipfel sehen, den ich
vielleicht greifen kann. Gerda hat gesagt, dass Menschen verschwinden in der DDR.«

»Menschen sind auch im Nazireich verschwunden. Zu
Millionen sogar«, warf Wilhelm nebenbei leise ein. »Und es ist
sehr ungewiss, ob die Häscher von heute nicht auch schon die
Häscher von gestern gewesen sind.«

»Wird alles neu, bleibt alles beim Alten«, griff Eva sofort
das Stichwort auf und lachte bitter. »Ich finde, da ist gar nichts
ungewiss. Es gibt keine neuen Deutschen. Das habe ich begriffen. Es ist vollkommen wurscht, ob sie einem Kaiser, einem
Nazi, einer Demokratie oder einem kommunistischen Regime
gehorchen. Sie sind und bleiben dieselben Menschen. Nicht
für die Revolution geboren, wie es die Franzosen sind. So sind
die Deutschen nicht gebacken. Ich glaube manchmal, sie sind

Schafe. Denken an nichts als an ihre gefüllten Mägen. Bestens geeignet, sich in einer wogenden Masse zu verbergen. Bloß nicht auffallen, nicht anecken, bloß nicht allzu viel denken. Sagt man das nicht eigentlich eher den Chinesen oder den Russen nach?«

»Jetzt holst du aber aus«, sagte Wilhelm und sein Gesichtsausdruck changierte zwischen Anerkennung und gewisser Belustigung. »Bist du anders, Eva?«

Sie sinnierte einen Augenblick. »Nein. Ich fürchte, nicht wirklich. Denken tu ich schon. Aber ich glaube nicht, dass ich den Mut hätte, anzuecken. Zu viel Sorge hätte ich um meine Lieben, denn ich bin nicht nur mir selbst verantwortlich, sondern auch euch beiden.«

»Und ich schätze, aus ähnlichen Erwägungen ist dein Vater stumm geblieben.«

Eva nickte, dann sagte sie leise: »Trotzdem möchte ich sie so gerne mal wieder in den Arm nehmen oder wenigstens wissen, ob sie leben, ob sie gesund sind. Ohne richtigen Abschied, ohne Klarheit … das ist furchtbar. Und wenn ich mir ansehe, wie die politische Lage sich jetzt entwickelt, habe ich einfach eine verdammte Angst, dass die Erfüllung dieses Wunsches gerade in vollkommen unerreichbare Ferne rückt.«

Endlich waren die Dinge mal ausgesprochen. Was Eva bislang ganz allein mit sich ausgemacht hatte, teilte Wilhelm jetzt mit ihr. Sie hatte ihn in den düstersten Winkel ihres Innern gelockt. Er war ihr gefolgt, hatte keine Furcht gezeigt. Es tat gut, nicht mehr allein in diesem Winkel stehen zu müssen. Und es ergab eine ganz neue Facette ihrer Partnerschaft. Gemeinsam schauten sie jetzt auf die weiteren Ereignisse, die auch für ihn nicht mehr nur ander' Leut's Problem waren. Sondern sehr direkt mit ihnen beiden zu tun hatten.

* * *

Es sollte sich erweisen, dass Evas Befürchtungen hinsichtlich einer Eskalation des Kalten Krieges durchaus nicht unberechtigt gewesen waren, denn nach und nach mehrten sich die Zeichen, die in keine gute Richtung wiesen. Seit ihrer leidenschaftlichen Diskussion mit Wilhelm tauschten sich die beiden häufig zur politischen Lage aus, machten Wilhelms Sonntagmittag-Ritual zu einem gemeinsamen und hatten hinterher meist reichlich Gesprächsstoff. Eva empfand das als eine gewaltige Bereicherung ihrer Ehe. Es war nicht unbedingt üblich, dass sich Eheleute derart austauschten. In ihrem Freundes- und Bekanntenkreis blieben die politischen Fragen meist ein reines Männerthema, während die Frauen sich gern mit Themen beschäftigten, die sich vorwiegend um Haushalt und Kinder drehten. Wenn Eva die Werbesendungen im Fernsehen bedachte, fiel ihr diese Tatsache besonders auf. Was interessierte die Frau von heute? Was sie anzog, damit sie ihm gefiel, und was sie kochen sollte, damit es ihm schmeckte. Bums, aus!

Was war eigentlich aus den Frauen geworden, die ganz ohne Männer die Kriegsjahre überstanden hatten? Die alleinige Verantwortung für ihre Kinder hatten tragen müssen, während ihre Männer sich in Schützengräben, Panzern oder Kampfflugzeugen hatten kaputtschießen lassen? Während Feuerwalzen durch die Städte rauschten, als ein Stück Brot das größte Glück und das Überleben bedeutet hatte?

Alle so, wie Mama es gemacht hatte? Kaum waren sie wieder da, die geschlagenen Helden, die Krüppel an Leib und Seele, hatten die Frauen sich wieder klein gemacht, waren zurückgekrochen an den Herd, hatten ihr selbstständiges Denken und ihr Handelnkönnen vergessen. Und hatten zu allem Übel dieses wohlgeübte Kunststück der Selbstverleugnung auch gleich noch an ihre Töchter weitergegeben.

Eva verdrehte die Augen, wenn sie diese adrett gekleideten und frisierten Werbeikonen in Zeitschriften, auf Plakatwänden

und im Fernsehen sah. So wollte sie nicht sein. Nicht so reduziert. Und so war sie nicht. Ihr Geist war wach geblieben. Ihr
Körper auf der Höhe seiner Kräfte. Was für ein Glück, dass sie
mit Wilhelm einen Mann abbekommen hatte, der sie ließ, der
sie ernst nahm, der ihr zuhörte, sich mit ihren Überlegungen
und Ansichten auseinandersetzte. Der sie sogar förderte. Da war
nur ein winziger Zweifel, und weil sie in letzter Zeit Zweifel, die
sie beide betrafen, niemals mehr unausgesprochen ließ, brachte
sie auch diesen vor.

»Komme ich dir eigentlich unweiblich vor, Wilhelm?«,
fragte sie ihn eines Abends, nachdem sie eine lange Unterhaltung
geführt hatten, die sich um die Amtseinführung des neuen amerikanischen Präsidenten John F. Kennedy und dessen zu erwar-
tende Einstellung zum deutsch-deutschen Verhältnis gedreht
hatte.

Mit ehrlicher Verblüffung hatte er sie angesehen. »Wie
kommst du denn darauf? Nur weil du mehr auf dem Kasten hast
als die meisten meiner männlichen Gesprächspartner? Na hör
mal! Der Mann, der weibliche Intelligenz und Schönheit nicht
gemeinsam sehen und schätzen kann, ist in meinen Augen ein
ziemlicher Hanswurst. Du bist doch kein Püppchen. Du bist
eine Frau, von der jeder richtige Mann nur träumen kann. Wenn
Weiblichkeit inhaltlich reduziert wird auf runde Hüften, lange
Beine, ein hübsches Gesicht, hausfrauliche Qualitäten und eine
hohle Birne, dann bin ich natürlich raus. Für mich zumindest
sind Attribute wie sprühender Geist, Tatendrang und Esprit, wie
sie neben der Schönheit zu deiner Persönlichkeit gehören, ausgesprochen weiblich. Und aufregend. Da muss ich mich nämlich
anstrengen. Und das tut einem älteren Herrn wie mir gut.«

Eva lachte. »Du und älterer Herr!«

»Danke schön!«, sagte er mit einem verschmitzten Lächeln.

»Und? Weiter mit Herrn Kennedy oder ...?«

»Oder!«, säuselte Eva.

26

BRAUNSCHWEIG/BERLIN 1961 – SANDMÄNNCHEN UND KALTER KRIEG

Sie diskutierten, lebten, liebten und stürzten sich in das Jahr 1961.

Feierten mit Freunden aus dem Segelflugclub. Kleine bunte Hütchen aufgesetzt, Luftschlangen um den Hals gehängt, das riesige Kippfenster im Wohnzimmer eine Großbildeinwand für das Feuerwerk über der Stadt. Bettina, aufgewacht vom Geknalle, in Evas weiße Häkelstola gewickelt, auf Vaters Arm. Ein Glas Erdbeersaft vom Eingekochten des Sommers in der Hand. Erdbeersaft oder Erdbeersaft mit Sekt oder gleich nur Sekt, den Countdown mitzählen, anstoßen, johlen, einander um den Hals fallen, Neujahrswünsche, auf den Balkon treten, Ohren zuhalten, Raketen gucken, platzen sehen, ah und oh. Pulverdampf riechen wie im Krieg.

Aber es war kein Krieg. Jedenfalls kein heißer.

Sonntags dann, immer sonntags, mitdenken, mitreden. Auch mal mit blauem Dunst versuchen? Wirkt intellektuell. Nein, wirkt ungeübt, stellte Eva hustend fest und ließ es sein.

In Berlin kämpfte der Regierende Oberbürgermeister Willy Brandt immer noch um die Durchsetzung seines Credos »Berlin bleibt frei«, erhoffte sich vielleicht neue Impulse und Unterstützung von Kennedy.

Derweil zeigte sich Chruschtschow schwer gekränkt. Rasches Beleidigtsein hatte seit Peter I. Tradition unter russischen Staatsoberhäuptern. Stets schien man zu befürchten, nicht recht für voll genommen zu werden. Chruschtschow, der zähe Emporkömmling aus dem kleinen ukrainischen Dorf, ehemals Stalins willfähriger Schatten, der, der selbst auf dem Tisch getanzt hatte, wenn es dem großen Genossen danach war, ihn zu demütigen, war nun längst unumstrittener Herrscher der Sowjetunion. Im Herbst '59 hatte er Ansätze gezeigt, eine Annäherung an die USA herbeizuführen, sogar in freundschaftlicher Absicht Amerika bereist, mit dem Vizepräsidenten Richard Nixon in Moskau eine Ausstellung mit dem Titel »The American Way of Life« eröffnet. Und dann hatte man ihn derart brüskiert, dass er im Mai 1960 vor der UN-Vollversammlung ausfallend geworden war. Nachdem der philippinische Delegierte Sumulong es gewagt hatte, Kritik an der Sowjetunion zu üben, indem er dem Regime vorwarf, ganz Osteuropa aller politischen und bürgerlichen Grundrechte beraubt zu haben, explodierte der russische Staats- und Parteichef, zog seinen Schuh aus und hämmerte damit auf sein Pult. »Warum darf dieser Nichtsnutz, dieser Speichellecker, dieser Fatzke, dieser Imperialistenknecht und Dummkopf – warum darf dieser Lakai der amerikanischen Imperialisten hier Fragen behandeln, die nicht zur Sache gehören?«, hatte er krakeelt. Der Westen hielt ihn von da an für nicht mehr recht zurechnungsfähig. Mit dem Mann konnte doch keiner ernsthaft verhandeln wollen. Zarte Seifenblasen aus Hoffnung auf Beendigung des Kalten Krieges platzten.

Platzten auch, als am 1. Mai 1960 über sowjetischem Luftraum ein US-Spionageflugzeug abgeschossen wurde. Was nützte da noch die Beteuerung des amerikanischen Präsidenten Eisenhower, dass derartige Luftraumverletzungen nie wieder vorkommen würden? Die neuen Verhandlungen zur sowjetisch-amerikanischen Annäherung in Paris scheiterten nur fünfzehn Tage später.

Verhärtete Fronten, befanden Eva und Wilhelm einstimmig. Die Westalliierten waren mit Chruschtschows Berlin-Ultimatum konfrontiert und mussten sich eingestehen, keine Lösung zu wissen.

Einer wusste eine.

Noch Mitte Juni 1961 hatte der Vorsitzende des ZK der SED, Walter Ulbricht, einen Satz gesagt, an den sich die Menschen klammerten: »Niemand hat die Absicht, eine Mauer zu errichten.«

»Er sieht nicht nur aus wie das DDR-Sandmännchen, er tut auch dasselbe«, sagte Wilhelm wütend und spielte damit nicht nur auf Ulbrichts grauen Bart an, der dem des Sandmanns wirklich verteufelt ähnlich sah, sondern apostrophierte auch wieder einmal etwas Weiteres: Der Mann streute den Menschen Sand in die Augen. Schlafsand!

»Du glaubst wirklich, dass die DDR jetzt das letzte Schlupfloch gen Westen zumacht, Wilhelm? Und was ist mit den vielen Menschen, die im Osten wohnen und jeden Tag zu ihren Arbeitsstätten im Westteil pendeln müssen?«

»Na, die sind ihm doch ein besonderer Dorn im Auge, Eva. Erstens sind das meist Facharbeiter, die der DDR fehlen. Zweitens ist Wohnen billig in der DDR und Lebensmittel kosten fast nichts. Der Umtauschwert der harten D-Mark zur blechernen Ostmark liegt bei vier zu eins. Da gehen sie im Westen viel Geld verdienen und kaufen den armen Leuten im Osten das Essen weg. Und bilden so eine Art Finanzelite. So was mag der Sozialismus nicht. Sie werden die Tür zumachen, du wirst sehen.«

Es dauerte bis zu jener Nacht vom 12. auf den 13. August. Als die Berliner entlang der Sektorengrenze am Sonntagmorgen erwachten, hatten bewaffnete Grenzpolizisten bereits begonnen, das Straßenpflaster aufzureißen, hatten Wälle aus Stein und Stacheldraht aufgeschichtet. Weltweit kannten die Nachrichten an diesem Sonntag nur dieses eine Thema. Walter Ulbricht hatte gehandelt.

Am Montagabend klingelte bei Eva und Wilhelm das Telefon. Wer rief um diese Uhrzeit noch an?

Gerda. »Eva, die machen zu. Du glaubst nicht, was in Berlin los ist. Mitten durch die Stadt bauen sie jetzt eine Mauer. Trennen Familien, Freunde, lassen die Leute nicht mehr zur Arbeit. Kein Durchkommen mehr nach drüben. Manche Häuser liegen jetzt im Osten, aber trittst du auf den Gehsteig, bist du schon im Westen. Es ist irre. Die Menschen fliehen. Mit nichts als dem nackten Leben.«

»Ich weiß, Gerda, wir verfolgen das hier auch.«

»Du musst nach Berlin kommen, Eva!«

»Bist du verrückt?«

»Nein. Ich habe etwas bekommen. Erst wollte ich sicher sein, keine falschen Hoffnungen wecken. Inzwischen weiß ich mehr. Habe gestern schon versucht, dich zu erreichen, aber kein Glück gehabt. Ich dachte nicht, dass sich die Ereignisse derart überschlagen würden. Hör zu, Constanze, deine Mutter ... sie lebt. Sie ist in Berlin. Eva, zögere nicht. Komm. Ehe es zu spät ist. Fahr am besten sofort los, wenn du kannst. Ich bitte dich! Es kann die letzte Chance sein.«

»Woher weißt du? Bist du sicher? Erzähl doch!«

»Komm einfach. Alles Weitere dann ...«

»Gib mir zehn Minuten, Gerda. Ich rufe dich gleich zurück, ja?«

»Bitte!«

Eva legte auf. »Wilhelm, wir müssen nach Berlin. Sofort! Gerda hat meine Mutter ausfindig gemacht. Ich weiß nichts Genaues, aber wir müssen sofort …«

Wilhelm fragte nicht. Er packte zusammen.

27

BERLIN 1961 – KEIN SCHÖNER LAND

Scheußlich, diese Fahrt durch die Ostzone. Mitten durch die pechschwarze deutsche Nacht. Misstrauisch die Volkspolizisten an den Grenzkontrollen. Deutsche Männer. Unter Mützen, beinahe so groß wie die sowjetischen. Ausdruckslose, bestenfalls mürrische Gesichter.

Es gab keinen Grund, sie anzuhalten. Die Ausweispapiere waren in Ordnung, Bettina eingetragen. Es schien ihnen geradezu leidzutun, dass es nichts auszusetzen gab.

Gerda öffnete. Obwohl vier Uhr früh, vollständig angezogen und putzmunter. Antoni sprang vom gedeckten Frühstückstisch auf, umarmte Eva, begrüßte Wilhelm mit seinem typischen kräftigen Handschlag, schenkte Kaffee ein. Bettina schlief. Gerda hatte ein Plätzchen für sie vorbereitet. »Süß ist sie«, flüsterte sie Eva zu.

Es war ganz einfach gewesen. Gerda hielt Eva einen Laborzettel hin. Einen Moment starrte sie verständnislos darauf. Charité. Vom 9.8.1961. Patientin Susanne Wöhler. Leukozyten, Erythrozyten, grampositive … stabkernige … Calcium, Kalium, Leberwerte, Nierenwerte, Kreatinin, Ergebnisse der Urinprobe.

»Wer ist Susanne Wöhler?«, fragte Eva.

Gerda schüttelte den Kopf, tippte auf den Krakel am Fuß des Bogens. »Das ist jetzt nicht so wichtig. Aber der Laborbericht ist von Constanze abgezeichnet, Eva. Wir haben jahrelang zusammengearbeitet. Ich kenne ihre Unterschrift, habe sie Hunderte Male gesehen. Das bedeutet, niemand anders als Constanze hat das Blut meiner Patientin Susanne am Donnerstag in der Charité untersucht. Susanne arbeitet bei Siemens hier im Westen und ist jeden Morgen mit der Bahn aus dem Osten gekommen. Ich kenne sie seit Jahren, habe schon zwei ihrer Kinder geholt. Donnerstagabend hat sie mich nicht erreicht, weil ich noch unterwegs war. Es ging ihr nicht gut, sie fürchtete eine Schwangerschaftsvergiftung, ging in die Charité. Ihre Sorge hat sich nicht bestätigt, aber sie kam mit ihren knallvoll gelaufenen Füßen am Donnerstag nach Dienstschluss zu mir und brachte die Blutergebnisse natürlich mit. Na, und ich habe das arme Weib sofort in die Charité gescheucht.«

»Hat sie Mama getroffen?«

»Ja, das hat sie. Susanne ist ziemlich pfiffig. Wenn die was will, dann kriegt sie es. Wir haben Constanzes Adresse, Eva. Sie wohnt in der Bernauer Straße 11. Zwar gefiel mir Susannes Beschreibung deiner Mutter nicht, aber immerhin wissen wir das Wichtigste.«

Eva schaute Gerda fragend an. »Was gefiel dir nicht?«

»Na ja, Susanne hatte einen Ausdruck für deine Mutter, der mir so gar nicht auf sie passen will. Eine ›typische Hundertfünfzigprozentige‹ hat sie sie genannt.«

»Mama? Nie im Leben!«, entfuhr es Eva.

»Du weißt nicht, was das Leben inzwischen aus ihr gemacht hat, Eva.«

Nein. Sie wusste nicht, was das Leben inzwischen aus ihr gemacht hatte.

***

»Sie wird gegen sechs Uhr das Haus verlassen«, hatte Gerda gemutmaßt. »Eine halbe Stunde braucht sie etwa zu Fuß in die Charité. Constanze war immer zu früh in der Klinik. Ihr Dienst beginnt um sieben. Wir sollten los, wenn du sie nicht verpassen willst.«

Sie nahmen Gerdas Wagen. Mit dem Hebammensymbol, das in der Windschutzscheibe klebte, durfte sie überall parken, fiel nirgends auf, wurde nie von irgendeinem Ordnungshüter angehalten.

In der Strelitzer Straße fuhr Gerda den Wagen an den Rand, stellte den Motor aus. »Das letzte Stückchen musst du laufen, Eva. Nur die Straße runter, dann bist du auf der Bernauer. Schräg links gegenüber ist die Nummer elf.«

Eva nickte.

»Soll ich nicht lieber mitkommen?«, fragte Wilhelm.

Sie schüttelte den Kopf. »Ich nehme nur Bettina mit. Wenn ich in einer Stunde nicht zurück bin, kommt ihr uns suchen, ja?«

Wilhelm rieb sich das Kinn. »Ungern, Eva. Äußerst ungern.«

»Ich weiß, Wilhelm. Aber das muss ich allein erledigen.«

Die Sonne ging gerade auf, tauchte die Straße in rosiges Licht. Eva schaute auf ihre kleine silberne Armbanduhr. Zwölf Minuten vor sechs. Nur ein kurzer Fußweg. Bettina trödelte und gähnte. Eva nahm sie auf den Arm, beschleunigte ihre Schritte. »Wir wollen zu Oma, Tinchen.«

»Oma? Au fein!« Ihre braunen Augen leuchteten.

Eva hatte ein mulmiges Gefühl dabei, die Kleine mitgenommen zu haben. Wirr waren ihre Gedanken gewesen. Wenn sie tatsächlich eine Hundertfünfzigprozentige geworden war … vielleicht hatte sie dann überhaupt kein Interesse mehr an ihrer fahnenflüchtigen Tochter? Immerhin hätte Mutter sich doch schon längst bei ihr melden können. Wenigstens Gerda, ihre alte Freundin, wäre doch stets erreichbar gewesen, hatte nicht mal ihre Anschrift geändert. Warum hatte es keinerlei Kontakte gegeben? Bettina, der süße Sonnenschein, schien Eva wie eine Eintrittskarte in ein Herz, das vielleicht, im allerschlimmsten Fall, inzwischen versteinert war.

An der Straßenecke setzte sie die Kleine wieder ab, behielt sie fest an der Hand. Ein schreckliches Szenario bot sich. In der Mitte der Fahrbahn trennte verschwenderisch ausgerollter Stacheldraht den französischen vom sowjetischen Sektor ab. So still, wie die Stadt auf der Herfahrt noch dagelegen hatte, so belebt war sie an dieser Stelle. Menschenmengen hatten sich auf beiden Seiten angesammelt, es wurde diskutiert. Hier und da standen sogar Haushaltsleitern, Ausguck für gleich mehrere Beobachter. Jenseits des Zaunes patrouillierten Volkspolizisten unter voller Bewaffnung. Diesseits ein beachtliches Militär- und Polizeiaufgebot. Es waren vorwiegend Männer, die dort drüben standen. Hin und wieder rief man sich über die neu entstandene Distanz etwas zu. In allen Gesichtern lag ungläubiger Ernst.

Eva blieb stehen, drückte sich mit Bettina an eine Hauswand – nur so nah heran wie nötig, so viel Abstand wie möglich –, suchte mit den Augen die gegenüberliegenden Hauseingänge ab. Keine Hausnummern. Teils Trümmergrundstücke. Sie fragte einen Passanten nach der Elf, bekam freundliche Auskunft, fixierte von nun an die marode, hölzerne Haustür. Ließ ab und zu den Blick über die Fassade schweifen, fragte sich, hinter welchen Fenstern wohl … und wartete.

Sah auf die Uhr.

Und wartete.

Bettina quengelte. »Wo ist Oma?«

»Gleich, Tinchen. Gleich kommt sie. Du musst still sein und warten.«

Zwei Minuten nach sechs. Die Tür bewegte sich!

Heraus trat eine Frau. Mausgraues Kostüm. Das graue Haar zum strengen Knoten gebunden. Derbes, festes Schuhwerk, unbeeindruckte Züge. Eine Hundertfünfzigprozentige! Die Frau schien nichts von dem wahrzunehmen, was sich auf der Straße tat. Sie wandte sich nach links, ihre Schritte eilig, forsch, zielstrebig.

Eva riss Bettina hoch.

»Oma?«

»Ja, Tinchen.«

Eva lief. Kaum konnte sie Schritt halten. Schwer war die Dreijährige geworden.

Eva rief. »Mama!«

Constanze schien sie nicht zu hören.

Eva schrie: »Mama! Mama, ich bin hier. Warte! Bitte warte!«

Den Bruchteil einer Sekunde lang schien Constanze zu zögern. Ganz leicht wandte sie den Kopf. Dann war der Moment vorbei, sie nahm erneut Tempo auf, richtete den Blick wieder stur geradeaus.

Eva brach der Schweiß aus. Im Laufen setzte sie Bettina ab. »Komm schnell, Tinchen, laufen, da ist Oma!«

Bettina lachte und lief, was die Beinchen hergaben. Eva rempelte einen Fahrradfahrer an. Entschuldigung. Schon weiter.

Abermals schrie Eva. »Mama! So bleib doch stehen. Ich bin es, Eva!«

Wieder dieses Zögern. Wieder dieses kurze Verhalten im eiligen Schritt. Nur kurz. Zu kurz, um aufzuholen. Sie wollte nicht.

Eva blieb stehen. Tränen schossen ihr aus den Augen. »Mama weint«, sagte Bettina. Eva griff in ihre Jackentasche, holte die Mundharmonika heraus und spielte »Kein schöner Land«.

Sie hatte es schon oft mit mehr Schmelz gespielt. Jetzt fehlte ihr dafür der Atem. Und die Geduld. Jetzt spielte sie es laut. Hauptsache laut!

Constanze ging weiter. Sie ging. Eilte nicht mehr.

Dann blieb sie stehen. Drehte sich um.

Nicht nur Constanze drehte sich um. Nicht nur Constanze verharrte. Die Volkspolizisten blieben stehen. Die Franzosen blieben stehen. Die bundesdeutschen Polizisten blieben stehen.

Eva spielte. Und alles lauschte.

Constanze schien sich entschlossen zu haben. Sie wandte sich vollends um. Kam näher. Stand jetzt vielleicht noch ein, zwei Meter vom Stacheldraht entfernt. Sagte: »Eva!«

Augen trafen sich.

Eva spielte.

Und ihre Tränen begrüßten die verlorene Mutter.

Bis zum letzten Ton.

»Mama! Schau, das ist meine Tochter Bettina.«

Bettina winkte. »Oma?«

Constanze nickte. Und lächelte. Eva sah Tränen in ihren blauen Augen funkeln.

»Evchen, mein Evchen!«, schluchzte Constanze, und großmütterlich entzückt: »Hallo, Bettina. Du bist aber eine Hübsche.«

Ein Moment nur. Nur ein Moment.

Das Lied hatte alle gebannt.

Das Lied war aus.

Nein. Kein schöner Land!

Jetzt setzte sich ein Volkspolizist in Bewegung, griff nach Constanzes Arm. »Gehen Sie weiter!«

»Aber … meine Tochter!«

»Gehen Sie weiter, Frau!«

Eva trat noch dichter an den Draht heran. Spürte schon das Stechen der nadelscharfen Spitzen an ihren Knien. Eva streckte den Arm aus, Constanze streckte den Arm aus. Beinahe hätten sich ihre Fingerspitzen berührt, als ein Polizist an Evas Seite sprang. »Machen Sie doch keinen Quatsch! Die schießen.

378

Bleiben Sie hier. Das da drüben, das ist kein schönes Land mehr.«

»Mama!«, kreischte Eva, als der Uniformierte sie umzudrehen versuchte, wehrte sich, und Constanze schrie: »Eva!«, während der Vopo ihr das Gewehr drohend in den Rücken drückte und sie voranschubste. »Hüten Sie sich, Genossin!«

»Es tut mir sehr leid, gnädige Frau«, sagte der andere. Höflicher, doch der Effekt derselbe. »Sie bringen sich und das Kind in Gefahr. Kommen Sie weg da!«

»Lassen Sie mich!«

Sein Griff wurde energischer, er zog sie weg. Bis an die Häuserfront. »Sie bleiben hier! Die sind zu allem fähig.«

Bettina weinte.

Eva konnte Constanze nicht mehr sehen.

Sie ließ sich, den Rücken an die Hauswand gestützt, langsam auf den Boden gleiten.

»Kann ich Sie jetzt alleine lassen? Ist alles in Ordnung? Machen Sie keinen Blödsinn mehr?«

Eva schüttelte den Kopf. »Nichts ist in Ordnung. Aber ich mache keinen Blödsinn mehr.«

Noch immer hatte sie ihre Mundharmonika in der einen, Bettinas Händchen in der anderen Hand. Ihre Lippen zitterten und dennoch setzte sie das Instrument wieder an die Lippen und spielte.

Spielte, was Eva seit jener Nacht im Viehwaggon auf der Flucht aus Danzig denen spielte, die ihr etwas bedeuteten. Denen, die ihr etwas bedeuteten, und denen, die sie verloren hatte.

Dieses Mal spielte sie es für ihre Mutter.

Und sie spielte es für Deutschland.